*Buch*

Michael Storrs lebt gefährlich. Schon als Halbwüchsiger raste er auf Skiern zu Tal und ließ durch seine Tollkühnheit Trainern und Sportkameraden die Haare zu Berge stehen. Dem nun dreißigjährigen New Yorker Unternehmensberater, der nach der Meinung aller eine steile Karriere vor sich hat und dem die Frauen nachlaufen, sieht man nicht an, daß er neben dem Leben in bürgerlicher Geborgenheit eines in Todesnähe lebt. Wenn er sich beim Fallschirmformationssprung in viertausend Meter Höhe aus dem Flugzeug in die Tiefe stürzt, zieht er die Reißleine immer später als die anderen, näher der Erde und näher dem Tod.

Das alles scheint anders zu werden, als er Tracy heiratet. Doch ein zufälliges Zusammentreffen mit einem Kommilitonen weckt wieder die alten Sehnsüchte. Und da passiert es: Vor den Augen seiner Frau stürzen zwei von Michaels Kameraden ungebremst in die Tiefe, ihre Fallschirme öffnen sich nicht. Als Michael schon eine Woche nach dem Unglück neuerlich springt, und tollkühner denn je, so daß er mit Platzverbot belegt wird, weiß Tracy, daß etwas ihren Mann in jenes Zwischenreich der Gefahr treibt – und weg von ihr.

Die Trennung wird für sie unerläßlich, als Michael und ihr Vater bei Sturm mit dem Segelboot ausfahren und von der Küstenwache in letzter Minute aus den Wellen gerettet werden. Nach diesem Scheitern seiner Ehe brennen bei Michael alle Sicherungen durch. Er beginnt das Leben der Gefahr und des Wagnisses auch auf andere Lebensbereiche auszudehnen: auf seinen Beruf und die Frauen.

*Autor*

Irwin Shaw, 1913 in New York geboren, begann früh zu schreiben. Sein Kriegsroman »Die jungen Löwen« machte ihn weltberühmt. Dieses Buch, das man oft mit Remarques Bestseller »Im Westen nichts Neues« verglichen hat, ist vor einiger Zeit als Goldmann Original-Paperback 30002 neu herausgekommen. Als Goldmann-Taschenbuch 6644 liegt Shaws Spannungsroman »Der Wohltäter« vor.

IRWIN SHAW

# Griff nach den Sternen

Roman

Wilhelm Goldmann Verlag

Ungekürzte Ausgabe
Aus dem Amerikanischen von Hans E. Hausner
Titel der Originalausgabe: The Top of the Hill

1. Auflage Juli 1983 · 1.–20. Tsd.
2. Auflage November 1983 · 21.–30. Tsd.

Made in Germany

Umschlagentwurf: Atelier Adolf & Angelika Bachmann, München
Umschlagfoto: Studio Schmatz, München
Druck: Elsnerdruck GmbH, Berlin
Verlagsnummer: 6598
MV · Herstellung: Gisela Ernst/He
ISBN 3-442-06598-4

*Für Marian*

# Erstes Buch

# 1

Es war ein reiner Zufall, daß er Dunky Aldridge Donnerstag nach Dienstschluß auf der Fifth Avenue traf. Es war ein unglückliches Zusammentreffen, auch wenn sie einander herzlich begrüßten und schon viele schöne Stunden miteinander verbracht und beträchtliche Mengen Bier zusammen getrunken hatten. Denn Sonnabend morgen war Aldridge einer von den zwei Männern, die sich den Hals brachen.
»Wo hast du so lange gesteckt, Mike?« fragte Aldridge. »Ich habe dich schon seit Monaten nicht mehr auf dem Flugplatz gesehen. Schleichst du dich davon und übst heimlich Sprünge?«
»Ich habe vor drei Monaten geheiratet«, antwortete Michael. Das, so schien es ihm, war eine ausreichende Erklärung für sein Fernbleiben.
»Herzlichen Glückwunsch.« Aldridge klopfte ihm auf den Rükken. Er war ein stämmiger, rotbäckiger Mann, der im College Football gespielt hatte. Sie hatten zur gleichen Zeit mit dem Fallschirmspringen angefangen und waren oft zusammen gesprungen. »Wie läuft's denn?« fragte Aldridge.
»Wunderprächtig.«
»Ist die Zeit für Pantoffeln und häuslichen Herd gekommen?« fragte Aldrigde und lachte, denn sie waren beide gleich alt — dreißig.
»Meidest wohl die alten Lasterhöhlen?«
»Mehr oder weniger.«
»Würde es gegen dein Ehegelöbnis verstoßen, wenn du mit einem alten Kumpel einen heben gingest?«
Michael sah auf die Uhr. »In einer halben Stunde muß ich mich zu Hause zum Küchendienst melden«, antwortete er.
Sie gingen in die Bar des Gotham, wo sie sich länger als dreißig Minuten aufhielten und mehr als drei Scotchs konsumierten.
»Du siehst aus, als ob du noch recht gut in Form wärst«, meinte

Aldridge. »Ich würde sogar sagen, daß du schlanker geworden bist.«
»Ich mache meine Liegestütze.«
»Hör mal, wir haben da zwei prima neue Typen draußen auf dem Platz. Sonnabend morgen machen wir einen Vier-Mann-Formationssprung. Falls wir einen Vierten finden. Dich zum Beispiel.«
Michael zögerte. Seit ihm Tracy, seine Frau, begegnet war, war er nicht mehr in freiem Fall der Erde zugerast — und hatte auch sonst nicht viel gemacht, außer an sie zu denken, so viel Zeit wie möglich mit ihr zu verbringen und zu sehen, daß er im Büro mit der Arbeit zurechtkam. Der Anblick seines Freundes rief Erinnerungen wach. Eigentlich war Aldridge gar nicht sein Freund, außer in der rauhen Kameradschaft rund um den Landeplatz und in der nahen Kneipe — sie hatten noch nie miteinander gegessen, Michael hatte nicht daran gedacht, ihn zur Hochzeit einzuladen, und er wußte nicht, ob Aldridge Anhänger der Republikanischen oder der Demokratischen Partei oder Maoist, ob er reich oder arm war, er wußte nicht einmal, warum man ihn Dunky nannte. Aber sie waren immer gut miteinander ausgekommen, und Michael vertraute ihm.
»Keine schlechte Idee«, sagte er.
»Bring die Dame mit. Wird sie elektrisieren. Ihr Alter, der wie ein schimmernder Engel aus den Wolken fällt.«
»Vielleicht komme ich. Wenn ich sie aus den Federn kriege. Sonnabend morgen gibt das 'ne Menge Arbeit.«
»Sag ihr, sie hat die Chance, ein paar feine, aufrechte, feurige amerikanische Jungs kennenzulernen.«
»Ich werd's ihr ausrichten«, versprach Michael. Er notierte sich Aldridges Büronummer und versprach, ihn morgen, Freitag, anzurufen.
Aldridge bestand darauf, für die Drinks zu zahlen, als Hochzeitsgeschenk, meinte er, und sie gingen, und Michael nahm sich noch ein Taxi und ließ sich nach Hause fahren. Er hoffte, er roch nicht zu stark nach Scotch.

Während des ganzen Abendessens, das auf einem Tisch vor dem Kaminfeuer angerichtet war, starrte er hingerissen auf seine Frau und malte sich aus, wie die Augen Aldridges und die der anderen Männer auf dem Platz aufleuchten würden, wenn sie sie sahen. Er sagte ihr, was sie Sonnabend morgen unternehmen

würden, und sie legte die Stirn in Falten. »Aus einem Flugzeug springen?« meinte sie. »Ist das nicht etwas für junge Burschen?«
»Wir sind lauter ausgewachsene Männer, alle ungefähr in meinem Alter.«
»Wozu macht ihr das?«
»Zum Vergnügen«, gab er zurück. Er kannte sie seit über fünf Monaten, aber er hatte ihr nie erzählt, welchen Vergnügungen er vor ihrem Kennenlernen nachgegangen war. Es war an der Zeit, einen Anfang zu machen, dachte er. »Hast du nie das Gefühl gehabt, du möchtest fliegen?«
»Nicht daß ich wüßte.«
»Eine mythische Sehnsucht unserer Rasse«, sagte er. »Denk an Ikarus.«
»Kein besonders gutes Beispiel«, lachte Tracy.
»Trotzdem, du könntest es auch mal versuchen. Wenn schon nicht im freien Fall, sondern mit einem Fallschirm, der sich automatisch öffnet. Nie wieder wird dir die Erde so schön erscheinen. Viele Frauen tun mit.«
»Deine nicht.«
»Aber du kommst doch mit?«
»Warum nicht?« Sie zuckte die Achseln. »Wenn mein Mann von etwas begeistert ist, sollte ich mir vielleicht doch mal anschauen, wovon. Und für Sonnabend morgen habe ich sowieso nichts vor.«

Es war ein klarer, sonniger Tag, als sie New York verließen. Michael war bester Laune, wie immer, wenn er der Stadt den Rükken kehrte. Tracy trug einen losen Wollmantel und einen Schal, um sich vor dem rauhen Herbstwetter zu schützen. Frisch und munter, mit leuchtenden Augen, saß sie neben ihm, wie eine Studentin, die mit ihrem liebsten Verehrer zu einem Footballspiel unterwegs ist und sich auf die abendliche Party freut.
»Nicht weit vom Platz gibt es einen wunderbaren Landgasthof«, schwärmte Michael, als sie nach Norden abbogen, wo die Bäume an der Straße in gedämpften Tönungen rostbraun und golden schimmerten. »Sie haben dort wunderbare Daiquiris und Hummer.«
»Mmm.« Sie musterte ihn neugierig. »Hast du keine Angst?«
»Aber sicher«, antwortete er. »Ich habe Angst, die Burschen werden glauben, daß ich einen Hund geheiratet habe.«

Sie beugte sich hinüber und küßte ihn. »Nächstes Mal lasse ich mir die Haare machen.«
McCain, der den Springer-Club leitete und Michaels Trainer gewesen war, wartete vor dem Schuppen mit den anderen drei, die den Sprung mitmachen wollten, und das Flugzeug auf der Startpiste lief sich warm. McCain hatte das Zielkreuz auf dem Gras ausgelegt, das nach dem Nachtfrost schon feucht vom Tau war. Die Männer waren umgänglich und höflich und von Tracy offenbar beeindruckt. McCain, für gewöhnlich ein Mann mit den derben Umgangsformen eines alten Spießes, sagte sogar: »Wenn Sie mitkommen wollen, Mrs. Storrs, wir haben Platz. Sie können Trainingschef spielen.«
»Wenn Sie nichts dagegen haben, Mr. McCain, bleibe ich lieber auf dem Boden, wo ich hingehöre«, antwortete Tracy. »Ein Vogel in der Familie genügt.«
McCain lachte und sagte, im Schuppen stünde eine Kanne Kaffee auf dem Herd, falls ihr kalt werden sollte.
Als die Männer auf das Flugzeug zugingen, murmelte Aldridge: »Menschenskind, Michael!«
»Ich weiß nicht, wovon du redest«, gab Michael unschuldsvoll zurück.
»Das nenne ich ein würdiges Publikum für unser Können und unseren Wagemut, das meine ich, du hinterfotziger Schweinehund.«
Dann erklärte McCain die Manöver, die für den freien Fall nötig sein würden, legte die Reihenfolge fest, in der sie die Reißleine ziehen sollten, und erinnerte sie, sich in 3500 Fuß Höhe zu trennen, ganz gleich, wie gut oder schlecht der Stern ausfallen würde, um die nötigen fünf Sekunden zu haben, die sie brauchten, um sicher voneinander loszukommen, bevor sie in 2500 Fuß Höhe ihre Schirme öffneten. Für die vier Männer waren das alles olle Kamellen, aber sie hörten aufmerksam zu. Wenn McCain den Verdacht hegte, einer sei nicht bei der Sache, war er glatt imstande, die ganze Sache abzublasen.
Sie bestiegen das Flugzeug, und McCain setzte sich ans Steuer. Es gab keine Tür, und durch die Öffnung fegte ein schneidend kalter Wind. Die Maschine wurde schneller, und sie hoben ab. Michael blickte durchs Fenster und sah die schlanke Gestalt im blauen Mantel, die winkend neben dem Schuppen stand. Vielleicht kriege ich sie einmal soweit, dachte er, daß sie auch erlebt, was das für ein Gefühl ist.

In 7200 Fuß Höhe sprangen sie, einer nach dem anderen. Bei 3500 formten sie einen schönen Stern, indem sie aufeinander zuglitten, bis ihre Hände sich berührten, und sich wieder voneinander lösten. Aldridge sollte als vierter Mann die Leine ziehen. Sie hatten sich, wie vorgesehen, voneinander getrennt, als der dritte Mann aus einem Grund, den keiner je erfahren würde, plötzlich seinen Schirm öffnete. Aldridge krachte mit etwa 200 Stundenkilometern hinein und schlug auf den Mann auf; der Schirm klappte zusammen. Der Arzt sagte später, sie wären beide sofort tot gewesen; so blieb ihnen das Entsetzen erspart, ungebremst der Erde entgegenzustürzen, während Michael und der andere Mann, sicher an ihren Schirmen hängend, und McCain am Steuer des Flugzeuges hilflos zusehen mußten.

Zumindest hat sie nicht geweint, dachte Michael, während sie langsam nach New York zurückfuhren, wenigstens etwas. Schon überzogen die Schatten des Nachmittags die Straße. Er streckte die Hand aus, um die ihre zu berühren. Ihre Hand lag still; sie hatte das Gesicht abgewandt und starrte aus dem Fenster. »Es tut mir leid«, murmelte er.
»Sei still«, bat sie. »Sag jetzt bitte nichts.«
Als sie in die Wohnung kamen, machte er sich einen Drink, doch als er sie fragte, ab sie auch einen wolle, schüttelte sie nur den Kopf, ging ins Schlafzimmer und legte sich voll angekleidet, mit Mantel und allem, aufs Bett, so als ob sie bis ins Mark fröre.
Das leere Glas auf dem Tischchen neben sich, war er wohl in seinem Ledersessel eingeschlafen, als sie hereinkam. Immer noch hatte sie Mantel und Schal an. Nie hatte er sie so bleich gesehen.
»Du wirst doch nie wieder bei so etwas mitmachen, nicht wahr?«
»Ich weiß es nicht«, antwortete er. »Vielleicht nächste Woche. Vielleicht nächstes Jahr.«
»Nächste Woche?« wiederholte sie entgeistert. »Was bist du für ein Mann?«
»Ich habe viele Gesichter.«
»Liebst du mich nicht?«
»Ich liebe dich. Aber ich möchte nicht ein Mann sein, der dich liebt und in Angst lebt.«
»Was willst du damit beweisen?«
»Nichts. Alles. Ich muß erst noch draufkommen.«
»Du hast mir diesmal nicht alles erzählt.«
»Du hast nicht danach gefragt.«

»Nun, jetzt frage ich dich.«
»Tut mir leid, Liebling, aber wenn ich ehrlich sein soll, kann ich dir nichts versprechen.«
»Ich dachte, der Mann wäre dein Freund gewesen.«
»Das war er. Wenn es mir passiert wäre, würde er nächste Woche wieder springen.«
»Idiotischer Männlichkeitswahn«, sagte sie verächtlich.
»Das ist es nicht einmal.«
»Was ist es denn?«
Er zuckte die Achseln. »Wenn ich es herausfinde, wenn ich es wirklich verstehe, dann werde ich es dir sagen.«
Sie setzte sich ihm gegenüber. Es brannte nur eine Lampe am anderen Ende des Zimmers. Ihr Gesicht lag im Schatten, und ihre Augen glänzten. Sie hatte mit dem Weinen gewartet. Wenigstens hatte sie gewartet. Eine willensstarke Frau.
»Michael«, begann sie, »ich muß dir etwas sagen.«
Ihre Stimme klang dumpf, monoton und beunruhigend. In seinem Lehnsessel hatte er geträumt, daß Tracy ihn verlassen und er nach ihr gesucht hatte. Zuerst in der leeren Wohnung, dann in den dunklen Straßen, wo sie ihm schon zum Greifen nahe gewesen war, ein Fetzchen Stoff, das um eine Mauerecke verschwand.
»Du wirst mir doch jetzt nicht sagen, daß du mich verlassen willst, oder?«
»Nein«, antwortete sie immer noch mit der gleichen unbeweglichen, toten Stimme. »Im Gegenteil. Ich habe dir zu sagen, daß ich von jetzt an, von heute an, nicht mehr die Pille nehme. Ich will ein Kind haben.«
Er stand auf und ging, ohne zu sprechen, langsam zum Fenster und blickte hinunter. Im Licht einer Straßenlaterne half jemand einer alten Frau mit einem Krückstock aus einem Taxi. Das falsche Bild für diesen Augenblick, dachte Michael, der unausweichliche Verfall und die Nähe des Todes just, wenn der Beginn eines neuen Lebens Gesprächsthema ist.
»Nun?« sagte Tracy.
Er drehte sich um und versuchte zu lächeln. »Laß mir doch ein wenig Zeit zum Überlegen.« Er ging zu ihr hin, beugte sich über sie und küßte sie auf den Kopf. Sie bewegte sich nicht. »Du mußt zugeben, es kommt ziemlich plötzlich.«
»Was ist daran so plötzlich? So schnell kannst du weg sein.« Sie schnippte mit den Fingern. In dem stillen Raum klang es wie splitterndes Eis. »Ich möchte nicht mit leeren Händen zurück-

bleiben — mit nichts. Wir sind schon drei Monate verheiratet. Ich bin neunundzwanzig. Du bist dreißig. Kann ich wissen, ob du deinen 31. Geburtstag erlebst? Wie alt war deine Mutter, als du geboren wurdest?«
»Was hat das damit zu tun?«
»Wie alt war sie?«
»Dreiundzwanzig.«
»Also?«
»Das waren andere Zeiten.«
»Jede Sekunde ist eine andere Zeit. Das hindert die Leute nicht daran, geboren zu werden.« Sie ging zum Sofa hinüber. »Komm, setz dich zu mir.«
Er setzte sich neben sie. Sie fröstelte in ihrem Mantel. Ich darf mich auf keinen Fall ihrer Seelenqual ausliefern, dachte er. »Ich habe meine Mutter umgebracht«, sagte er ernst. »Ich glaube, der wirkliche Grund, warum sie so früh gestorben ist, war ich. Sie hat es nie zugegeben, nicht einmal vor sich selbst, denke ich, aber sie wußte, daß ich sie haßte.«
»Das sind die Risiken, die man eingeht.«
»Nicht unbedingt«, konterte er. »Ich kenne in Amerika kein Gesetz, das vorschreibt: ›Gehet hin und vermehret euch.‹« Er seufzte. »Und ich war der unglücklichste und unsympathischste kleine Junge, den du dir vorstellen kannst. Mit zwölf Jahren dachte ich an Selbstmord.«
»Du bist keine zwölf mehr. Du bist ein ausgewachsener Mann mit einem guten Job und einer glänzenden Zukunft und einer Frau, die dich, soviel ich weiß, liebt.«
»Ich will dir etwas von meiner Arbeit sagen.« Die Stunde der Wahrheit und der Entscheidung war gekommen. »Ich verabscheue sie. Wenn ich dächte, ich müßte den Rest meines Lebens dabeibleiben, ich würde wieder zu dem zwölfjährigen Jungen werden, der an Selbstmord dachte.«
»Sei nicht melodramatisch.«
»Du kannst es nennen, wie du willst«, entgegnete er. »Mit einer Familie wäre ich festgenagelt. Ich wäre für immer in Ketten gelegt.«
»Wobei ich mich wohl auch zu einem Teil der Kette rechnen darf.«
»Du weißt, daß ich nicht so denke.«
»Ich weiß nicht, was du denkst.« Sie stand auf. »Ich werde jetzt einen Spaziergang machen. Ich will heute abend nicht mehr dar-

über reden.« Er sah ihr nach, wie sie auf die Tür zuging und sie hinter sich schloß. Dann setzte er sich an den Tisch vor dem Feuer und schenkte sich ein Glas Whisky ein.
Er saß noch immer am Tisch, die halbleere Flasche vor sich, als sie zurückkam. Sie grüßte ihn nicht und ging ins Schlafzimmer.
Als er ihr zwei Stunden später auf schwankenden Beinen folgte, war das Licht aus, und sie schlief oder tat, als ob sie schliefe. Als er ins Bett stieg, bewegte sie sich nicht wie sonst ihm entgegen, und zum ersten Mal, seit sie verheiratet waren, liebten sie sich nicht.
Er konnte nicht einschlafen. Er stand auf und kehrte ins Wohnzimmer und zur zweiten Hälfte seiner Whiskyflasche zurück.
Ich erinnere mich an Mama, dachte er benebelt. So hieß doch einmal ein Theaterstück. Er saß da und starrte ins Halbdunkel.

# 2

Michael Storrs jr. hatte mit fünf aufgehört, Junior zu sein, als sein Vater bei einer Schlägerei in einer Kneipe getötet wurde. Lila Storrs, Michael jr.'s Mutter, eine zerbrechliche, überkultivierte, für das Leben untaugliche Schönheit von 28 Jahren, nannte diesen Tod verantwortungslos. Storrs' Vater war Direktor in der Bank seines Schwiegervaters in Syracuse gewesen und hatte, soviel man wußte, nicht die Gewohnheit gehabt, Kneipen zu frequentieren. Auf dem Heimweg nach einem vielleicht besonders harten Tag in der Bank war er in der Schenke eingekehrt und, während er an seinem ersten Bourbon nippte, Zeuge einer mörderischen Rauferei zwischen zwei Gästen geworden. Er war zwischen die beiden Männer getreten und hatte versucht, sie zum Aufhören zu überreden. Einer der Raufbolde, später als ein Mann identifiziert, den man erst drei Tage zuvor aus Mattewan, der Strafanstalt für schwachsinnige Kriminelle, entlassen hatte, zog sein Messer und ermordete den jungen Bankier mit einem Stich.

Viele Jahre danach sollte der Sohn zu der Überzeugung gelangen, daß die Art, wie die Mutter ihm den Tod seines Vaters beschrieb, nicht der Wahrheit entsprach. Soweit man hier überhaupt von Schuld reden konnte, war Mr. Storrs Senior bei dem lobenswerten Bemühen getötet worden, verantwortungsvoll zu handeln — verantwortungsvoll gegenüber seiner Klasse, gegenüber den Gesetzen seines Landes und gegenüber jenem ehrenhaften Anstand, den in der Öffentlichkeit an den Tag zu legen man von den Bürgern einer friedlichen Demokratie füglich erwarten konnte.

Sicherlich wäre der Tod zu vermeiden gewesen — Storrs hätte sich in aller Ruhe ans andere Ende der Theke begeben oder einfach seinen Drink bezahlen und gehen können, aber Mrs. Storrs, die ihren Mann von ganzem Herzen liebte, hielt an ihrer Überzeugung fest, daß er, als er sich in den Mittelpunkt des gewalttätigen Geschehens begab, seine Frau und sein einziges Kind vergessen und das Glück seiner ganzen Familie aufs Spiel setzte — getrieben von einem wunderlichen Einfall oder vielleicht auch einer leichten Verärgerung über den Anblick zweier Rohlinge, die ihm das Vergnügen seines ersten Drinks an diesem Tag verdarben.

»Er hat sich für eine Feder umbringen lassen«, sagte sie, und keiner verstand so recht, was sie damit meinte.

Die Folgen waren von großer Tragweite, insbesondere für den vaterlosen Sohn. Seine Mutter machte aus ihrer Witwenschaft ein Klosterdasein, gelobte, nie wieder zu heiraten und ihr Leben der Betreuung und Erziehung des Jungen auf eine Weise zu widmen, daß ihm die Fährnisse des Lebens nichts anhaben könnten und er für immer sicher sein würde. Der Junge wurde im Übermaß verwöhnt und beschützt, mit äußerst nahrhaften und wissenschaftlich ausgesuchten Speisen überfüttert und dem Klamauk einer normalen Kindheit ferngehalten. Es war ihm verboten, auf Bäume zu klettern, Mannschaftssport zu treiben, mit ungezogenen Kindern zu verkehren, mit Pfeil und Bogen oder Spielzeuggewehren zu spielen und unbegleitet zur Schule um die Ecke zu gehen, beziehungsweise diese zu verlassen. Seine Mutter fuhr ihn des Morgens hin und überwachte ihn, bis die Schüler im Hof versammelt und in die Klassenzimmer geführt wurden, und sie stand wartend vor dem Tor, wenn die Kinder nachmittags aus dem Schulhaus kamen, um ihn heimzufahren. Wenn andere Jungen Baseball spielten, übte Klein Michael Klavier, für das er kein Talent hatte. Weil unter den vielen schweren Bürden, die der Junge zu tragen hatte, auch die des Reichtums der Familie seiner Mutter auf ihm lastete, mußte er in den Sommerferien, während sich seine Klassenkameraden in Schwimmbädern, auf Stränden oder Gefahren bergenden Spielplätzen tummelten, wohlbehütet vor Hitzschlag und abgeschirmt gegen Anstoß erregende Ausländer, ausgedehnte Exkursionen durch Museen und Kirchen in Frankreich, England und Italien mitmachen. Abends wurde er mit Rekapitulationen der tagsüber aufgenommenen künstlerischen Genüsse und liebevollen Predigten über anständiges Benehmen bedacht. Das Fluchen war ein Übel in den Augen Gottes, Onanie die Ursache unvorstellbaren Elends im späteren Leben, durchtriebene kleine Mädchen und gemeine alte Männer dazu da, ihn in Ecken zu locken, um ihn unaussprechlichen Versuchungen auszusetzen, Streitsucht hatte zum Tod seines Vaters geführt und Kriege ausgelöst, in welchen Millionen hübscher junger Burschen wie er selbst getötet worden waren. Er war die Stütze ihres Alters, und sie würde immer, auch noch nach ihrem Tod, von ihm erwarten, daß er ihre Worte beherzigte. Er hatte eine schöne und vielversprechende Zukunft vor sich, und sein Großvater würde ihm auf jede nur erdenkliche Weise zur Seite stehen, wenn er zu der Ansicht kommen sollte, daß Michael es wert war; er war das einzige in dieser Welt, was sie liebte, und er dürfe sie nie, nie enttäuschen. Wenn Freud dabeigesessen hätte, man würde sein Stöhnen von Wien bis Santa Catalina gehört haben.

Das Resultat war zu erwarten gewesen. Mit zwölf war Michael ein dicklicher, verschlossener, ungelenker Junge, hypochondrisch und altklug in der Schule, Charakterzüge, die ihn irgendwie nicht die Zuneigung seiner Lehrer gewinnen ließen. Wenn seine Mutter auch nur die kleinsten Anzeichen von Ungeduld oder Störrigkeit bei ihm bemerkte — Schmollen beim Klavierspiel, Verärgerung darüber, daß er wie ein Kind zur Schule gebracht und abgeholt wurde, Erheben der Stimme in der Erregung —, es gab keine offen ausgesprochenen Strafen, keine Klapse, keine Entzüge, kein Zubettgehen ohne Abendessen. Seine Mutter, das lernte Michael schon früh, bestrafte ihn mit einem Seufzer, einer Träne, einem kummervoll himmelwärts gerichteten Blick. Er beneidete seine Klassenkameraden, wenn sie von einer tüchtigen Tracht Prügel erzählten, die ihre erzürnten Eltern ihnen verabreicht hatten. Peinlich sauber gekleidet, im Gegensatz zu seinen Kameraden, die wie ein auf dem Rückzug befindliches letztes Bataillon konföderierter Truppen aussahen, wenn sie zur Schule kamen, wurde er zur Zielscheibe der Spaßvögel und Raufbolde in seiner Umgebung. Er begann die Pausen zu fürchten, in denen er, inmitten von Spielen, Ringkämpfen und Geschrei, die Rolle des Opfers zu übernehmen hatte.

Er war klug genug, seine Leiden im Schulhof für sich zu behalten. Hätte er seiner Mutter ein Sterbenswörtchen davon verraten, sie wäre unverzüglich zum Direktor gelaufen, um sich zu beschweren. In zwei Stunden würden es alle gewußt haben, und was er bisher erduldet hatte, würde im Vergleich zu dem, was ihn erwartete, ein reines Honiglecken sein.

Hin und wieder betrachtete er die Photographie seines Vaters auf dem Kaminsims. Schmuck und lässig stand er in Sporthemd und Jeans an Bord eines kleinen Segelbootes, und Michael sann darüber nach, wie anders sein Leben verlaufen würde, wenn sein Vater an diesem verhängnisvollen Nachmittag nicht in die Kneipe gegangen wäre. Er erinnerte sich dunkel, daß er ein- oder zweimal zu einer nachmittäglichen Spazierfahrt mitgenommen und am Mast festgebunden worden war. Es war fast die einzige Erinnerung an seinen Vater, wie er lächelnd und graziös im Sonnenschein am Steuer saß. Einen Monat nach seinem Tod war das Boot verkauft worden.

Seine Großeltern, in deren geräumiges Haus er jeden Sonntag zum Mittagessen kam, schienen nicht besonders interessiert an ihm zu sein. Es gab die üblichen Fragen nach seinem Fortkommen in der Schule, und dann wurde er vergessen, während die Erwachsenen sich unterhielten. Er wurde nicht ermutigt, an den Gesprächen teilzunehmen. Seine Mutter hatte ihm erklärt, daß ihre Eltern, wie auch sie selbst, unartige Kinder verabscheuten. Wenn sie sah, wie andere Leute ihre Rangen bei Familienzusammenkünften herumtollen ließen, das erzählte sie ihm oft, beglückwünschte sie sich, daß er so anders war.

Als er einmal an einem warmen Sommernachmittag allein auf der Veranda des großen alten Hauses saß, hörte er seine Tante, eine junge Frau und das schönste Wesen, das er je gesehen hatte, zu seiner Großmutter sagen: »Sie *verschlingt* ihn. Wir müssen ihr einen Liebhaber besorgen — oder wenigstens einen Ehemann, sonst wird aus ihm noch der fieseste kleine Rollmops, den man sich vorstellen kann.«

Gefühlsmäßig begriff er, daß von ihm die Rede war, erinnerte sich aber, daß seine Mutter heimliches Lauschen verurteilte, und entfernte sich unbemerkt vom Fenster. Aber an diesem Tag gelobte er sich, daß er es ihnen allen einmal zeigen würde. Er wußte, daß er zu jung war, um auszureißen, aber in seinen Träumen sah er sich auf wilden Pferden reiten, im Krieg kämpfen und mit den geschminkten, zur Wollust reizenden Frauen, deren Bilder er in den manchmal in den Klassenzimmern liegengebliebenen Pornoheften erspäht hatte, herumlungern.

Musterhaftes Benehmen belohnte seine Mutter mit Sonnabendnachmittag-Symphoniekonzerten, Spaziergängen im Tiergarten, einem eigenen Grammophon, auf dem er ihr klassische Platten vorspielen durfte, und mit großformatigen Kunstbüchern, die dieselben Bilder enthielten, wie er sie in den Sommerferien in

Frankreich und Italien sah. Was zur Folge hatte, daß er eine Abscheu vor Kunst entwickelte, die ihm viele Jahre erhalten bleiben sollte.

Als Beitrag zu seiner körperlichen Ertüchtigung stellte seine Mutter eine Tennislehrerin ein, die ihn in dieser Sportart unterrichten sollte, bei deren Ausübung er es mit einer besseren Sorte von Spielgefährten zu tun haben würde als bei Football oder Baseball. Unter der ständigen Aufsicht seiner Mutter spielte er dreimal in der Woche auf dem überwucherten Platz hinter dem Haus seiner Großmutter; sie sah darauf, daß er sich nicht überanstrengte oder gar vergaß, nach dem Spiel seinen Sweater anzuziehen. Er stellte sich ungeschickt und verhemmt an und wußte, daß die Lehrerin ihn geringschätzte und große Erleichterung verspürte, als man ihr eine Stellung anbot und sie nach Florida abreiste. Sie hinterließ in ihm eine Abneigung gegen Tennis, die seiner Abscheu vor Kunst gleichkam.

Es gab keinen Fernsehapparat im Haus, der ihm ungesunde Begriffe davon hätte vermitteln können, wie es in der Welt der Erwachsenen zuging, und der einzige Radioapparat befand sich im Zimmer seiner Mutter, das aufzusuchen ihm nur nach vorheriger Aufforderung gestattet war.

Sie lebten in Syracuse, wo die Winter rauh und kalt sind, und seine Mutter zwang ihm einen mannhaften warmen Mantel und eine Pelzmütze mit Ohrenschützern auf. Zu den saisonbedingten Unterhaltungen während der Unterrichsstunden gehörte auch ein Spiel, bei dem einer der größeren Jungen Michael die Mütze vom Kopf nahm und sie herumgehen ließ, während Michael keuchend hinterherlief und vergeblich versuchte, die von Hand zu Hand fliegende Kopfbedeckung einzufangen. Wenn die Schulglocke das Ende der Pause ankündigte, warf der letzte Junge die Mütze über den Drahtzaun, und das bedeutete, daß er den ganzen Weg zum Tor und aus dem Hof laufen und sie holen mußte, was zur Folge hatte, daß er sich beim Einreihen zum gemeinsamen Abmarsch ins Klassenzimmer hinauf verspätete; dies trug ihm tadelnde Bemerkungen der diensthabenden Lehrer ein, die sich vor dem Glockenzeichen nie im Hof sehen ließen.

Er konnte damals nicht wissen, daß solcherlei Demütigungen, ähnliche Grausamkeiten und weit schlimmere Unterdrückungen zu allen Zeiten Poeten und Helden hervorgebracht haben. Er konnte nichts tun als durchhalten und hoffen, daß seine Mutter sterben würde.

Der qualvollste Augenblick seiner Schulzeit kam, als das übliche Spiel mit seiner Mütze im Gang war und ein Junge seiner Größe namens Joseph Ling seine Mütze vor dem Läuten in die Hand bekam. Aber Ling warf sie nicht wie sonst über den Zaun; er behielt sie in der Hand und sagte: »Wenn du sie haben willst, mußt du dich mit mir schlagen.«

Es entstand eine plötzliche Stille, während sich die anderen Jungen rundum scharten. Auf der Verbotsliste von Michaels Mutter war das Raufen das erbärmlichste Laster, noch erbärmlicher als Onanieren. Ling hatte ein stupsnasiges, hämisch grinsendes Affengesicht, so als ob in den Genen seiner Eltern nicht genug Kraft gesteckt hätte, um ihm eine menschenwürdige Nase und richtige Augen mitzugeben, und Michael zitterte vor Verlangen, ihn zu schlagen. Aber die Warnung seiner Mutter — »Dein Vater ist bei einer Rauferei umgekommen, vergiß das nie!« — war zu tief in sein Bewußtsein gekerbt, als daß er einer Bewegung fähig gewesen wäre. Er stand in der eisigen Stille seiner Kameraden und sagte kein Wort.

Verächtlich ließ Ling die hübsche Pelzmütze in den schmutzigen Schnee fallen und trampelte genüßlich darauf herum.

Dann läutete die Glocke. Stumm hob Michael die Mütze auf, stülpte sie sich auf den Kopf und stellte sich in die Reihe. Auf dem Weg ins Klassenzimmer beschloß er, sich umzubringen, und verbrachte den Rest des Tages mit Überlegungen, für welche der ihm zur Verfügung stehenden Möglichkeiten, Selbstmord zu begehen, er sich entscheiden sollte. Noch manches Jahr träumte er von diesem Tag und erwachte schweißgebadet.

Am nächsten Tag wiederholte sich das Spiel. Nur daß ihm jetzt selbst das Minimum an Nachsicht, das die Jungen ihm bisher bezeigt hatten, versagt blieb. Während er hinter seiner Mütze herhetzte, wurde ihm ein Bein gestellt, er schlug der Länge nach hin, und von allen Seiten gellte ihm spöttisch das Wort »Schißmaus« in die Ohren. Schließlich bekam Ling die Mütze zu fassen, blieb damit stehen und sagte, wie schon am Tag zuvor: »Wenn du sie haben willst, schlag dich mit mir.«

Michael wußte, daß es keinen Ausweg gab. Aber plötzlich wollte er gar keinen Ausweg mehr. Langsam ging er auf Ling zu und schlug ihm mit aller Kraft ins Gesicht. Mehr überrascht als verletzt, tat Ling einen Schritt zurück, und schon hatte Storrs sich auf seinen Feind gestürzt und schlug wütend auf ihn ein. Er sah nur das hämisch grinsende, unfertige Gesicht vor sich, und ein

Entzücken, wie er es nie zuvor empfunden hatte, riß ihn mit sich fort, während er schlug und geschlagen wurde, sich mit dem Jungen im schmutzigen Schnee wälzte, fühlte, wie seine Nase zu bluten begann, boxte und mit den Füßen ausschlug, Ling würgte und von ihm gewürgt wurde, ohne zu merken, daß die Glocke geläutet hatte, daß ein Mann sich über ihn beugte und versuchte, die zwei Knaben auseinanderzuzerren.

Schließlich wurden die zwei Kämpfer mit blutigen Gesichtern auf die Beine gestellt. Die Mütze war ein zertrampelter Klumpen, der Mantel an der Schulter aufgerissen und kotbeschmiert.

»Du wolltest einen Kampf haben, du Mutterficker«, sagte Michael, »ich habe dir einen geliefert.« Er wußte nicht, wo das Wort herkam oder was es eigentlich bedeutete, und er hatte es gewiß nie vorher verwendet, aber es befriedigte ihn sehr, es auszusprechen, und darum wiederholte er laut: »Mutterfickender kleiner Scheißer!« Es war wie eine Flut beschwingter Musik, der er verzückt lauschte, ohne auf den Lehrer zu achten, der ihn barsch anfuhr: »Genug damit, Storrs, jetzt reicht's. Du sitzt auch jetzt schon ganz schön in der Tinte.«

»Lecken Sie mich am Arsch, Mr. Folsom«, sagte Michael, fortgerissen von der Welle seiner persönlichen Hochstimmung.

»Deine Mutter wird davon erfahren, Storrs«, drohte Folsom. Er war ein fünfunddreißigjähriger Junggeselle, der Wert darauf legte, hin und wieder mit Mrs. Storrs, wenn sie ihren Sohn abholte, schalkhaft zu plaudern.

»Soll sie doch«, sagte Michael plötzlich ernüchtert.

»Stell dich jetzt in die Reihe«, befahl Mr. Folsom.

Michael setzte seine Mütze nicht auf, sondern warf sie selbst über den Zaun, und er versuchte gar nicht, den Schmutz von seinem Mantel zu entfernen, zumindest nicht auf dem Weg ins Klassenzimmer hinauf oder nach Schulschluß, als er auf das Tor und seine Mutter zuging, die neben dem Wagen wartete.

Als sie ihn sah, fing sie an zu weinen.

»Mein Gott, was gibt's denn da zu weinen?«

»Steig ein«, schluchzte sie.

»Ich gehe zu Fuß.« Ohne Kopfbedeckung, die Schultasche in der Hand, das Blut auf seinem Gesicht verkrustet, marschierte er los.

Er kam nie wieder an die Schule zurück, die nur fünf Ecken von seiner Wohnung entfernt war und als eine der besten öffentlichen Schulen in Syracuse galt. Statt dessen wurde er in eine 160

Kilometer entfernte Privatschule gesteckt, in der man, erklärte ihm seine Mutter, Jungen zu Gentlemen erzog und wo Balgereien nicht gestattet waren. Er ertrug alles schweigend, sogar das Gespräch mit dem Schulleiter, dem seine Mutter klarmachte, daß ihrem Sohn nicht gestattet sei, einen Mannschaftssport zu betreiben, daß er bestraft werden müsse, wenn er unanständige Worte gebrauche, und daß er unter keinen Umständen das Schulgelände verlassen dürfe, außer in ihrer oder der Begleitung eines anderen Familienmitgliedes.
Seit dem Kampf hatte er immer nur mit »Ja, Mutter« oder »Nein, Mutter« geantwortet, und er sagte auch nichts, als sie ihn, nachdem sie sein Zimmer inspiziert hatte, zum Abschied küßte. Als sie gegangen war, lächelte er. Jetzt wußte er, daß sie nicht zu sterben brauchte. Ein Entkommen war möglich.

Er machte sich auch in der neuen Schule nicht mehr Kameraden zu Freunden als in der alten, aber es war ein kleines, ruhiges Institut, mit einem Lehrer für je zehn Schüler, und Disziplin wurde großgeschrieben; es gab keine Raufbolde und keine Schinder. Schüler, die es vorzogen, für sich zu bleiben, durften ihren eigenen Weg gehen, sofern ihre Noten sich sehen lassen konnten und sie keine der Schulregeln verletzten. Michaels Mutter war entgangen, daß sich anschließend an das Schulgelände ein Berg mit einem Skilift befand, zu dem die ganze Schülerschaft viermal in der Woche von den Turnlehrern zum Skifahren geführt wurde. Zum ersten Mal erlebte Michael die Herrlichkeit von Anmut und Schnelligkeit und wurde bald ein so wagemutiger Skifahrer, daß seine Lehrer ihn immer wieder ermahnen mußten, langsamer zu fahren. Als der Trainer der Skimannschaft vorschlug, Michaels Mutter einen Brief zu schreiben und sie davon in Kenntnis zu setzen, daß ihr Sohn der Star der Mannschaft werden könnte, schüttelte Michael halsstarrig den Kopf und verbot ihm, mit seiner Mutter Verbindung aufzunehmen. Wenn sie ihn an Sonnabendnachmittagen besuchen kam, versteckte er seine Skianzüge und Schuhe im Keller der Turnhalle. Das Skifahren war sein Geheimnis, das er keinem offenbarte. Es lag nicht in seiner Absicht, seiner Mutter weh zu tun oder ihr Sorgen zu machen; er wünschte nur, sie hinters Licht zu führen.
Er verfolgte den Weg der Täuschung weiter. Nachdem er auf Skiern den genußreichen Gebrauch seines Körpers kennengelernt hatte, faßte er den harten Entschluß, abzunehmen. Mit ein-

zelgängerischer Hingabe arbeitete er regelmäßig am Klettertau, am Reck und am Barren in der Turnhalle der Schule und sah sich bald reichlich belohnt durch die neuentdeckte Spannung und Kraft seiner Muskeln, die Straffheit seines Gesichts und die Gelenkigkeit seiner Glieder. Wenn er sie am Sonnabend nachmittags in seiner grauen Flanellhose und seinem blauen Blazer in ein nahe gelegenes Restaurant begleitete, freute sich seine Mutter über sein jetzt um soviel ansprechenderes Aussehen und sein besseres Betragen und beglückwünschte sich in ihrer Naivität dazu, daß sie die richtige Schule für ihren Sohn ausgesucht hatte; die Frage, was diese Veränderungen bewirkt hatte, stellte sie sich nicht. Er war ihr ein fügsamer und respektvoller Sohn, was ihm nicht schwerfiel, da er seine Mutter ja nur zum Wochenende ein paar Stunden lang sah. Sie aber fuhr nach Syracuse zurück, um vor den Eltern damit großzutun, daß Michael mit einemmal zu einem gutaussehenden, großgewachsenen jungen Mann herangewachsen sei, und riet allen ihren Freundinnen mit Söhnen in Michaels Alter, sie in diese Schule zu schicken.

Er hielt sich auch weiterhin an die Verfügung seiner Mutter, keinen Mannschaftssport zu betreiben, und als die Skisaison vorüber war, lief er, ein einsamer, schwermütiger, entschlossener junger Mann, täglich sechs Kilometer querfeldein. Als die Schülerinnen einer angegliederten Lehranstalt zu einem Tanzvergnügen herüberkamen, gelang es ihm sogar, eine mollige, hübsche kleine Vierzehnjährige aus der Turnhalle in den Schatten einer Hecke zu locken und zu küssen.

Nun schon überzeugt, daß er — im Untergrund sozusagen — sein eigenes Leben planen konnte, arbeitete er, ohne zu erlahmen, an seinen Studien und wurde Klassenbester; besonders gute Zensuren erhielt er in Mathematik, einem Fach, in dem er außerordentliches Talent besaß. Er hängte sein Herz daran, an die Stanford University zu gehen — erstens, weil sie von Syracuse am weitesten entfernt war, und zweitens, weil Kalifornien mit seinem milden Klima und seiner sportliebenden Bevölkerung ihm die weitesten Möglichkeiten unter jenen Betätigungen bieten würde, die angefangen hatten, seine Vorstellungskraft zu fesseln: Skifahren, Wellenreiten und Sex. Älter, als seine Jahre hätten vermuten lassen, in Täuschungen wohlgeübt, arbeitete er zielbewußt auf ein Leben hin, das seine Mutter empören würde und das seine Rache für seine zwölf Leidensjahre sein sollte.

Jeden Sommer unternahmen einige ausgesuchte Schüler, von Lehrern begleitet, eine Radtour durch Frankreich. Mit Hilfe eines Briefes des Schulleiters überredete er seine Mutter, ihn mitfahren zu lassen. Michaels Hinweisen folgend, ging der Schulleiter in seinem Brief kaum auf die Beschwernisse der Fahrt und auf die primitiven Herbergen ein, in welchen die Gruppe untergebracht sein würde, betonte dafür die erzieherischen Vorteile der Fahrt um so mehr. Michael hatte ihm von seinen Sommerreisen in Europa erzählt, und der clevere Direktor schlug Mrs. Storrs vor, sich beim Besuch gewisser ausgesuchter Kulturstätten der Gruppe anzuschließen. Nicht ohne böse Ahnungen hatte sich Mrs. Storrs am Ende einverstanden erklärt und es sich angelegen sein lassen, einen großen Koffer mit Arzneien gegen alle nur erdenklichen europäischen Krankheiten, die Michael sich unterwegs zuziehen könnte, herzurichten.

Schon sollte Mrs. Storrs nach Paris abfliegen, um dort mit Michael und seiner Gruppe zusammenzutreffen, als ihre Mutter starb. Mrs. Storrs mußte die Reise absagen und sich um ihren Vater kümmern, und Michael genoß den wunderbarsten Sommer seines Lebens. Mit Hilfe der wenigen französischen Brokken, die er auf seinen Sommerreisen mit seiner Mutter aufgeschnappt hatte, verlor er seine Jungfräulichkeit an eine Kellnerin in Reims und war von diesem Tag an den Frauen rettungslos verfallen.

Immer und immer wieder pries er Joseph Lings Namen.

Mit siebzehn bestand er das Schlußexamen, ein gutaussehender, bulliger junger Mann, ein Einzelgänger, der den ersten Preis in Mathematik gewonnen hatte und von Harvard, Yale, Columbia und Stanford akzeptiert worden war. Ohne seine Mutter vorher davon in Kenntnis zu setzen, war er nach Syracuse gefahren, um mit seinem Großvater zu sprechen, der die Kosten seines Studiums würde tragen müssen. In einem langen Gespräch mit dem alten Herrn, der nach Yale gegangen war, wo es ihm nicht sehr gefallen hatte, wies Michael darauf hin, daß Stanford auf dem Gebiet der Mathematik und der Naturwissenschaften eine hervorragende Stellung einnehme und daß seine Zukunft sich zweifellos glanzvoller gestalten würde, wenn er dort studieren könnte. Angenehm überrascht von dem intelligenten, redegewandten und gutaussehenden jungen Mann, in dem er sich selbst wiederzuerkennen glaubte, billigte der Großvater Micha-

els Wahl und versprach ihm, für die Zustimmung seiner Mutter zu sorgen, obwohl sich diese bereits auf Harvard festgelegt hatte. Aber der Großvater knüpfte eine Bedingung an sein Einverständnis. Zu viele brillante Studenten waren ihm untergekommen, die, in das akademische Leben vernarrt, jahrelang für Doktorat und Habilitation gebüffelt hatten, um dann als Dozenten in unbedeutenden, weithin unbekannten Universitäten zu landen. Er verlangte Michael das Versprechen ab, daß er unmittelbar nach Erlangung seines akademischen Grades an eine Wirtschaftsuniversität gehen würde, nach Harvard oder Wharton oder an die University of Pennsylvania, um anschließend eine vernünftige Laufbahn im Geschäftsleben anzustreben.
Michael gab das Versprechen ab und kehrte beschwingt an seine Schule zurück, um die Abschlußprüfungen hinter sich zu bringen.
Seine Mutter weinte, als sie ihn ins Internat zurückfuhr, und warf ihrem Vater vor, sie nie genug geliebt, ihrer jüngeren Schwester immer den Vorzug gegeben, während der letzten zehn Lebensjahre ihrer Mutter eine Geliebte ausgehalten und überhaupt keinen Sinn für Familienehre zu haben. Auch empfände er einen ungerechtfertigten Haß gegen Musterstudenten, weil er nur mit Nachsicht aller Taxen graduieren habe können und von keiner Elite-Verbindung aufgenommen worden war. Aber Michael versöhnte sie, indem er sich einverstanden erklärte, mit ihr nach Venedig und Jugoslawien zu reisen. Mit einem Fait accompli überrumpelt, immer noch an der Liebe ihres Sohnes zweifelnd, hatte sie schließlich eingeräumt, Stanford wäre vielleicht doch eine gute Idee. Außerdem hatte sie Freunde in San Francisco, die sie immer wieder aufforderten, sie einmal zu besuchen, und so würde sie ihren Sohn ja doch nicht vier ganze Jahre lang verlieren.

Dreieinhalb Jahre später verließ er Stanford, nachdem er seine Doktorprüfung summa cum laude abgelegt hatte. Er war einen Meter achtzig groß und wog 90 Kilo. Während seines Studiums hatte er einen Pilotenschein für einmotorige Flugzeuge erworben, der ihm vorübergehend entzogen wurde, als er das Stadion während eines Footballspiels in geringer Höhe überflog, war zu einem blendenden Skiläufer geworden, der an den Wochenenden und in den Winterferien über die Hänge brauste, hatte mit Fallschirmspringen angefangen und 25 Sprünge mit freiem Fall absolviert, als Wellenreiter die kalifornische Küste unsicher gemacht, es mit Sporttauchen versucht, sich erfolgreich herausgeredet, als die Polizei ihm wegen wiederholten Schnellfahrens den Führerschein abnehmen wollte, seinen Kommilitonen wenig Beachtung geschenkt, seinen Kommilitoninnen um so mehr, hatte mit seiner Mutter ein Symphoniekonzert in San Francisco besucht, ihr glaubhaft helles Entzücken vorgespielt und ihr, wie sie sagte, mit seinen Leistungen Anlaß gegeben, mächtig stolz auf ihn zu sein.

Seine kostspieligen Vergnügungen hatte er aus Gewinnen im Backgammon bestritten, das er mit hohen Einsätzen spielte; seine Erfahrung und sein Hang zur Mathematik sicherten ihm einen beträchtlichen Vorsprung vor seinen Spielpartnern. Für die jungen Leute auf dem Campus war er ein einsamer und schwermütiger Patron. Den Männern, die mit ihm Ski und Wasserski fuhren, hinab in den Luftraum oder ins Wasser tauchten, den Burschen, die ihm beim Wellenreiten auf den Stränden begegneten, erschien er tollkühn bis zum Extrem, heiter und kalt. Die Mädchen und Frauen, mit denen er schlief, sahen in ihm einen charmanten, in seiner unergründlichen grüblerischen Art unwiderstehlichen, gutaussehenden, unersättlichen und unbeständigen Gefährten. Als er sich beim Wellenreiten drei Rippen brach und zwei Wochen im Krankenhaus lag, hielt er das vor seiner Mutter erfolgreich geheim; sie machte sich Sorgen, er könne durch allzu intensives Studium seine Gesundheit untergraben, und riet ihm in ihren Briefen, er möge Spaziergänge in der frischen Luft unternehmen, um die langen Stunden auszugleichen, die er über seinen Büchern zubrachte. Einem der Mädchen, die er besonders gern mochte, erzählte er ein wenig von seiner Mutter und sagte:

»Ich könnte ein Buch schreiben über das, was sie nicht von mir weiß.«

Nachdem er von Stanford abgegangen war und bevor er seine Studien an der Wharton School of Business begonnen hatte, nützte er den Winter, um seine Mutter wenigstens durch ein geographisches Zugeständnis zu beschwichtigen, und kehrte an die Ostküste zurück, genauer gesagt auf einen kleinen Wintersportplatz in Vermont, Green Hollow, wo seine Mutter ihn oft besuchte, wenngleich sie die Tatsache bedauerte, daß er darauf verfallen war, seine letzten Ferien, bevor die Pflichten des Erwachsenseins ihn mit Beschlag belegten, als Skilehrer zu verbringen — eine riskante und in ihren Augen erniedrigende Tätigkeit. Andererseits freute sie sich darüber, daß er so oft und mit so vielen verschiedenen Mädchen und Frauen gesehen wurde und nicht immer mit derselben, denn sie wußte, daß er zum Heiraten zu jung war.

Sie und ihr Vater starben im folgenden Sommer in einem Abstand von nur zwei Wochen und hinterließen ein überraschend kleines Mündelvermögen, das sie klugerweise so angelegt hatten, daß er so lange nur die Zinsen erhielt, bis er das gesetzte und finanziell gesicherte Alter von 35 Jahren erreicht haben würde. Bei der Beerdigung seiner Mutter — er war selbst überrascht, als er am offenen Grab laut zu weinen begann —, lenkte ihn die dunkelhaarige Schönheit eines Mädchens ab, dessen Mutter eine Kommilitonin seiner Mutter in Vassar gewesen war. Er fand ihren Namen heraus — Tracy Lawrence —, sah sie aber erst acht Jahre später wieder, als er bei der Unternehmensberatungsgesellschaft Cornwall and Wallace arbeitete.

# 3

Es war Pause, und er stand im Foyer eines Theaters, als er sie wiedersah, das dichte, dunkle Haar, das markante kleine weiße Gesicht und die blauen Augen. Sie unterhielt sich mit einer älteren Dame; sie lächelte, und ihre Augen glänzten. Er war allein. Einer der Kollegen im Büro, einer, den er recht gut leiden konnte, hatte ihn aufgefordert, mit ihm zu Abend zu essen, aber er wollte nicht über das Geschäft reden und hatte abgelehnt. Nach seinem Eintritt in die Firma und während er die Erfolgsleiter hinaufkletterte und Einblick in die Winkelzüge und Machenschaften des Gewerbes erhielt, hatte er mit seinen Kollegen gern Umgang gepflogen. Jetzt aber kostete es ihn alle Willenskraft, sich an seinen Schreibtisch zu setzen und die Arbeit in Angriff zu nehmen, die ihm, jeden Monat in größeren Mengen, zugeschoben wurde.

Er war an diesem Abend auch zu zwei Parties eingeladen gewesen, aber ebenso wie die Konferenzen im Büro hatten auch die New Yorker Parties für ihn an Reiz verloren. Als Jungeselle jeder Gastgeberin kostbarstes Auslagenstück, hatte er über einen Mangel an Einladungen nicht zu klagen, aber nachdem er jahrelang durch die Partylandschaft gezogen war, sich reden gehört und dabei, wie er heute wußte, den gleichen Unsinn verzapft hatte wie die anderen, hatte er die Nase voll von sich selbst wie auch von dem unwichtigen, sich stets wiederholenden Geplapper. Er konnte die Male nicht mehr zählen, da er von solchen Parties Frauen mit nach Hause genommen, die er beim Betreten der Wohnung noch nicht kannte und die er zwei Wochen später kaum mehr kannte.

Im Foyer dachte er an die Beerdigung zurück; er entsann sich des dunkelblauen Mantels, den sie getragen hatte, des Schuldgefühls, das ihr Anblick in ihm auslöste, und des Sarges seiner Mutter vor dem Altar, in dem nun so viele verwirrende Erinnerungen seines Lebens ruhten. Ihr Name fiel ihm ein — Tracy

Lawrence. Es ergab sich, daß sie in seine Richtung sah; sie faßte ihn ins Auge und lächelte. Er bahnte sich einen Weg zu ihr. »Wie geht es Ihnen, Miss Lawrence?« fragte er und hoffte, sie wäre nicht inzwischen eine Mrs. Sowieso geworden.
Sie besserte ihn nicht aus, also war sie vermutlich keine Mrs. Sowieso. »Bei der Beerdigung wurden wir einander nicht vorgestellt«, sagte sie. »Woher wissen Sie meinen Namen?«
»Ich habe gefragt.« Er lachte. Der Tod seiner Mutter lag weit genug zurück, um nun zur Kategorie normalen Alltagsgeschehens ohne besonderen Beiklang zu gehören — wie Hochzeiten, Taufen oder Jahrestage.
Das Mädchen — oder junge Frau — betrachtete ihn belustigt. Sie schien sich geschmeichelt zu fühlen.
»Das ist meine Tante, Mrs. Grenier«, stellte Tracy Lawrence vor. »Mr. Storrs.«
Er begrüßte die Tante. Sie war elegant gekleidet; gepflegtes Haar säumte ein gütiges, müdes Gesicht.
»Wie gefällt es Ihnen?« fragte Tracy Lawrence. »Das Stück, meine ich.«
»Ein lohnender Abend. Ich schaue mir den zweiten Akt an. Und Sie?«
»Wir auch«, antwortete sie. »Immer noch besser, als zu Bett zu gehen.«
»Darf ich Sie für nachher vielleicht auf einen Drink einladen?«
Das Mädchen warf der Tante einen raschen Blick zu.
»Ich bin müde«, sagte die Tante. »Ich nehme mir ein Taxi. Ihr jungen Leute sollt euren Drink genießen.«
Das Pausenzeichen ertönte, und er folgte den Damen in den Saal. Sie ging aufrecht, die Schultern gestrafft; sie hatte gute Beine, bewegte sich ohne Koketterie und trug ein einfaches, schlichtes dunkelgrünes Kleid.
Sie saß drei Reihen vor ihm, und er konnte den dunklen Kopf sehen und ihr volles und ungehemmtes Lachen vom Lachen der anderen unterscheiden. Dem Stück schenkte er recht wenig Aufmerksamkeit; er wußte, daß er von ihr gefesselt war, aber nicht auf die typisch männliche Art, wie er schon zur Genüge von anderen Frauen gefesselt worden war. Eine Welle von Gefühl überflutete ihn, und durch das Halbdunkel gelangte eine Botschaft von ihr an ihn, so als hätte er eine Stimme flüstern hören: »Das ist etwas Besonderes.« Ein Blick, ein Lächeln, die Erinnerung an eine Trauergemeinde. Es wunderte ihn, daß er nicht schon früher

nach ihr gesucht hatte. Es wäre nicht schwer gewesen herauszufinden, wo sie zu erreichen war. Vermutlich Schuldgefühle vor dem Sarg. Stimme der Mutter zum Thema Schicklichkeit.
Nach der Vorstellung verfrachteten sie die Tante in ein Taxi. Tracy nahm seinen Arm, und sie spazierten zu Sardi's hinüber, denn sie hatten beide nicht zu Abend gegessen, und als er ihr nicht vorenthielt, daß er hungrig war, sagte sie: »Ich auch.«
Während der Oberkellner sie zu einem Tisch geleitete, sah er, wie die Männer, an denen sie vorbeikamen, sich nach ihr umdrehten und sie anstarrten. Sie mußte es gewohnt sein. Nun, ihm pflegten die Frauen nachzusehen, und er war es gewohnt. Er beschloß, sich von ihrer Schönheit nicht einschüchtern zu lassen. Zumindest nicht nach außen hin. Er hatte es schon lange aufgegeben, bei Frauen Eindruck zu schinden. Mit seinem guten Aussehen, seiner sportlichen Figur, seiner immer bedeutenderen Stellung in der Geschäftswelt hatte er sich daran gewöhnt, daß die Frauen sich bemühten, auf ihn Eindruck zu machen. Auch das hatte für ihn an Reiz verloren.
Er bestellte eine Flasche Chianti und Spaghetti für sie beide. Sie sprachen über das Stück. »Viel Talent«, sagte Tracy Lawrence, während sie herzhaft zulangte, »und nicht genug Köpfchen. Der Pesthauch unseres Zeitalters. Was meinen Sie?«
»Ich habe nicht richtig aufgepaßt. Ich dachte an andere Dinge.«
Sie hob schnell den Kopf und fixierte ihn. »An andere Dinge?« Aber sie fragte nicht, was das für andere Dinge gewesen wären.
»Das Geschäft«, log er. »Ich hätte heute abend im Büro bleiben sollen. Ich habe einige Dinge auf meinem Schreibtisch, die ich bis Montagmorgen erledigt haben muß. Aber Freitag abend habe ich zumeist schon genug vom Geschäft.« Er lachte leise. »Um die Wahrheit zu sagen, in letzter Zeit habe ich das Geschäft schon zum Wochenanfang bis hier. Mitunter schon Montag um zehn Uhr vormittags.«
»Was für eine Art von Geschäft ist es?«
»Ich bin Unternehmensberater.«
»Was tun Unternehmensberater?«
»Sie beraten Unternehmen in der Unternehmensgesellschaft, die uns alle zu Sklaven macht.«
»Präzise ausgedrückt?«
»Wir gehen in die Fabriken, wir prüfen Bücher, wir nehmen Büros auseinander, wir interviewen Angestellte, und wo wir auch

hinkommen, verbreiten wir Entsetzen in den Herzen der Menschen.«
Er ertappte sich bei dem Gedanken, daß er noch nie so mit jemandem gesprochen hatte. Bei dieser Frau, der er eben erst begegnet war, hatte er das Gefühl, sagen zu können, was ihm gerade einfiel.
»Wieso Entsetzen?«
»Weil wir dressierte Spitzel sind, bewaffnet mit Computern, Statistiken, Expertisen und kalten Herzen. Wir bekommen alles heraus: Unfähigkeit, Verschwendung, Diebstahl, Vetternwirtschaft, Steuerhinterziehung, Unzulänglichkeiten in der Buchhaltung, falsche Korrelationsverhältnisse zwischen Gewinn und Verlust, mangelnde Beachtung wichtiger Aspekte der Konsumgesellschaft, wie etwa Beziehungen zu Washington oder erfolglose Werbefeldzüge. Wir raten zu Veränderungen, wir schlagen drakonische Maßnahmen vor, wir sind die militante Kirche der Nutzleistung. Ich kenne Fälle, wo die Firmen wie Schlachtfelder ausgesehen haben, als wir sie verließen — überall Tote, Fabriken geschlossen und der Verrottung preisgegeben, Präsidenten und Aufsichtsratvorsitzende abberufen, und Männer, die zu alt geworden waren, auf die Straße gesetzt.«
»Sind Sie ein guter Unternehmensberater?« wollte sie wissen.
»Ein aufgehender Stern.«
Das war nicht gelogen. Der alte Cornwall hatte ihm letzten Monat gesagt, wie zufrieden, wie außerordentlich zufrieden er mit seiner Arbeit sei und daß er der beste Mann wäre, den die Firma je gehabt habe. Er hatte ihm praktisch eine Juniorpartnerschaft versprochen, sobald einer der Gesellschafter zurücktrete oder gefeuert würde.
»Wie Sie es darstellen, klingt Ihre Arbeit gar nicht sehr anziehend.«
»Es ist nicht Sache des Geschäfts, anziehend zu wirken. Was wir an anziehendem Wesen aufbringen können, sparen wir uns für Abende und Wochenenden auf.«
»In der Welt von heute muß das wohl so sein«, bemerkte sie nachdenklich, »aber zu wissen, daß Sie dafür verantwortlich sind, daß Leute auf die Straße gesetzt werden . . .«
Er zuckte die Achseln. »Ich verdiene mir damit meinen Lebensunterhalt. Ich werde dafür bezahlt. Das ist, was unsere Kunden an uns schätzen — unsere herrliche, durch nichts zu erschütternde Unparteilichkeit. Jeden Morgen um neun geben wir un-

sere Herzen in der Garderobe ab und holen sie uns erst wieder um sechs.«
»Sie machen mir was vor. Ich glaube nicht, daß Sie so gefühllos sind. Ich denke, Sie müssen Ihre Arbeit hassen.«
»Ob ich sie nun hasse oder nicht, es ist mein Job«, gab er trocken zurück. »Und jetzt, da ich Ihnen meine schlimmsten Charakterzüge offenbart habe, was haben *Sie* zu beichten, meine liebe Tracy Lawrence?«
»Zunächst einmal«, erwiderte sie und nippte an ihrem Wein, »bin ich keine Miß Lawrence mehr.«
»Oh.« Irgendwo in seinem Körper fühlte er einen dumpfen Schmerz.
»Ich bin noch verheiratet. Mrs. Albert Richards.« Sie lachte. »Machen Sie kein so vergrämtes Gesicht. Ich bin gerade dabei, mich scheiden zu lassen.«
»Wie lange . . .?«
»Zwei. Zwei Jahre des Irrsals für uns beide.«
»Was tut Ihr Mann?«
»Er ist Theaterdirektor. So wie heute abend — eine Menge Talent und kein Hirn. Außerdem überreichlich mit Ego ausgestattet. Für seinen Beruf braucht er das, sagt er, aber für die Ehe ist es nicht gerade das geeigneste.«
»Wo ist er?«
»Unsere Wege haben sich getrennt. Er leitet ein Repertoiretheater im Mittleren Westen. Er schickt mir die guten Kritiken. Er ist sehr beliebt draußen. Wir verstehen uns blendend, wenn wir tausend Kilometer voneinander entfernt sind.« Sie sagte es lässig, und er fand es häßlich, zu sehr New Yorker Stil, zu sehr in der Art mancher Karrierefrauen, die er kennengelernt hatte, die führende Stellungen in der Stadt einnahmen und aller Welt beweisen wollten, daß sie gerade so hart sein konnten wie ein Mann. Sie war zu schön und zu warmherzig, um auch nur einen Augenblick lang unfreundlich zu klingen.
»Und wie verdienen *Sie* Ihr tägliches Brot?«
»Ich bin Designerin. Ich zeichne Muster für Stoffe, Tapeten und ähnliches.«
»Sind Sie eine gute Designerin?«
»Keine schlechte.« Sie zuckte die Achseln. »Ich verdiene mir mein Geld. Die Leute schätzen meine Arbeit. Sie haben wahrscheinlich schon auf Dutzenden von Stühlen und Sofas gesessen, die mit Stoffen bezogen waren, die ich entworfen habe.«

»Macht Ihnen Ihre Arbeit Spaß?«
»Mehr als Ihnen die Ihre, würde ich meinen«, konterte sie herausfordernd. »Ich liebe sie sogar. Die große Freude der Schöpfung, wie es so schön heißt.« Sie lächelte. Es war ein bezauberndes Lächeln, kindlich, mit kleinen Fältchen um die Augen, ohne Ziererei, und sie lächelte nicht zu oft und auch nicht, um jemanden zu beeindrucken.
»Und damit wären die Präliminarien vom Tisch«, sagte er.
»Was für Präliminarien?« Sie machte plötzlich ein ernstes Gesicht.
»Der Austausch von Lebensbeschreibungen. Jetzt kann's weitergehen.«
»Wohin?« Ihre Stimme klang hart.
Jetzt war es an ihm, mit den Achseln zu zucken. »Wohin wir wollen.«
»Sie scheinen mir zu erfahren zu sein«, sagte sie.
»Wie kommen Sie darauf?«
»Sie sind zu gewandt, wenn Sie mit Frauen sprechen. Es läuft alles zu sehr wie am Schnürchen. Eine kleine Nachtmusik, eine gut geprobte Arie, bevor man behaglich ins Bettchen fällt.«
»Vielleicht haben Sie recht«, sagte er nachdenklich. »Ich entschuldige mich. In Wahrheit habe ich noch nie mit einem Menschen so gesprochen wie heute abend zu Ihnen. Und wenn es um mein Leben ginge, ich könnte nicht sagen, warum ich es getan habe. Ich hoffe, Sie glauben mir.«
»Auch das klingt geprobt«, entgegnete sie hartnäckig.
»Mein Gefühl sagt mir, daß Sie für mich zu abgebrüht sind.«
»Vielleicht bin ich das.« Sie stellte ihr Glas nieder. »Und jetzt möchte ich gern nach Hause gehen. Ich muß morgen früh aufstehen.«
»Sonnabend früh?«
»Ich habe eine Einladung aufs Land.«
»Natürlich«, nickte er. »Auch ich habe morgen eine Einladung aufs Land.«
»Natürlich.«
Er lachte. »Aber ich fahre nicht.«
»Na schön, ich fahre auch nicht.«
Er schüttelte ungläubig den Kopf. »Ihre Reaktionen sind mir zu schnell, meine liebe Tracy. Sie wären eine phantastische Hockeyspielerin. Ich bin fasziniert.«
»Ich hätte morgen Zeit für ein Mittagessen.«

»Ein glücklicher Zufall will es . . .« setzte er an.
»Holen Sie mich morgen um eins ab. Ich lade Sie auf einen Drink ein. Ein Stück die Straße hinunter gibt es ein nettes kleines Restaurant. Wollen wir jetzt gehen?«
Er zahlte die Rechnung, sie standen auf und gingen auf die Tür zu. Die anderen Männer im Restaurant starrten sie, die Frauen ihn an.
Sie stiegen in ein Taxi, und sie gab Storrs eine Adresse in der East Sixty-seventh Street. Er gab sie an den Fahrer weiter.
»Ich wohne in der East Sixty-sixth Street«, sagte er. »Das ist ein Zeichen.«
»Ein Zeichen wofür?«
»Das weiß ich nicht. Ein Zeichen eben.«
Sie saßen, ohne einander zu berühren. Als das Taxi vor dem umgebauten Sandsteinhaus hielt, in dem sie ihre Wohnung und ihr Studio hatte, ließ er den Fahrer warten und begleitete sie die Stufen hinauf bis zur Eingangstür.
Nachdem sie aufgeschlossen hatte, drehte sie sich zu ihm um. »Danke für Spaghetti und Wein. Ich bin froh, daß meine Tante müde war.«
»Gute Nacht«, entgegnete er förmlich. »Bis morgen.«
Sie runzelte die Stirn. »Bekomme ich keinen Gutenachtkuß?«
»Ich wußte nicht, daß wir schon dieses Stadium erreicht haben«, gab er steif zurück. Sie hatte ihn aus dem Gleichgewicht gebracht, und er wollte ihr nicht mehr Vorteile zugestehen, als sie schon im Restaurant an sich gebracht hatte.
»Seien Sie nicht so dumm«, sagte sie, beugte sich vor und küßte ihn auf den Mund. Ihre Lippen waren weich und süß. Er umarmte sie nicht.
»Gute Nacht«, sagte sie lässig, öffnete die Tür und ging ins Haus.
Einen Augenblick lang starrte er auf die geschlossene Tür, dann ging er die Stufen hinunter, stieg in das Taxi und gab dem Fahrer seine Adresse. Während der Fahrer den Motor anließ, drehte er sich um und sagte in unverkennbar irischem Tonfall: »Ich hoffe, Sie nehmen es mir nicht übel, mein Freund, aber das war nun wirklich eine schöne Frau.«
»Ich nehme es Ihnen nicht übel«, erwiderte Storrs.
Schon als das Taxi um die Ecke gebogen war und vor seinem Haus hielt, wußte Storrs, daß er sie bitten würde, ihn zu heiraten. Wahrscheinlich schon morgen beim Mittagessen.

# 4

Drei Monate später heirateten sie in Tracys Elternhaus in den Hamptons, wo sie aufgewachsen war. Es war eine bescheidene Hochzeit, und mit Ausnahme von Mr. Cornwall, den Storrs gebeten hatte, sein Brautführer zu sein, waren alle Gäste Freunde und Verwandte der Braut. Mrs. Lawrence war überrascht gewesen, als sie Michael nach den Namen der Personen fragte, die zur Feier eingeladen werden sollten, und er nur einen nannte. »Ich kenne eine Menge Leute in New York«, hatte er gesagt, »aber außer Cornwall kenne ich keinen, dem es nicht völlig schnuppe wäre, ob ich heirate oder nicht.« Er kam gut aus mit Mrs. Lawrence und Tracys Vater, einem großgewachsenen, gelehrtenhaften Mann, der die Leitung eines kleinen pharmazeutischen Unternehmens abgegeben und sich zur Ruhe gesetzt hatte und die Zeit damit verbrachte zu lesen, Vögel zu beobachten und im Sommer mit seinem sieben Meter langen Boot im Sound zu segeln.

Tracy hatte zwei jüngere Schwestern, überschäumend lebhaft und hübsch, aber ohne jenen Hauch altmodischer Schönheit, der Tracy auszeichnete. Die ganze Familie billigte ihre Wahl, die Hochzeit war eine festliche Angelegenheit, wiewohl Mrs. Lawrence, als sie Michael nach der Trauung küßte, ein wenig weinte. »Schade«, meinte sie, »daß deine arme liebe Mutter das nicht mehr erleben konnte.« — Michael enthielt sich jeden Kommentars.

Schon in den zwei Monaten ihres Wartens auf die Erledigung von Tracys Scheidung schliefen er und Tracy miteinander — manchmal in ihrer, manchmal in seiner Wohnung. Es war ihm nicht erlaubt, irgendwelche Kleidungsstücke in ihrer Wohnung aufzubewahren, und sie lehnte es ab, etwas von sich bei ihm zurückzulassen. Sie gab keinen Grund an, warum sie so resolut auf ihrem Standpunkt beharrte, und er drang nicht in sie. Er war hoffnungslos verliebt und von der Köstlichkeit ihres Körpers gefesselt; im stillen mußte er über sich lachen, weil er keine andere Frau mehr ansah, so hübsch sie auch sein mochte.

Sie hielten sich an keine Routine. An manchen Abenden rief Tracy ihn an, um ihm zu sagen, daß sie zu tun habe. Nie erläuterte sie, was sie zu tun hatte, und der Ton ihrer Stimme ließ erkennen, daß sie diesbezügliche Fragen nicht schätzen würde. Wenn er den Abend allein verbringen mußte, ging er ins Kino, saß vor dem Fernseher oder las, was er an Lektüre nachzuholen hatte. Eine Zeitlang kamen noch Anrufe von Frauen — Einladungen zu einer Party oder ins Theater —, aber er lehnte unweigerlich mit dem Hinweis ab, daß er zu arbeiten habe. Nach einiger Zeit blieben die Anrufe aus.

Tracy hatte eine feste Stellung in einem Büro in den East-Fifties, arbeitete aber auch oft zu Hause, und Michael hatte einige ihrer Entwürfe gesehen, Blumenmuster, abstrakte Dessins, manche in gedämpften Farben, andere in kühnen Tönungen, alle aber delikat und zurückhaltend. Wenn er einen fremden Raum betrat, sah er sich immer um, ob er eine ihrer Schöpfungen entdecken konnte; er war entzückt, wenn er eine fand. Er wußte, daß sein Geschmack zu studentischer Monotonie und Unordnung neigte, und empfand das beglückende Gefühl, daß, wenn er und Tracy endlich in ihre eigenen vier Wände einzögen, es eine heitere und gemütliche Wohnstätte sein würde. Tracy fing an, seine von der Mutter geweckte Abscheu vor Kunstwerken abzubauen; er ließ sich willig von ihr in Kunstausstellungen und sogar in die Oper führen. »Es ist dir zu danken«, meinte er, »wenn sich der Philister in mir in vollem Rückzug befindet.«

»Laß mir noch zehn Jahre Zeit«, sagte sie.

»Und wie kann ich *dich* verändern?«

»Das kannst du nicht, mein Freund.«

»Fein«, lachte er, »ich will dich auch gar nicht anders haben.«

»Lügner«, sagte sie und küßte ihn auf die Wange.

Im Büro ertappte er sich dabei, wie er an seinem Schreibtisch vor sich hin träumte und mitten in einer Besprechung an einen Ausdruck in Tracys Augen dachte, an ein ungeduldiges Zurückwerfen des Kopfes, an ihre aufrechte, gerade Haltung, ihren schlanken, aber sinnlichen Körper, ihre seidenweiche Haut, die nervöse aber anmutige Geste, mit der sie zuweilen ihre Worte begleitete, die Leidenschaftlichkeit ihrer Hingabe. Nach ihrem Gespräch am ersten Abend über ihren Mann im Mittleren Westen erwähnte sie ihn nie wieder. Doch als er einmal mit Mr. Lawrence am

Strand spazierenging, machte der alte Herr unvermittelt die Bemerkung: »Bei Gott, du bist ein gewaltiger Fortschritt gegenüber dem anderen.«

Die Toasts wurden mit Champagner ausgebracht. »Sie können stolz sein, mein Junge«, sagte Mr. Cornwall und nickte beifällig. »Jetzt weiß ich, warum Sie in den letzten paar Monaten im Büro so etwas wie einen Privaturlaub angetreten zu haben schienen.« Er hatte herzlich, aber verzeihend gelacht. »Jetzt können Sie aufhören, wie ein Hahn im Hühnerhaus herumzustolzieren, können sich einleben und die Arbeit machen, die zu leisten Sie wirklich fähig sind.«

Cornwall wußte nicht, daß Michael, seitdem er Tracy kennengelernt hatte, die Arbeit noch unwirklicher, noch nebuloser, noch unpersönlicher fand. Als er einmal von einer mehrtägigen Geschäftsreise zurückkam, stellte er nur rasch die Koffer bei sich ab und eilte dann in Tracys Wohnung hinüber, obwohl er wußte, daß sie frühestens in einer Stunde von der Arbeit kommen würde. Er zündete ein Feuer im Kamin an, starrte in die Flammen, ohne eine Lampe anzuzünden, und versank in Träume, die er nicht hätte erklären können. Unbemerkt war Tracy eingetreten und beobachtete ihn. Dann ging sie zu ihm hin und drückte ihm einen Kuß auf den Nacken. Er zog sie auf seinen Schoß und hielt sie fest; sie bewegte sich nicht.

»Liebling«, flüsterte sie, »ich mache mir Sorgen um dich.«

»Sorgen?« Er war überrascht. »Wieso denn?«

»Wenn du allein bist — wie jetzt eben — siehst du — na ja, ich würde sagen, schwermütig drein.«

»Was für einen Grund hätte ich, schwermütig zu sein?«

»Das möchte ich von dir hören.«

»Ich kann nichts dazu sagen«, erwiderte er, »weil ich mich nicht schwermütig *fühle*.«

»Du wirst mir einmal aus deiner Vergangenheit erzählen müssen.«

»Ich habe keine Vergangenheit.«

Sie ging nicht darauf ein. »Deine Frauen, wie du aufgewachsen bist, damit ich weiß, wie du bist — warum ich dich liebe.«

»Du liebst mich, weil ich dich anbete.«

»Unsinn.« Sie erhob sich von seinem Schoß. »Ich brauche einen Drink. Und du siehst aus, als ob du auch einen vertragen könntest.«

Sie ging in die Küche, um Eis zu holen, und er starrte wieder ins

Feuer. Seine Vergangenheit — seine nahezu geisteskranke Mutter, deren mütterliche Instinkte ein unglückseliger Todesfall pervertiert hatte; das plumpe, fette, häßliche Kind; die Unfähigkeit oder mangelnde Bereitschaft, Freunde zu gewinnen; die Einsamkeit; die Tollkühnheit auf den Skihängen, in den Brandungen, in der Luft; und dann das alles in einer Versenkung verschwunden, als ob es nie existiert hätte, und er, gegossen in die falsche Form des korrekten jungen leitenden Angestellten; die bedeutungslose, sich um ihn drängende Gesellschaft leicht zu erobernder, ungeliebter Debütantinnen, Schauspielerinnen, geschiedener und noch nicht geschiedener Frauen, das Auf-der-Hut-sein-Müssen vor den Frauen, die ihn bis zu seinem dreißigsten Lebensjahr davon abgehalten hatten, sich zu verlieben. Das soll ich alles vor ihr ausbreiten? Niemals! Es würde Tracy, würde sie beide belasten, würde ihrer beider Leben verdüstern, würde zu den ungelegensten Zeiten ins Gespräch einfließen. Wenn er sich als der wohlgemute, sorgenlose, humorvolle, junge Liebhaber aufspielte, dann um ihrer beider willen; und wenn er auf diese Weise ihre Liebe ungetrübt erhielt, war es eine nützliche Täuschung. Auf dem Gebiet der Täuschung war er mit 12 Jahren Experte geworden, und es wäre doch schade gewesen, diese wertvolle Gabe nicht zu nützen.
Sie hatten ihre Drinks genommen, sich anschließend den ganzen Abend geliebt und waren dann auf ein spätes Supper in ein kleines Lokal gegangen, das Michael öfter besuchte. Ein Franzose mit einer Adlernase, er hieß Antoine Ferré, spielte dort wunderbar Klavier und sang traurige Lieder in französisch, italienisch und englisch; unvergossene Tränen glitzerten in Tracys Augen, obwohl sie sich brüstete, ein nüchterner Mensch zu sein, der mit seinen Gefühlen zu knausern pflegte.

Als sie nach der Hochzeit nach New York zurückfuhren, sagte Tracy: »Nun, wir haben es hinter uns.«
»Im Gegenteil. Es hat eben erst angefangen.«
Tracy lachte. »Wollen wir das als unseren ersten ehelichen Zwist ansehen?«
»Einverstanden«, sagte er und fing auch an zu lachen.
Sie flogen nach Aspen, um dort ihre Flitterwochen zu verbringen. Tracy konnte nicht Ski fahren und hatte auch nicht die Absicht, es zu lernen, aber sie wußte, daß Michael als junger Mann Ski gefahren war und sich nach Schnee sehnte. Sie liebe die

Berge und das kalte Wetter, sagte sie, und außerdem wäre sie mit Leuten befreundet, die dort ein Häuschen hätten und es ihnen für zwei Wochen leihen wollten.

Der Schnee war gut und das Wetter perfekt für einen Honigmond in den Bergen. Er war den ganzen Tag auf den Skiern und erlebte die alte Verzückung, die er schon vergessen zu haben geglaubt hatte. Jeden Morgen zeitig früh begab er sich auf die Hänge, während Tracy sich noch behaglich im Bett rekelte. Tagsüber unternahm sie ausgedehnte Spaziergänge in dem dicken Pelz, den er ihr als Hochzeitsgeschenk gekauft hatte. Wenn er sie am späten Nachmittag nach seiner letzten Abfahrt in der Bar traf, wo sie immer saßen, hatte sie rote Bäckchen von der Kälte und sah aus, so schien es ihm, wie eine strahlende Achtzehnjährige.

Ein Gendarm hatte ihn aufgehalten und gedroht, daß er ihm den Skipaß abnehmen würde, wenn er ihn noch einmal dabei erwischte, daß er den Berg hinuntersauste und nicht nur sein eigenes, sondern auch das Leben anderer Skifahrer am Hang gefährdete.

»Ich verbringe meine Flitterwochen hier, mein Freund«, rechtfertigte sich Michael, »und ich habe ganz bestimmt nicht die Absicht, jemanden ins Jenseits zu befördern, am wenigsten mich.«

Der Gendarm hatte gelacht. »Na schön, aber nächstes Mal vergewissern Sie sich, daß ich gerade nicht hinschaue, wenn Sie vorbeikommen. Und wenn Sie sich nicht zurückhalten können, Dienstag ist ein Skirennen, und da wird niemand von Ihnen verlangen, daß Sie langsam fahren. Sie sind zwar schon etwas alt für solche Konkurrenzen, aber so wie Sie aussehen, könnten Sie noch Ihren Mann stehen. Und meine Empfehlungen an die junge Frau.«

Dann waren sie zusammen hinuntergesaust — aber sorgsam darauf bedacht, knapp an der Baumgrenze zu bleiben, wo niemand ihnen im Weg war. Michael lud den Gendarm, der vielleicht zweiundzwanzig war, ein, mit ihm und seiner Frau ein Glas zu trinken, und der Gendarm hatte Tracy über seinen Glühwein hinweg angeglotzt und war ins Stottern gekommen, wenn er ihre Fragen beantwortete. »Junge, Junge«, sagte er, nachdem er ihr erzählt hatte, wie es zu einer Begegnung mit Michael gekommen war, »ich würde meinen Kragen nicht aufs Spiel setzen, wenn ich mit *Ihnen* verheiratet wäre.«

Tracy hatte gekichert und die Hand des jungen Mannes getätschelt. »Sie wissen nicht, was ich für Arbeit hatte, ihn zu kriegen«, sagte sie.

»Ich kann's mir vorstellen«, gab der Gendarm zurück.

Michael bestellte eine zweite Runde, und der junge Mann wollte wissen, wo er so gut Skifahren gelernt hatte.

»Zuerst im Osten, dann in Kalifornien«, antwortete Michael. »Als ich so alt war wie Sie, habe ich auch eine Saison lang als Skilehrer gearbeitet.«

»Und warum sind Sie nicht dabei geblieben?«

»Ich ging nach New York, um mein Glück zu machen und zu warten, bis mir Tracy Lawrence begegnete.«

»Vielleicht sollte ich es auch in New York versuchen, bevor ich zu alt werde«, meinte der Gendarm. Er leerte sein Glas und stand auf. »Ich muß jetzt gehen. Und wenn Sie weiter so Ski fahren wollen, wie heute nachmittag, Mr. Storrs, denken Sie daran, daß Sie eine Frau haben, die zu Hause auf Sie wartet.«

»Mache ich«, versprach Michael.

Der junge Mann verabschiedete sich mit einer steifen Handbewegung, streifte Tracy mit einem letzten hungrigen Blick und trampelte mit seinen Stiefeln an den lärmenden Skifahrern an der Bar vorbei.

»Netter junger Kerl«, sagte Tracy.

»Er sah dich an, als wollte er dich unter den Arm klemmen und nach Hause tragen.«

Tracy kicherte. »Du hast doch nichts dagegen, wenn man deine junge Gattin mit ein wenig Aufmerksamkeit umgibt, nicht wahr?«

»Gegen ein wenig habe ich nichts. Aber der junge Mann hat sie dir gleich scheffelweise erwiesen.«

»Ich habe gesehen, wie die Mädchen dich anglotzen. Was machst du eigentlich den ganzen Tag da oben mit ihnen?« hänselte sie ihn.

»Da oben hat es 25 Grad minus, mein Schatz. In den Rockies wird im Winter in über 3000 Meter Höhe verflixt wenig gebumst.«

»Du meinst also, ich sollte mich im Sommer sorgen – auf Meereshöhe?« Sie neckte ihn immer noch.

»Eines sollst du wissen«, sagte er in ernsterem Ton. »Zum ersten Mal in meinem Leben habe ich den höchsten sexuellen Genuß entdeckt – Monogamie. Du bist eingeladen, diese Entdeckung mit mir zu teilen.«

»Mache ich, wie du es so schön ausdrückst.«
Eine kleine Weile saßen sie schweigend da und sahen sich in die Augen.
»Hier oben bist du ein anderer Mensch«, sagte sie.
»Anders als wo?«
»New York. Das hier scheint dein Klima, deine Umgebung zu sein.«
»Ist es besser oder schlechter für mich?«
»Ich glaube, besser. Seitdem wir von Denver weg sind, habe ich dich nicht mehr schwermütig gesehen. Und du siehst zehn Jahre jünger aus.«
Er lachte. »Genau das habe ich auch von dir gedacht, als du jetzt hier reinkamst.«
»Vielleicht sollten wir uns an einem Ort wie diesem niederlassen und nie wieder ins Tal zurückkehren.« Ein Hauch von Sehnsucht lag in ihrer Stimme. »Vielleicht gehöre ich auch in die Berge.«
»Ich habe zwar etwas Geld«, sagte Michael, »und ich bekomme noch mehr, wenn ich fünfunddreißig bin, aber wenn wir weiterhin zu essen haben wollen, werde ich wohl in New York bleiben müssen.«
»Ach, New York«, sagte sie zweifelnd. »Man haßt es und man liebt es. Man wird von allen Seiten bedrängt — von den guten wie von den schlechten Dingen. Man scheint immerzu in Verzug zu sein. Hier jagst du auf Skiern über die Piste — *dort* jagt deine Seele dahin. Hier scheint kaum jemand Zeitung zu lesen. Man vergißt, daß es einen Krieg gibt, daß Menschen einander im Dschungel töten, Amerikaner. Wenn du in New York die *Times* liest, findest du es unerträglich, den Gedanken, an Sicherheit, dein gutes Essen, dein warmes Bett, als unerhört selbstsüchtig. Du schaust den Leuten auf der Straße ins Gesicht und fragst dich, wie sie das aushalten. Geht es dir nicht manchmal auch so?«
»Ich weiß, was du meinst, wenn du von den Leuten auf der Straße sprichst, aber ich kann nichts dagegen tun — also versuche ich, nicht daran zu denken.«
»Glaubst du, daß sie auch dich noch einziehen?«
»Ich bin zu alt. Mir kann nichts passieren.«
Er erzählte ihr nichts davon, daß er mit vierundzwanzig, in seinem letzten Semester in Wharton, als der Krieg in Vietnam auf Touren kam, nach einer besonders langweiligen Vorlesung über Statistik, ohne richtig zu überlegen, in ein Rekrutierungsbüro ge-

gangen war und sich freiwillig gemeldet hatte. Der Sergeant an seinem Schreibtisch hatte ihn zweifelnd angesehen, so als ob er betrunken wäre oder Rauschgift genommen hätte, ihm aber dann doch geholfen, das Formular auszufüllen, und ihn zur ärztlichen Untersuchung geschickt. Der Arzt, der ihn untersuchte, war ein müder, schwerfälliger Captain, der für einen Captain zu alt zu sein schien, und tonlos vor sich hinsummte, so als ob er seine Arbeit zum Sterben langweilig fände. Doch als er Michael das Stethoskop auf die Brust setzte, wachte er plötzlich auf. Nach ein oder zwei Minuten tat er einen Schritt zurück, nahm die Oliven des Stethoskops aus den Ohren und sagte: »Tut mir leid, mein Sohn.«

»Was soll das heißen?«

»Es heißt, daß das Heer Sie nicht gebrauchen kann. Sie haben ein Herzgeräusch. Vielleicht sterben Sie jung und vielleicht werden Sie hundert Jahre alt, aber Sie werden dabei bestimmt keine Uniform anhaben. Sie können sich wieder anziehen.«

Michael war wie vor den Kopf geschlagen. Das letzte Mal, daß ein Arzt ihn untersuchte, das war in Green Hollow gewesen, als er sich mit einer Lungenentzündung herumgeschlagen hatte, aber das war jetzt über ein Jahr her, und damals hatte der Arzt nichts von einem Herzgeräusch gesagt. Er hatte die Episode für sich behalten. Er hatte niemandem gesagt, daß er sich melden wollte, und jetzt brauchte auch niemand zu wissen, daß er untauglich erklärt worden war. Aber er grübelte darüber nach und ging schließlich zu einem Arzt im Universitätskrankenhaus, um sich untersuchen zu lassen. Er erzählte ihm von dem Herzgeräusch, und der Arzt führte mehrere klinische Tests an ihm durch. »Mr. Storrs«, erklärte er schließlich, »entweder ist dieser Sanitätsoffizier der unfähigste Mann in der Geschichte des militärischen Bildungswesens, oder er führt eine Einmannkampagne gegen unsere Präsenz in Vietnam. Ihr Herz ist so normal, wie es nur sein kann. Ich rate Ihnen: vergessen Sie das Ganze.«

Michael konnte es nicht vergessen, aber er versuchte auch nicht noch einmal, sich zum Militärdienst zu melden. Hin und wieder stellte er sich die Frage, wie sein Leben ausgesehen haben würde, wenn er an jenem Morgen im Heereskrankenhaus einem anderen Arzt über den Weg gelaufen wäre.

»Mir kann nichts passieren«, wiederholte er. Er hätte ihr die Geschichte erzählen können, aber das war nun einmal kein Thema, über das man sich auf der Hochzeitsreise unterhielt.

»Ich bin mit einem alten Mann verheiratet, dem nichts passieren kann«, sagte Tracy. »Gott sei Dank.«

Am Freitag nahm er am Abfahrtslauf teil. Er hatte die Strecke am Tag zuvor durchfahren und sich die Stellen eingeprägt, wo er die Geschwindigkeit würde herabsetzen müssen, um nicht abgetrieben zu werden. Es war eine lange und schwierige Strecke mit vielen kniffligen Kurven, einigen Stellen, wo man bis zu sechs Metern in der Luft blieb, und ein paar versteckten, aber tiefen Mulden. Er hatte sich einen Sturzhelm ausgeliehen, aber unterlassen, sich lange Rennskier zu besorgen, doch angesichts dieser Strecke bedauerte er es jetzt. Er wußte, daß er es später noch mehr bedauern würde. Er hatte eine hohe Startnummer und beobachtete gespannt die Männer vor ihm, und er sah, daß die guten Läufer unter ihnen die Geschwindigkeit kaum verringerten und den Kurs ohne zu schwingen durchfuhren. Als die Reihe an ihn kam und er startete, wußte er, daß auch er nirgends Geschwindigkeit wegnehmen würde. Er war noch nie so schnell gefahren, und trotz der Brille fingen seine Augen an zu tränen. Fast hätte er die Ziellinie erreicht, wo Tracy ihn erwartete, aber knapp vor dem Zielschuß kam eine Bodenwelle, die ihn unerwartet hochschleuderte; im Drehsturz schlug er auf, und die Skispitzen bohrten sich in den Schnee, aber zum Glück ging die Bindung auf, und er rollte noch 15 Meter Hals über Kopf den Berg hinunter, bevor er liegenblieb. Er stand schnell auf, um Tracy zu zeigen, daß er unverletzt geblieben war, mußte aber den Rest des Weges humpeln, weil er sich beim Sturz den Fuß verstaucht hatte.
Als er auf Tracy zukam, die neben dem Gendarm stand, sagte der junge Mann zu ihr: »Ihr Freund ist nicht recht bei Trost. Ich hätte mich nicht von ihm beschwatzen lassen und ihm den Skipaß abnehmen sollen.«
Aber Michael lachte, als er vor ihnen stand. »Eine wunderbare Abfahrt«, sagte er.
»Aber nicht für alte Herren«, konterte der Gendarm in unfreundlichem Ton und ging davon.
Verwundert sah Michael ihm nach. »Was hat er denn?« fragte er Tracy.
»Du warst gerade in der Mitte, da sagte er, du wüßtest nicht den Unterschied zwischen Skifahren und Russischem Roulette.«
Michael zuckte die Achseln. »Milchbart. Denkt, er hat die Weis-

heit für sich gepachtet. Ich bin ein alter Mann, dem nichts passieren kann. Und jetzt brauche ich einen Arzt, der sich um meinen Fuß kümmert.«
Auf Tracys Arm gestützt, und ohne sich für den Ausgang des Abfahrtslaufes zu interessieren, humpelte er davon. Den Rest der Flitterwochen schnallte er keine Skier mehr an; sie waren Tag und Nacht zusammen und verlebten eine herrliche Zeit.

Nach New York zurückgekehrt, zog Michael endlich in Tracys Wohnung. Mit Ausnahme eines alten Ledersessels, in dem er gerne lag, verkaufte er alle seine Möbel an einen Trödler. »Zehn Jahre zu spät«, sagte Tracy.
Sie erwies sich als gute Köchin, und sie waren beide so zufrieden mit ihrem Heim, mit sich selbst und miteinander, daß sie keinen anderen Menschen zu ihrem Glück brauchten und unmittelbar nach der Arbeit nach Hause eilten, um sich gegenseitig in der kleinen Küche helfen, sich mit einer Flasche Wein an den Tisch vor dem Feuer zum Essen zu setzen und den Abend lesend oder damit zu verbringen, daß sie einander erzählten, was der Tag Neues gebracht hatte. Wenn Michael einen auswärtigen Kunden besuchen mußte, versuchte er, seine Reise so kurz wie möglich zu halten, und führte jeden Abend lange Telefongespräche mit Tracy.
Die Euphorie ihrer Flitterwochen dauerte bis zu dem Tag, da Aldridge zu Tode kam und sie ihm sagte, daß sie ein Kind haben wollte.

# 5

Am nächsten Sonnabend erwachte er früh. Tracy schlief noch, er kleidete sich still an, schlüpfte in eine alte Cordhose und zog eine Windjacke über. Aber bevor er das Zimmer verlassen konnte, wachte Tracy auf und begrüßte ihn mit einem »Guten Morgen«. Er stand auf der anderen Seite des Bettes und sah, wie sie ihn betrachtete und seine Kleidung in Augenschein nahm.

»Guten Morgen, Schatz«, sagte er, ging zu ihr hinüber und küßte sie. Sie drehte schnell den Kopf zur Seite, so daß seine Lippen nur ihre Wange streiften. Sie duftete nach Schlaf und ein wenig nach Parfüm. »Nachmittag bin ich wieder da«, versprach er.

»Wo gehst du hin?«

»Es ist nur . . .« setzte er an.

»Erzähl mir nichts«, sagte sie. »Ich weiß.« Sie drehte ihm den Rücken zu und legte einen Arm über ihren Kopf.

»Du mußt verstehen«, sagte er, »ich . . .«

»Versuche nicht, mir etwas zu erklären. Wir sehen uns später.«

Er zuckte die Achseln und verließ das Zimmer.

Als er auf das Feld in New Jersey kam, wehte ein böiger Wind, und der Luftsack drehte sich von einer Seite zur anderen. McCain und sein Helfer, ein schlaksiger blonder Junge, saßen im Schuppen und tranken Kaffee. McCain zeigte sich nicht überrascht, ihn zu sehen. »Sie sind aber heute früh dran, Mr. Storrs«, sagte er. Sie hatten sich in dieser Woche zweimal, bei den zwei Beerdigungen, gesehen, aber nicht miteinander gesprochen.

»Ich habe heute nachmittag in New York zu tun«, sagte Michael. »Ich wollte nur ein paar mittlere Sprünge machen und wieder zurückfahren. Bin ich heute der einzige?«

»McCain nickte. »Der einzige«, bestätigte er. »Das Geschäft war nicht sehr rege in dieser Woche. Und das Wetter ist auch nicht so toll. Wollen Sie wirklich springen?«

»Na sicher.«

McCain erhob sich bedächtig, und nachdem Michael die Springerkombination und die Stiefel angelegt und der schlaksige Blonde ihm geholfen hatte, sich den Haupt- und den Ersatzschirm anzuschnallen, gingen alle drei zum Flugplatz hinaus.
»Der Wind ist tückisch heute morgen«, bemerkte McCain, während er den Motor anließ. »Bleiben Sie im Norden des Feldes.« Im Süden säumte ein Bestand von hohen Föhren das Flugfeld, und McCain sprach diese Warnung jedesmal aus, wenn er einen Kunden in der Maschine hatte. »Heute ist kein Tag für Kinkerlitzchen. Ziehen Sie die Leine schon bei dreitausend, nicht später, verstanden?«
»Okay.«
McCain ließ den Motor aufheulen, und sie hoben ab. Das Flugzeug zitterte und klapperte im Wind. Auf der Fahrt von New York heraus hatte Michael sich schläfrig und schwerfällig gefühlt, aber jetzt riß ihn der kalte Wind, der durch die offene Tür blies, aus seiner Lethargie, und als nun das Adrenalin anfing, seinen Herzschlag zu beschleunigen, genoß er die vertraute Erwartungsfreude, ein elektrisierendes Gefühl, totale Bereitschaft, das Prickeln unbekümmerten, ekstatischen, primitiven Vergnügens.
Bei 7500 Fuß gab McCain ihm das Zeichen, und er stieg aus. Da war es wieder, das herrliche Gefühl der grenzenlosen, führungslosen Hingabe an die Schwerkraft, die wollüstige Verzückung, während er, zielbewußt wie ein Vogel, getragen von der brausenden Luft, fallend, gleitend, nach der Seite ausbrechend, durch den Raum wirbelte. Seine Hand lag auf der Reißleine, er machte sich gar nicht die Mühe, einen Blick auf den Höhenmesser auf seinem Handgelenk zu werfen, und die Föhren, dunkel in der Morgensonne, kamen näher und näher, schienen ihm entgegenzustürzen. Mit Bedauern zog er die Leine und spürte den Ruck, als der Schirm sich über ihm öffnete, und er zerrte am Knebel, um Abstand von den Föhren zu halten. Er schlug hart auf, keine 20 Meter von den Föhren entfernt; im letzten Moment hatte ihn der Wind umgeworfen. Er löste das Gurtzeug seines Schirmes und erhob sich. Tief atmend stand er da, wie betäubt vom Erlebnis des Fluges, dröhnende Leere in Sinn und Geist, und bedauerte, daß es vorüber war.
Er packte den Fallschirm zusammen und ging auf den Schuppen zu, während McCain kreisend niederging, um zu landen. Er saß im Schuppen und goß sich Kaffee ein, als McCain eintrat.

McCain hatte die Stirn in Falten gelegt und biß sich auf die Lippen.

»Mr. Storrs«, begann er, »ich habe Ihnen doch gesagt, Sie sollten auf der Nordseite bleiben.«

»Der Wind . . .«

»Ich weiß über den Wind Bescheid«, gab McCain ruppig zurück. »Sagen Sie mal, Mr. Storrs, in welcher Höhe haben Sie die Reißleine gezogen?«

»Zweitausendfünfhundert würde ich meinen, zweitausend . . .«

»Tausend, würde ich meinen, Mr. Storrs. Wenn etwas schiefgegangen wäre, würde Ihnen nicht einmal Zeit für ein Gebet geblieben sein, und wir wären jetzt vermutlich damit beschäftigt, Ihre Reste zusammenzukratzen. Dreitausend habe ich gesagt, nicht wahr?«

»Ich hatte einfach das Gefühl, daß alles wunderbar lief, und gab ein paar Sekunden drauf. Es ist ein herrlicher Tag.«

»Ein herrlicher Tag«, wiederholte McCain, »und das letzte Mal, daß Sie hier gesprungen sind, Mr. Storrs. Zwei Männer sind vorigen Sonnabend hier draufgegangen, und ich möchte nicht, daß das zur Gewohnheit wird.«

»Bitte sehr, Mac.« Michael zuckte die Achseln. »Was bin ich Ihnen schuldig?«

»Nichts. Die letzten zwei Sprünge, heute und vorige Woche, gehen auf meine Rechnung.«

»Wie Sie meinen«, sagte Michael. Er war noch in zu euphorischer Stimmung, um zornig oder auch nur böse zu sein. »Danke für alles.« Er streckte ihm die Hand entgegen, aber McCain wandte sich ab und schenkte sich Kaffee ein.

»Hören Sie, Mac«, sagte Michael, »ich habe niemanden getötet und mich auch nicht, also was soll das?«

»Diesmal nicht.« McCain schlürfte geräuschvoll seinen Kaffee. »Bei Ihnen hatte ich immer schon Bedenken. Jetzt habe ich keine mehr. Wenn Sie gestatten, werde ich Ihre reizende Frau anrufen und ihr raten, sie soll besser auf Sie aufpassen.«

»Rufen Sie an, wen Sie wollen«, gab Michael ärgerlich zurück. »Ich werde ihr raten, sie soll Sie zu einem Priester schicken oder zu einem Analytiker, oder zu Ihrem Hausarzt, oder einem Rabbi oder einem Guru oder sonst jemanden, der Sie davon überzeugen kann, daß leben noch allemal besser ist als sterben, Mr. Storrs.«

»Das ist doch Quatsch, Mac.«

McCain lächelte. »Nehmen Sie Ihr Zeug«, sagte er und sah zu, wie Michael seine Ausrüstung zusammenpackte und die Springerstiefel auszog.
»Und fahren Sie vorsichtig«, sagte er. »An Sonnabenden wimmelt es auf den Straßen von Polizisten.«

Die Wohnung war leer, als er heimkam. Neben dem Telefon lag eine Nachricht von Tracy. »Bin meine Eltern besuchen gefahren. Komme Sonntag spät abends zurück oder rechtzeitig zur Arbeit Montag.« Die Nachricht war mit »T« unterschrieben.
Er zerknüllte den Zettel und warf ihn in einen Papierkorb. »T«. Nicht »Alles Liebe, T«. Oder »Bitte, ruf mich an, Tracy«. Oder »Warum setzt du dich nicht in den Wagen und kommst auch her, Liebling?« Rechtzeitig zur Arbeit Montag — aber nicht rechtzeitig für die Liebe. Und wie war sie in die Hamptons gekommen, wo er doch den Wagen genommen hatte, um nach New Jersey zu fahren? Vermutlich einer ihrer alten Freunde, der sich immer noch um sie herumtrieb und nicht aufgeben wollte.
Sie wußte nicht einmal, an welchem Tag sie zurückkommen würde. Schlaf allein, mein Lieber, eine Nacht, zwei Nächte, was spielt das für eine Rolle?
Und kein häusliche Gesinnung verratender Hinweis — keine Mitteilung, daß im Eisschrank ein Steak für ihn liege oder daß sie nicht mehr genug Whisky hätten und daß er doch schnell mal hinuntergehen und eine Flasche fürs Wochenende kaufen sollte. Du gehst deinen Weg, besagte die Nachricht, und ich gehe meinen. Die Zurechtweisung war nicht zu übersehen. Ob McCain wohl seine Drohung wahrgemacht und sie tatsächlich angerufen und ihr den Quatsch von Psychoanalytikern, Priestern und Rabbis aufgetischt hatte, und ob sie daraufhin ausgerissen war?
Nach dem schönen Morgen und dem Freiheitsraum des Himmels empfand er die kleine, sauber in Ordnung gebrachte Wohnung wie ein Gefängnis. *Sie* hatten es auf ihn abgesehen, *sie* kreisten ihn ein. Auf die Frage, wer *sie* waren, hätte er keine Antwort gewußt.
Zornig nahm er den Hörer auf und rief seine Schwiegereltern an. Warum die Fehde nicht gleich ausfechten? Dein Mann ist auf deiner Szene erschienen, ausgestattet mit gewissen Bedürfnissen, Vorlieben, geistigen Verirrungen, wenn du es so nennen willst. Er liebt die Herausforderung, er liebt die Illusion, aus der Wirklichkeit ausbrechen zu können. Die Gleichung ist einfach

— zehn Minuten Flucht ist gleich fünf Tage von Montag bis Freitag. Es berührt dich nur am Rande, und es erlaubt mir, in Freuden mit dir zu leben. Ich werde mich nicht von weiblicher Fürsorge einfangen lassen. Du bist nicht meine Mutter, die mir verbietet, auf Bäume zu klettern. Wir sind nicht in Syracuse.
Das Telephon läutete und läutete. Niemand meldete sich. *Sie* wollten ihn alle bestrafen. Er stellte sich vor, wie Tracy dort im Haus am Meer Wache über das Telephon hielt und niemandem erlaubte abzuheben. Ich bin mit einem Wahnsinnigen verheiratet, sagte sie, während sie über das Telephon wachte. Er ist ein junger Mann, aber schon betrauert er seine Jugend und will sich selbst beweisen, daß er nicht alt werden wird. An Wochenenden und an Feiertagen blickt er in die Kindheit zurück. Auf unserer Hochzeitsreise hätte er mich leicht zur Witwe machen können. Er soll seine Wahl treffen. Aus meiner Abwesenheit ersieht er, daß ich die meine getroffen habe. Ich werde mich nicht so behandeln lassen, als ob mein Leben ohne Bedeutung wäre. Die Ehe ist ein gegenseitiger Kompromiß, und je eher er das begreift, desto besser.
Er knallte den Hörer auf die Gabel. Sei vernünftig, dachte er. Vielleicht machen sie gerade einen Spaziergang am Strand. In zehn Minuten sind sie zurück, und sie geht zum Telephon und ruft an und fragt dich, wie es war und ob du nicht zum Abendessen herauskommen möchtest.
Er ging in den kleinen Raum neben dem Wohnzimmer, das sie als Studio verwendete. Ein Bogen Papier mit einem halbfertigen Dessin in Wasserfarben war an das Zeichenbrett geheftet. Blumen, in hellen, kindlichen Farben. Es war unmöglich, daß eine Frau, die so heiter zu malen verstand, so zerbrechliche, hinfällige Dinge zu malen wußte, entschlossen sein konnte, ihm unter allen Umständen ihren Willen aufzuzwingen. Auch seine Mutter hatte den Anschein erweckt, zerbrechlich und hinfällig zu sein. Aber sie war gestorben.
Er wanderte in das saubere, helle Wohnzimmer zurück. Plötzlich überkam ihn das Gefühl, daß hier nie jemand gewohnt hatte, daß es einer jener unechten, geschickt beleuchteten und eingerichteten Räume war, die man in den Auslagen von Möbelgeschäften sehen konnte, die über Nacht verschwanden, um am nächsten Tag durch einen anderen, ebenso attraktiven und ebenso unechten ersetzt zu werden.
Das Telephon blieb stumm.

Unbeweibt, dachte er, unbeweibt. Diese Abende, bevor sie heirateten, wenn sie ihm gesagt hatte, daß sie ihn nicht treffen könne, ohne irgendwelche Erklärungen abzugeben — wo war sie da hingegangen, mit wem hatte sie gesprochen, was hatte sie getan? Ich bin niemandes Hüter, hatte er ihr einmal gesagt. Aber war das ehrlich gemeint gewesen? Und sie, die sich nie zu einer Auskunft bereit gefunden hatte — lag ein versteckter Sinn in ihrem Stillschweigen?
Er hatte einen kleinen Schreibtisch in einer Ecke des Zimmers, wo er seine Berichte durchsah, die er am Abend mitbrachte, seine Briefe schrieb und seine Scheckhefte verwahrte. Darauf stand ein Bild von ihr — ein Farbphoto, das auf dem Rasen ihres Elternhauses an einem hellen Sommertag aufgenommen worden war. Sie saß auf einem Gartenstuhl, ein Buch im Schoß, die Hände locker über das Buch gefaltet, und ihr schulterlanges Haar, das sie in der Stadt aufgesteckt zu tragen pflegte, schimmerte fast blauschwarz im Sonnenlicht. Sie trug eine blaßblaue Bluse mit kurzen Ärmeln und einen langen blauen Rock. Ihre Arme waren von der Sonne gebräunt, ihr Gesicht rosig, der Ausdruck darauf ernst und ein wenig zweifelnd. Nein, die neue Eingeschlechtigkeit war nicht ihr Stil. Ihre Fraulichkeit war Ausdruck ihrer Reife, jahrhundertealtes Erbgut, und forderte, daß man ihr huldigte und sie beschützte. Heiße Sehnsucht überflutete ihn, als er das Bild betrachtete. Jemand hatte es aufgenommen, noch bevor sie sich im Theater begegnet waren. Aber wer? Ihr erster Mann? Wer immer es gewesen war, der Photograph hatte ihre Qualitäten zu würdigen gewußt. Dame im Garten. In voller Blüte. Eine blumenreiche, duftige Metapher. Aus einer früheren, ritterlichen Zeit. »Komme Sonntag spät abends zurück oder rechtzeitig zur Arbeit Montag. T.« Widersprüchlichkeiten. Ein Jahrhundert folgte auf das andere. Die Bräuche änderten sich.
Er griff noch einmal zum Telephon. Noch immer meldete sich keiner. Sonnabend nachmittag, Sonnabend abend, die lärmende Festlichkeit der großen Stadt dehnte sich vor ihm aus — eine Wüste. Er konnte die leere, von stummen Vorwürfen erfüllte Auslagenfensterwohnung nicht ertragen. Er nahm den Hörer ab und wählte, aber diesmal war es eine Nummer, die er aus der Zeit vor seiner Heirat kannte.
»Hier spricht Josey.« Eine helle, lebhafte Stimme, eine ganz besonders vertraute Art, sich zu melden, wenn der Apparat auf dem Nachttischchen stand.

»Michael«, sagte er.
»Ah, der verlorene Bräutigam.«
»Mittagessen?«
»Warum nicht?« Ohne zu zögern. Wie viele Verabredungen mit wie vielen anderen Männern hatte sie schon, ohne zu zögern, für ihn gebrochen?«
»Ein Uhr?«
»Mach ich.« Den Satz hatte sie von ihm. »Pünktlich.«
»Wo wir uns immer getroffen haben«, schlug er vor.
»Selbstverständlich.«
»Du bist eine zuverlässige Dame.«
»Meine Verderbtheit«, sagte Josey. »Ich werde mit eine rote Rose ins Haar stecken, damit du mich erkennst.«
»Nicht nötig.«
»Es ist schon lange her, Bräutigam.«
»So lang nun wieder auch nicht.«
»Ich komme leicht bekleidet.«
Er lachte. »Über das Mittagessen hinaus habe ich noch keine Pläne gemacht«, sagte er.
»Ich schon. Seit einiger Zeit lebe ich praktisch von Champagner.«
»Sonst gibt es nichts Neues? Ein Eiskübel wird bereitstehen.«
Jetzt war es an ihr zu lachen. Ihr Lachen war ein eigenartiges Kichern, mädchenhaft und leise. Lange hatte es ihn bezaubert und belustigt, weil es so gar nicht zu ihrem Aussehen paßte — sie war großgewachsen und machte den Eindruck einer hochmütigen und stolzen Frau. Jahrelang war sie, mit Unterbrechungen, ein fester Bestandteil seines Lebens gewesen — soweit man vor Tracy von einer Frau sagen konnte, daß sie ein fester Bestandteil seines Lebens gewesen war. Ihre Beziehungen waren frei von Komplikationen. Wenn er, nachdem er sich einen Monat nicht gemeldet hatte, anrief, sagte sie nur: »Ach, ich werde wieder einmal einberufen«, aber sie beschwerte sich nicht. Sie war als einfaches, aber apartes junges Mädchen aus Alabama nach New York gekommen, hatte eine kurze, aber blendende Karriere als Photomodell gemacht, hatte reich geheiratet und sich reich scheiden lassen und hatte jeden Augenblick ihres Lebens genossen, wie sie manchmal sagte, wenn Leute versuchten, ernsthaft mit ihr zu reden. »Ich bin das Netz unter dem Drahtseilakt zahlreicher Ehen«, hatte sie ihm einmal mädchenhaft kichernd anvertraut.
Damit war der Sonnabendnachmittag gelaufen. Er starrte das Telephon an, während er den Hörer auflegte, ein leiser Zweifel

schoß in ihm auf, und er überlegte, ob er sie nicht zurückrufen und ihr sagen sollte, es täte ihm leid, es wäre eine plötzliche Regung gewesen, es wäre besser, wenn sie einander nicht begegneten, besser für sie beide. Aber er wählte die vertraute Nummer kein zweites Mal, und obwohl er es in dieser Stunde nicht wußte, besiegelte er damit das Schicksal seiner Ehe.

»Ah«, machte sie mit einem Seufzer der Befriedigung, während sie ihn mit weichen Fingern streichelte, nachdem sie sich in ihrem verdunkelten Schlafzimmer geliebt hatten, »ah, wohlbekanntes und geliebtes Revier. Ich bin froh, daß du dir mit dem Halsbrechen wenigstens noch bis nächsten Sonntag Zeit gelassen hast.« Er hatte ihr von seinem Sprung am Vormittag erzählt. Sie hatte ihm oft zugesehen und war sogar zweimal gesprungen, allerdings ohne freien Fall, und sie war mit ihm bei stürmischem Wetter am Strand von Montauk wellenreiten gegangen, obwohl sie sich dazu bekannte, ein Feigling zu sein und Angst vor Flugzeugen und dem Meer zu haben. »Ich bin eben eine von diesen Idiotinnen«, sagte sie, »zu jeder Schandtat bereit. Mit mir hat man Spaß, versichern mir die Burschen. Wenn ich je einen Mann finde, der so reich ist, wie mein Ex es war, und den ich so gut leiden kann wie dich, dann ist es mit dem Allotria so schnell vorbei, daß du einen Überschallknall zu hören glaubst. Schön, dich an Bord zu haben, Bräutigam, auch wenn es nur ein Urlaub ist.«
»Hör auf, mich Bräutigam zu nennen.«
»Ist deine Frau auch so ein lustiges Haus?«
»Nicht so, wie du es meinst.«
»Verbringst du überlicherweise so deine Sonnabendnachmittage, oder entdecke ich da einen Phasensprung?«
»Ich habe keine übliche Weise, meine Sonnabendnachmittage zu verbringen.«
»Wie läuft's denn?«
»So so.«
»Gehärteter Stahl«, sagte sie. »Ich hatte noch nicht das Vergnügen, die Dame kennenzulernen, aber ich weiß es von Bekannten.«
»Reden wir nicht von meiner Frau«, schlug er vor. »Ist es dir recht?«
»Mir ist alles recht«, antwortete sie und legte ein langes schlankes Bein über das seine. »Darf ich weitere Sonnabendnachmittag-Besuche erwarten?«

»Kommt Zeit, kommt Rat.«
»Die Sonnabendnachmittage seien gepriesen«, kicherte sie. »Glaubst du, wirst du dich freimachen können, um mal wieder mit mir Ski fahren oder wellenreiten zu gehen?«
Sie war ein sportliches Wesen, im Bett und außerhalb, und bereit, alles zu versuchen, obwohl sie nach dem zweiten Mal dem Fallschirmspringen abgeschworen hatte: »Ich weiß jetzt, wie es geht«, sagte sie, »und das reicht mir. Ich hatte jedes Mal das Gefühl, die Titten würden mir hochkommen und mich erwürgen.« Aber das war auf sportlichem Gebiet das einzige, worüber sie sich beschwert hatte, und sie war immer bereit, einen Urlaub mit ihm zu verbringen, auch wenn er sie erst in letzter Minute dazu aufforderte. Sie hatte nie vorgegeben, ihn zu lieben, und ihm nie Grund gegeben, sich schuldig zu fühlen, und dafür war er ihr dankbar.
»Ich habe dich etwas gefragt«, flüsterte sie und fuhr ihm mit der Zunge über die Kehle. »Bist du dabei, deine Fesseln abzustreifen?«
»Wie ich schon sagte: Kommt Zeit, kommt Rat.«
Sie rückte ein wenig von ihm weg und musterte ihn ernst. »In manchen Dingen bist du so unbekümmert, und in anderen . . .« Sie schüttelte den Kopf. »Warst du schon einmal so richtig bis über beide Ohren verliebt?«
»Einmal.«
»In wen?«
»In meine Frau.«
»Du lieber Gott«, sagte sie, »wer würde so eine abgeschmackte Antwort erwartet haben? Und wie lange bist du jetzt schon verheiratet?«
»Drei Monate.«
»Und nun liegst du an einem Sonnabendnachmittag mit deiner alten Knutsche Josey in der Heia.«
»Ja, da liege ich nun«, gab er zu. »Die Ehe ist nicht so einfach, wie manche Leute sich das vorstellen.«
»Mir sagst du das? Wenn ich dir ein paar von den Dingen erzählen würde, die mein Mann von mir haben wollte . . .«
»Erzähl sie mir lieber nicht. Ich möchte mir das reine Bild von dir bewahren, wie ich es immer im Herzen getragen habe.«
»Mann, o Mann, du bist *wirklich* ein gefühlloser Hurensohn.«
»Ich wollte, ich wäre es«, murmelte er bekümmert. »Ich wollte, ich wäre es.«

»Sag mal — hast du auch schon einmal eine Frau, auf die du scharf warst, *nicht* herumgekriegt?«
»Tausende.«
»Sag die Wahrheit.«
Fast war es die Wahrheit. Er lief keiner Frau nach, war aber oft mit Mädchen und Frauen ausgegangen, mit denen er nur zu gern geschlafen haben würde, es aber nie versucht hatte, weil er instinktiv wußte, daß er abgewiesen werden würde, wenn er einen Annäherungsversuch machte. Er wußte, daß er eine starke Anziehung auf das andere Geschlecht ausübte, und war nicht darüber erhaben, sich gelegentlich im Spiegel zu bewundern, aber es gab eine gewisse Art von Frauen, die Typen, die im College bei Sportveranstaltungen die Claque anführten, Revuegirls, die hübschen und begehrenswerten Empfangsdamen in Büros, die Dummen, die Phlegmatischen, die, die nichts zu sagen wußten — länger als eine Stunde oder zwei konnten sie sein Interesse nicht wachhalten, weil sie ihm ihrerseits sehr schnell zu verstehen gaben, daß er sie nicht interessierte und seine Konversation sie langweilte. Bei Frauen und Mädchen, die etwas auf dem Kasten hatten, aber beileibe nicht bei allen, wußte er, daß eine gemeinsame seelisch-geistige Wellenlänge vorhanden war; er spürte es, wenn sie von ihm angezogen waren und in welchem Augenblick sie, ohne daß sie oder er es offen ausgesprochen hätten, stillschweigend den Beschluß faßten, eine intime Beziehung einzugehen.
So war es auch mit Josey gewesen. Sie war leichtfertig, aber keineswegs dumm. Sie gebrauchte ihren Verstand bei belanglosen Dingen, etwa, um ein schwieriges Kreuzworträtsel zu lösen oder auf Parties bei der dramatischen Darstellung von Scharaden zu brillieren, ließ aber an ihrer Intelligenz nie Zweifel aufkommen. Und Sex war für sie nicht ausschlaggebend. Wenn, wie das von Zeit zu Zeit passierte, er sich einer anderen Frau zugewandt hatte, hinderte ihn das nicht, sich mit Josey zu treffen — zum Mittag- oder zum Abendessen oder auch nur zu einem Spaziergang im Park. Wie sie gleich zu Beginn ihrer Affäre festgelegt hatte: »Hier gilt die Regel, daß es keine Regeln gibt und daß jeder kommen und gehen kann, wie es ihm beliebt. Mir wird keiner das Herz brechen.«
Jetzt wiederholte sie: »Sag die Wahrheit! Wenn nicht Tausende, wie viele?«
»Dutzende.«

»Ich bin neugierig — was hältst du *wirklich* von den Frauen? Nicht gerade von mir, von Frauen im allgemeinen?«
»Ungefähr dasselbe wie von den Männern.«
»Was meinst du damit?«
»Es gibt verschiedene Sorten. Kategorie A, B, C, D und so weiter.«
»Sag mir, wie du mich einstufst, und ich sage dir, wie ich dich einstufe«, schlug sie übermütig vor.
»Das ist kein Spiel, das ich gerade jetzt spielen möchte«, antwortete er, zog sie an sich und küßte sie, um sie zum Schweigen zu bringen.
Sie liebten sich den ganzen Nachmittag, und als sie sich dann anzogen und darüber debattierten, wo sie zu Abend essen würden, sagte Josey: »Du solltest täglich aus dem Flugzeug springen. Es macht dich so herrlich geil.«
Sie entschied sich für ein lärmendes, überfülltes Restaurant, wo sie alle Welt zu kennen schien und immerzu Männer an den Tisch kamen und sie küßten. War das nicht eine tolle Party gestern oder vorige Woche? fragten sie, und wo hast du so lange gesteckt, Liebling? Michael saß still da, trank ein wenig Wein und hätte gern wissen mögen, was Tracy jetzt machte. Als der Abend zu Ende ging, wanderte Josey von Tisch zu Tisch, und Michael bezahlte die Rechnung, verließ das Lokal und ging nach Hause, wo er noch eine Stunde lang das tote Telephon anstarrte, bevor er zu Bett ging.

# 6

»Und nun«, erklärte Josey, »sagen wir den uns so teuren Spielsachen unserer Kindheit ein herzliches Lebewohl, denn morgen werde ich wahrhaftig zum Traualtar schreiten.« Liebevoll tätschelte die sein Glied. Sie lagen in seinem Zimmer im Bel-Air-Hotel in Los Angeles. Cornwall und Wallace waren nicht kleinlich, wenn es sich um die Unterbringung ihrer Repräsentanten handelte. Nun, da der geschäftliche Teil erledigt, die Werbepläne überreicht und die Berichte nach New York abgegangen waren, lag er, genüßlich und nicht allein, im Bett; die Vorhänge waren zugezogen, um die Gäste vor dem nachmittägigen kalifornischen Sonnenlicht zu schützen. Er hatte die Einladung zur Hochzeit in der Post in New York vorgefunden und sich erbötig gemacht, einen Kunden in Los Angeles zu besuchen. Nach so langer Zeit war das wohl das mindeste, dachte er, was er für eine Freundin tun konnte.

In den letzten Jahren hatte er sich immer häufiger freiwillig zu den Geschäftsreisen gemeldet. New York war ihm unerträglich geworden. Schon nach einer Woche Aufenthalt in der Metropole ging ihm alles an die Nerven, der Lärm, das ständige, sinnlose Gedränge, der unaufhörliche versteckte Machtkampf im Büro, der Ausdruck stiller Verzweiflung auf den Gesichtern der Menschen, das rauschhafte Vergessen, wenn der Tag sich neigte. Er litt an Schlaflosigkeit, wachte mehrmals in der Nacht auf und lauschte auf die Polizeisirenen; von Überdruß aufgerieben, ließ er es in seiner Arbeit und in seiner Ehe mit Äußerlichkeiten genug sein. In ihrer kleinen Wohnung hatten er und Tracy sich immer mehr auseinandergelebt, und die guten Zeiten zwischen ihnen waren kürzer und seltener geworden.

Wenn er auf Geschäftsreisen ging — nach Chicago, nach Denver, nach Monte Carlo, nach Zürich —, rief er nicht mehr jeden Abend zu Hause an. Um Tracy nicht mehr als nötig zu verletzen, betrieb er sein Fallschirmspringen, sein Wellenreiten, das Skifah-

ren und das Tauchen nur, wenn er sich nicht in New York aufhielt. Und wenn er mit anderen Frauen schlief, so tat er auch das nur in anderen Städten. Oft hatte Josey das Flugzeug genommen, um sich mit ihm zu treffen, aber die Sonnabendnachmittag-Unterhaltung, die sie sich an dem Tag geleistet hatten, als Tracy zu ihren Eltern nach Long Island gefahren war, wiederholte er nicht. Wenn er von seinen Reisen zurückkam, stellte Tracy ihm nur die belanglosesten Fragen. Sie war zunehmend erfolgreich in ihrer Arbeit und hatte ein kleines eigenes Geschäft eröffnet, was aber mit sich brachte, daß sie zwei oder drei Abende in der Woche mit Kunden verbringen mußte. Anfangs hatte sie Michael eingeladen, sie zu begleiten, aber er sagte immer, diese Dinge wären nichts für ihn, und schließlich gab sie es auf, ihn einzuladen. Er verbrachte seine Urlaubstage allein, denn wenn sie freie Zeit habe, sagte sie, wolle sie bei ihren Eltern in den Hamptons sein, wo sie sich entspannen könne und nichts anderes zu tun brauche, als in der Sonne zu liegen.
Er verdiente jetzt eine Menge mehr als früher, und Tracy auch, und darum hatte er vorgeschlagen, eine größere Wohnung zu nehmen, in der jeder sein eigenes Zimmer haben würde, aber Tracy wollte unbedingt in der alten bleiben, und sie schliefen immer noch zusammen in dem großen Bett. Sie versuchte nicht mehr, sich ihm zu nähern, wenn sie nebeneinander im Bett lagen, zeigte sich aber so zärtlich und leidenschaftlich wie immer, wenn er die Initiative ergriff. In diesen Augenblicken hatte er das Gefühl, daß er dieses lieblichen und vertrauten Körpers nie müde werden würde, doch wenn er von ihr fort war, dachte er kaum an sie, und das Bewußtsein ihrer Existenz beeinträchtigte auch nicht den Spaß, den er mit anderen Frauen hatte.
Sie wußten, daß sie sich einer Art Wendepunkt näherten, aber aus Scheu, Höflichkeit und Erinnerung an glücklichere Zeiten verschoben beide diesen Augenblick.

»Und jetzt«, sagte Josey, »werde ich mich anziehen, dein Zimmer verlassen und durch den Garten gehen, als ob ich nur auf eine Tasse Tee gekommen wäre, und von morgen vormittag an werde ich den Rest meines Lebens damit verbringen, meinen wunderbaren, reichen jungen Gemahl zum glücklichsten Mann in ganz Südkalifornien zu machen. Du wirst zu gesellschaftlichen Anlässen und zu Kindstaufen gebeten und eingeladen werden, mit uns Kreuzfahrten auf unserer Jacht zu unternehmen, und du wirst

meinen Mann nicht dazu verführen, aus Flugzeugen zu springen oder nach Schätzen oder sonst was zu tauchen oder mit dir über einen Skihang hinunterzusausen. Klar?«
Michael lachte. »Klar.«
Er sah ihr zu, wie sie aus dem Bett stieg, ihren herrlichen schlanken Körper wie eine große Katze streckte und dann schnell, mit geschäftsmäßiger Gewandtheit, in ihre Kleider fuhr und einen Kamm durch ihr leuchtendes, dunkelrotes Haar trieb. Vorbei, vorbei, dachte er und bemitleidete sich.
Fertig angekleidet, deutete sie auf den Eiskübel, in dem noch die halbvolle Champagnerflasche steckte. »Einen letzten, heimlichen, köstlichen Abschiedstrunk?«
»Selbstverständlich.« Er stand vom Bett auf. Sie betrachtete ihn kritisch, während er in seinen Morgenrock schlüpfte. »Es ist ein Test für die Willenskraft«, sagte sie.
»Was ist ein Test für die Willenskraft?« Er zog den Gürtel des Morgenrocks eng um seine Mitte.
»Dich aufzugeben«, antwortete sie nüchtern.
»Hast du ihn bestanden?«
»Leider ja.« Sie hielt ihm ihr Glas hin; er füllte es und anschließend auch das seine. Sie stießen an und tranken. Zu seiner Überraschung sah er, daß sie weinte.
»Was ist los?« fragte er und wußte sofort, daß er nicht hätte fragen sollen.
Sie stellte das Glas auf den Tisch. »Warum zum Teufel hast du dich nicht in mich verliebt?« rief sie. Dann drehte sie sich abrupt um und lief aus dem Zimmer, eine dunkle Silhouette, die sich gegen das helle Sonnenlicht und das grüne Laubwerk des Hotelgartens abhob, als sie die Tür öffnete und dann hinter sich zuknallte.
Nur gut, daß wir auf einen letzten Kuß verzichtet haben, dachte er, ohne etwas dabei zu empfinden.

Am Vormittag ging er zur Trauung und sah viele Gesichter, die er aus Film und Fernsehen kannte. Joseys Zukünftiger war im Ölgeschäft, wohnte aber in Beverly Hills und war bei den wohlhabenderen Eingeborenen recht beliebt. Er war ein großgewachsener, stämmiger Mann mit gesundem, offenem Gesicht, der so aussah, als ob er Football gespielt hätte. Wenn er Michael nicht wunderbar vorkam, so lag das vermutlich daran, daß er und Josey sich nicht des gleichen Vokabulars bedienten.

Josey kam am Arm eines älteren Herrn, den Michael nicht kannte, den Mittelgang herunter. Sie sah wunderbar aus, stolz und unberührbar wie auf den Umschlagbildern von *Vogue,* und schenkte dem Bräutigam, der sie bewundernd ansah, ein kaum sichtbares Lächeln. Doch als sie an Michael vorbeikam, zwinkerte sie ihm zu — es war nicht mehr als das Zucken eines Augenlids.

Michael nahm nicht am Hochzeitsessen teil. Mit seinem Surfbrett stieg er in den Wagen und fuhr nach Malibu hinaus. Das ist heute ein Nachmittag, dachte er, an dem ich allein sein möchte.

Er parkte seinen Wagen schräg gegenüber der kleinen Bucht, schlüpfte in seine Badehose und wanderte barfuß mit dem Brett zum Strand, wo ein feiner, feuchter Nebel die Umrisse der Häuser im Norden nur verschwommen erkennen ließ. Die See war grob, die sich lang hinwälzenden Brecher trugen weiße Schaumkronen. Es war ein kalter Tag, und außer ihm schien heute niemand Lust verspürt zu haben, auf den Wellen zu reiten. Um so besser, dachte er. Er hatte es nicht gern, wenn er von gutgewachsenen Burschen und jungen Mädchen umringt wurde, die ihn anglotzten, als ob er einem Altersheim entsprungen wäre.

Das Wasser war bitter kalt, und darum wagte er sich nur behutsam ins nasse Element; dann legte er sich auf das Brett und fing an hinauszupaddeln. Es war nicht leicht. Die Wellen kamen nacheinander, in kurzen, plötzlich umschlagenden Folgen, und wenn er mit dem Brett unter einem Brecher durchtauchte, wurde er kräftig herumgestoßen. Nach der Steifheit und Förmlichkeit des Vormittags, nach den verwirrenden Erinnerungen in der Kirche empfand er die Schärfe und Wildheit des kalten Wassers und seinen Kampf mit den Wellen doppelt köstlich.

Schließlich war er über die Brecher hinausgelangt. Tief atmend nach seinem Ringen, sie zu überwinden, saß er auf seinem Brett und ruhte sich aus. Hier, so schätzte er, konnte er seinen Ritt beginnen. Weit draußen sah er die richtige Welle auf sich zukommen. Das Ufer war im grauen Dunst verschwunden, und während er sich in der Dünung hob und senkte, war der Ozean sein. Das Paddeln hatte ihn warm gemacht, und er hatte es nicht eilig, niemand erwartete ihn, seine Arbeit für diese Woche war getan, und seine Maschine zurück nach New York startete erst Montag früh. Er war herrlich allein, das Leben pulsierte in seinen Adern, und die Welt, zu der er sich bekannte, bestand aus Wind und Wasser, Wellen und Salz. Er holte tief Atem, sah, wie sich die

Welle, auf die er wartete, im Dunst auftürmte, fing an zu paddeln, fühlte die riesenhafte Kraft des Pazifischen Ozeans unter sich, spürte, daß er sie richtig erwischt hatte und stand auf. Sicheren Fußes, triumphierend, ritt er die mächtige Woge diagonal ab; hoch über seinem Kopf schäumte ihr Kamm. Aber plötzlich war es zuviel für ihn. Die Welle brach jäher in sich zusammen, als er angenommen hatte. Einen Augenblick lang hielt er noch durch, dann glitt das Brett unter ihm fort, und er wurde von Tonnen pechschwarzen Meereswassers herumgeschleudert und in die Tiefe gerissen. Er hielt den Atem an, kämpfte, kam hoch, wurde nach kurzem Atemholen wieder heruntergezogen, um endlich in einem Aufruhr wirbelnden, strudelnden Wassers an die Oberfläche geworfen zu werden.

Das Brett war fort, aber er konnte endlich wieder atmen, wenngleich er rasch untertauchen mußte, wenn die Wellen sich an ihm brachen und drohten, ihn in die Tiefe zu ziehen. Ganz ruhig begann er zu schwimmen, denn er wußte, er würde rasch ermüden und es nicht schaffen, wenn er sich zu sehr anstrengte. Wo er konnte, ließ er sich von einer Welle mitnehmen, die ihn ein paar Meter weiter brachte. Dann wieder ließ er sich von der Strömung fortziehen, parallel zum Ufer, ohne der Ebbe Widerstand zu leisten, bis ihn eine andere Welle näher an den Strand schob. Wenn jemand in Sicht gewesen wäre, würde er um Hilfe gerufen haben, aber der Strand lag verlassen da. Er schwamm weiter und dachte dabei: Ein Glück, daß ich nicht zum Essen und zum Champagner geblieben bin — ich wäre sonst wie ein Stück Blei untergegangen.

Er brauchte eine volle halbe Stunde, um das Land zu erreichen, und als er auf den Strand hinaufkroch, war er sicher, daß er keine zwei Minuten länger durchgehalten haben würde. Taumelnd richtete er sich auf. Und nun tat er etwas, von dem er, noch während er es tat, wußte, daß es verrückt war. Er warf die Arme in die Höhe und schrie aus vollem Hals wortlos seine Freude in den grauen, leeren Nebel hinaus.

Dann wanderte er tief atmend, die Füße auf saugende Schaumpfützen aufsetzend, am Strand entlang, bis er sein Brett fand, das im Sand steckte. Er hob es auf und betrachtete es. Es hatte keinen Schaden genommen. Er tätschtelte es, als ob es ein Pferd wäre, das ein Rennen für ihn gewonnen hatte, und trug es zum Wagen zurück. Er trocknete sich ab und zog die Badehose aus, die voll von nassem Sand war. Es kümmerte ihn nicht, ob ein Vorüberge-

hender den nackten Mann sehen konnte, der im kalten Nebel, der vom Meer zu den Bergen hinter ihm zog, sorgsam seinen Körper pflegte.
Seine Kleider umschmeichelten weich und warm seine Haut. Er stieg in seinen Wagen und fuhr ein Stück die Pacific Coast Highway hinunter, bis er zu einem Rasthaus kam. Er ging hinein, bestellte sich einen Whisky und betrachtete sich im Spiegel hinter der Theke. Sein Gesicht war vom Sand zerkratzt und blutig, sein von der Sonne gestreiftes Haar, im Salzwasser noch dunkler geworden, struppig und voll Seetang und Sand. Neptuns Glückskind, dachte er und grinste seine furchteinflößende Visage an, was für ein herrlicher Tag! Wo waren all die prächtigen jungen Feiglinge, alle diese feingliedrigen kalifornischen Burschen und Mädchen an diesem wolkenverhangenen Nachmittag? Ein neuer Tag, ein neuer Tod; Herausforderung angenommen, Probe bestanden. Mütterchen, liebes Mütterchen, wenn du mich jetzt sehen könntest!

Als er ins Hotel zurückkam, wusch er sich die Blutspuren aus dem Gesicht und ging unter die Dusche, um den Sand und das Salz aus den Haaren und von der Haut zu entfernen. Es war spät, und er hatte Hunger, aber er wollte heute nicht allein essen. Er kannte ein paar Mädchen in Los Angeles, aber die Wahrscheinlichkeit, daß eine an einem so schönen Sonnabendnachmittag daheim sein würde, war gering. Die Männer, die er kannte, waren allesamt Geschäftsleute, und vom Geschäft hatte er für diese Woche genug. Dann fiel ihm ein, daß es da eine nette Person gab, der er vor einigen Tagen bei einer Party vorgestellt worden war. Sie hieß Florence Gardner und war eine New Yorker Schauspielerin, die hier eine Rolle in einem Film übernommen hatte. Er hatte sie ein- oder zweimal in New York auf der Bühne gesehen und war von ihrem aparten Aussehen und ihrem Talent als Komödiantin beeindruckt gewesen. Sie hatte ihm zu verstehen gegeben, daß sie an ihm interessiert war; als er erwähnte, daß er im Bel Air logierte, hatte sie gesagt: »Ich auch. Vielleicht nehmen wir einmal zusammen einen Drink.«
Dieses Einmal könnte genausogut heute und jetzt sein, dachte er. Er ließ sich mit ihr verbinden und war überrascht, welche Freude es ihm bereitete, ihre Stimme zu hören. »Ich entschuldige mich, daß ich Sie so aus heiterem Himmel anrufe, und ich weiß, daß es fürs Mittagessen spät ist, aber ich bin eben ins Hotel zu-

rückgekommen, und wenn Sie noch nicht gegessen haben, warum treffen wir uns nicht im Restaurant?«

»Tja . . .« Sie zögerte. »Ich bin dabei, meinen Text für morgen zu lernen. Aber wo Sie jetzt vom Restaurant sprechen, fällt mir ein, daß auch ich noch nicht gegessen habe. Was soll's, eine Dame muß auch essen. Können Sie fünfzehn Minuten warten? Ich war im Patio in der Sonne und sehe entsetzlich aus. Um mich in der Öffentlichkeit zeigen zu können, muß ich mich duschen und herrichten.«

»Fünfzehn Minuten, einverstanden«, sagte er. »Ich erwarte Sie an der Bar.«

Er ging durch den Garten, vorbei an freundlich geschwätzigen Rasensprengern und duftenden Blumenbeeten. Die Bar war dunkel und friedlich, und weil er in Kalifornien war, bestellte er einen Daiquiri. Der Rum und der Zitronensaft des Getränks waren ein enormer Fortschritt gegenüber dem Geschmack des Meerwassers.

Als sie hereinkam, knackig wie Blattstiele mit eisgekühltem Sellerie, bekleidet mit gebügelten Jeans und einem hellrosa Sweater, sah er, daß ihr kleines, ovales Gesicht von der Sonne Farbe bekommen hatte, Farbe, die der rosa Pulli bestens zur Geltung brachte. Die Jeans brachten ihre schmalen, aber wohlgerundeten Hüften plus Hinterteil vollendet zur Geltung. Sie trug keinen Lippenstift, aber ihre Lippen, so flach, daß sie ihr fast das Aussehen einer östlichen Statue gaben, waren ein natürliches Korallenrot, ein wenig dunkler als ihr Sweater. Sie hatte lichtes, glattes, blondes Haar und grüne Augen, die, wie er merkte, bei unterschiedlichen Lichtverhältnissen die Farbe wechselten.

Sie schwang sich auf den Hocker neben ihm und bestellte auch einen Daiquiri, während er sich einen zweiten kommen ließ.

»Eine gute Idee«, sagte sie, als sie das Glas zum Mund führte. »Daß Sie mich angerufen haben. Wenn ich arbeite, neige ich dazu, das Essen und Trinken zu vergessen.«

»Was arbeiten Sie?«

»Ich bin hier, um mir etwas Kostgeld zu verdienen.« Sie machte eine wegwerfende Handbewegung. »Für diese Rolle werde ich keinen Oscar bekommen. Ich warte schon die ganze Zeit darauf, daß mir der Produzent mitteilt, was die Rolle in diesem Film überhaupt soll.« Sie zuckte die Achseln. »Hollywood. Nun ja, es hat seine Vorteile. Und dieses Hotel ist eine prächtige Sache im Vergleich zu dem Loch, das ich in New York bewohne. Von Zeit zu Zeit an Lotos zu knabbern kann sehr nahrhaft sein.« Sie hatte die Gewohnheit, Silben und Worte zu verschlucken, und sie sprach mit tiefer, wohlklingender Stimme. Sie erinnerte Michael plötzlich an Tracys Art zu reden und den Klang ihrer Stimme. Sie war auch etwa in Tracys Alter, schätzte er, und ihre Figur entsprach einer kleineren Ausgabe von Tracy.

Hör auf, an Tracy zu denken, ermahnte er sich und ersuchte den Barmann, einen Kellner zu rufen, dem sie ihre Bestellung zum Essen aufgeben könnten. Als der Mann kam, bestellten beide Salatplatten und Michael dazu eine Flasche Weißwein. Als der Kellner gegangen war, bemerkte Michael, daß Florence sein Gesicht studierte.

»Ich möchte nicht neugierig sein«, sagte sie, »aber was haben Sie eigentlich angestellt? Sie sehen aus, als ob Sie mit einem Kätzchen angebändelt hätten.«

»Ach das . . .« Er legte die Hand auf die Kratzer auf Stirn und Nase. »Ich fürchte, das, womit ich angebändelt habe, war doch etwas größer als ein Kätzchen.«

»Eine Dame?«

Er lachte und schüttelte den Kopf. »Der Pazifische Ozean. Mittags war ich wellenreiten, und diese Runde ging an den Ozean. Beeinträchtigt es meine Schönheit?«

Sie kicherte. »Nicht für alle Zeiten. Wellenreiten? Sind Sie Kalifornier?«

»Eigentlich habe ich in Montauk damit angefangen.«

»Dort habe ich Freunde, die ich im Sommer hin und wieder besuche«, sagte sie. »Aber sie gehen nicht wellenreiten. Sie sitzen nur herum, trinken und brechen Ehen.«

»Jeder vergnügt sich auf seine Weise«, bemerkte er. »Was tun *Sie* an Ihren freien Tagen?« Er fühlte sich erleichtert, als sie nicht sagte, daß auch sie Ehen breche.

»Ich? Ich hole nach, was ich an Lektüre versäumt habe. Aus irgendeinem Grund ist es fast unmöglich, in New York ein Buch zu lesen. Haben Sie nicht auch diese Erfahrung gemacht?«

»Wo Sie jetzt davon sprechen — ja.«

»Ein Freund von mir, ein Verleger, hat mir erzählt, daß mehr als fünfzig Prozent aller in den Vereinigten Staaten verkauften Bücher in New York erstanden werden. Auf den Regalen der New Yorker Wohnungen müssen mehr Bücher stehen als in der Library of Congress.«

»Was lesen Sie am liebsten?«

»Mein Steckenpferd ist der Sezessionskrieg«, erwiderte sie lächelnd. »Ist das nicht drollig? Mein Vater war Berufsoffizier, und wenn man ihn reden hörte, konnte man glauben, er hätte an jeder Schlacht von Bull Run bis Appomattox teilgenommen. Mir tut es nur leid, daß ich keine Gelegenheit hatte, Robert E. Lee und J. E. B. Stuart persönlich kennenzulernen. Nun ja, man kann nicht überall zugleich sein.«
Der Kellner erschien, um ihnen mitzuteilen, daß angerichtet war, und nach einer kurzen, feierlichen Beratung kamen sie zu dem Schluß, daß es ein schöner Nachmittag für einen weiteren Daiquiri wäre; der Barmann machte sich erbötig, ihnen die Drinks ins Restaurant nachzubringen.
Als sie ihr Essen beendeten, wußten sie bereits eine ganze Menge voneinander und waren mehr als nur ein wenig beschwipst von den Daiquiris und dem Wein — mittlerweile waren es zwei Flaschen geworden. Auch begriff Michael, daß die Signale, die er an dem Abend, an dem sie sich kennenlernten, zu empfangen vermeint hatte, nicht bloß der üblichen Partyflirterei zuzurechnen waren. Und er begriff auch, daß sie so weit weg von daheim einsam war — und dankbar, daß er sie angerufen hatte.
Nachdem sie das Restaurant verlassen hatten, zögerte sie noch eine kleine Weile im Schatten eines Eukalyptusbaumes, der nach Pfeffer roch. »Heute nachmittag wollte ich meinen Text lernen. Aber das werde ich nicht tun. Ich habe einen wunderbaren Cognac in meinem Zimmer . . .« Sie sprach den Satz nicht zu Ende.
»Genau das Richtige nach einem solchen Mittagessen«, meinte er.
Also gingen sie in ihr Zimmer. Aber sie machten sich nicht die Mühe, den Cognac einzugießen.

Von exquisiter Ästhetik und unersättlich in der Liebe, entpuppte sie sich als genau das Richtige nach der Hochzeit einer alten Freundin und nachdem er beinahe im Pazifischen Ozean ertrunken wäre.
»Ist das Ehebruch?« fragte sie. Sie waren wieder angekleidet, sie hatte endlich den Cognac eingegossen, und beide gönnten sie sich ein Schlückchen, bevor sie zum Dinner gingen. Er hatte Zuneigung zu ihr gefaßt, wünschte, es sollte mehr sein als das, und wußte doch, daß es nicht mehr sein konnte.
»Was meinst du?«
»Nein.« Sie schüttelte den Kopf, und ihr kurzes, blondes Haar

umschwebte flaumig-sanft ihr ovales, kleines Gesicht. »Es ist Freude, die man schenkt und geschenkt bekommt. Die süße und den Regeln der Vernunft entsprechende Frucht der sexuellen Revolution. Hast du an diesem Aufstand teilgenommen, Mr. Storrs?«

Er lachte. »Ich war gerade nicht da.«

»Ich jedenfalls bin nicht verheiratet«, sagte sie. »Eine unverheiratete Frau kann ja wohl keine Ehebrecherin sein, nicht wahr?«

»Ich glaube nicht.«

»Bist du verheiratet? Ich hätte dir diese Frage ja wohl schon an der Bar stellen sollen, bevor ich mich entschloß, meinst du nicht auch?«

»Du hast dich schon *so bald* entschlossen?«

»Ich bin für meine schnellen Entschlüsse bekannt. *Bist* du verheiratet?«

»Ja.«

Sie zuckte die Achseln. »*Tant pis.* Ich habe ein Jahr in Frankreich studiert. Wir werden uns doch davon unseren herrlichen Sonnabend nicht verderben lassen, nicht wahr?«

»Nein.« Er nahm sie in die Arme und küßte sie.

»Unterschrieben, besiegelt und vollzogen«, sagte sie. »Obwohl ich nicht genau weiß, was ich damit meine. Nun, du hast mir ein Abendessen versprochen.«

Sie aßen bei Kerzenlicht in einem kleinen französischen Restaurant. Das Essen war gut, und sie konsumierten die dritte Flasche des Tages. Für den Augenblick frei von Verlangen, sahen sie einander liebevoll an. Er fühlte sich locker und leicht.

»Und morgen?« fragte sie.

»Morgen machen wir so weiter wie bisher.«

Sie lachte ihn an. »Du weißt wirklich, wie man mit Frauen redet. Was hast du für Pläne?«

»Ich fahre dich zum Strand hinunter. Dort essen wir Seeschnekken und Scholle und vielleicht auch Fischsuppe und lauschen dem Brausen des Ozeans.«

»Ich sollte arbeiten . . .« begann sie.

»Ich weiß. Und du wirst nicht arbeiten.«

Wieder lachte sie. »Das wollte ich vermutlich auch sagen.« Dann fiel ihr Blick auf ein Paar, das am anderen Ende des Raumes saß. Sie winkte hinüber und wandte sich an Michael: »Ach, da ist eine alte Freundin aus New York. Ich hatte keine Ahnung, daß sie da ist. Hast du etwas dagegen, daß ich ihr schnell guten Tag sage?«

»Muß ich sie kennenlernen?«
»Nein.«
»Dann geh.«
Sie tätschelte seine Hand und durchquerte den Raum; ihr blondes Haar schimmerte im flackernden Licht der Kerzen auf den Tischen. Er hatte fertig gegessen und saß ein wenig vornübergebeugt, die Ellenbogen auf dem Tisch, das Kinn in die Hände gestützt. Was für eine kluge, geradlinige Frau, dachte er. Er hoffte, sie würde diesen Tag nicht später einmal bereuen. Er entsann sich Joseys letzter Worte: Warum zum Teufel konntest du dich nicht in *mich* verlieben? Was würde Florence ihm zurufen, wenn sie sich verabschiedete oder wenn er abgondelte? Mein Gott, dachte er verzweifelt, jeder andere Mann würde sich an einem Tag wie heute zumindest die Frage stellen, ob er sich diesmal verlieben könne. Für mich erübrigt sich sogar die bloße Frage. *Ich weiß es.* Ich begnüge mich mit der äußeren Form der Liebe, aber die Liebe selbst ist für mich unerreichbar, ausgenommen der Liebe für *eine* Frau, und diese entschwindet immer mehr in der Ferne. Ich bin nicht einmal so rücksichtsvoll, daß ich versuchen würde, zu lügen oder Theater zu spielem. Bei einer Frau wie Florence ist es nicht nur das gefühllose Zusammentreffen zweier Körper. Es ist um so vieles mehr, aber letztlich doch nicht genug, und am Ende wird auch sie es begreifen. Und wie wird sie es aufnehmen? Auch in dieser Situation wird sie sich anders verhalten als Josey. Er konnte es sich nicht vorstellen, daß Florence jemals sagen würde: »Mir bricht keiner das Herz.«
Wenn ich Montag abreise, dachte er, muß ich ihr klarmachen, daß alles vorbei ist, daß wir uns in New York nicht wiedersehen werden. Ein herrliches, perfektes Wochenende, und dann *finito, basta.* »Hier gibt es keine Regeln«, hatte Josey gesagt. Für Josey mochte das genügen, obwohl er nach ihrem Gefühlsausbruch beim Abschied auch da nicht mehr so sicher war, aber gewiß genügte es nicht für ihn und nicht bei einem Menschen wie dieser Frau, deren blondes Haar da drüben im Kerzenlicht schimmerte.
Er lehnte sich zurück, schloß kurz die Augen und starrte dann geradeaus. Als sie an den Tisch zurückkam und sich ihm gegenübersetzte, blinzelte er und schüttelte den Kopf, als ob er sich aus einer Lethargie reißen müßte. Er versuchte zu lächeln, aber wußte nicht recht, wie es aussah.
»Ist etwas passiert, Michael?« fragte sie.
»Wieso?«

»Du siehst so — schwermütig aus.«
Das Wort schockte ihn. Er erinnerte sich, daß Tracy die gleiche Vokabel verwendet hatte. »Das Licht täuscht«, sagte er leichthin. »Kerzenlicht steht mir nicht besonders.«
»Woran hast du gedacht?« fragte sie ernst.
»An nichts. Wenn ich überhaupt etwas gedacht habe, dann wohl: Junge, hast du heute Glück gehabt!«
Sie lächelte beruhigt. »Warum gebrauchst du nicht die Mehrzahl? Mir würde es so besser gefallen. Junge, haben *wir* heute Glück gehabt!«
»In diesem Fall«, wandte er ein, froh, der Konversation wieder eine heitere Richtung gegeben zu haben, »klingt die Einzahl bescheidener.«
»Ich halte nicht viel von Bescheidenheit. Ich bin eine gute Schauspielerin, und ich weiß es und lasse es alle Welt wissen.«
»Es gibt nichts, worin ich besonders gut wäre, liebste Florence«, sagte er, »und ich denke mir eben, wenn ich nicht groß angebe, werden die Leute nicht wissen, woran sie sind, und im Zweifelsfall annehmen, ich verberge bedeutende Talente oder besondere Tugendhaftigkeit hinter der Maske meiner Bescheidenheit.« Er langte hinüber und berührte ihre Hand. »Aber jetzt genug davon. Wir feiern unseren privaten Festtag — lassen wir doch die Seelenforschung für die fünftägige Arbeitswoche.«

In dieser Nacht schliefen sie in Florences Zimmer und verbrachten einen sonnigen Tag am Strand. Wie er es versprochen hatte, nahm er sein Brett nicht mit. Es war sowieso kein guter Tag zum Wellenreiten. Das Meer war ruhig, und die wenigen Burschen und Mädchen, die verdrießlich auf ihren Brettern hockten, warteten vergeblich auf Wellen, die nicht kommen wollten. Wo wart ihr gestern, Freunde, dachte er, und fühlte sich überlegen, als er in der Ferne die Gestalten sah, die träge auf dem Wasser schaukelten und nichts als einen Sonnenbrand heimbringen würden.
Sie redeten über nichts Ernstes. Michael fragte sie nicht, wann sie wieder in New York sein würde, und sie fragte ihn nicht, ob es möglich wäre, daß man ihn im Lauf der nächsten zwei Monate noch einmal nach Westen schicken würde. Sie unterhielt ihn, indem sie ihm Monologe von Shakespeare und aus *The Wasteland* aufsagte und ihm leise »The Battle Hymn of the Republic« vorsang — es sei eines der ersten Lieder, die ihr Vater sie gelehrt habe, sagte sie. Auch diese Nacht schliefen sie miteinander, ge-

nossen einander und dachten nicht an den Morgen. Sie mußten beide früh aufstehen — sie, um ins Studio zu gehen, und er, um sein Flugzeug zu erwischen — und es blieb keine Zeit, um Pläne zu schmieden oder Warnungen auszusprechen. Sie küßten sich eilig zum Abschied. Und dann ging jeder seiner Wege. Als er in der Rezeption seine Rechnung abzeichnete, sagte er dem Empfangschef, daß er sein Brett im Hotel lassen und Nachricht geben würde, wohin man es ihm nachschicken solle, wenn er es bräuchte.

Nach New York zurückgekehrt, meldete er sich gleich im Büro, und der alte Cornwell hänselte ihn, weil er so braun war, und fragte ihn, ob ihn seine Arbeit in Kalifornien genötigt hätte, acht Stunden im Tag am Strand zu liegen. Er verließ das Büro so schnell es nur ging. Es kam ihm stickig und steril vor, wie ein Krankenhaus, in dem die Menschen durch die Gänge hasteten, um Todeskandidaten zu betreuen, und andere Leute angstvoll darauf warteten, daß man ihnen ihren nahen Tod verkündete.

Tracy sah die Nachrichten im Fernsehen, als er heimkam, und küßte ihn zurückhaltend und ohne aufzustehen, als er ins Zimmer trat.

»Gibt es heute abend etwas Wichtiges?« fragte er, nachdem er ihr berichtet hatte, daß seine Reise erfolgreich verlaufen war.

»Nicht viel«, antwortete sie, »die Welt geht in die Brüche, wie jeden Abend um sieben. Nichts, worüber wir uns Sorgen machen müssen, außer ob wir nächste Woche noch am Leben sind. Ich hatte zuviel zu tun, um ein Essen vorzubereiten. Ich dachte, es wäre nett, wenn wir heute am ersten Abend nach deiner Rückkehr ausgehen würden.«

»Eine gute Idee«, sagte er, obwohl er müde war und sich auf einen ruhigen Abend gefreut hatte.

Sie hatten einander während des Essens nicht viel zu sagen, und erst beim Kaffee sagte Tracy: »Ich habe versucht, dich Sonnabend nachts anzurufen.« Ohne eine Gefühlsregung erkennen zu lassen, sah sie ihm fest in die Augen. »Mehrmals.«

»Hattest du mir etwas Besonders mitzuteilen?«

»Nein.« Sie zuckte die Achseln. »Nur daß du mir gefehlt hast. Es meldete sich niemand.«

»Ich war übers Wochenende eingeladen. Ich hätte die Nummer im Hotel zurücklassen sollen.«

»Ja, das hättest du.«

Er war sicher, daß sie wußte, daß er log.

Es wird nicht mehr lange halten, dachte er. Er wünschte, er könnte aufstehen und sie in die Arme nehmen, aber in einem Restaurant machte man das nicht, und deshalb bestellte er lediglich noch einen Kaffee.

# 7

Er saß in seinem Büro und feilte an dem Bericht, den er für eine Textilgesellschaft mit Fabriken in South Carolina und Kentucky, aber mit der Zentrale in New York, vorbereitet hatte. Er hatte aufgehört, sich freiwillig zu Reisen zu melden, und seit über einem Jahr New York in geschäftlichen Angelegenheiten nicht mehr verlassen. Er sah, daß er in seinem Bericht über die verwickelten Transaktionen der Textilgesellschaft versuchsweise eine Anmerkung hingekritzelt hatte: »Es läßt sich mit Sicherheit voraussagen, daß über einen Zeitraum von fünf Jahren eine Summe von mehr als einer Million Dollar erspart werden könnte, wenn man alle Büros nach einem zentralen Standort im Süden verlegen würde.« Er starrte darauf. Es war unzweifelhaft seine Handschrift, aber er konnte sich nicht erinnern, wie er zu diesem Schluß gekommen war oder wann er diese Zeilen geschrieben hatte.

Die Gedächnislücken waren vor sechs Monaten zum ersten Mal aufgetreten, aber er hatte sich nichts dabei gedacht, doch jetzt kamen sie häufiger und knapp nacheinander. Meine Geisteskräfte, dachte er, sind im Schwinden begriffen.

Er fuhr sich mit dem Taschentuch über die Stirn. Die Klimaanlange war eingeschaltet, aber er schwitzte in Hemdsärmeln. Er hatte sich schon einmal über das Gerät in seinem Büro beklagt, und der Techniker war gekommen, um es zu überprüfen, und hatte festgestellt, daß alles in Ordnung war. Er brachte es nicht über sich, dem Techniker zu sagen, was er im stillen dachte: daß die Maschine, die die heiße Luft von draußen kühlte, bösartigerweise auch der kalten, die sie in sein Büro blies, einen Großteil des Sauerstoffs entzog und er in zunehmendem Maß Schwierigkeiten beim Atmen hatte. Er hatte dem Techniker gegenüber seiner Meinung Ausdruck gegeben, daß es besser wäre, das Gerät in seinem Büro zur Gänze abzustellen und statt dessen die Fenster zu öffnen, aber der Techniker hatte ihm geduldig auseinan-

dergesetzt, daß sich die Fenster in diesem Gebäude nicht öffnen ließen.
Seine Sekretärin kam mit einem Stoß Briefe herein. »Was sind das für Briefe?« fragte er. Die vierzigjährige Frau, pflichtbewußt und tüchtig, arbeitete seit fünf Jahren für ihn, aber im Augenblick konnte er sich ihres Namens nicht entsinnen.
Sie warf ihm einen verwunderten Blick zu, während sie den Stoß Briefe auf seinen Schreibtisch legte. »Die haben Sie heute vormittag diktiert«, sagte sie. Es fröstelte sie. Sie hatte eine dunkelbraune wollene Strickjacke an.
»Vielen Dank«, sagte er. Er konnte sich nicht erinnern, am Vormittag Briefe diktiert zu haben.
Sie verließ das Zimmer, und er starrte ihr nach. B, dachte er, ich bin sicher, ihr Name fängt mit B an. Draußen hatte es 32 Grad. Man stelle sich vor: eine wollene Strickjacke.
Er schob die Briefe und den Bericht, an dem er arbeitete, von sich, stand auf und ging ans Fenster. Durch eine Metalleiste in Kopfhöhe war es waagerecht in zwei Teile geteilt. Er legte beide Hände darauf und stieß mit aller Kraft daran, aber natürlich rührte sie sich nicht. Er wußte, daß es zwecklos war, denn er hatte es schon oft versucht. Eines Tages, dachte er, könnte es wie durch Zauberkraft aufgehen. Zugegeben, die Leute, die das Gebäude geplant hatten, konnten vermutlich sehr überzeugende Gründe anführen, warum er vom Lärm und vom Gestank der Stadt verschont bleiben sollte. Sein Büro lag im 36. Stockwerk, und wenn das Fenster offen wäre, was würde ihn davon abhalten, sich hinauszustürzen?
Er starrte auf die ihn umgebenden Bürotürme, eine unendliche Zahl von Fenstern. Hinter jedem saßen Männer und Frauen wie er, isoliert vom Klima, dem Straßenlärm, und alle so wie er mit Geld beschäftigt — Geld, das sie nie zu Gesicht bekamen, Geld, das nur Zahlen in Büchern war, Geld, das nur in ihrer Vorstellung existierte wie die Dinge in den Kindermärchen, Geld, für das sie ihr ganzes Leben opferten. Kann man diese Menschen ernst nehmen? fragte er sich. Wußten sie wenigstens, wie er, daß alles Vergeudung war? Was bedeutete es ihm, ob sich Leute, denen diese Textilgesellschaft gehörte, wer immer sie sein mochten, in fünf Jahren eine Million Dollar ersparten oder nicht? Und was bedeutete es *ihnen*?
Er starrte auf die Stadt hinunter. Er konnte den Turm des Empire State Building in der 34. Straße ausmachen. Vor einigen Mona-

ten hatte er einen Brief von Florence bekommen, und auf dem Umschlag die Adresse 35. Straße gelesen. Ob wohl eines der in der Sonne blitzenden Fenster in seinem Blickfeld ihr gehörte? War sie heute nachmittag daheim, hatte sie eine Klimaanlage, stand sie unter der Dusche, trank sie eine Tasse Tee, lernte sie eine neue Rolle, dachte sie an ihn? Er hatte ihren Brief nicht beantwortet, und einige Zeit später kam ein zweiter mit den Worten: »Ich habe kapiert.« Er war mit »F. G.« unterschrieben. In welchem Lehrbuch für Umgangsformen hatte sie gelesen, daß es elegant war, nur mit den Initialen zu unterzeichnen?

Ein Jahr war es her, daß er sie in Kalifornien gesehen hatte. Zwar war er nicht tapfer genug gewesen, ihr zu sagen, warum er sie nicht wiedersehen konnte, aber er hatte sein Versprechen sich selbst gegenüber gehalten. Er hatte auch keine andere Frau angerufen. Das war ihm nicht schwergefallen, denn er hatte kein Verlangen, eine Frau zu berühren, bedauerlicherweise auch nicht seine eigene.

Er hatte, dachte er, sein Bestes getan, um ihre Ehe zu retten. Er hatte die Stadt nicht verlassen, außer um zu den Wochenenden mit Tracy in die Hamptons zu fahren, er hatte keusch gelebt, besser gesagt enthaltsam, und das war gewiß nicht der richtige Weg, um eine Ehe zu festigen. Aber er konnte nicht anders. Weiß Gott, was Tracy davon hielt. Wahrscheinlich dachte sie, er habe ein Verhältnis, das ihn sättigte. Besser das als die Wahrheit.

Er bewunderte Tracy wegen der Geduld, die sie mit ihm hatte, wegen der Gelassenheit, mit der sie sein Verhalten hinnahm, wegen der stillen Liebe, die sie ihm offenbar immer noch entgegenbrachte, wegen der Nachsicht, die sie bezüglich seiner zunehmenden Vergeßlichkeit übte, ihrer Dankbarkeit dafür, daß er sich nicht davonschlich, um aus Flugzeugen zu springen, Ski zu fahren oder Wellen zu reiten. Das Brett lag immer noch im Lagerraum des Hotels in Kalifornien.

Er ging an seinen Schreibtisch zurück, unterzeichnete alle Briefe, die Miß Burwell — ach ja, Burwell hieß sie — ihm hingelegt hatte. Wie lange, dachte er, dauert es noch, bis ich durchdrehe?

An diesem Wochenende fuhr er mit Tracy in die Hamptons. Es regnete und war kalt geworden, und als er das Büro verließ, konnte er normal atmen. Die Stadt würde jetzt zwei Tage leer und erträglich sein, aber Tracy wollte unbedingt weg, und er sagte, er würde sie gern begleiten. Er hoffte, daß ihre Eltern keine Party geben würden, eine von diesen Parties, bei denen er keinen Menschen kannte oder die Namen der Leute vergessen hatte, die auch schon vor zwei Wochen dagewesen waren, Parties, auf denen es immer einen Saufsack gab, dem eine Firma gehörte oder der Vorsitzender irgendeines Aufsichtsrates war und mit ihm über die Lage der Wirtschaft und die in Washington herrschende totale Verwirrung plaudern wollte.

Er ließ Tracy chauffieren, denn im Frühjahr hatte er den Weg verfehlt, obwohl er schon Dutzende Male hinausgefahren war und der Wagen praktisch allein hinfand. Er verlor damals vollständig die Orientierung, die Fahrt, für die sie normalerweise knapp zwei Stunden brauchten, dauerte fast dreimal so lange. Er drehte durch und erging sich in einer nahezu endlosen Flut von in der Gosse genährten Flüchen. Während sie durch das freudlose Gewirr der Straßen von Queens irrten, nannte er sich einen Idioten und gebrauchte Wörter, die ihm nie zuvor über die Lippen gekommen waren. Es gehörte nicht zu seinen Gewohnheiten, unflätige Reden zu führen, und Tracy saß stumm und mit weißem Gesicht da, während er heftig das Steuer hin und her riß, um eine Ecke kurvte, mit knirschendem Getriebe unvermittelt in den Rückwärtsgang schaltete, unbekümmert gegen parkende Wagen stieß, als er plötzlich erkannte, daß er schon zweimal in derselben Straße gewesen war.

»Michael«, hatte sie in einem geeigneten Augenblick gesagt, »warum läßt du mich nicht eine Weile fahren?«

»Verdammt noch mal, halt endlich dein Maul«, hatte er sie angeschrien, und sie war abermals in Schweigen verfallen.

Als sie schließlich ihr Elternhaus erreichten, zitterten ihm die Hände, der Schweiß brach ihm aus allen Poren, und er blieb über dem Lenkrad zusammengesunken sitzen. Tracy traf keine Anstalten, aus dem Wagen zu steigen. »Verzeih mir«, flüsterte er, »verzeih mir.«

»Natürlich«, sagte sie ruhig, beugte sich hinüber und küßte ihn auf die Wange. Sie gingen ins Haus, wo sie ihn überredete, ein Bad zu nehmen; während er sich im heißen Wasser suhlte, brachte sie ihm einen Martini.

»Vielleicht sollte ich häufiger fluchen«, versuchte er einen müden Scherz. »Fluchen scheint sich ertragreich auf die fürsorgliche Betreuung von Ehemännern auszuwirken.«

»Trink langsam«, sagte sie. »Du bekommst nur einen, und von heute an fahre ich.«

»Dazu besteht guter Grund«, gab er zu. »Das ist der verdammt beste Martini, der mir je kredenzt wurde.«
»Warum verdammt?«
»Ich ziehe das verdammt zurück.« Kleine Gefälligkeiten, dachte er. Nicht genug.
Sie setzte sich auf einen niedrigen Hocker neben der Wanne. Schaum aus den opaken, regenbogenfarbenen Blasen eines Präparats, das Tracy ins Wasser getan hatte, umschmeichelte seine Haut. »Michael«, begann sie, während er an seinem Martini nippte, »ich hielte es für eine gute Idee, wenn du einmal mit einem Psychiater sprechen würdest.«
»Aha«, sagte Michael, »hat McCain dich damals also doch angerufen?«
»Das hat er«, gab sie zu. »Er schien mir ein Mann zu sein, der sich Gedanken machte. Seine Ansichten in bezug auf Priester, Rabbis und Gurus teile ich nicht, aber der Psychiater ist eine vernünftige Idee. Ich brauche dir wohl nicht erst zu sagen, daß du dich schon seit geraumer Zeit recht merkwürdig benimmst. Du bist ein anderer Mensch geworden.«
»Und ein paar Stunden auf der Couch, und ich bin wieder der lustige, unbekümmerte junge Kerl, den du geheiratet hast.«
»Du warst nie ein lustiger, unbekümmerter junger Kerl«, sagte Tracy gelassen. »Und das war auch nicht mein Eindruck, als wir heirateten. Ich glaube nur, daß du Hilfe brauchst und daß es den Versuch wert wäre.«
»Hilfe? Mein lieber Mr. Storrs« — er sagte es mit einem Akzent, von dem er annahm, er klänge ein wenig wienerisch —, »Sie haben Ihre Mutter gehaßt, Sie fühlten sich von Ihrem Vater abgewiesen, weil er starb, als Sie noch ein Kind waren, im Unterbewußtsein setzen Sie Ihre Frau mit Ihrer Mutter gleich, Ihr Erfolg als Student erweckte Erfolgshoffnungen für Ihr späteres Leben, die sich in Ihrer gegenwärtigen Stellung nicht erfüllt haben, Ihr Abspringen aus Flugzeugen ect., ist ein unbewußter, ein symbolischer Versuch, aus den tief in Ihrer Kindheit verwurzelten Beschränkungen auszubrechen und Ihre Ressentiments abzubauen. Ein klassischer Fall. Sie müssen diese Dinge verstehen und, sobald Sie sie verstanden haben, sich ihnen anpassen. Das macht 50 Dollar. Vielleicht ist der Preis gestiegen. Die Inflation . . .«
Tracy seufzte. »Du bist wieder einmal zu klug für dein eigenes Wohlergehen.«
»Ich habe auch nicht mehr Bücher gelesen als andere«, sagte Mi-

chael. Er beendete seinen Martini mit einem Zug, beugte sich hinüber und stellte das Glas neben der Wanne auf den Boden. Automatisch hob Tracy das Glas auf und drehte es geistesabwesend zwischen den Fingern. »Vielleicht«, sagte sie, »geht der Psychiater auch noch weiter. Vielleicht hilft er dir entdecken, warum du sterben willst. Wir essen in zehn Minuten.«
Sie erhob sich und verließ mit dem Glas das Zimmer.
Oh, Liebling, dachte er, Liebling, der Wunderzauberer wird nichts ausrichten. Es gibt keine klassischen Fälle.

Der nächste Tag war naßkalt und windig, aber Michael und Mr. Lawrence hatten sich vorgenommen, am Morgen segeln zu gehen. Sie stiegen in den Wagen und fuhren zum Three-Mile-Hafen, wo die acht Meter lange, nach Tracy benannte Segeljacht vor Anker lag. Der Rest der Familie Lawrence verabscheute das Segeln, und darum gingen die zwei Männer, mit dicken Sweaters und Ölzeug ausgerüstet, nachdem sie versprochen hatten, um eins zum Mittagessen zurück zu sein, allein. Selbst der langgestreckte, geschützte und für gewöhnlich friedliche Hafen war mit Schaumkronen übersät. Zweifelnd blickte Michael über das Wasser. »Meinst du nicht, es ist ein bißchen rauh, Phil?« wandte er sich an seinen Schwiegervater.
»Ich war schon in viel ärgerem Wetter draußen«, gab Lawrence zurück. »Ich freue mich schon die ganze Woche darauf, aus der Reichweite der Weiberstimmen zu kommen.« Er war ein passionierter, geübter Segler und stets auf der Suche nach Leuten, die bereit waren, mit ihm zusammen das Boot zu manövrieren.
»Wenn du meinst«, sagte Michael zweifelnd.
Sie stießen ab, und mit dem Außenbordmotor steuerte Lawrence das Boot geschickt vom Anlegeplatz weg in den eigentlichen Hafen. Als sie den Kanal erreicht hatten, der in die ausgedehnten Weiten der Bucht hinausführte, stellte Lawrence den Motor ab, und Michael setzte den Klüver. Das Boot krängte stark über und schoß der Hafenausfahrt entgegen. Die See war grob draußen im Sund, und Michael meinte: »Vielleicht sollten wir nur ein wenig innerhalb des Hafens kreuzen, Phil.«
»Unsinn«, wehrte Lawrence ab. »Dieses Boot ist schon mit fünfmal stärkerem Wellengang fertig geworden.« Er war seiner Natur nach nicht eitel, wohl aber empfindlich, wenn man seine Seemannserfahrung anzweifelte. »Ich bin kein Schönwettermatrose. Wenn es nichts anderes zu tun gäbe, als rausfahren und herum-

karriolen, wenn das Meer immer glatt wäre wie ein Pfannkuchen, dann hätte es keinen Sinn, ein Boot zu haben.«
»Du bist der Bootsführer«, sagte Michael. Er sah, daß der alte Herr in seinem Element war. Seine langen grauen Haare flatterten im Wind, und sein Gesicht war hochrot und von salziger Gischt übersprüht.
Soll er seinen Spaß haben, dachte Michael. Er selbst war ein guter Seemann und in seinem ganzen Leben nie seekrank gewesen. Er war vielleicht einige Dutzend Male mit seinem Schwiegervater gesegelt und hatte sich gelangweilt, wenn es nur leichte Windstöße gab und sie nur langsam vorangekommen waren, ohne ein bestimmtes Ziel ansteuern zu können.
Draußen im Sund schlug der Wind zu, und die Segel spannten sich. Mit der Deckbrüstung im Wasser bahnte sich nun das noch stärker krängende Boot resolut seinen Weg durch die Flut; seine Geschwindigkeit ließ die Bugwelle eindrucksvoll hochschießen. Nach Backbord lehnend, um das Kielgewicht auszugleichen, kauerte Michael im Sitzraum. Vornübergebeugt, sein ganzes Gewicht auf die Pinne stützend, um den Kurs beizubehalten, saß Lawrence neben ihm.
»So läßt's sich leben, was, Mike?« Lawrence lachte ihn an. »Ist doch aufregender, als Vögel zu beobachten. Und außer uns hat sich keiner von diesen Dummköpfen hinausgewagt.« Noch nie war der alte Herr einer Selbstbeweihräucherung so nahegekommen. »Geh in die Kajüte hinunter, und wenn du Glück hast, findest du backbord einen kleinen Spind. Wenn du ihn aufmachst, fällt dir eine Flasche feinsten Bourbons in die Hand, der könnte die Sinne der Besatzung mächtig stärken. Aber fall unterwegs nicht über Bord«, lachte er in den Wind.
Michael schwankte nach vorn und zog den Kopf ein, um in die kleine Kajüte zu gelangen, die mit Segelsäcken und Tauen vollgestopft war und über ein primitives Pissoir verfügte. Er holte die Flasche aus dem Spind. Auf dem Rückweg stieg er über eine Schwimmweste, wobei ihm auffiel, daß sich nur eine in der Kajüte befand.
»Mach sie auf«, wies Lawrence ihn an, »und nimm einen Schluck. Der verdammte Steward hat vergessen, die Gläser zu waschen.« Plötzlich fegte ein stärkerer Windstoß über das Boot. »Hoppla«, sagte Lawrence und umklammerte die Pinne. »Nichts vergießen«, meinte er. »Das ist zwölf Jahre alter lebenspendender Nektar.«

Michael hob die Flasche an die Lippen und nahm einen Mundvoll. Er spürte ein scharfes Brennen in der Kehle und dann angenehme Wärme im Magen.
»Wie schmeckt er dir?« fragte Lawrence.
»Genau das Richtige zu einem Frühstückstee auf hoher See«, antwortete Michael, wischte den Rand der Flasche ab und reichte sie Lawrence.
Lawrence machte einen herzhaften Schluck und schnaubte. »Da fühlt man sich gleich um zwanzig Jahre jünger«, sagte er und gab die Flasche an Michael zurück, der sie wieder zuschraubte. »Heb das Zeug gut auf«, sagte Lawrence, »ich glaube, wir werden noch einige Male an die Bar zurückkehren.«
Eine Weile segelten sie schweigend dahin; in unregelmäßigen Abständen knallte das Großsegel, wie wenn jemand eine Pistole abfeuern würde.
»Michael«, sagte Lawrence in einem veränderten Ton, »es gibt da etwas, worüber ich mit dir sprechen möchte, und im Haus ist es ja praktisch unmöglich, mit dir allein zu sein.«
»Um was handelt es sich?« fragte Michael und wappnete sich für das, was jetzt kommen würde.
»Es handelt sich um dich und Tracy.« Der alte Mann holte tief Atem, so als bräuchte er für das, was er zu sagen hatte, frischen Sauerstoff. »Ihr kommt nicht gerade blendend miteinander aus, nicht wahr?«
»Es geht.«
»Wir brauchen noch einen Schluck«, schlug Lawrence vor. »Als Wahrheitsserum.«
Sie nahmen jeder noch einen Schluck.
»Ich mag dich, Michael. Das weißt du.«
»Das weiß ich.«
»Und ich liebe Tracy. Sie ist die Beste von den dreien. Sie ist eine phantastische Frau.«
»Phantastisch.«
»Ihr beide spielt den alten Herrschaften ein Theater vor«, sagte Lawrence bekümmert. »Das mondäne liebende junge Paar, das in New York ein faszinierendes Leben führt. Aber ihr seid kein mondänes liebendes junges Paar, und ihr führt kein faszinierendes Leben, nicht wahr?«
»Nicht so ganz«, gab Michael zu. »Nein.«
»Ihr behandelt einander, als ob ihr beide aus Glas wäret. So als ob, wenn einer von euch einen falschen Schritt täte, der andere in

tausend Stücke zerspringen würde. Sie ist jetzt ein trauriger Mensch, Michael, und sie ist nicht geboren, um ein trauriger Mensch zu sein.«
»Ich weiß.«
»Was ist es? Hast du eine andere?«
»Nein.« Auf die vergangenen 12 Monate bezogen, war es keine Lüge.
»Hat sie einen anderen?«
»Nicht, daß ich wüßte.«
»Kann ich irgendwie helfen?« Der alte Herr appellierte mit Nachdruck an seine Aufrichtigkeit.
»Ich glaube nicht. Wir müssen selber damit fertig werden.«
»Glaubst du, daß ihr es schaffen könnt?« Seine Stimme klang besorgt.
»Ich bin nicht sicher«, antwortete Michael. »Hat sie dir oder ihrer Mutter etwas gesagt?«
»Kein Wort.« Niedergeschlagen schüttelte Lawrence den Kopf. »So war sie immer schon. Sie bringt immer nur gute Nachrichten nach Hause, nie etwas, worüber sie sich Sorgen macht. Jetzt hat es schon lange keine guten Nachrichten mehr gegeben. Töchter sind geheimnisvolle Wesen. Gib die Flasche her.«
Er tat einen kräftigen Zug. Dann nahm Michael einen Schluck und verschloß die Flasche wieder.
»Du bist zuviel unterwegs, Michael«, tadelte ihn Lawrence scharf.
»Jetzt nicht mehr.«
»Jetzt nicht mehr.« Lawrence nickte. Sein langes feuchtes Haar fiel ihm über die Augen, und er sah aus wie ein zottiger alter englischer Schäferhund. »Aber früher?«
»Vielleicht.«
»Du meinst nicht vielleicht«, konterte Lawrence angriffslustig, »du meinst ja.«
»Ich meine vielleicht. Es steckt mehr dahinter.« Er hätte sagen können, daß es mit einem Skirennen zu tun hatte, mit zwei Männern, die in der Luft zusammengestoßen und gestorben waren, damit, daß er beim Wellenreiten ein paarmal beinahe abgekratzt, beim Schnellfahren um ein Haar draufgegangen und zum Berserker geworden war, weil er sich in Queens verfahren hatte. Aber er sagte es nicht. Es paßte ihm nicht, sich beim Vater seiner Frau über seine Tochter zu beklagen. Er wollte nicht aussprechen, daß sie, wenn sie über sich selbst und einer über den ande-

ren Bescheid gewußt hätten, niemals geheiratet haben würden. Er sagte: »Es gibt Dinge, in welchen wir nicht übereinstimmen.« Wie etwa sein unbeschreiblicher Ekel vor seiner Arbeit, sein Abscheu vor der Stadt, die Tatsache, daß sie seit Monaten nicht mehr miteinander schliefen, und schließlich seine Weigerung, sich Kinder anzuschaffen. Nichts davon konnte man dem Vater seiner Frau erzählen, während man eine Flasche Bourbon mit ihm teilte und er alle seine alten Muskeln anspannte, um das Boot nicht kentern zu lassen. »Wenn es dir ein Trost ist — wenn etwas schiefgegangen ist, habe ich schuld daran, nicht sie.«
»Ich war ein Jahr verheiratet«, sagte Lawrence, »als ich ihre Mutter verlassen wollte. Es war auch alles meine Schuld. Glücklicherweise stellte sich heraus, daß sie schwanger war. Wie kommt es, daß ihr keine Kinder habt?«
»Diese Frage solltest du vielleicht lieber Tracy stellen.«
»Sie würde mir die Frage auch nicht beantworten«, bemerkte Lawrence traurig.
Es folgte ein zweiter, noch stärkerer Windstoß, und das Boot erzitterte und tauchte den Bugspriet in die Wellen.
»Der Wind frischt ein wenig auf, Michael«, sagte Lawrence. »Bring die Flasche lieber in Sicherheit, und dann hol das Großsegel ein. Die See wird ein bißchen grob, und du solltest an den alten Spruch denken — eine Hand für das Boot und eine für dich selbst.«
»Das kenne ich.«
»Und wenn du schon in der Kajüte bist«, fügte Lawrence fast nebenbei hinzu, »bring die Schwimmwesten herauf. Ich glaube, wir müssen uns auf eine kleine Sturmbö gefaßt machen.«
Michael stieg in die Kajüte hinunter und kam mit der Schwimmweste zurück. »Es ist nur eine da«, sagte er und legte sie vor Lawrence auf das Deck. Bevor der alte Mann noch etwas äußern konnte, ging Michael nach vorn, wobei er sich festhalten mußte, weil das Boot einen wilden Sprung tat. Er brauchte eine lange Zeit und mußte alle seine Kräfte zusammennehmen, um die Fock zu reffen und einzurollen; der Wind schnappte nach dem Segel wie eine Meute bissiger Hunde.
»Gut gemacht«, lobte ihn Lawrence, als er in den Sitzraum zurückkam.
»Ich habe schon mal gesegelt.«
»Ich weiß. Ich bin froh darüber. Ich habe schon mit Leuten gesegelt, die keinen Anker auswerfen konnten, ohne ihm nachzu-

springen.« Er hob den Kopf, kniff die Augen zusammen und betrachtete den sich verdunkelnden, intensiv grauschwarzen Himmel. »Mit dem Wetter scheine ich mich verschätzt zu haben. Selbstüberhebung. Wir kehren um. Sobald wir über Stag gehen, mußt du schnell auf die andere Seite rüber.«
»Ich bin bereit.«
Lawrence legte sein ganzes Gewicht auf die Pinne, und das Boot drehte ächzend und knarrend mit dem Bug durch den Wind; jede einzelne Planke protestierte, und der Wind heulte durch das Stag. Die beiden Männer untertauchten den Mast; der alte Herr zeigte sich beim Wechseln seiner Position überraschend gelenkig. Das Boot krängte jetzt noch stärker als zuvor, und Lawrence pfiff eine tonlose, abstrakte Melodie durch die Zähne.
»Wir sitzen in der Patsche«, sagt Michael.
»Das könnte man sagen.« Lawrence setzte sein tonloses Pfeifen fort und ließ die Segel so weit nach, wie er sie nachzulassen wagte. »Tut mir leid.«
»Zieh die Schwimmweste an.«
»Ich hab' dir doch gesagt, du sollst beide raufbringen.«
»Ich weiß, was du gesagt hast. Es ist nur eine da.«
»Die Kajüte ist ein einziges Kuddelmuddel. Ich komme nie dazu, Ordnung zu machen«, ärgerte sich Lawrence. »Du hast nicht genau nachgesehen.«
»Es ist nur eine da.«
»Glaubst du, du kannst sie auf Kurs halten, während ich hinuntergehe und suche?«
»Ich halte den Kurs, aber du verschwendest deine Zeit.«
»Hier, nimm.«
Michael rutschte hinüber und packte die Ruderpinne. Fast wäre sie ihm aus der Hand gesprungen, und er mußte sich mit seinem ganzen Gewicht dagegenstemmen. Der alte Herr muß mehr Mark in den Knochen haben, als man glauben möchte, dachte er, während er Lawrence beobachtete, der sich einer Krabbe gleich auf die Kajüte zubewegte. Er bedauerte, den Bourbon nicht auf Deck behalten zu haben.
Nach einer kleinen Weile kam Lawrence zurück. »Diese verdammten Rangen«, schimpfte er, während er die Pinne übernahm. »Kairatten. Klauen alles, was sie in die Hände kriegen.«
»Ich hab' dir ja gesagt, es ist nur eine da.«
»Stimmt, stimmt. Ich bin ein wenig enttäuscht. Zieh sie an.«
»Ich doch nicht«, sagte Michael. »Die ist für dich.«

»Es ist meine Schuld. Ich hätte mich vergewissern müssen, bevor wir ablegten. Zieh sie an!« forderte Lawrence ihn streng auf.
Michael blickte landwärts. Die niedrigen Felsufer östlich der Hafeneinfahrt waren mindestens drei Kilometer entfernt. »Wenn es hart auf hart geht, kann ich so weit schwimmen. Mein Gott, ich könnte von hier nach Connecticut schwimmen, wenn es sein müßte.«
»Jetzt ist nicht der Zeitpunkt für jugendliche Ruhmrederei. Zieh das verdammte Ding über! Das ist ein Befehl des Bootsführers!«
»Wenn du sie nicht anziehst, werfe ich sie über Bord. Ich habe nicht die Absicht, ans Ufer zu treiben und deiner Familie zu erzählen, daß ich dich leider ertrinken lassen mußte.«
»Niemand ertrinkt«, entgegnete Lawrence giftig.
»Gibst du mir das schriftlich?«
Einen Augenblick lang machte Lawrence ein strenges Gesicht, dann lächelte er, das dünnlippige Altmännerlächeln eines Yankees. »Ich habe eigentlich nicht damit gerechnet, dich überzeugen zu können«, sagte er.
Michael übernahm das Ruder, während Lawrence sich in die Schwimmweste hineinkämpfte. Der Wind wurde zum Sturm, die Wellen brachen über das Boot herein, Wasser ergoß sich in den Sitzraum. »Hast du eigentlich ein Funkgerät an Bord?«
»Nein. Ich hab' noch nie eines gebraucht. Ich verliere die Küste nur selten aus den Augen.«
»Auch jetzt ist Land in Sichtweite«, konterte Michael, »und wir könnten ein Funkgerät gut gebrauchen.«
»Du hättest zur Hand sein sollen, als ich die *Tracy* ausrüstete. Mit deinen ausgezeichneten Vorschlägen kommst du ein paar Jahre zu spät.«
Michael starrte den Alten an, der, den Mund zu einem irren Grinsen verzerrt, mit der Pinne kämpfte. Mein Gott, dachte Michael, dem alten Narren macht das Spaß!
Mit einem Krach wie ein Kanonenschuß zerriß der Klüver. In wenigen Sekunden war er in Fetzen, und das Boot holte über. Hastig entledigte sich Michael seiner Tennisschuhe, seiner Jacke und seiner Hose. Wenn er schon schwimmen mußte, dann nicht so, als wollte er einen Winter in den Alpen verbringen.
Sekunden später kenterte die *Tracy,* und beide waren im Wasser. Das Boot lag auf der Seite und wogte wild auf und nieder. Nur wenige Meter von Michael entfernt tauchte Lawrence auf, um wieder in den Wellen zu verschwinden. Michael packte ihn an

der Schwimmweste, und mit fieberhaftem Tempo gelang es beiden, das Boot zu erreichen und die Reling zu fassen.
»Kannst du dich festhalten?« keuchte Michael.
»Ich muß wohl«, gab Lawrence zurück. Er hatte eine Menge Wasser geschluckt, aber er hielt sich fest. Und dann sagte er nichts mehr, während sie beide nebeneinander in der stürmischen See trieben.
Das gute alte Amerika, dachte Michael und hätte beinahe gelacht. Man kann auf beiden Seiten ersaufen. Die Freiheit der Meere!
Nach einer Weile sah er, daß sich der Griff, mit dem Lawrence die Reling umklammerte, lockerte. Er beschloß, loszulassen, wenn der alte Herr losließ, und zu versuchen, sie beide über Wasser zu halten.
Aber so plötzlich, wie die Sturmbö gekommen war, zog sie über sie hinweg und brauste nach Westen. Wie durch ein Wunder beruhigte sich die See, und nun war es viel leichter, sich festzuhalten. Doch jetzt lagerte sich dichter Nebel über das Wasser, und bald konnte Michael kein Land mehr sehen. Wenn geschwommen werden mußte, würde er raten müssen, in welche Richtung es gehen sollte.
Unmöglich festzustellen, wie lange sie schon im Wasser waren. Ihrer beider Uhren waren stehengeblieben, als das kenternde Boot sie über Bord gehen ließ, und es gab keine Sonne, die ihnen gezeigt hätte, wie spät es war. Lawrence wurde blau vor Kälte, und seine Hände zu gefühllosen, erstarrten Klumpen an der Reling. Stunden schienen vergangen zu sein, als sie einen Hubschrauber über ihren Köpfen hörten. »Sie müssen die Küstenwache in Montauk angerufen haben«, meinte Lawrence.
Aber der Nebel war zu dicht, als daß man sie von einem Hubschrauber aus hätte sehen können, und bald verklang der Lärm der Motoren in der Ferne.
Eine von Lawrences Händen glitt ab, und Michael stützte ihn, indem er einen Arm um ihn legte. Lawrence dankte ihm mit einem müden Lächeln. »Ich dachte, du wärst schon in Connecticut«, sagte er.
Dann hörten sie das Dröhnen sich nähernder starker Motoren. Die Männer im Hubschrauber mußten sie doch gesehen haben. Im Nebel tauchte ein undeutlicher Schatten auf, kam heran und verdunkelte sich, während Michael schrie und winkte. Die Motoren wurden langsamer, und Sekunden später glitt das Boot der

Küstenwache an sie heran, und Männer an Bord warfen ihnen Leinen zu. Mit steifen Fingern knüpfte Michael eine unter Lawrences Armen fest, und der alte Herr wurde sofort an Bord gehievt. Dann fertigte Michael mit letzter Kraft eine Schlinge für sich selbst und wurde gleichfalls auf das Deck des Bootes gezogen.

Während die Männer von der Küstenwache eine Leine um die *Tracy* schlangen, um sie ins Schlepptau zu nehmen, brachte man die zwei Segler unter Deck, rieb sie mit Handtüchern ab und gab ihnen Decken und heißen Kaffee. »Wieviel Uhr ist es?« fragte Michael den Schiffskapitän, der heruntergekommen war, um zu sehen, wie es den zwei Männern ging, die er gerettet hatte.

»Zehn nach vier«, lautete die Antwort. »Wann sind Sie denn in den Teich gesprungen?«

»Gegen elf Uhr vormittag.«

Der Kapitän pfiff. »Fünf Stunden im Wasser.« Bewundernd sah er Lawrence an, der mit zitternden Händen die dampfende Schale mit Kaffee umklammerte. »Ihr Freund ist ein zäher alter Bursche.«

»Das kann man wohl sagen.«

Lawrence schien zu benommen zu sein, um zu verstehen, daß über ihn gesprochen wurde. Er hielt die Schale so krampfhaft fest, als fürchte er, daß auch sie ihm aus den Händen gleiten könnte.

»Sie hatten Glück, mein Freund«, sagte der Kapitän zu Michael. »Wir haben Nachricht von zwei anderen Booten, die gesunken sind, und wir haben noch keine Überlebenden gefunden. Sie können aber auch von Glück reden, daß wir die letzten Tage eine Hitzewelle hatten, darum ist der Sund um vieles wärmer als sonst um diese Jahreszeit. Nennt sich Wassersport.« Er schüttelte den Kopf. »Darf ich Ihnen raten, daß Sie von nun an, wenn Sie auf hoher See segeln wollen, uns anrufen und sich nach dem Wetter erkundigen? Wir haben den ganzen Morgen Warnsignale gegeben.«

»Erzählen Sie das dem alten Herrn«, sagte Michael. »Er ist der Bootsführer.«

Lawrence sah den Kapitän an und grinste. »Auch Ulysses hat nicht die Küstenwache angerufen, bevor er sich nach Troja aufmachte.«

Der Kapitän lachte und klopfte Lawrence auf die Schulter.

»Okay, Skipper, so kann man es auch sehen«, sagte er und ging nach oben.
»Netter Kerl«, sagte Lawrence und stellte die Schale nieder. »Ein bißchen jung, um ein so großes Boot zu kommandieren, meinst du nicht?«
»Alt genug für uns, Phil«, gab Michael zurück.
»Vermutlich.« Lawrence streckte sich in einer Koje aus und wikkelte sich fest in seine Decke. »Du hast doch nichts dagegen, wenn ich ein kleines Nickerchen mache, nicht wahr? Ich möchte zum Abendessen frisch sein.« Zehn Sekunden später schnarchte er. Mit einer Hose und einem Sweater bekleidet, die ein Matrose ihm geliehen hatte, stand Michael auf dem Deck, als sie im Three-Mile-Hafen anlangten. Tracy, ihre Mutter und ihre Schwestern standen auf dem Landeplatz. Sie alle hatten Sweater an und trugen Schals, die im Winde flatterten, und Michael kamen sie vor wie Fischerfrauen, die darauf warteten, zu erfahren, welche von ihren Männern in Sicherheit waren und welche von ihrer letzten Fahrt nicht mehr zurückkehren würden. Er winkte ihnen zu, Tracys Mutter und die Schwestern winkten zurück, nur Tracy hatte ihre Hände in den Taschen ihrer Jacke stecken.
Auch gut, dachte er, und ging hinunter, um den alten Herrn zu wecken und ihm zu helfen, eine grobe Arbeitshose und eine Matrosenjacke anzulegen. Es gab keinen Kamm in der Kajüte, und so konnte Michael nichts mit Lawrences Haar anfangen, das steif nach allen Richtungen wegstand und ihm das Aussehen eines wilden, bösartigen alten Piraten gab. Als sie auf Deck kamen, winkte Lawrence seiner Frau zu und begab sich dann nach achtern, um die *Tracy* zu betrachten, die mit zerfetzten Segeln auf der Seite liegend im Wasser schwamm. Traurig schüttelte er den Kopf. »Arme, im Stich gelassene *Tracy*.«
Michael wünschte, er hätte das Boot auf einen anderen Namen getauft.

Sie gingen an Land. Ein Matrose trug Lawrences nasse Kleider und die Schwimmweste in einem Seesack hinterher. Die Frauen küßten und umarmten den alten Mann, und Mrs. Lawrence und Tracys Schwestern umarmten auch Michael. Tracy stand mit ausdruckslosem Gesicht daneben. Mrs. Lawrence packte ihren Mann zusammen mit den zwei Mädchen in den Kombi, und Tracy und Michael gingen, ohne miteinander ein Wort zu wechseln, hinüber, wo ihr Wagen abgestellt war.

Tracy ließ den Motor an, legte aber nicht gleich den Gang ein. »Wie können wir diesen Männern je danken?« fragte sie.
Michael zuckte die Achseln. »Danke ihnen. Das ist alles.«
»Als ich die Küstenwache anrief und ihnen sagte, daß ihr um eins hättet zurück sein sollen — es war schon zwei, hörte ich, wie einer zu den anderen sagte: ›Wieder zwei solche verdammten Idioten!‹«
Michael blieb stumm. Sie legte den Gang ein; sie fuhren los und folgten dem Kombi. Michael warf einen Blick auf seine Frau. Ihre Hände hielten das Steuerrad so krampfhaft fest, daß ihre Knöchel weiß hervortraten. Sie preßte die Lippen zusammen, ihre Augen waren zu schwarzen Schlitzen verengt. Schließlich machte sie sich Luft. »Nicht genug, daß es dir piepegal ist, ob deine Frau zur Witwe wird oder nicht, mußt du auch noch meinen Vater hineinreißen.«
»Ich habe versucht, ihm nicht nachzugeben . . .«
»Ich kann mir genau vorstellen, wie du versucht hast, ihm nicht nachzugeben.«
»Du kannst ja deinen Vater fragen.«
»Er bewundert dich. Er hat mir gesagt, er wünschte, er hätte einen Sohn wie dich. Er tut gern so, als ob ihr gleichaltrig wärt. Ich kenne dich. Ohne auch nur ein Wort zu sagen, hast du in ihm das Gefühl geweckt, er müsse sich schämen, wenn er nicht mit dir mithält. Er ist ein vorsichtiger, friedlicher Mann, und das ist heute das erste Mal in seinem Leben, daß er sich auf ein so selbstmörderisches Abenteuer eingelassen hat. Ich wollte, ich hätte dich nie ins Haus gebracht.«
»Laß uns das Gespräch fortsetzen, wenn du dich ein bißchen beruhigt hast, was meinst du?« versuchte er sie zu beschwichtigen.
»Ich bin ganz ruhig. Und es gibt nichts fortzusetzen.«
Den Rest des Weges legten sie schweigend zurück, bis sie das Haus erreichten.
Lawrence hustete und schien Fieber zu haben, als er aus dem Wagen stieg. Mrs. Lawrence rief einen Arzt an und packte ihren Mann ins Bett, wo er in unruhigen Schlaf verfiel. Als der Arzt kam, sagte er, Mr. Lawrence würde ein paar Tage das Bett hüten und sich ruhig verhalten müssen. Die Stimmung im Haus war elegisch, Michael hatte das Gefühl, daß alle vier Frauen ihn vorwurfsvoll ansahen. Er entschuldigte sich zum Abendessen, stieg in den Wagen und fuhr nach Bridgehampton, wo er in einem

Gasthof Hamburger bestellte und vor und nach seiner Mahlzeit zuviel Bier trank.

Tracy wartete auf ihn, als er heimkam. Ausgenommen die Lampe in ihrem Schlafzimmer und am Gang des zweiten Stockwerkes, brannte im ganzen Haus kein Licht. Todmüde stapfte er die Treppe hinauf, stolperte und fiel gegen ein Bild an der Wand, das mit donnerdem Krach von seinem Haken fiel. Leise fluchend versuchte er das Bild zurückzuhängen, und weil ihm das nicht gelang, trug er es die restlichen Stufen hinauf. Die Tür zu seinem und Tracys Schlafzimmer öffnete sich, und er stand da, leicht schwankend, mit dem Bild unter dem Arm, und kam sich ziemlich albern vor, als Tracy, vom Lichtschein ihrer Lampe umrahmt, auf den Gang hinaustrat.
»Du brauchst nicht das ganze Haus zu wecken, damit man dich zu deinem Auftritt beglückwünscht«, flüsterte sie, aber es war ein kaltes und mißtönendes Flüstern.
»Keine Beleuchtung«, sagte er mit würdevoller Empörung. »Und was ist das für eine Idee, auf einer Treppe Bilder aufzuhängen?«
»Ich glaube, wir können deine Vorstellungen über Innenarchitektur in der Ungestörtheit unseres Schlafzimmers diskutieren«, entgegnete Tracy und stieß die Tür auf, um ihn einzulassen.
Er lehnte das Bild sorgfältig an die Wand und ging hinein. Tracy schloß die Tür hinter ihm, blieb davor stehen und sah zu, wie sich ihr Mann steif auf einen geradlehnigen Stuhl setzte. Die bleiche Starre ihres Gesichts stand im Gegensatz zu dem hübschen wollenen Morgenrock, den sie trug.
»Wenn du so betrunken bist, wie du es offensichtlich jetzt bist«, sagte sie, »rate ich dir zu deinem eigenen Besten, den Wagen vor der Bar oder wo immer du dich sinnlos besäufst, stehen zu lassen, und dich von einem Taxi nach Hause fahren zu lassen. Ich weiß, daß dir nichts daran liegt, dich umzubringen, aber ich glaube nicht, daß du ganz unheroisch gegen einen Baum krachen möchtest.«
»Ich bin nicht betrunken.« Er wußte, daß seine Stimme undeutlich klang und daß ihn das Stiegensteigen schwer angekommen war, aber er hatte das Gefühl, klar im Kopf zu sein und durchaus imstande, vernünftige Entscheidungen zu fällen.
»In diesem letzten Jahr«, fuhr Tracy unbeirrt fort, »bist du ein Säufer geworden. Ein einsamer, erbärmlicher Säufer.«
»Ich will nicht mit dir diskutieren.«

»Ich habe nicht die Absicht, mit dir zu diskutieren«, gab Tracy zurück. »Während ich heute nacht auf dich wartete, wurde mir klar, daß alles aus ist, Michael. Es ist schlimm, aber es läßt sich nicht ändern. Heute war Schluß.«
»Ich sagte dir doch, ich bestand darauf ...« Er fühlte sich mißverstanden. »Ich weiß, ich war schon in vielen Dingen der schuldige Teil, aber ...«
Sie lachte, aber es klang nicht erheitert.
»... aber heute«, fuhr er hartnäckig fort, »heute war es nicht meine Schuld. Das mußt du mir glauben.«
»Ich muß dir gar nichts glauben. Ich sehe das schon seit langem kommen, aber ich habe immer gehofft, daß du aufwachen und begreifen würdest, was du dir und mir antust. Ich kann nicht mehr so weiterleben. Jedesmal, wenn du das Haus verläßt und das Telephon läutet, habe ich Angst, jemand will mir mitteilen, daß mein Mann tot ist. Wenn du es schon ein Jahr lang nicht über dich bringen kannst, mich auch nur anzufassen, und im ganzen Land herumhuren mußt — bilde dir nur nicht ein, ich wüßte von nichts, ich habe gute oder vielleicht auch nicht so gute Freunde, die sehr daran interessiert sind, mich wissen zu lassen, was mein Ehegatte treibt —, wenn du mich so verabscheust, daß dir der Tod willkommener ist als mein Anblick, warum um aller Heiligen willen willst du dann bei mir bleiben?«
»Ich liebe dich«, antwortete er, während er seine Hände betrachtete.
Wieder lachte sie, und es war das gleiche freudlose Verziehen ihres Mundes. »Auf deine verrückte Art tust du das vielleicht wirklich. Aber wenn das Liebe ist, dann ist es eine Liebe, die mich kaputtmacht. Und damit du es weißt: Du bist nicht der einzige, der Trost in fremden Betten gefunden hat.«
»Was meinst du damit?« Er hob den Kopf. Seine Überraschung war nicht vorgetäuscht. Irgendwie war ihm nie der Gedanke gekommen, daß sie ... Sie hatte sich nichts anmerken lassen. Weibliche Tücke, dachte er gekränkt.
»Du weißt, was ich meine«, antwortete Tracy. »Was hast du erwartet?«
Darüber dachte er kurz nach. »Ich hätte es erwarten sollen«, entgegnete er demütig. »Ich mache dir keine Vorwürfe.«
»Wenn es ein Pflaster für dein Ego ist«, sagte sie, »es war nie sehr aufregend. Ich mußte meine Meinung über mich selbst ändern. Es hat mich ausgelöscht.«

»Oh, Liebling«, murmelte er traurig.
»Für ›Liebling‹ ist es zu spät.«
»Willst du die Scheidung?«
Immer noch mit dem Rücken zur Tür stand sie da, ein Staatsanwalt am Ende eines langen Prozesses. Sie seufzte. »Ich weiß nicht, was ich will, außer daß du morgen in deinen Wagen steigst — es ist ja sowieso dein Wagen — und . . .«
»Unser Wagen«, verbesserte er sie.
»Es gibt kein *unser* mehr. Von jetzt an gibt es nur mehr dein und mein. Und morgen nimmst du deinen Wagen, fährst in die Stadt und schaffst bis auf das letzte Stück deine Sachen aus meiner Wohnung.«
Er warf einen Blick auf das große Doppelbett. Er wußte, daß er unmöglich ein letztes Mal an ihrer Seite liegen konnte. Er stand auf. »In diesem Fall«, sagte er und bemühte sich, sehr deutlich und einsichtsvoll zu sprechen, »in diesem Fall hat es keinen Sinn, bis morgen zu warten. Ich packe meinen Koffer und verschwinde.«
»In deinem Zustand kannst du nicht fahren. Du wirst auf dem Polizeirevier aufwachen.«
»Laß meinen Zustand meine Sorge sein«, konterte er, ging zum Schrank, holte seinen Handkoffer heraus und fing an, seine Sachen hineinzuwerfen.
Tracy zuckte die Achseln. »Wie du meinst«, sagte sie. Schweigend sah sie zu, wie er den Koffer packte und verschloß. Er hob ihn auf und wandte sich zur Tür. Sie blieb stehen und versperrte ihm den Weg. Er spürte, wie etwas ihm die Tränen in die Augen trieb, als er das liebliche, abweisende Gesicht sah, das er in so vielen verschiedenen Stimmungen innig geliebt hatte. Er war wütend über seine Tränen. »Was wirst du deinen Eltern erzählen?« fragte er.
»Irgend etwas. Ganz gleich. Daß du angerufen wurdest und wegen einer dringenden geschäftlichen Angelegenheit morgen früh in der Stadt sein mußt. Nachher werde ich mir überlegen, wie ich es ihnen schonend beibringe. Einen Teil der Schuld werde ich auf mich nehmen. Sie haben dich gern, und daran braucht sich nichts zu ändern. Unverträglichkeit — ist das nicht eine feine neue Sache?« Sie lachte. »Du willst wirklich weg — mitten in der Nacht?«
»Nichts könnte mich veranlassen, hierzubleiben.«
Sie zuckte die Achseln und trat zur Seite. »Fahr vorsichtig.«

»Mache ich.« Er öffnete die Tür und blieb einen Augenblick stehen.
»Warte«, sagte sie und schlüpfte an ihm vorbei durch die Tür, »laß mich Licht machen, damit du siehst, wo du hintrittst.« Sie drehte die Treppenbeleuchtung an, und mit dem Koffer in der Hand stieg er langsam, sich am Geländer festhaltend, die Treppe hinunter.
Er ging quer durch das Wohnzimmer, in dem er und Philip Lawrence so viele Abende mit Schachspielen verbracht hatten, während die Damen im Hintergrund plauderten, öffnete die Haustür und trat in die dumpfige, nebelige Nacht hinaus. Hinter ihm erlosch das Licht.
Er warf den Koffer in den Wagen, stieg ein und ließ den Motor an. Er sah zum zweiten Stock hinauf, wo noch ein Licht brannte. Dann ging auch dieses aus, und das Haus lag im Dunkeln. Er fuhr durch das Tor auf die Straße hinaus. Im diffusen Strahl der Scheinwerfer wirbelten Nebelschwaden über die glitzernde Fahrbahn. Immer wieder verschleierten Tränen seine Augen, und er fuhr langsam und vorsichtig. Trotzdem erschrak er, als er die Blinklichter des Polizeiautos hinter sich aus dem Nebel kommen sah. Aber das Polizeiauto brauste an ihm vorbei; die Beamten interessierten sich nicht für einen heulenden Bierbruder, der sich nahe am Straßenrand hielt. Die Polizeistreife war zu einem Unfall unterwegs, zu einem Mord, zu einem Feuer, zu irgendeiner der tausend Katastrophen, die sich mitten in der Nacht 150 Kilometer von New York ereignen konnten.

# 8

Er saß an seinem Schreibtisch im Büro, ging einen Stoß von Berichten durch und sah gelegentlich auf den eisigen Herbstregen hinaus, der auf die Straßen New Yorks niederprasselte. Die Heizung war eingeschaltet, er schwitzte wie üblich, denn es bestand keine Möglichkeit, die Temperatur in den einzelnen Büros zu regulieren — und wer immer sie tief in den Eingeweiden des Wolkenkratzers regulierte, in dessen Adern floß Blut, das von Generationen von pellagrakranken Vorfahren, die das Land nördlich von Georgia nie zu Gesicht bekommen hatten, zur Konsistenz von Wasser verdünnt worden war.

Verbittert blätterte Michael zehn Seiten zurück und ging die Zahlenkolonnen mühsam zum drittenmal durch. Sie ergaben nicht mehr Sinn, als sie das erstemal ergeben hatten.

Das Klingeln des Telephons war ihm willkommen. »*Allo* — Michel?« sagte die Stimme.

»Antoine«, antwortete Michael. Der Anrufer war der einzige Mensch, den er kannte, der die französische Version seines Namens bevorzugte. »Wo haben Sie die ganze Zeit gesteckt?« Er hatte den Franzosen seit zwei Jahren nicht mehr gesehen. In dem Restaurant, wo er Klavier gespielt hatte, wußte der Besitzer weiter nichts zu sagen, als daß er eines Tages mitten im Engagement von der Bildfläche verschwunden war.

»Ich war in Paris«, antwortete Antoine. »Ein närrischer, romantischer Einfall. Eine gewisse Dame kam plötzlich auf die Idee, daß sie in Paris leben wollte, und ich wußte, daß es *au revoir,* Antoine, heißen würde, wenn ich sie auch nur zwei Wochen allein ließe.«

Michael lachte. In seiner Jagd nach den Damen war Antoine abwechselnd übermäßig empfindsam und übermäßig zynisch. Und er war auch übermäßig freimütig bei der Schilderung intimer Details in bezug auf seine diversen Liebschaften. »Ich freue mich, Ihre Stimme zu hören«, sagte Michael. »Sie hellen einen düsteren Tag auf. Wie ist es Ihnen denn in Paris gegangen?«

»Ein Unglück. Eine Katastrophe. In Paris will kein Mensch mehr Klavierspieler hören, und die Dame hat einen japanischen Industriellen geheiratet. Die nächste Dame . . . Aber das erzähle ich Ihnen, wenn wir uns sehen.«

»Wo findet man Sie denn jetzt?«

»Ich spiele da in einem kleinen Lokal im Zentrum, im ›Golden Hoop‹, aber lassen Sie sich von dem Namen nicht täuschen, es ist ein Saftladen. Aber wir machen ein bißchen Reklame, und ich tue einiges, um das Niveau zu heben, und hin und wieder kommen ein paar Menschen herein, die so aussehen, als ob sie mit Messer und Gabel umgehen könnten.« Nach einer kleinen Pause fügte er hinzu: »Ihre Frau war gestern abend da.«

»Oh.«

»Sie hat mir gesagt, daß Sie immer noch in derselben Firma sind. So habe ich Sie angerufen. Sie sah *exquise* aus wie immer. Sie war mit zwei Herren da.«

»Zwei?«

»Zwei. Aber beide älter und häßlicher als Sie.«

»Vielen Dank.«

»Als ich sie nach Ihnen fragte, war die Antwort ziemlich vage«, sagte Antoine. »Hat es einen Bruch gegeben?«

»Wir leben gegenwärtig nicht zusammen, wenn Sie das unter einem Bruch verstehen.«

»Ich teile Ihren Schmerz, *mon vieux.*« Antoine seufzte. »Das sind die Dinge, an die ich mich in meinem Leben gewöhnt habe, aber ich hätte nicht gedacht, daß es auch Ihnen passieren könnte.«

»Es ist alles in jedermanns Leben möglich. Besonders in New York. Darum kommen alle Leute her.«

»Ich freue mich zu hören, daß Sie Ihre Tragödie mit philosophischem Gleichmut hinnehmen.«

»Reden Sie keine Opern«, antwortete Michael ärgerlich. »Es ist keine Tragödie.«

»Für mich wäre es eine.«

»Lecken Sie mich am Arsch.«

»Ich erwarte Sie heute abend«, sagte Antoine ruhig. »Am besten spiele ich zwischen elf und zwölf. Ich werde Sie mit der Frau bekannt machen, die wie ein Wind aus der Sahara die Erinnerung an alle anderen Frauen, die ich je kannte, ausgelöscht hat. Versprechen Sie mir als alter Freund, daß Sie alle Annäherungsversuche, die sie Ihnen vielleicht macht, zurückweisen werden.«

»Keine Angst. Für dieses Jahr habe ich die Frauen aufgegeben.«

»Das glaube ich erst, wenn ich es sehe, *mon vieux.* Also dann bis elf«, sagte Antoine und legte auf.

Michael lächelte. Er starrte in den Regen hinaus und erinnerte sich, wie er spät nachts mit Tracy in der halbdunklen Bar gesessen war und Antoine zugehört hatte, der wie ein Riesenvogel über dem Klavier aufragte. Wenn er nicht gerade sang, klebte ihm eine Zigarette an der Unterlippe, seine braunen Augen waren immer traurig und blinzelten im Zigarettenrauch, sein Gesicht, von Akne gezeichnet, schwebte über den Tasten, und seine ein wenig heisere Stimme sang ein Lied, um das Tracy gebeten hatte, weil es eines ihrer Lieblingslieder war: *c'est triste, Venise.«*

New York ist auch ganz schön *triste,* dachte Michael. Zwei Männer also, aber älter und häßlicher als du. Dann wandte er sich wieder seiner Arbeit zu.

Er blieb bis spät im Büro, aß allein zu Abend und ging um elf ins »Golden Hoop«. Der Saal war nicht überfüllt, und er saß für sich an der Theke, nippte an einem Whisky und versuchte das Gespräch des Paares neben ihm zu überhören, eines dicken Mannes von etwa fünfzig Jahren, der von verschiedenen sexuellen Abenteuern in seiner Vergangenheit erzählte und offenbar hoffte, seine leicht üppige blonde Begleiterin damit sturmreif zu machen. Antoine hatte Michael zugewinkt, als er gekommen war, aber er war gerade mitten in einem Potpourri und spielte weiter. Tracy war nicht da. Schließlich war sie ja gestern dagewesen, und es stand nicht zu erwarten, daß sie heute wiederkommen würde. Was Michael aber nicht hinderte, im Halbdunkel ihr Gesicht zu suchen. Und es gab keinen Anhaltspunkt dafür, daß sich unter den anwesenden Damen auch jene befand, der es gelungen war, einem Wüstenwind gleich die Erinnerung an alle Frauen auszulöschen, die Antoine vor ihr gekannt hatte.

Antoine spielte so gut wie immer, weich und süß. Geschickt improvisierte er, ohne jedoch von den Originalmelodien allzu stark abzuweichen oder sie gar zu verfälschen. Wie befriedigend muß es sein, dachte Michael, etwas so gut zu können, etwas, das dem Ausführenden und den Zuhörern so viel Freude bereitet. Er entsann sich der trüben Stunden, da er Klavier geübt hatte, und mußte rückblickend über den schwerfälligen Jungen lachen, der so unmelodiös und mit so viel Haß auf die Tasten gehämmert hatte.

Antoine beendete seine Version des Themas aus *The Sting* mit einer bravourösen Passage, kam an die Bar und umarmte Michael.

*»Enfin,* sagte er, »es war eine schöne Zeit.« Er tat einen Schritt zurück und musterte Michael. »Lassen Sie sich mal ansehen«, sagte er. »Tja. Sie werden alt. Sie vernachlässigen sich, *mon vieux*.«
»Was ist denn mit *Ihnen* passiert?« Auf Antoines linker Wange zog sich eine lange Narbe vom Ohr bis zum Mund hinunter.
»Ach das.« Antoine griff sich an die Narbe. »Eine Erinnerung an Paris. Eine Dame . . .«
»Sie werden mir doch nicht vormachen wollen, daß Sie mit Damen zu tun haben, die Rasiermesser in der Handtasche tragen.«
»Es war nicht die Dame«, sagte Antoine. »Es war der Freund der Dame. Ein Herr aus Marseilles, in seinen Kreisen wegen seines überschäumenden Temperaments wohlbekannt. Mir allerdings war er bis zu dem Moment, wo er das Messer zog, nicht bekannt.« Er verzog den Mund. »Es ist nicht so schlimm. Kosmetisch vielleicht nicht gerade anziehend, aber ich bin auch an meinen besten Tagen keine Schönheit.« Er schwang sich auf den Hocker neben Michael und bestellte einen Perrier. Wenn er spielte, trank er nicht.
»Wo ist die schöne Dame, mit der Sie mich bekannt machen wollten?«
»Sie ist, na sagen wir, unzuverlässig.« Antoine seufzte. »Sie kommt und geht, wie es ihr gerade einfällt. Sie sieht mich nur gern, sagt sie, wenn sie den *cafard* hat. Wahrscheinlich ist sie heute guter Dinge. Sie hat eine ganze Menge Bewunderer, die sie gern um sich sieht, wenn sie guter Dinge ist. Bis jetzt, lieber Freund, habe ich nicht viel Erfolg bei ihr, obwohl ich ihr mein Herz zu Füßen gelegt habe — zu wiederholten Malen.«
Michael lachte. »Sie tragen aber heute dick auf, Antoine.« Es hatte ihn immer belustigt, wenn Antoine eine seiner wohldurchdachten Reden über das Thema Frauen schwang, und er schätzte es, wenn Antoine einen besonders blumenreichen Erguß an seine Adresse richtete.
Aufmerksam studierte Antoine seine Miene. »Sie sehen aus, als ob Sie heute selbst einen kleinen *cafard* hätten, Michael.«
»Ich habe lange gearbeitet.«
»Dann betrauern Sie also nicht die Abwesenheit der schönen Mrs. Storrs?«
»Bitte lassen Sie dieses Thema«, sagte Michael steif.
»Sie hat gestern abend auch nicht sehr heiter ausgesehen. Unübersehbar für mich, daß ein innerer Kummer an ihr nagte.«
»Bei den Lichtverhältnissen in diesem Lokal können Sie von

Glück reden, wenn Sie überhaupt den Standort ihres Klaviers entdecken.«
»Die Seele sieht in die dunkelsten Winkel«, hielt Antoine ihm theatralisch entgegen. »Vergessen Sie nicht, daß ich Künstler bin.«
»Sie sind Klavierspieler in einer Bar und dazu auch noch ein sehr guter. Seien Sie damit zufrieden und stecken Sie Ihre Nase nicht in dunkle Ecken.«
»Nicht allen Künstlern ist es beschieden, in Carnegie Hall zu spielen«, entgegnete Antoine würdevoll. »Gibt es etwas, was Sie besonders gern hören möchten?«
»Spielen Sie, was Sie wollen, nur nicht *C'est triste, Venise.*«
»Ich verstehe.« Kummervoll schüttelte Antoine den Kopf. »Es macht mich traurig, Sie hier allein zu sehen. Und Mrs. Storrs mit zwei häßlichen alten Männern. Sie waren ein bezauberndes Paar. Zwei edle Tiere. Alle Leute starrten Sie an. Wer immer die Schuld hat, Sie haben beide einen Fehler gemacht.«
»Spielen Sie lieber Ihr verdammtes Klavier.«
»Was ich gesagt habe, mußte gesagt werden.«
»Gehen Sie Klavierspielen.«
Antoine glitt vom Hocker und begab sich ans Klavier. Wenn er ging, sah es aus, als täte er es nach synkopierten Rhythmen. Er setzte sich hin, zündete sich eine Zigarette an und starrte schweigend auf die Tasten; man hätte meinen können, er habe Angst, das geheiligte Instrument zu berühren.
Die üppige Blondine neben Michael musterte ihn, und jetzt kam es Michael zu Bewußtsein, daß die brummende, gierige Stimme ihres dicken Begleiters verstummt war. Er drehte sich um und sah der Frau ins Gesicht. Sie war allein. Eigentlich war sie ganz hübsch, aufgedonnert, aber hübsch, und der volle, wohlgerundete Busen war verführerisch zur Schau gestellt, die Busenfurche in beträchtlicher Länge sichtbar.
»Guten Abend«, sagte die Frau. »Mein Freund hat aufgegeben und ist heimgegangen. Würden Sie mich wohl auf ein Glas einladen? Seitdem Sie gekommen sind, muß ich Sie immerzu ansehen.«
Michael bestellte ihr einen Drink und einen zweiten für sich, und nachdem er eine halbe Stunde mit ihr geplaudert und erfahren hatte, daß sie eine physikalische Therapeutin war, aus Seattle kam und Roberta Munson hieß, dachte er, warum nicht nach so langer Zeit? und verließ mit ihr das Lokal, nachdem er Antoine,

der in Zigarettenrauch gehüllt am Klavier saß, ein Lebewohl zugewinkt hatte. Sie stiegen in ein Taxi, wo er Roberta Munson höflich küßte, denn er wußte, daß das von ihm erwartet wurde. Er konnte wirklich nicht sagen, ob er es genoß oder nicht. Robertas Körper war frisch und fest und duftig, wie der Körper einer physikalischen Therapeutin zu sein hatte, und sie war so unternehmungslustig, wie ein Mann sich das nur wünschen konnte, aber nach einer halben Stunde vergeblichen Bemühens im Bett sagte er: »Es tut mir entsetzlich leid, aber ich fürchte, heute ist nicht mein Glückstag.« Er stand auf und fing an, sich anzuziehen.

»Ach, wie schade. Ein schöner junger Mann wie du. New York ist eine schreckliche Stadt für Männer. Vielleicht ein andermal?«

»Vielleicht ein andermal«, sagte er und wußte genau, daß es kein andermal geben würde — mit ihr nicht und möglicherweise mit keiner anderen. Er beugte sich über sie, küßte sie wie um Nachsicht bittend auf die Stirn und verließ das Schlafzimmer und die Wohnung. Zur Probe versuchte er es noch einmal, eine Woche später, mit einem Mädchen, das er besonders gern um sich gesehen hatte, bevor Tracy ins Leben getreten war. Das heitere, unkomplizierte Mädchen war eine von den beharrlichsten gewesen, die ihn immer wieder anrief, auch nachdem er sich, wie er das spöttisch bezeichnete, aus dem Verkehr zurückgezogen hatte, um so viel Zeit wie möglich mit Tracy zu verbringen. Seitdem waren Jahre vergangen, doch als er sie anrief, war ihre Stimme frisch und lebhaft wie eh und je, und Wunder über Wunder, sie war nicht verzogen oder Lesbierin oder Buddhistin geworden, sie nahm kein Rauschgift, sie hatte nicht geheiratet und auch keinen Nervenzusammenbruch erlitten. Nach einem gemütlichen Abendessen brachte er sie ins »Golden Hoop«, um Antoine spielen und singen zu hören, und Antoine zog wohlgefällig die Augenbrauen hoch, als er sie sah. Doch als sie ihn in ihre Wohnung mitnahm und anfing, sich in ihrer offenen, unkomplizierten Art ihrer Kleider zu entledigen, ahnte er, daß es schiefgehen würde, und es ging schief.

Während er sich anzog, versuchte er, ihren Blicken auszuweichen. Jung, bekümmert und appetitlich lag sie nackt auf dem Bett und betrachtete ihn sorgenvoll. »Etwas ist dir zugestoßen, nicht war?« fragte sie. »Ist der Brunnen vorübergehend versiegt?«

»Vergiftet«, antwortete er. »Ich hoffe, vorübergehend.«

»Gott schütze dich, Baby«, sagte sie. »Und danke für das Essen und die Musik.«
Noch so ein Versuch, dachte er, während er die Treppe hinunterstieg, und die ganze Stadt weiß davon. Was Tracy wohl sagen würde, wenn sie es erfuhr?

Er lernte Antoines unzuverlässige Angebetete kennen, ein Mädchen namens Susan Hartley mit einem kleinen, lebhaften Gesicht und langem Haar, das für den kleinen Kopf zu schwer zu sein schien. Ihre blitzenden Augen hätten besser zu einer Spanierin oder einer Gestalt aus einem Roman über den Süden vor dem Bürgerkrieg gepaßt. Aber sie war nur ein einfaches amerikanisches Mädchen aus New Jersey, die als Laborantin in der Forschungsabteilung einer großen Kosmetikfirma arbeitete und die Produkte der Gesellschaft ständig an sich ausprobierte. Was zur Folge hatte, daß man nie vorher wissen konnte, mit welcher Haarfarbe sie erscheinen, welchen exotischen Lidschatten sie um die Augen und welche ausgefallene Tönung sie auf den Fingernägeln haben würde. Sie schien Antoine gut leiden zu können und behandelte ihn mit schwesterlicher Zuneigung. Mit ihren lebhaften, grazilen Bewegungen, ihrem herzlichen Lachen und der tiefen Stimme, die so gar nicht zu diesem schlanken, zerbrechlichen Körper passen mochte, wirkte sie auf Männer offensichtlich anziehend. Sie sah nicht aus, als könnte sie die Erinnerungen eines Mannes auslöschen, aber Antoines Geschmack war schon immer unberechenbar gewesen.
Sie kam recht häufig in die Bar, schien aber, wenn sie Michael begegnete, nicht merklich von *cafard* geplagt zu sein.
»Singen Sie ihr mein Lob«, bat ihn Antoine eines Abends, als sie zusammen, Susan zwischen den beiden Männern, an der Theke saßen. »Sie hat keine Ahnung von meinen wahren Qualitäten und meinem außerordentlichen Talent, Zuneigung zu schenken. Ein passendes Wort von einem alten Freund mag ihr Herz erweichen.«
»Oh, Antoine«, sagte Susan lachend, »warum mußt du mit allem an die Öffentlichkeit gehen — selbst mit deinen Mißerfolgen?«
»Ich habe ein offenes Naturell«, antwortete Antoine. »Ich bin kein Amerikaner, sondern ein warmherziger, empfindsamer Südländer. Was ich fühle, sage ich. Ich halte nichts zurück, darum liebt mich die ganze Welt. Außer dir.«
»Ich liebe dich«, sagte Susan.

»Liebe und Liebe ist nicht dasselbe«, versetzte Antoine geheimnisvoll. »Ich werde jetzt zum Klavier zurückgehen und traurige Lieder singen, und du wirst bedauern, daß du mich so behandelst.« Er stand auf. »Michael, seien Sie überzeugend.«
Michael lachte. »Ich werde Cyrano nacheifern.«
»Seien Sie aber nicht zu beredsam. Sie hat eine bedauerliche Schwäche für beredsame Männer.«
»Ich werde ihr Ihre Vorzüge schlicht, aber eindrucksvoll schildern.«
»Ich vertraue niemand«, sagte Antoine und ging ans Klavier.
»Eines muß man ihm zugute halten«, meinte Susan, »er gibt nicht auf. Glauben Sie, er könnte sich ändern, wenn er amerikanischer Staatsbürger werden könnte?«
»Das würde es noch schlimmer machen.«
»Kommt er gut mit Frauen zurecht?«
»So lala. Man weiß bei ihm nie, wieviel von dem, was er erzählt, Erfindung ist.«
»Da haben Sie wohl recht. Ich kann ihn gut leiden, aber —« Sie verzog den Mund. »Diese Akne und die Narbe. Man wird sehen. Na, jetzt seien Sie mal beredsam.« Sie fixierte ihn, und er empfand Unbehagen.
»Das ist nicht gerade meine Stärke«, sagte Michael. »Hören wir uns die traurigen Lieder an.« Jetzt war nicht mehr daran zu zweifeln, daß sie mit ihm flirtete. Er hoffte, daß es für sie nur eine liebe Gewohnheit war, die sie schon in den Tagen auf der Highschool angenommen hatte. Es war vermutlich alles nur Spaß und nicht ernst gemeint, eine modernere Version jenes altmodischen Zeitvertreibs der Debütantinnen, bei einem großen Ball die Namen der Bewerber für einen Walzer auf einer Tanzkarte einzutragen. Aber von da an achtete er darauf, nichts zu tun oder zu sagen, was Antoine schaden könnte, und richtete es zumeist so ein, daß ihr Gespräch sich auf das Skifahren beschränkte — einen Sport, den sie so intensiv betrieb, daß sie ihren Urlaub stets im Winter nahm. Sie plauderten — ohne jeden Nebengedanken, wie er hoffte — über die Konkurrenzen in Europa und Amerika, sie gab ihrer Verwunderung darüber Ausdruck, daß sie ihn immer allein im »Golden Hoop« sah, und machte sich erbötig, ihn ihren sämtlichen Freundinnen vorzustellen, den großen und den kleinen, den klugen und den dummen, den blonden und den brünetten, den verheirateten und den unverheirateten. So diplomatisch wie nur möglich winkte Michael ab, und schließlich gab sie es

auf. »Ich weiß, was mit Ihnen los ist«, sagte sie, »Sie haben eine heimliche romantische Beziehung zu einer sehr bekannten Dame, mit der Sie sich nicht in der Öffentlichkeit zeigen können, weil es sonst in allen Zeitungen stehen und ihre Karriere oder Ehe zerstören würde. Jede Nacht, wenn Sie hier fortgehen, eilen Sie in ihr luxuriöses Stadtpalais, und es würde doch schlecht aussehen, wenn man Sie mit Lippenstift auf Ihrem Hemdkragen ertappte.«

Darüber mußte er lachen. »Jetzt haben Sie mein Geheimnis gelüftet, Susan«, sagte er, und dabei beließen sie es. Er hatte keinerlei Lust, sie über die simple Tatsache zu informieren, daß er impotent war.

Obwohl er fast jeden Abend wenigstens für ein paar Minuten im »Golden Hoop« vorbeikam, tauchte Tracy nie wieder dort auf.

Er feierte seinen fünfunddreißigsten Geburtstag, indem er früher als sonst ins Büro fuhr, obwohl er nicht vergessen hatte, daß er nach den Bestimmungen des Testaments seiner Mutter und seines Großvaters um einiges wohlhabender war als noch am Tag zuvor. Für Nachmittag war eine Besprechung mit dem Präsidenten eines Elektronikkonzerns eingeplant, und er wollte den Bericht, den er vorbereitet hatte, noch einmal durchsehen. Glückwünsche blieben ihm erspart, weil niemand im Büro wußte, daß es sein Geburtstag war. Tracy hatte den Tag stets damit gefeiert, daß sie ihn mit einem Geschenk und einer Flasche Champagner zum Frühstück erwartete. Wenn sie heute daran dachte, hatte sie es unterlassen, ihn anzurufen, oder vielleicht auch zu spät angerufen, da er ja schon um acht nicht mehr in seinem Hotelzimmer gewesen war. Seit über einem Jahr hatte er sie weder gesehen noch von ihr gehört, doch als er schon vor dem kleinen Stoß sauber getippter Blätter saß, kostete es ihn einige Anstrengung, nicht im Hotel anzurufen und zu fragen, ob jemand eine Nachricht hinterlassen habe.

Als Mr. Lewis, der Präsident des Elektronikkonzerns, um drei Uhr sein Büro betrat, schwitzte Michael wie gewöhnlich, denn die Heizung arbeitete auf Hochtouren, obwohl es ein milder, strahlender Tag war und New York wie ein Geschmeide aus Edelsteinen in der spätsommerlichen Sonne glitzerte. Der Präsident des Elektronikkonzerns war ein kleiner, wohlbeleibter, umständlicher Herr mit einem sorgenvollen Zug um den Mund. Michael wußte, daß Mr. Lewis enorm reich war, und nahm an,

daß der sorgenvolle Zug daher kam, daß Mr. Lewis Tag und Nacht von dem Gedanken geplagt wurde, alle Welt habe sich verabredet, ihm sein Geld abzujagen.
»Hier, Sir«, sagte Michael, nachdem sie sich die Hände geschüttelt hatten. Er deutete auf die Mappen auf seinem Schreibtisch. »Es ist alles da. Das Wesentliche. Von A bis Z. Kosten, Einkommen, Kapitalwanderung und Investitionen, Steuern, Personal, Gewinn, Forschung und Entwicklung. Schwarz auf weiß. Wollen Sie es hier lesen oder mit nach Hause nehmen und in Ruhe studieren?«
»Ich werde es hier lesen.« Lewis' Stimme klang barsch und argwöhnisch. »Ich möchte nicht, daß jemand im Büro oder auch bei mir daheim erfährt, was da drinnen steht — bis ich mir nicht darüber klargeworden bin, was ich tun werde.«
»Das wird einige Zeit in Anspruch nehmen«, sagte Michael. »Ich werde etwa eine Stunde mit anderen Dingen außerhalb des Büros beschäftigt sein. Machen Sie es sich bequem.«
»Danke, Sir«, sagte Lewis. Er nahm an Michaels Schreibtisch Platz, setzte sich eine mit Gold eingefaßte Brille auf, holte ein Monokel hervor, das er an sein rechtes Auge hielt, öffnete die erste Mappe und fing an zu lesen.
Michael überließ es Mr. Lewis, mit seiner Kurzsichtigkeit fertig zu werden und mit dem Problem, die Millionen Dollar, die er in seinem ausgedehnten Imperium angehäuft hatte, zu behalten und zu vermehren. Er verließ das Büro. Er hatte außerhalb des Hauses nichts zu tun, aber er brauchte frische Luft. Er hatte sich nicht die Mühe genommen, seinen Mantel anzuziehen, und nach der übermäßigen Hitze in seinem Büro war ihm der auffrischende Wind, der vom Fluß herüberkam, nur willkommen.
Er wanderte zur Fifth Avenue hinüber und ging ins St. Regis Hotel mit der Absicht, ein Glas an die Brust zu nehmen, verzichtete aber dann darauf, weil er sich selbst versprochen hatte, vor Sonnenuntergang nichts zu trinken. Statt dessen fuhr er nach unten, betrat die Telephonzelle und wählte die Nummer von Tracys Büro.
Er wußte nicht, was er ihr sagen sollte. Seit dem Tag, da er in ihrer Wohnung gewesen war, um seine Sachen zu holen, hatten sie nicht mehr miteinander gesprochen. Der Atem stockte ihm, als er die vertraute Stimme hörte. »Tracy Lawrence«, kam es über die Leitung.
»Michael«, sagte er.

»Michael.« Er hörte, wie sie tief Atem holte. »Beste Wünsche zum Geburtstag.« Sie hatte es nicht vergessen.
»Die Zeit bleibt nicht stehen.«
»Ich bin froh, daß du anrufst«, sagte sie. »Es gibt da ein paar Dinge, über die ich mit dir sprechen möchte.«
»Was du heute kannst besorgen ... Wollen wir zusammen zu Abend essen?«
Sie zögerte nur eine Sekunde lang. »Einverstanden.«
»Wollen wir uns an der Bar des ›Oak Room‹ treffen und von dort irgendwohin essen gehen?« Eines war sicher — von ihrer Wohnung würde er sie nicht abholen. Geburtstag hin, Geburtstag her, die Wohnung war ein Ort, den er nicht wieder zu sehen wünschte.
»Fein«, sagte sie lebhaft.
»Halb acht?«
»Halb acht.« Sie legte auf.
Langsam ging er ins Büro zurück. Worüber wollte sie wohl mit ihm reden, fragte er sich, und fürchtete sich vor dem, was sie ihm wohl eröffnen würde.
Nervös marschierte Mr. Lewis in Michaels Büro auf und ab. Er hatte seine Augengläser abgenommen und das Monokel weggesteckt und sah noch sorgenvoller aus als früher. »Ihr Burschen benutzt scharfe Werkzeuge«, sagte er, kaum daß Michael die Tür hinter sich geschlossen hatte. »Ich soll fünfunddreißig Leute entlassen, die seit zwanzig Jahren oder noch länger für mich arbeiten?«
Michael setzte sich an seinen Schreibtisch, während Mr. Lewis fortfuhr, auf und ab zu gehen. Er sah aus, dachte Michael, wie ein nervöser, maulender, dicker kleiner Vogel. »Wir garantieren, daß die Nutzleistung Ihrer Firma in jeder Abteilung um mindestens dreißig Prozent steigen wird, Mr. Lewis.« Sein Ton war neutral, unpolemisch. »Aber wenn Sie unsere Ratschläge nicht annehmen wollen ... Die Entscheidung liegt bei Ihnen.« *Unsere* Ratschläge. Es war immer gut, die Verantwortlichkeit auf möglichst viele zu verteilen, auch wenn er in diesem Fall die ganze Arbeit praktisch allein gemacht hatte. »Wir haben von Anfang an kein Hehl daraus gemacht, daß wir nur Vorschläge unterbreiten.«
Mr. Lewis seufzte — der kleine Vogel sah sich mit der Frage konfrontiert, ob er fliegen sollte oder nicht, und er würde sich entschließen müssen, ob er zehn Würmer am Tag verzehren

wollte oder fünfzehn. »Ja, das stimmt«, gab er betrübt zu. »Sie waren einmal freimütig.« Er seufzte abermals. »Sie wurden mir wärmstens empfohlen. Wärmstens. Mit Recht.« Er blinzelte, so als ob das Licht, das durch die Fenster kam, ihm plötzlich zu hell wäre. »Das Wesentliche, was Sie sagten. Nun ja, Geschäft ist Geschäft. Das ist bei Ihnen genauso wie bei mir.« Er fing an, die Mappen in den Aktenkoffer zu stecken, den er mitgebracht hatte. »Trotzdem, ich werde mir die Sache überschlafen müssen.«
»Unbedingt, Mr. Lewis.«
Mr. Lewis ließ das Schloß seines Aktenkoffers zuschnappen. Michael stand auf, sie schüttelten einander die Hände, Michael begleitete den Kunden zur Tür und öffnete sie. »Viel Glück, Sir.«
»Ich werde es brauchen«, sagte Lewis in bitterem Ton.
Michael sah dem rundlich kleinen Mann nach, der, das Leben Hunderter Menschen in den Händen, den Gang hinunterstolzierte und schon überlegte, was er den 35 Männern sagen würde, die seit 20 Jahren oder noch länger für ihn arbeiteten.
Michael schloß die Tür; jetzt, da er allein war, zog er die Jacke aus und band sich die Krawatte auf. Er ärgerte sich über die Schweißspuren auf seinem Hemd von der verdammten Heizung. Er ging zu dem Schränkchen hinüber, wo er ein paar Flaschen und einen silbernen Thermos-Eiskübel aufbewahrte. Heute konnte er nicht bis abend warten. Schließlich hatte er Geburtstag. Er nahm eine Flasche Scotch und eine Flasche Sprudel heraus. Als er die Wasserflasche öffnete, zischte sie auf und bespritzte sein Hemd. Er fuhr sich mit der Hand über die nassen Stellen. Wer hätte gedacht, daß der alte Knabe so dickes Blut hatte, dachte er spöttisch, während er den Sprudel über den Whisky und das Eis goß. Den Drink in der einen, die Sodaflasche in der anderen, trat er an das Fenster und blickte auf das sonnenbeschienene, herbstliche New York hinaus. Er trank langsam, aber es half nichts. »Scheiße«, sagte er laut und schleuderte die Sodaflasche mit aller Kraft gegen das Fenster, das sich weder im Sommer noch im Winter öffnen ließ. Die Flasche zersprang in hundert Stücke, und der Teppich war mit Glassplittern besät. Auf dem Fenster waren keine Spuren zu sehen. Ich muß unter die Dusche, dachte er, eiskaltes Wasser. Für heute ist Schluß mit dem Geschäft. Er zog das Jackett an, legte den Mantel über den Arm und ging heim.
Die Dusche half, aber nicht sehr; das Hotelzimmer schien ihm schmuddelig und ungeliebt, und er beschloß, sich nächste Wo-

che eine Wohnung zu suchen, wo er sich nicht wie ein Durchreisender fühlen würde, für dessen Leben oder Sterben sich kein lebendes Wesen in dieser Stadt interessierte.

Eine blendende Erscheinung, der die Stadt zu Füßen lag, betrat sie den »Oak Room«, wie immer angestarrt von den Männern, während sie auf den Tisch neben dem Fenster zusteuerte, an dem er saß. Sie trug einen neuen, dunklen Pelzmantel, nicht den, den er ihr zur Hochzeit geschenkt hatte. Von wem hatte sie ihn? fragte er sich, während er aufstand, um sie zu begrüßen. Ein Gedanke, seiner unwürdig. Eine Frau, die aussah wie Tracy, hatte ein Recht auf alle Pelzmäntel, auf die sie die Hand legen konnte.

Sie schickte sich nicht an, ihn zu küssen, und so standen sie sich einen Augenblick lang verlegen gegenüber und reichten einander dann die Hand. Michael fand das absurd, denn schließlich bewegten sich beide in Kreisen, in welchen die Leute sich aus den nichtigsten Anlässen auf die Wange küßten.

Bei den Drinks plätscherte das Gespräch unpersönlich dahin. Tracy war von der Sonne gebräunt; sie hatte zehn Tage auf den Bahamas verbracht. Es war warm gewesen, und sie hatte herrliches Wetter gehabt. Ihren Eltern ging es gut. Vor einiger Zeit hatte ihr Vater die *Tracy* verkauft. Ihre mittlere Schwester hatte ganz unerwartet in San Francisco einen Journalisten geheiratet und lebte jetzt in Kalifornien. Mit ihrem Geschäft war sie zufrieden, und sie hatten in größere Räumlichkeiten im oberen Teil der Madison Avenue übersiedeln müssen, was ihr gut paßte, weil sie jetzt nur fünf Minuten ins Büro brauchte. Zwei Theaterstücke hatten beide gesehen, an verschiedenen Abenden, und sie tauschten artig ihre Eindrücke aus. Nein, er hatte voriges Jahr keine Zeit zum Skifahren gehabt, dafür aber vorigen Sommer mit Drachenfliegen angefangen, ein schöner Sport. Sie sah ihn kalt an, als er das erzählte, wechselte abrupt das Thema und fragte ihn nach seinem beruflichen Fortkommen. Es ginge ihm gut, antwortete er, aber leider habe niemand bei Cornwall and Wallace seinen Abschied genommen und niemand sei gekündigt worden und bis dato hatte Mr. Cornwall sein Versprechen, Michael zum Partner zu machen, nicht eingelöst. Dennoch könne er sich nicht beklagen. Nach einem großzügigen Weihnachtsbonus im vorigen Jahr habe er sich sogar einen Porsche gekauft. Ja, Antoine spiele und singe schöner als je zuvor. Ja, Antoine habe ihr von

seiner bezaubernden neuen Flamme erzählt, und Michael meinte, so bezaubernd wäre sie nun wieder auch nicht.
Die Dinge, über die sie mit ihm sprechen wollte, erwähnte sie mit keiner Silbe.
Als sie ihre Drinks hinter sich hatten, eröffnete ihr Michael, daß er sie in ein neues, sehr gutes italienisches Restaurant in der 61. Straße führen werde. Er hatte es mit Bedacht ausgewählt, weil sie nie zusammen dort gewesen waren.
Sie setzten ihr belangloses Geplauder auch beim Abendessen fort. Soll sie mir doch sagen, was sie auf dem Herzen hat, dachte er; er würde sie nicht danach fragen. Beim Kaffee war es dann soweit. »Michael, ich glaube, es ist Zeit, daß wir uns scheiden lassen. Ich kann nicht ewig so in der Luft hängen.«
»Wenn du meinst«, sagte er. Gegen jede Vernunft war er schokkiert. Ob sie nun zusammen lebten oder getrennt, er betrachtete sie immer noch als seine Frau. Eine Frau gehörte zum Inventar. »Wenn du es so haben willst.«
»Ich will es so haben. Ich habe da einen Mann kennengelernt, ich mag ihn, und er möchte auch Kinder haben. Ich bin schon zu alt, um noch länger warten zu können.«
»Dem Aussehen nach bist du achtzehn.«
»Dem Aussehen nach.« Es klang bitter.
»Was ist das für ein Mann?« wollte er wissen. »Was tut er?«
»Er ist vierzig«, anwortete sie. »Ein Witwer.«
Älter und häßlicher als du. Er erinnerte sich an Antoines Schilderung.
»Er hat eine Textilfabrik. Er ist sehr wohlhabend.«
»Deine Eltern werden froh sein.«
Sie ging nicht darauf ein. »Natürlich verlange ich keine Alimente oder so etwas, und es gibt ja auch nichts, was wir zu teilen hätten«, sagte sie in unpersönlichem und geschäftsmäßigem Ton, »aber wir werden jeder einen Anwalt brauchen.«
»Selbstverständlich. Ich kenne da ein Anwaltsbüro, das für unsere Firma arbeitet, ich werde mit ihnen reden.«
»Es sollte ja nicht allzu viele Schwierigkeiten geben«, sagte sie. »Gott sei Dank leben wir nicht in Italien oder Spanien, wo sie so viel Aufhebens machen.«
»Gott sei Dank.«
Sie sah ihn böse an. »Sei nicht ironisch.«
»Das ist meine erste Scheidung. Ich weiß noch nicht so recht, wie man da reagiert.«

»Nicht mit Ironie.«
»Ich versuche nur, mich kultiviert und modern zu betragen«, protestierte er; er scheute jetzt davor zurück, sie zu verletzen, denn er war selbst verletzt. »Ich habe deinen Freund ja wohl kaum beim Segeln oder Fallschirmspringen oder Drachenfliegen kennengelernt, oder?«
»Das hast du nicht. Jetzt bist du häßlich. Das ist nicht deine Art.« Ihre Stimme zitterte.
»Laß mir Zeit, mich an das alles erst mal zu gewöhnen, und ich verspreche dir, daß ich mich bessern werde. Vielleicht entwickle ich mich noch zum perfekten geschiedenen Ehemann.«
»Ich nehme wieder meinen Mädchennamen an und behalte ihn auch nach der Hochzeit.«
»Man geht mit der Zeit«, sagte er.
»Meine Firma trägt schließlich auch meinen Namen«, rechtfertigte sie sich. »Warum also nicht?«
»Ich werde dich von nun an als Mrs. Lawrence vorstellen.«
»Stell mich vor, wie du willst. Hast du fertiggegessen?«
»Ich bin fertig«, sagte er und winkte nach dem Kellner und der Rechnung.
Vor dem Restaurant überraschte sie ihn. Just als er ein Taxi anhalten wollte, um sie nach Hause zu bringen, sagte sie: »Es ist noch früh. Ich möchte gern noch etwas Musik hören. Und Antoines Lokal ist ja gleich um die Ecke.«
Forschend sah er sie an. Wollte sie ihn bestrafen, indem sie ihn zu Antoine führte, dessen Spiel und Gesang ihn schmerzlich an die schönen Stunden erinnern würde, die sie hier zusammen verbracht hatten, und daran, wie sehr er sie damals geliebt und was er aufgegeben hatte? Aber er sagte nur: »Antoine wird sich sicher sehr freuen, dich wiederzusehen.« Er nahm ihren Arm, und wie ein altes gesetztes Ehepaar gingen sie Arm in Arm die Straße hinunter.
Antoine küßte sie, als sie hereinkam, und ließ sie an einem Tisch neben dem Klavier Platz nehmen, um, wie er sagte, seine Augen an ihr zu weiden, während er spielte. Kurze Zeit später erschien Susan mit einem Mann und blieb bei ihrem Tisch stehen. Michael stellte Tracy als seine Frau vor. Tracy verbesserte ihn nicht, und Susan und ihr Begleiter gingen an die Bar, wo drei grobschlächtige Männer sich laut in einem Dialekt unterhielten, der, wie Michael zu wissen glaubte, in Texas gesprochen wurde.
»Du hast unrecht«, flüsterte Tracy ihm zu.

»Unrecht? Weil ich dich als meine Frau vorgestellt habe? Dem Gesetz nach bist du es immer noch.«
Sie schüttelte den Kopf. »Nein. In bezug auf das Mädchen. Sie *ist* bezaubernd. Hast du die Finger von ihr gelassen?«
»Diese Frage brauche ich nicht zu beantworten«, sagte er. »Aber wenn du es genau wissen willst, ich habe sie nicht angerührt. Sie gehört Antoine.«
»Hat dich das schon jemals gestört?« Ein harter Unterton lag in ihrer Stimme.
»Laß uns nicht alte Erinnerungen auffrischen«, sagte er.
Dann fing Antoine an, Tracy zu Ehren *C'est triste, Venise* zu spielen und machte vom Klavier her eine knappe Verbeugung vor ihr. Ein breites Lächeln ging über ihr Gesicht, und sie sah aus wie ein kleines Mädchen, das eben ein Geschenk erhalten hat.
Antoine begann zu spielen. Sentimentaler französischer Narr, dachte Michael, dem es zuwider war, wie Tracy sich vorbeugte und in ihrem lustigen amerikanischen Französisch leise mit Antoine mitsang.
Die drei lauten Männer kehrten der Theke den Rücken und marschierten Seite an Seite auf das Klavier zu. »He, hört euch das an«, sagte der eine, »er singt französisch.«
»Tatsächlich. Französisch«, bestätigte ein anderer.
Sie standen beim Klavier. »Hör mal, Freundchen«, sagte der erste Mann mit dröhnender Stimme, »du bist hier in den Vereinigten Staaten und kassierst dein Geld in Dollars. Du könntest zumindest unsere Sprache lernen.«
Irgendwo im Saal zischte eine Frau. Die drei Männer ignorierten sie. Michael fühlte, wie sein Körper sich spannte, Tracy streckte fast instinktiv die Hand aus und berührte seinen Arm.
»Venedig«, sagte der dritte Mann, der bisher noch nicht gesprochen hatte, »er singt von Venedig. Ich war einmal da, und es hat gestunken wie ein Kanal.«
»Na, Freundchen«, sagte der erste zu Antoine, der tapfer lächelnd weitersang, »wie wär's mit ein bißchen Yankee Doodle Dandy?«
»Bleib sitzen«, sagte Tracy und umklammerte Michaels Arm, denn sie sah, daß er die Fäuste ballte.
»Na schön«, sagte der erste Mann, der auch der größte von den dreien war, »wenn du nicht willst, dann eben ohne dich.« Er fing an zu plärren: »Die Augen von Texas sehen dich an . . .« Die zwei anderen stimmten ein und übertönten Antoines schwankende Stimme.

». . . den lieben langen Tag . . .«, sangen sie.
Michael riß sich von Tracy los und sprang auf. »Haltet das Maul, ihr verstunkenen, verschissenen Sauflöcher!« brüllte er.
Grinsend sangen die drei Männer weiter. »Sing mit«, sagte der erste zu Michael. »Wir machen ein Quartett. Du singst Sopran.« Er legte seinen Arm um Michaels Schulter, aber der Druck seiner Hand war durchaus nicht freundlich.
Grob schüttelte Michael den Arm ab. Der Mann wirbelte herum und stieß Michael mit der Handkante derb unter das Kinn. Michael schlug ihm auf den Kiefer und empfand eine wilde, heiße Freude, als ihn die Augen des Mannes einen Augenblick lang ausdruckslos anstarrten — Joseph Ling im Schulhof noch einmal von vorn.
»Na schön, Bürschchen«, sagte der zweite Mann, »du willst es ja so haben.« Er schlug Michael in den Magen, und Michael knickte zusammen. Und während dann der erste, der sich mittlerweile erholt hatte, Michaels Arme von hinten festhielt, hämmerten die anderen zwei auf sein Gesicht und seine Rippen los. Michael sank zu Boden. Von irgendwo im Saal hörte er eine Frau aufschreien. Er verlor das Bewußtsein, als der erste Mann sich über ihn kniete und ihn mit der geballten Faust noch zweimal ins Gesicht schlug. Der Mann stand auf und sah sich im Raum um, in dem Totenstille herrschte. »Wenn sonst noch jemand da ist, der etwas gegen unseren Geschmack in Musik einzuwenden hat, soll er herkommen und seine Einwände erheben.« Nur Tracy rührte sich. Unbeherrscht schluchzend schrie sie: »Tiere seid ihr, Tiere!« sprang auf, packte ihr Glas und warf dem Mann ihr Getränk ins Gesicht. Der Mann lachte. »Setz dich, du New Yorker Hure«, sagte er und stieß sie derb auf das Klavier zurück. Dann marschierten die drei Männer Seite an Seite, ohne Hast, auf den Ausgang zu; die Leute, die sich zwischen ihnen und der Tür befanden, wichen schweigend vor ihnen zurück.

Er erwachte im Krankenhaus.
Tracy saß auf einem Stuhl neben seinem Bett. Er versuchte sie anzulächeln.
»Wie fühlst du dich?« fragte sie ängstlich.
»In meinem Kopf läßt jemand riesige Knallfrösche explodieren«, antwortete er mit einer Stimme, von der er nicht mit Sicherheit sagen konnte, ob es die seine war. »Und das Atmen macht auch nicht viel Spaß. Aber sonst bin ich bestens in Form.« Er hatte das

Gefühl, daß er gleich wieder absacken würde, und bemühte sich, bei Bewußtsein zu bleiben.
»Zweieinhalb Stunden warst du weggetreten«, sagte Tracy, »und du hast drei Rippen gebrochen und eine prächtige Gehirnerschütterung, aber sonst, wie du schon selbst festgestellt hast, befindest du dich in bester Verfassung.«
Michael lachte — und stöhnte auf, als die Rippen sich meldeten.
Eine Schwester kam ins Zimmer. »Oh, Sie sind zu sich gekommen«, sagte sie und legte eine kühle Hand auf seinen Kopf. »Ein bißchen Fieber. Nicht so schlimm, wenn man bedenkt . . . Damit werden Sie jetzt schön schlafen.« Sie gab ihm eine Spritze in den Arm, und er mußte sich zusammennehmen, um nicht aufzuschreien, weil der Arm ihn so schmerzte.
»Bleiben Sie bei ihm, Mrs. Storrs?« fragte die Schwester. »Es ist schrecklich spät.«
»Ich weiß. Aber ich bleibe.«
»Na schön, wenn er etwas braucht, läuten Sie mir. Ich sitze am Ende des Ganges an meinem Schreibtisch.« Auf leisen Sohlen verließ sie das Zimmer.
»Schlaf jetzt«, sagte Tracy und nahm seine Hand.
»Eigentlich war zu erwarten, daß ich ins Spital komme, wo doch heute mein Geburtstag ist.« Er lächelte schwach. »Es tut mir leid«, flüsterte er.
»Sch. Schlaf.«
Er schloß die Augen und schlief, die Hand seiner Frau umklammernd.

# 9

Er hatte einen sieben Tage alten Bart, denn sein Gesicht war zu entzündet und geschwollen, als daß es eine Rasur vertragen hätte. Die Schwester weigerte sich, ihm einen Spiegel zu reichen, und eine, die ihm am sympathischsten gewesen war, eine resolute junge Irin, sagte: »Nein, nein, mein Junge, du brauchst es nicht zu sehen. Wenn *mein* Gesicht in so einem Zustand wäre und ich es ansehen müßte, mir würde einen Monat lang die Puste wegbleiben.« Ihre Heilmethode bestand offenbar darin, Kranke nicht zu verzärteln.

Tracy besuchte ihn jeden Tag, aber sie sah, daß ihm das Reden schwerfiel, und blieb nur ein paar Minuten, sprach von nichts Wichtigem und schien es eilig zu haben, bald wieder draußen zu sein.

Man erzählte ihm, daß auch Antoine dagewesen sei, aber Michael hatte geschlafen, wie er das die meiste Zeit tat, und die Schwester schickte ihn weg.

Ende der Woche fühlte er sich in der Lage, das Krankenhaus zu verlassen. Es explodierten keine Knallfrösche mehr in seinem Kopf, er konnte wieder feste Nahrung zu sich nehmen, und seine Rippen schmerzten nur, wenn er lachte oder hustete. Er ließ sich vom Krankenhausfriseur rasieren, und als er nachher sein Spiegelbild betrachtete, lachte er grimmig. Die Schwellungen waren zurückgegangen, aber die linke Hälfte seines Gesichtes, beziehungsweise seiner Gesichter — es schien zwei Michael Storrs im Spiegel zu geben und den Geist eines dritten — schillerte in einer Vielfalt von Farben, von Purpur über Gelb bis zu einer Auswahl ungesunder Grüntöne.

Der Arzt versicherte ihm, daß sein Gesicht zur gegebenen Zeit wieder seine normale Farbe haben würde, weigerte sich aber, ihn zu entlassen. »Sie hatten immerhin eine schwere Gehirnerschütterung, Mr. Storrs«, sagte er, »und wir müssen Sie mindestens zehn Tage beobachten, bevor wir sicher sein können, daß in ih-

rem Gehirn keine unerfreulichen Folgeerscheinungen auftreten.«
Michael sagte ihm nichts davon, daß er, wenn er ihn ansah, zwei und manchmal sogar drei Ärzte vor sich sitzen zu haben glaubte. Hätte er dieses interessante Phänomen zur Sprache gebracht, wer weiß, wie lange sie ihn noch behalten haben würden. Er war froh, daß der Friseur ihn rasierte, denn würde er versucht haben, es selber zu tun, er hätte raten müssen, welches von den zwei oder drei Gesichtern er einseifen sollte.
Auch Antoine, als man ihn schließlich ins Krankenzimmer einließ, erschien in mehrfacher Ausführung, aber Michael war trotzdem froh, den Franzosen zu sehen. Er war seiner eigenen Gesellschaft müde, und Antoine verstand es immer, einen aufzumuntern.
»Wie geht's denn so, *mon vieux*?« erkundigte sich Antoine.
»Ich langweile mich. Davon abgesehen, prächtig.«
»Sie sehen aber nicht prächtig aus. Diese Barbaren.«
»Hat man sie schon identifizieren können?«
Antoine schüttelte den Kopf. »Die Polizei kam mit der Ambulanz, aber sie sagten, sie könnten nicht viel tun, solange niemand wisse, wie sie hießen und wo sie wohnten. Sie zeigten sich recht unbekümmert. *Les flics!* Abschaum der Gesellschaft. Was für den Bürger eine Frage von Leben und Tod sein kann, ist für die Polizei eine Routineangelegenheit. Allerdings — in bezug auf meine Person zeigten sie sich nicht so unbekümmert.«
»Wie meinen Sie das?«
»Sie merkten, daß ich Franzose bin, und wollten meinen Paß sehen.«
»Nun, Sie haben doch einen Paß, nicht wahr?«
»Selbstverständlich. Aber es ist ein französischer Paß.«
»Und wen stört das?«
»Niemanden. Zentrum der Kultur und der Wissenschaft. Marianne, die Mutter jedes zivilisierten Menschen weltweit. Aber dann wollten sie meine Arbeitserlaubnis sehen.«
»Und Sie haben keine?«
Traurig schüttelte Antoine den Kopf. »Für einen Pianisten ist das sehr schwer. Es gibt arbeitslose *amerikanische* Pianisten, sagte mir der Mann von der Einwanderungsbehörde, als ich um eine ansuchte. Er war nicht sehr höflich.«
»Ach, sie werden darauf vergessen«, sagte Michael, weniger aus Überzeugung, als um Antoine zu beruhigen.

»Ich fürchte, sie werden es nicht vergessen«, widersprach Antoine grämlich. »Der Polizist schrieb sich meinen Namen und meine Adresse in sein dickes Notizbuch.«
»Hat er etwas gesagt?«
»Nein. Aber er hat mich *fixiert*. Es war kein mitfühlender Blick. Es wird Folgen haben. *Eine* Folge hat es schon gehabt. Ich wurde gefeuert. Wenn Sie jetzt in den »Golden Hoop« kommen, werden Sie eine dicke blonde Dame sehen, die wie eine Kuh Klavier spielt.«
»Das tut mir leid.«
»Es braucht Ihnen nichts leid zu tun. Sie waren ganz groß. Und das ist mehr, als ich über sonst jemanden sagen kann, der dabei war, mich eingeschlossen. Und ausgenommen Tracy. Sie hat man auch geschlagen.«
»Geschlagen?« Michael fühlte ein Dröhnen in seinem Kopf. »Warum?«
»Sie hat sie Tiere geschimpft und ihrem Anführer ein Glas Whisky ins Gesicht geschleudert. Wußten Sie das nicht?«
»Tracy hat mir nichts davon erzählt.«
»Eine edle Frau. Sie lagen schon bewußtlos auf dem Boden, als sie es tat. Was für ein verhängnisvoller Abend!« Er seufzte kummervoll. »Als sie zum Klavier kamen, hätte ich zu singen aufhören, aufstehen, und in würdevoller Haltung auf die Herrentoilette gehen und die Tür verriegeln sollen. In einer Krise mache ich immer das Falsche, und meine Freunde haben darunter zu leiden. Ich entschuldige mich demütig für mein idiotisches Benehmen.«
»Seien Sie still«, sagte Michael schroff. »Solche Dinge passieren nun mal. Jede Nacht gibt es mindestens 150 Raufhändel in New Yorker Lokalen, und viele davon bei weitem nicht so harmlos wie dieser.«
»Harmlos?« Antoine lachte bitter. »Seit über einer Woche im Krankenhaus, und Ihr Gesicht in den Farben eines afrikanischen Kleinstaats. Die hätten Sie umbringen können.«
»Aber sie haben es nicht getan. Schluß damit. Wenn man Leute im Krankenhaus besucht, soll man sie aufheitern.«
»Ich bin derzeit selbst nicht sehr heiter«, versetzte Antoine. »Verzeihen Sie mir. Ich bin arbeitslos und mußte umziehen.«
»Warum denn bloß? Haben Sie Angst, die drei Kerle würden nach Ihnen suchen? Das ist doch Unsinn.«
»Die nicht«, sagte Antoine. »Die sind vermutlich schon längst

wieder in Texas und pumpen Öl zu exorbitanten Preisen aus dem Boden. Die Einwanderungsbehörde.«

»Oh. Haben die von sich hören lassen?«

»Noch nicht. Aber sie werden kommen. Ich fühlte es in meinen Knochen. Ich kann's schon jetzt hören, wie die Motoren des Flugzeugs angelassen werden, das mich nach Frankreich zurückbringt. Und niemand wird in den Straßen tanzen, um meine Rückkehr nach Paris zu feiern. Und der Mann aus Marseille hat sich sehr deutlich ausgedrückt, als er mich wissen ließ, was er mit mir machen würde, wenn ich ihm noch einmal über den Weg laufen sollte. Ich sitze ganz scheußlich in der Patsche.«

»Ihre Knochen wissen nichts von der Einwanderungsbehörde«, sagte Michael. »Sie reden wie ein altes Weib.«

»Sie haben leicht reden. Sie brauchen keine Arbeitserlaubnis. Ich bin in aller Heimlichkeit in ein kleines Hotel an der West Side gezogen. Eine scheußliche Herberge, die hauptsächlich von Zuhältern, Huren, Rauschgifthändlern und Weibern bewohnt wird, die die ganze Nacht schreien, als ob man ihnen die Kehle durchschneiden würde. Aber es hat einen Vorteil. Die Polizei traut sich nicht in die Nähe. Ich gebe Ihnen die Telefonnummer, wenn Sie mir versprechen, sie nicht weiterzugeben — nicht einmal Tracy. Und wenn Sie mich sprechen wollen, ich heiße René Fernoz.«

»Ein hübscher Name«, sagte Michael und lächelte. »Schreiben Sie ihn mir auf. Dort auf dem Tisch haben Sie Block und Bleistift.« Er sah zu, wie Antoine den Namen des Hotels und seinen neuen eigenen und die Telephonnummer auf den Block kritzelte.

»So«, sagte der Franzose und legte den Bleistift zur Seite. »Der neue falsche Franzose.«

»Kann ich sonst etwas tun, um Ihnen zu helfen? Vielleicht mit einer Kleinigkeit, wie etwa Geld?«

»Sie haben mir schon genug geholfen und genug gelitten.« Antoine setzte die Miene des Edelmannes auf, deren Wirkung allerdings durch die Narbe und seine Akne etwas beeinträchtigt wurde.

»Meine Hilfe bestand darin, dazu beizutragen, daß man Sie gefeuert hat und vielleicht sogar deportieren wird. Warum fallen Sie nicht gleich vor mir auf die Knie und bedanken sich dafür? Brauchen Sie Geld?«

»Im Moment nicht. Wenn ich welches brauchen sollte, werde ich Ihre törichte Großzügigkeit ausnützen. Das kann schon sehr bald sein. Ich danke Ihnen, mein Freund.«

»Lassen Sie das. Sie werden es mir zurückgeben.«
»Ich habe in meinem ganzen Leben noch nie etwas zurückgezahlt«, erwiderte Antoine verdrießlich. »Das ist ein Charakterzug von mir, den ich bedauere.«
Michael lachte. »Na schön. Dann geben Sie es mir eben nicht zurück. Ich bin vor kurzem zu etwas Geld gekommen, und wie beklagenswert Ihr Charakter auch sein mag, ich werde auch in Zukunft nicht verhungern müssen.«
»Und sonst?« fragte Antoine. »Was werden Sie machen, wenn Sie aus dem Krankenhaus kommen?«
»Ich werde meine Stellung kündigen und die Stadt verlassen«, antwortete Michael und war von seinen eigenen Worten überrascht, denn seit er keine Sedativa mehr bekam, hatte er an nichts anderes mehr gedacht, als das Krankenhaus auf schnellstem Weg zu verlassen.
*»Mon dieu!«* Antoine sah ihn bestürzt an. »Warum denn das? Es geht Ihnen doch herrlich in dieser Stadt.«
»Der Preis ist mir zu hoch.«
»Wo wollen Sie hin? Was wollen Sie tun?«
»Ich habe noch nicht darüber nachgedacht. Irgendwohin, ganz gleich, wohin.«
»Bitte übereilen Sie nichts. Nur wegen eines Zwischenfalls in einer Bar, den ein dummer kleiner Klavierspieler verursacht hat. Die Chancen stehen tausend zu eins, daß Sie in Ihrem ganzen Leben an keiner Schlägerei mehr beteiligt sein werden.«
»Das hat nichts damit zu tun. Das war nur das auslösende Moment. Etwas anderes — vielleicht etwas weniger Spektakuläres — würde früher oder später den gleichen Effekt haben. Schon lange vor diesem Abend steuerte ich auf diesen Entschluß hin, nur war ich mir dessen nicht bewußt.«
»Warum beraten Sie sich nicht mit Tracy, bevor . . .«
»Das geht Tracy nichts an«, fiel Michael ihm grob ins Wort.
»*Wenn* Sie abreisen — und ich flehe Sie an, überlegen Sie sich das gut, Sie sind momentan nicht in der Lage, schwerwiegende Entschlüsse zu fassen —, wenn Sie abreisen, würden Sie mich wissen lassen, wo ich Sie erreichen kann? Ich habe nicht so viele Freunde, daß ich es mir leisten kann, den besten von ihnen in der Wildnis Amerikas verschwinden zu lassen.«
»Natürlich lasse Ich Sie es wissen«, sagte Michael warm. »Ich könnte es nicht ertragen, Sie nicht von Zeit zu Zeit Klavier spielen zu hören.«

»Sie sind mein Hort und meine Stütze, Mike«, stieß Antoine bewegt hervor.
»Hören Sie doch endlich auf, wie Ihr Landsmann Racine daherzuschwafeln«, fuhr Michael den Franzosen an, um zu verbergen, wie tief Antoines Worte ihn berührten. »Und jetzt verkrümeln Sie sich. Der Arzt hat gesagt, ich sollte meinen Kopf schonen und so wenig wie möglich reden.«
Antoine erhob sich. »Ich habe Ihnen ein kleines Geschenk mitgebracht.« Er langte in seine Manteltasche und zog eine Halbliterflasche Scotch heraus. »Ich war selbst schon ein paarmal im Krankenhaus und kenne die trüben Stunden, wo ein wenig Alkohol die Wolken verjagt. Mißbilligen die Leute hier das Trinken?«
»Ich nehme an. Ich habe noch nicht gefragt, aber nach meinem Gefühl lautet der Leitspruch hier: ›Und keine Freude soll herrschen in diesen Mauern.‹«
»In diesem Fall wäre es besser, das Ding neugierigen Augen zu entziehen.« Er stopfte die Flasche unter Michaels Kissen. »Jetzt muß ich gehen. Bitte kommen Sie bald wieder raus — und ändern Sie sich nicht!«
»*Au revoir,* Monsieur Fernoz«, sagte Michael.
Antoine ging zur Tür, und Michael merkte, daß sein Gang sich verändert hatte — weniger flott und sorglos, so als hörte er nicht mehr die synkopische Musik, in deren Rhytmus er sich früher bewegt hatte.
Ermattet, aber zufrieden ließ Michael sich zurückfallen. Antoines Besuch hatte ihn enorm aufgemöbelt, aber nicht so, wie es zu erwarten gewesen wäre. In Wirklichkeit hatte er sich selbst aufgemuntert. Antoines Fragerei hatte ihn zu einer Entscheidung gedrängt, der er schon zu lange ausgewichen war. »Ich gebe meine Stellung auf und verlasse New York«, wiederholte er flüsternd und machte die Absicht zum fait accompli. Er spürte die tröstlich harten Konturen der Flasche unter dem Kissen und dachte freudig erregt: Bessere Zeiten in Sicht!
Er verschränkte die Arme unter dem Kopf und fing langsam und genüßlich an, an all die Orte zu denken, die er vielleicht aufsuchen würde, nachdem er dem alten Cornwall mitgeteilt hatte, daß sie sich einen anderen für seinen Job würden suchen müssen.
Ein kleiner Windstoß bauschte die Vorhänge, sie gaben den Blick aufs Fenster frei, das auf Michaels Wunsch offenbleiben mußte. Er drehte den Kopf zur Seite und sah hinaus. Es begann zu

schneien, große, feuchte, besinnlich fallende Flocken. Er lächelte. Natürlich! dachte er. Dieser Teil der Entscheidung wurde ihm abgenommen. Eine Schneelandschaft. Es gab eine Menge Schneelandschaften in der Welt, und er hatte es nicht eilig zu entscheiden, welche Berge er mit seiner Anwesenheit beehren würde.

Bester Laune und mit der Gewißheit, daß sein Leben in Ordnung kommen würde, schlief der fanatische Wintersportler ein.

Als Tracy drei Tage später ins Krankenhaus kam, um ihn zu holen und in sein Hotel zu bringen, war sein Entschluß gefaßt. In die Vergangenheit zurückblickend, schien ihm jene Zeit die friedlichste und bekömmlichste seines Lebens gewesen zu sein, die er in den Monaten nach seiner Promotion in Stanford als Skilehrer in dem kleinen Örtchen Green Hollow in Vermont verbracht hatte. Natürlich könnte es sich verändert haben, hatte sich vermutlich verändert, wie er selbst sich auch verändert hatte, aber als möglicher Ausgangspunkt einer neuen Existenz wirkte es anziehend auf ihn. Aus irgendeinem Grund war er nie dorthin zurückgekehrt — vielleicht weil er gefürchtet hatte, seine Erinnerungen an einen besonders netten Abschnitt seiner Jugendzeit würden einer späteren Überprüfung nicht standhalten. Und dazu kam noch etwas anderes: Nachdem er bei Cornwall and Wallace angefangen hatte, hatte man ihn oft in den Westen entsandt, wo das Skifahren um vieles aufregender und spektakulärer war als in Vermont. Jetzt, so hoffte er, interessierte ihn diese Art von Aufregung nicht mehr, zumindest nicht in absehbarer Zukunft, und ein Winter in Vermont, in einer Stadt, in der es vielleicht noch ein paar ihm zusagende alte Freunde gab, könnte gerade das Richtige sein, um ihn von New York zu kurieren.

Im Taxi setzte er Tracy von seinem Entschluß in Kenntnis, seine Stellung aufzugeben und von New York wegzuziehen. Sie nickte, als ob sie es erwartet hätte. »Ich war fertig mit den Nerven«, sagte er, und wieder nickte sie. »Ich brauchte die zehn Tage im Krankenhaus, um alles durchzudenken. Ich möchte es mir nicht zur Gewohnheit machen, mich in Bars zu prügeln, weil ich die Kontrolle über mich selbst verliere.«

»Es war verrückt«, sagte sie mitfühlend. »Wie du aufgesprungen und diese Männer angegangen bist, ich schwöre dir, ich habe dich nicht wiedererkannt — du sahst wie ein Wahnsinniger aus und auf entsetzliche Weise . . . überglücklich. Ich bin überzeugt, wenn diese Männer Revolver und Messer gezogen hätten, es würde dich nicht gehindert haben. In meinem ganzen Leben hatte ich nie solche Angst. Ich glaube, in diesem Moment verstand ich dich besser als je zuvor. Es ist dir tatsächlich einerlei, ob du lebst oder stirbst. Nicht erfreulich, wenn man das von einem Mann weiß, den man so lange geliebt hat.« Sie verfiel in Schweigen. Er wußte nichts zu sagen, was sie zu einer Sinnesänderung gebracht oder ihren Kummer gemildert hätte. Wahrscheinlich hatte sie recht. Selbst wenn die Männer Revolver gezogen haben würden, es hätte ihn nicht gehindert, sich auf sie zu stürzen. Darum sagte er nichts.

Das Schweigen im Taxi hielt über zwei Rotlichter an. Dann sagte Tracy ganz ruhig: »Verlebe einen schönen, friedlichen Winter. Du kannst ihn brauchen. Und ruf mich an, wenn du etwas brauchst.«

»Danke. Sobald ich mich irgendwo eingenistet habe, gebe ich dir meine Adresse. Für den Fall, daß du etwas mit mir zu besprechen hast — na ja«, fügte er lahm hinzu, »— wegen der Scheidung oder so.«

»Ich lasse die Scheidung sein«, sagte sie, »außer du willst es so.«

Er schüttelte den Kopf.

»Ich kann mit einem anderen Mann nicht leben«, murmelte sie. »Zumindest jetzt noch nicht. Und mit *dir* kann ich auch nicht leben.« Sie lächelte gezwungen. »Alles in bester Ordnung, nicht wahr?«

Er griff nach ihrer Hand, hob sie an die Lippen und küßte sie.

»Sag jetzt nichts«, bat sie. »Du befindest dich in einem Zustand der Schwäche. So wie ich. Seien wir lieber still und gehen wir unsere wunderbaren getrennten Wege. Und vergiß nicht, was der Arzt gesagt hat: keine übermäßigen Anstrengungen — weder körperliche noch geistige, noch gefühlsmäßige.«

»Die Ärzte gehen mir allesamt auf den Wecker.«

Sie kicherte. »Ich nehme an, du hast deine Gründe, ihnen zu zürnen. Also wenn du nicht auf sie hörst, werde ich es versuchen.«

Das Taxi hielt vor dem Hotel. Angewirdert betrachtete sie den Eingang. »Hast du nichts Besseres finden können?«

»Es war nahe dem Büro. Kommst du auf einen Drink herauf?«

Sie zögerte einen Augenblick. »Nein«, sagte sie, »das könnte man als übermäßige Anstrengung auslegen.«

Er schloß die Tür des Wagens und ging zur Rezeption, um sich seinen Schlüssel zu holen. Ein Stoß Post erwartete ihn, aber er wies den Portier an, alles wegzuwerfen. In der ganzen Welt gab es niemanden, von dem er hätte Nachricht haben wollen.

»Ich habe gehört, was passiert ist, Mr. Storrs«, bemitleidete ihn der Portier. »Eine schreckliche Sache.«

»Etwas Besseres hätte mir gar nicht zustoßen können«, gab Michael munter zurück.

Er ging zum Aufzug hinüber, und der Portier sah ihm verwundert nach.

Als er sein Zimmer betrat, war ihm, als röche es hier wie in einer Gruft. Er stieß ein Fenster auf, stand tief atmend davor und genoß die kalte Luft, die hereinströmte. Als er sich umdrehte, standen die Möbel, die bei seinem Eintritt geschwankt hatten, fest und sicher da. Er ging ins Bad, drehte das Licht an und betrachtete sich im Spiegel. Nur *ein* Gesicht starrte zurück. Ich habe es geschafft, dachte er, ich habe es geschafft.

Zwei Tage später — der größte Teil seiner Habe lag verstaut in einem Schrankkoffer im Keller des Hotels — stieg er in seinen Porsche und steuerte nach Norden. Es war ein windiger, klarer Tag. Als er die Ausläufer des Gebirges erreichte, hatte der Schnee die Felder mit weißen Flecken bedeckt.

# Zweites Buch

# 10

Zum Mittagessen kehrte er in einem Gasthof an der Grenze zu Vermont ein, einem Gasthof, an den er sich noch von seinen Fahrten von Syracuse nach Green Hollow erinnerte — wie lange war das jetzt her? 14 Jahre? Es war ein Haus, im Kolonialstil erbaut, peinlich sauber, in dem es nach Holzkohlenfeuer und zitronenduftender Möbelpolitur roch. Der Speisesaal leuchtete im frostigen Sonnenlicht, das spinnwebartige Schatten von den kahlen Bäumen draußen hereinwarf.

Es waren nur wenige Leute zum Mittagessen da, ein älteres Ehepaar und drei junge Männer, die sich über Grundstücke unterhielten und wohl Geschäftsleute aus dem nahen Städtchen waren. Weil er heute und vermutlich noch lange Zeit nicht an geschäftlichen Besprechungen würde teilnehmen müssen, bestellte er einen Martini und nippte ihn langsam, bis sein Essen kam. Er fühlte sich wie ein Junge, der an einem besonders schönen Nachmittag die Schule schwänzt.

Die Unterredung mit Cornwall war besser gelaufen, als er erwartet hatte. Der alte Herr war traurig, aber verständnisvoll gewesen, als Michael ihm erklärte, daß er New York den Rücken kehren müsse.

»Jeder von uns will vor etwas davonlaufen«, hatte Cornwall gesagt. »Nur wenigen gelingt es. Aber Gott schütze Sie. Wie lange waren Sie bei uns?«

»Zwölf Jahre.«

»Bei mir sind es dreißig«, stellte Cornwell fest, »und mir ist die Flucht bisher nicht gelungen. An den Universitäten machen sie das geschickter. Alle sieben Jahre geben sie einem dort zwölf Monate Urlaub. Damit man seine Batterien frisch aufladen kann. Ich mache Ihnen einen Vorschlag — betrachten wir dieses als Ihr Ferienjahr. Ohne Salär.« Er lächelte frostig. »Aber wenn es vorbei ist, können Sie zurückkommen, und wir werden Ihnen keine Fragen stellen. Ihre Stellung bleibt Ihnen erhalten.«

»Ich glaube nicht, daß ich zurückkomme.«
»Rufen Sie mich in zwölf Monaten an«, hatte Cornwall gesagt, eine Flasche Whisky aus dem Schreibtisch geholt und zwei Drinks eingeschenkt. Es war das erste Mal, daß Michael mit dem alten Herrn ein Glas im Büro leerte. »Alles Gute für Sie.« Cornwall hob sein Glas. »Und keine Schlägereien mehr in Nachtlokalen!«
Die Luft in Cornwalls Büro war die gleiche wie in seinem eigenen: zu warm und mit zu wenig Sauerstoff. Ob er nun Chef war oder nicht, auch Cornwall konnte die Fenster nicht öffnen. Michael fühlte sich erleichtert, als das Gespräch beendet war und er in den kühlen spätherbstlichen Tag hinaustreten konnte.
Während er auf die Schatten der Bäume hinausblickte, die auf die schüttere Schneedecke des Rasens fielen, und den für Neuengland typischen Gemüseeintopf verzehrte, für den der Gasthof, wie Michael sich erinnerte, zu Recht berühmt war, legte er sich die Frage vor, wie Cornwall es geschafft hatte, nachdem er 30 Jahre lang fünf Tage in der Woche mit dem Aufzug in das 36. Stockwerk gefahren war, so vital und menschlich zu bleiben.

Es war schon fast dunkel, und der Porsche glitt wie eine auf Steinen gelagerte Uhr dahin, als er die Zufahrtsstraße nach Green Hollow erreichte. Das Autoradio war eingeschaltet, und irgendwo in Neuengland spielte ein Symphonieorchester den »Walkürenritt«. Er stieg aufs Gas und lächelte. Der gute alte Wagner, dachte er, schrieb Musik fürs Auto, bevor das Auto noch erfunden war.
Er fuhr mit 135 Stundenkilometern, als er weit hinter sich die Blaulichter eines Polizeiwagens aufblitzen sah. Er wußte, daß er das Polizeiauto an Geschwindigkeit übertreffen konnte, aber weil er in diesem Fall durch Green Hollow hätte durchrasen müssen und nicht wieder hätte zurückkommen dürfen, verlangsamte er wie ein ehrbarer Bürger die Fahrt. Als das Polizeiauto mit heulenden Sirenen an ihn herankam, hielt er am Straßenrand.
Die Bullen stiegen langsam aus und kamen, jeder auf einer Seite, auf den Porsche zu. Der eine auf Michaels Seite war noch sehr jung und hatte einen dunkelroten Schnurrbart, den er sich offenbar nur wachsen ließ, weil er sich davon eine Stärkung seiner polizeilichen Autorität versprach. Diese Wirkung wurde allerdings durch ein schielendes Auge beeinträchtigt, das sich auf einen Punkt ein gutes Stück oberhalb von Michaels Kopf richtete. Mi-

chael lächelte ihn treuherzig an, dann riß er die Augen auf. Trotz des Schnurrbarts erkannte er den Mann wieder. Als er vor 14 Jahren im Winter in Green Hollow gewesen war, hatte er einen zehnjährigen schielenden Rotschopf zu fassen bekommen, der seinen Wagen mit gefrorenen Schneebällen beworfen hatte, und ihm den Hintern versohlt. Michael lachte ihn an. Er wußte sogar noch den Namen des Jungen — Norman Brewster. Sein Vater hatte in der Stadt eine Tankstelle betrieben.
»Sie haben es aber verdammt eilig«, sagte Norman Brewster und versuchte den Eindruck zu erwecken, als ob er schon dreißig und ein Pfeiler der bürgerlichen Ordnung wäre.
»Ich war auf der Flucht«, antwortete Michael höflich, aber in der Absicht, den Ordnungshüter ein wenig zappeln zu lassen. Er sah, wie sich Norman Brewsters Hand auf seine Revolvertasche zubewegte und er einen bedeutsamen Blick über Michael hinweg auf seinen Kollegen richtete, einen älteren Mann mit einer gelangweilten Miene, der gegen das Fenster auf der Mitfahrerseite des Porsche lehnte.
»Auf der Flucht vor wem?« fragte Norman Brewster.
»Vor der Langeweile«, antwortete Michael und freute sich schon auf den Augenblick, wo er Norman Brewster daran erinnern würde, daß er ihn einmal verdroschen hatte.
»Machen Sie keine Witze«, fuhr Norman Brewster ihn an.
»Also schön. Ich komme aus New York. New York City, Bundesstaat New York, Vorwahl 212, auch als Großer Apfel bekannt. Da unten sind wir schnell unterwegs.«
Der ältere Bulle hatte die andere Tür geöffnet und das Fenster heruntergekurbelt, damit Michael ihn hören konnte. »Sie waren mit hundertfünfunddreißig unterwegs, wissen Sie das?«
»Eigentlich wußte ich es nicht«, gab Michael zurück. »Ich habe wohl nicht aufgepaßt. Wagner hat mich so in Schwung gebracht.«
»Was meinen Sie, Wagner?« Norman Brewster schaute suchend ins Wageninnere. »Wo ist er?«
Michael deutete auf das Radio. »Die Musik. Richard. Wenn man ihn hört, schießt einem das Blut durch die Adern.«
»Drehen Sie das verdammte Ding ab«, knurrte Norman Brewster.
Michael tat, wie ihm geheißen.
»Und jetzt zeigen Sie mir mal Ihren Führerschein.«
Michael holte seinen Führerschein heraus und reichte ihn Norman Brewster. Er hatte den Eindruck, als ließe der ältere Beamte

Brewster gewähren, um zu erfahren, wie er mit gewissen Situationen fertig wurde. Brewster richtete den Strahl einer Taschenlampe auf den Führerschein. »Keine Strafpunkte«, stellte er enttäuscht fest. »Ihr Glück. Ist das Ihre erste Übertretung?«
»Ich wollte nichts übertreten, Herr Wachtmeister«, erwiderte Michael versöhnlich. »Ich erlag der Verlockung der freien Bahn. Für mich ist das heute ein besonderer Tag. Haben Sie nicht auch mal so einen besonderen Tag?«
»Haben Sie getrunken, Mister?« fragte Brewster und leuchtete Michael in die Augen.
»Reichlich.«
»Aha!« machte Brewster triumphierend und sah sich schon eine wichtige Verhaftung vornehmen. »Sie fahren unter Alkoholeinwirkung!«
»So gut wie auf jeden den ich kenne, wirkt manchmal dies und manchmal jenes ein«, versetzte Michael und stellte befriedigt fest, daß Brewster in Verwirrung zu geraten schien. Das ist besser als Dresche, dachte er. »Ist Ihnen das nicht auch bei Ihren Freunden aufgefallen?«
»Hier stelle ich die Fragen, Mister«, sagte Brewster erregt, »und Sie beantworten sie.«
»Also wenn Sie die Wahrheit wissen wollen, Herr Wachtmeister, ich trank ein Glas vor vier Stunden zum Mittagessen und danach zwei Kaffee. Übrigens: Mit wem habe ich das Vergnügen?«
»Wachtmeister Brewster. Und wir können nicht die ganze Nacht hierbleiben, um mit Ihnen zu diskutieren.«
»Norman«, mischte sich der ältere Bulle gelangweilt ein, »mach keinen Großeinsatz aus der Sache.«
»Du hast gesagt, diesmal würdest du mir den Fall überlassen«, erklärte Brewster in kläglichem Ton.
»Okay, okay«, gab sich der ältere Beamte zufrieden.
»Zeigen Sie mir mal Ihren Zulassungsschein«, sagte Brewster. Michael suchte im Handschuhfach, fand ihn aber nicht. »Tut mir leid«, sagte er, »ich muß ihn in New York gelassen haben.«
»Welches Reiseziel haben Sie?« fragte Brewster drohend, so als erwarte er, daß Michael jeden Augenblick versuchen würde, über die kanadische Grenze zu entkommen.
»Green Hollow«, antwortete Michael. »Ich habe gehört, es soll ein reizender Ort sein, mit sauberer, von Verschmutzung freier Luft und einer aus aufrechten Männern bestehenden Polizeitruppe.«

»Mir gefällt Ihr ganzes Benehmen nicht, Mister«, sagte Brewster, dessen Kragen nahe am Platzen zu sein schien. »Erwartet Sie jemand in Green Hollow, jemand, der Sie identifizieren kann?«
Einen Augenblick lang juckte es Michael, zu sagen, daß Norman Brewster das vielleicht könnte, beschloß aber dann, die Komödie noch ein paar Minuten fortzusetzen. »Nicht daß ich wüßte«, antwortete er.
»Sind Sie bereit, sich einer Blutprobe zu unterziehen?« fragte Brewster in einem Ton, den man ihm auf der Polizeischule beigebracht haben mußte.
»Wenn ich Blut sehe, werde ich ohnmächtig«, anwortete Michael.
Der ältere Beamte seufzte. »Norman«, sagte er »in zehn Minuten ist unser Dienst um.«
»Fred, du hast gesagt, ich soll den Fall erledigen«, rechtfertigte sich Brewster, »und das mache ich nach Vorschrift.«
»Die Vorschrift dauert verdammt lang«, hielt Fred ihm entgegen, »aber mach weiter.«
Brewster holte ein Atemprüfröhrchen heraus. »Sind Sie bereit, sich einem Alkoholtest zu unterziehen, Mister?« fragte er. Er versuchte, ruhig zu bleiben, und funkelte seinen Kollegen über Michaels Kopf hinweg böse an.
»Ich poche auf das mir von der Verfassung zugesicherte Recht, da nicht hineinblasen zu müssen«, erwiderte Michael boshaft.
»Steigen Sie aus«, brüllte Brewster.
»Norman, Norman . . .«, protestierte sein älterer Kollege sanft.
Michael stieg aus.
»Gehen Sie jetzt geradeaus«, befahl Brewster.
Michael trippelte in gerader Linie über die Straße.
Enttäuscht biß sich Brewster auf die Lippen. »In Ordnung. Und jetzt sagen Sie das Alphabet von hinten auf.«
»Ich hasse Gesellschaftsspiele. Und auch am College hatte ich nie einen Englischlehrer, der das Alphabet von hinten aufsagen konnte.«
»Das gehört nicht zur Sache«, erklärte Brewster gereizt. »Und Ihre verdammte Erziehung interessiert mich nicht.«
»Versuchen Sie's doch mal«, schlug Michael höflich vor. »Ich lade Sie beide auf ein Glas ein, wenn einer von Ihnen es schafft.«
»Der hat sie doch nicht alle«, sagte der ältere Bulle. »Schreib ihm ein Strafmandat, und fahren wir aufs Revier zurück.«
»Hast du das gehört, Fred?« sagte Brewster laut. »Er hat uns ei-

nen Drink angeboten, wenn wir ihn laufenlassen. Das wird sich gut ausnehmen in meinem Bericht. Der wird uns noch Geld anbieten, wenn wir ihn ungeschoren lassen. Ist mir doch schnurz, wie spät es ist. Willst du wissen, was ich denke? Wenn er nicht getrunken hat, ist er high oder so was, und ich kriege auch noch raus, was es ist.« Er wandte sich Michael zu, der gleichgültig an seinem Porsche lehnte. »Sie leben wohl gern gefährlich, stimmt's, Mister?«
»Komisch«, sagte Michael, »das sagt meine Frau auch. Meine Exfrau. Fast Exfrau.«
»Ich werde Ihnen beibringen, daß Sie mit einem Polizeibeamten nicht so umspringen können. Haben Sie noch nie etwas von den brutalen Methoden der Polizei gehört?«
Entzückt stellte Michael fest, daß Brewster sich nur mehr mit sarkastischen Bemerkungen zu helfen wußte. »Aber doch nicht in einem Wintersportort, Herr Wachtmeister«, entgegnete Michael. »Ich bin das Heiligste, was es in einem Wintersportplatz gibt — ein Tourist.«
»Fred«, verkündete Brewster, »den nehm ich mir aufs Revier mit und schau mir genau an, was er in seinem schicken kleinen Wagen alles dabeihat.«
»Scheiße«, sagte Fred, unfähig, die Kluft zwischen den Generationen zu überspringen.
»Ihre Hände«, knurrte Brewster und legte Michael fachmännisch Handschellen an. »Sie sind verhaftet, Mister.«
»Interessant«, sagte Michael.
»Scheiße«, wiederholte Fred.
»Ich nehme ihn im Streifenwagen mit«, sagte Brewster zu Fred, »und du kommst mir mit diesem Wägelchen nach.«
»Die Kupplung bitte nicht schleifen lassen«, rief Michael über die Schulter Fred zu, während Brewster ihn zum Polizeiauto schob. »Wissen Sie, wie man einen Wagen ohne automatisches Getriebe fährt?« Kindische Frotzelei, dachte er erheitert und erinnerte sich an die schlimmen Zeiten in der Schulpause, während er in den hinteren Teil des Streifenwagens kletterte, der durch ein Gitter von den Vordersitzen getrennt war. Schwer atmend im Vollgefühl seiner Rechtschaffenheit setzte sich Brewster ans Steuer. Er startete den Wagen und fuhr, von Fred im Porsche gefolgt, in die Stadt. Sie kamen an einem Schild mit der Aufschrift »Willkommen in Green Hollow, Vermont« vorbei, und Michael sagte: »Ich kehre im Triumph zurück.«

Brewster grunzte etwas und hupte zornig ein Mädchen an, das auf ihrem Fahrrad in der Mitte der Straße fuhr. Michael lachte und winkte dem Mädchen fröhlich mit seinen gefesselten Händen zu.

Das Polizeirevier war neu. Es hatte noch nicht existiert, als Michael das letztemal in Green Hollow gewesen war. Es war ein hübsches kleines Haus im Kolonialstil und stand neben der Bank. Es besaß nichts von der schäbigen Düsterkeit New-Yorker Reviere, die den architektonischen Beweis für die weite Verbreitung mannigfacher Verbrechen und strenger und ungewöhnlicher Bestrafungen erbringen.

Hinter einem hohen Schreibtisch thronte ein alter Bulle mit einer Bifokalbrille. Während Brewster Michael die Handschellen abnahm, sagte er zu diesem Beamten, den Michael nicht wiedererkannte: »Ich liefere diesen Burschen ein, Henry. Geschwindigkeitsübertretung. Als wir ihn stoppten, hatte er hundertfünfunddreißig Sachen drauf.«

»Schlimm, schlimm«, sagte Henry.

»Keine Witze, Henry«, wies Brewster ihn ärgerlich zurecht. »Das ist noch nicht alles. Was sagst du zu ›respektloses Benehmen gegenüber einer Amtsperson‹ und zu ›Verdacht auf Betreiben eines motorisierten Fahrzeugs unter Alkoholeinfluß‹?«

»Schlimm, schlimm, schlimm«, sagte Henry. Er sah aus, als ob er selbst schon den ganzen Tag unter Alkoholeinfluß gestanden wäre. Michael faßte sofort Zuneigung zu ihm und lächelte ihn an. Henry zwinkerte ihm zu. Bei der Polizei von Green Hollow war des jungen Norman Brewster Diensteifer offensichtlich Gegenstand allgemeiner Belustigung.

»Und du kannst noch etwas ins Haftbuch eintragen, Henry«, fügte Brewster feierlich hinzu, »nämlich ›versuchte Bestechung eines Polizeibeamten im Dienst‹.«

Fred, der schweigend an der Wand gelehnt hatte, seufzte hörbar.

»Mit einem Drink?« tat Michael überrascht. »Ihr Burschen seid billig zu haben.«

»Sie halten den Mund, Mister«, fuhr Brewster Michael an und packte ihn am Arm. »Kommen Sie da rein.« Er führte Michael in ein Hinterzimmer mit Spinden. Auf einer Seite befand sich eine einzige Zelle. Sie blitzte vor Sauberkeit und sah recht bequem aus.

Die Vordertür der Polizeistation öffnete sich, und ein stämmiger

Mann in derber Jägerkleidung trat ein. Man sah ihm an, daß er sich viel in freier Luft aufhielt. »Tag, Henry«, begrüßte er den Beamten hinter dem hohen Schreibtisch. »Was Neues mit meinem Laster?«

»Tut mir leid, Mister Ellsworth«, antwortete Henry respektvoll. »Wir haben die Meldung überallhin durchgegeben, aber bis jetzt hat sich nichts gerührt.«

»Na, von dem Laster kann ich mich wohl verabschieden«, meinte Ellsworth. »Verdammt noch mal, Henry, das ist das erstemal in fünfzig Jahren, daß mir etwas gestohlen wird. Wir bekommen zu viele dunkle Elemente hier nach Green Hollow.«

Michael, der mit Brewster und Fred an einem Tisch saß — sie füllten mühsam Formulare aus — erkannte die Stimme, sagte aber nichts und wartete, daß Ellsworth ihn erkennen würde.

Ellsworth warf einen neugierigen Blick durch die offene Tür ins Hinterzimmer. Er konnte nur die Rückseite von Michaels Kopf sehen.

»So'n Schlauberger aus New York«, erläuterte Henry dem Besucher. »Brewster tobt sich wieder einmal aus. Viel mehr als Geschwindigkeitsübertretung wird wohl nicht rausschauen, wenn Brewster sich erst mal beruhigt hat.«

Dann drehte Michael sich um. Ellsworth machte große Augen. Dann lachte er. »Hallo, Krimineller«, sagte er.

Michael stand auf. »Tag, Herb.« Die zwei Männer schüttelten einander die Hände, und Ellsworth klopfte Michael auf die Schulter.

Verlegen blickten die zwei Polizisten zu den zwei Männern auf. »Guten Abend, Mr. Ellsworth«, sagte Fred und erhob sich. »Kennen Sie diesen Burschen?«

»Wie lange eigentlich schon, Mike?« fragte Ellsworth.

»Vierzehn Jahre.«

»So lange schon? Nur 14 Jahre«, antwortete Ellsworth den Polizeibeamten. »Er hat mir einmal das Leben gerettet.«

»Übertreib nicht, Herb«, warf Michael ein.

»Hat mir das Leben gerettet«, wiederholte Ellsworth nachdrücklich.

»Ich dachte, Sie würden niemanden in Green Hollow kennen«, warf Brewster Michael verdrießlich vor.

»Ich prahle nicht gern«, erwiderte Michael.

»Du lieber Himmel, Mike«, sagte Ellsworth und lachte, »du hast dich nicht verändert, stimmt's?«

»Ein bißchen doch«, antwortete Michael, »aber diesmal krieg' ich was aufgebrummt.«
»Und nicht zu knapp, Mister«, bestätigte Brewster.
»Hört mal, Jungs«, sagte Ellsworth, »ihr werdet doch einem alten Freund von mir keine Schwierigkeiten machen, oder?«
»Er ist mit hundertfünfunddreißig gefahren, Mr. Ellsworth«, jammerte Brewster.
»Komm schon, Norman«, brummte Fred verdrießlich, »sei nicht kindisch.«
»Na ja . . .«, wandte sich Brewster widerstrebend an Ellsworth, »wenn Sie sich für seinen guten Charakter verbürgen . . .«
»Er war früher ziemlich mies«, sagte Ellsworth, »aber mittlerweile hat er sich wohl gebessert. Versprichst du, von nun an ein braver Junge zu sein, Michael?«
»Ich verspreche es«, sagte Michael zu den Polizisten. »Tut mir leid, wenn ich Ihnen Kummer gemacht habe.«
»Schon recht«, brummte Brewster. »Aber lassen Sie sich schnellstens Ihren Zulassungsschein nachschicken.«
»Mache ich«, versprach Michael. »Und würden mir jetzt die drei Herren die Ehre erweisen, mir bei einem Glas Gesellschaft zu leisten, um meine Ankunft in der Stadt zu feiern?«
Die zwei Beamten sahen einander fragend an. »Nun . . .« meinte Fred, »in ein paar Minuten machen wir sowieso Schluß. Warum nicht? Die Kneipe ist um die Ecke. Wir brauchen nur noch eine kleine Weile, um den Papierkram zu erledigen«.
»Okay«, sagte Brewster, konnte sich aber eine letzte spitze Bemerkung nicht verkneifen: »Aber trotzdem . . . Sie hatten Glück, daß Mr. Ellsworth gerade zufällig vorbeikam.«
»Heute ist eben mein Glückstag, meine Herren«, gab Michael zurück.
»Die Schlüssel zu Ihrem Wagen, Mr. Storrs.« Fred reichte sie ihm.
Michael bedankte sich, winkte dem beschwipsten alten Bullen hinter seinem hohen Schreibtisch leichten Gemüts zu und verließ mit Ellsworth das Revier.
Brewster starrte den zwei Männern verdrießlich nach. »Glaubst du, hat er Mr. Ellsworth *wirklich* das Leben gerettet?«
»Herb Ellsworth scherzt nicht«, antwortete Fred.
»Weißt du«, äußerte Brewster nachdenklich, »ich habe so das komische Gefühl, als würde ich diesen Burschen von irgendwoher kennen.«

»Du kannst ihn ja in der Kneipe fragen«, meinte Fred, setzte sich und beäugte den Bericht, der vor ihm auf dem Tisch lag.

»Augenblick, Herb«, sagte Michael, als sie auf der Straße standen. »Ich möchte meinen Wagen absperren. Ich hab 'ne Menge Zeug hinten drin.« Er versperrte die Türen und den Kofferraum, während Ellsworth den Porsche bewunderte.
»Scheint dir ja nicht ausgesprochen schlecht zu gehen«, bemerkte Ellsworth.
»Keine schlechte Kiste«, erwiderte Michael und lächelte über diese maßvolle Beschreibung einer Maschine, die ihn über 25 000 Dollar gekostet hatte. »Ein recht guter Wagen.« Und fügte bescheidener hinzu: »Wenn ich so sagen darf.«
Sie bogen um die Ecke und steuerten auf die Kneipe zu.
»Und was ist mit dir?« fragte Michael. »Was machst du? Du mußt hier ein hohes Tier sein — so wie die Bullen stramm vor dir gestanden haben.«
»Ich kann mich nicht beklagen. Das Baugeschäft floriert. Die Leute kommen aus New York und Neuengland, ja sogar aus Kanada, um sich hier Häuser zu bauen. Wer heutzutage nicht allzu weit entfernt von zwei Großstädten ein paar Hügel und ein bißchen Schnee besitzt, hat ausgesorgt.«
Schweigend gingen sie weiter. »Ich habe mich oft gefragt, wie es dir ergangen ist«, sagte Ellsworth.
»So so.«
»Bist du verheiratet?«
»Sozusagen. Bis auf weiteres leben wir getrennt.«
Ellsworth brummte etwas, so als wollte er damit zum Ausdruck bringen, was er von der modernen Ehe und der modernen Scheidung hielt. »Fährst du noch Ski?«
»Ein bißchen.«
»Noch so verrückt wie damals?«
»Ich versuche es nicht zu tun.«
»Warum bist du nicht von Zeit zu Zeit auf Besuch gekommen?«
»Ich weiß es nicht«, antwortete Michael. »Ich bin im Westen gefahren — und in Europa. Vielleicht hatte ich das Gefühl, daß es nie wieder so schön sein könnte wie damals, und ich wollte meine Erinnerungen nicht zerstören. Mag sein, daß es ein paar Leute gab, denen ich nicht wieder begegnen wollte . . .«
»Mrs. Harris ist noch da«, sagte Ellsworth. »Nur daß sie nicht mehr Mrs. Harris ist.« Er sah Michael von der Seite an.

»Oh«, machte Michael, »du wußtest also davon.«
»Es ist eine kleine Stadt, Mike. Mit der Zeit erfährt man alles. Vor einigen Jahren hat sie ein Haus gekauft. Sie steht noch immer auf Junge.«
»Dann bin ich ja außer Obligo.«
»Darauf würde ich nicht wetten.«
»Wie sieht sie denn jetzt aus?«
»Gar nicht schlecht, den Umständen entsprechend. Sie hält sich in Form — mit Ski fahren und so.«
»Gibt es einen ständigen Begleiter?«
»Solange der Schnee liegenbleibt. Was nachher kommt, weiß ich nicht.« Ellsworth musterte ihn spöttisch. »Willst du ihre Telefonnummer haben?«
»Danke nein. Ich spiele ja jetzt im Altherrenteam.«
Ellsworth grinste.
»Du hast ja damals ein Heidenspektakel in der Stadt aufgeführt«, sagte er.
»Ich war einundzwanzig. Ich gab mir sechs Monate, bevor ich mich ernstlich daranmachen wollte, ein ehrbarer Bürger zu sein, in einem Büro zu sitzen, weiterzukommen . . .«
»Bist du weitergekommen?«
»Ich denke schon.«
»Wie lange beabsichtigst du hierzubleiben?«
Michael zuckte die Achseln. »Ich weiß es nicht. Vielleicht für immer.«
Ellsworth blieb überrascht stehen. »Und dein Job?«
»Ich habe keinen Job.«
»Wurdest du gefeuert?«
»Ich habe gekündigt. Ich hätte sonst aus dem Fenster springen müssen.«
Ellsworth ging weiter. »Nun, diesbezüglich hat Green Hollow ein Gutes. In der ganzen Stadt ist kein Fenster so hoch, daß einem, der rausspringt, mehr passieren könnte, als daß er sich den Knöchel verstaucht. Hast du genug Geld, um lange Zeit davon zu leben?«
»Für eine Zeitlang reicht's. Ich dachte, ich könnte vielleicht wieder als Skilehrer arbeiten.«
»Davon wirst du nicht reich werden. Was hast du damals damit verdient?«
»Durchschnittlich sechzig die Woche.«
»Viel mehr wirst du jetzt auch nicht herausholen«, sagte Ells-

worth. »Ich meine wertmäßig. Die Inflation ... Bist du deiner Sache auch ganz sicher, Mike?«
»Ziemlich sicher«, antwortete Michael, während sie die Kneipe betraten. Was immer er dachte oder fühlte, »ziemlich sicher« war eigentlich alles, was er, wenn er ehrlich sein wollte, sagen konnte.
Sie bestellten Whisky und prosteten sich zu. »Herb«, sagte Michael, »es ist wirklich schön, dich zu sehen.« Er hatte ein paar Wochen bei den Ellsworth gewohnt. Mrs. Ellsworth hatte ihn bemuttert und gepflegt, als er spät in der Saison eine Lungenentzündung bekam, die ihn nötigte, drei Wochen, nachdem die Skilifte geschlossen hatten, in der Stadt zu bleiben. Mrs. Ellsworth hatte ihn aufopfernd gesundgefüttert, ihre Tochter, die damals siebzehnjährige Norma, ihn stillschweigend angebetet, und mit Ellsworth, der trotz seiner Körperfülle ein schneller und eleganter Skifahrer war, hatte er denkwürdige Tage in den Bergen verlebt. Es war das einzige Mal in Michaels Leben gewesen, daß er sich zu einer wirklichen Familie zugehörig gefühlt hatte.
»Und wie steht es mit dir?« fragte Michael. »Von deinen geschäftlichen Erfolgen abgesehen — die nur beweisen, daß einiges für den Kapitalismus spricht —, wie steht es mit der Familie?«
»Meiner Frau geht es gut. Und Norma hat mich zum Großvater gemacht. Zweimal. Zwei Jungen.«
»Die kleine Norma.« Michael schüttelte den Kopf. »Wen hat sie denn geheiratet?«
»Den Mann, der sich schon um sie bemühte, bevor du auf der Bildfläche erschienst.« Ellsworth sah Michael gelassen an und wartete auf seine Reaktion.
»Pokergesicht David. Der große Held«, sagte Michael.
»Dave Cully. Er hat gewartet, bis du aus dem Rennen warst. Er leitet jetzt die Skischule. Er ist ein guter Ehemann und Vater.«
»Ist das genug für Norma?«
»Das kannst du sie heute abend selber fragen. Sie kommt zum Essen. Und du bist eingeladen.«
»Danke.«
»Dave wird nicht dabeisein«, erläuterte Ellsworth. »Er hat irgendwo eine Besprechung.«
Michael zögerte, bevor er den Mund auftat. »Glaubst du, daß Norma mich überhaupt sehen möchte?« Es hatte eine stürmische, überraschende Szene mit Norma gegeben. Sie hatte geweint, ihm

ihre Liebe erklärt und ihm versichert, daß er der einzige wäre, den sie je lieben könnte. Er war so sanft und liebenswürdig wie nur möglich mit dem Mädchen umgegangen, hatte es sich aber dann angelegen sein lassen, nie wieder mit ihr allein zu bleiben.

»Ich habe mit Norma nie darüber gesprochen«, erwiderte Ellsworth. »Noch nicht.«

»Hör mal, Herb«, sagte Michael in ernstem Ton. »Vielleicht glaubst du, vielleicht glaubt die ganze Stadt, ich hätte ein Verhältnis mit deiner Tochter gehabt. Das habe ich nicht. Ich konnte sie gut leiden. Ich hatte keine Geschwister, und sie füllte einen Platz in meinem Gefühlsleben aus, und das war gut für mich ... Ich machte Stimmung für sie, wenn sie an einem Rennen teilnahm ...« Er schüttelte den Kopf. »Nun ja, sie war in mich verknallt ... Das kommt bei Backfischen vor.«

»Sie war kein Backfisch mehr«, sagte Ellsworth. »Sie war siebzehn, und du warst einundzwanzig. Mag sein, ich hab' es dir übelgenommen, als du schon weg warst. Aber wenn ich es tat, heute ist keine Rede mehr davon.«

»Ich war in anderen Schlafzimmern beschäftigt«, erklärte Michael. »Unter anderem hatte ich eine Affäre mit einer verheirateten Frau ...«

»Mrs. Harris.«

»Wir dachten, es würde keiner erfahren, und das einzige Mädchen, mit dem ich mehr als ein- oder zweimal in der Stadt gesehen wurde, war Norma, und so kam es ... Du glaubst mir doch, Herb?«

»Ich weiß nur, daß sie sehr traurig war, als du abgegondelt bist, ohne dich zu verabschieden«, antwortete Ellsworth. Jetzt klagte er Michael an, aber kummervoll, ein Vater, der sein untröstliches Kind trösten mußte und jetzt einem erwachsenen Mann gegenübersaß, der, wenn auch unbeabsichtigt, seiner Tochter Schmerz zugefügt hatte. »Es hat lange gedauert, bis sie es überwunden hatte.«

»Ich mag Abschiedsszenen nicht und habe sie auch damals nicht gemocht. Es tut mir leid. Was meinst du, Herb, soll ich noch heute abend weiterreisen? Du brauchst es nur zu sagen.«

Grübelnd spielte Ellsworth eine kleine Weile mit seinem Glas. »Komm zum Abendessen«, lautete schließlich seine Antwort.

»Jetzt komme ich mir vor wie ein Schweinehund.«

»Du warst kein Schweinehund«, beruhigte ihn Ellsworth. »Man

verliebt sich manchmal in den Falschen. Das kommt schon mal vor.«
Brewster und Fred kamen ins Lokal, und Michael bestellte eine Runde Getränke für alle.
»Hören Sie mal, Mr. Storrs«, begann Brewster und wischte sich den Bierschaum aus seinem Schnurrbart, »eben sagte ich zu Fred, daß ich das Gefühl habe, ich würde Sie kennen.«
Michael lächelte. »Sie haben mich tatsächlich gekannt, Herr Wachtmeister. Ich habe Ihnen eine Tracht Prügel verabreicht, als Sie zehn Jahre alt waren.«
»Ah«, reagierte Brewster lachend, »*Sie* waren der gemeine Kerl. Ich konnte eine Woche lang nicht sitzen. Natürlich kenne ich Sie. Sie hatten eine Hand wie ein Dreschflegel. Willkommen daheim.« Er schüttelte den Kopf. »Wenn ich daran denke, daß ich jetzt die Chance hatte, Sie einzulochen, und die Chance vertan habe!« Er lachte. »Das muß ich meinem alten Herrn erzählen. Meine Mutter ließ nicht zu, daß er mich prügelte, und er sagte, Sie hätten mit dieser Abreibung mehr für mich getan, als zehn Jahre Schule vermocht hätten. Er wollte Ihnen eine Flasche Whisky schicken, aber ich wußte Ihre Adresse nicht.« Er streckte Michael seine Hand entgegen. »Willkommen in Green Hollow, Mister Storrs.«
Das mußte mit einer dritten Runde begossen werden, und dann bat Fred Ellsworth um die Geschichte, wie es gekommen war, daß Michael ihm das Leben gerettet hatte.
»Nun«, begann Ellsworth, »wir fuhren damals viel Ski zusammen, wenn die Skischule ihn freigab, und einmal kamen wir in einen Blizzard, und es wurde schon dunkel — wenn man mit Michael unterwegs war, mußte man auf alles gefaßt sein —, und ich stürzte und brach mir das Bein — später stellte sich heraus, daß die Tibia an zwei Stellen geknackst war. Es war niemand in der Nähe, und wenn Michael mich zurückgelassen hätte, um ins Tal zu fahren und Hilfe zu holen, ich wäre glatt erfroren. Es hatte ungefähr dreißig Grad unter Null, und ich konnte mich überhaupt nicht rühren. Ich wog 105 Kilo, und dieses Bürschchen, das noch zur Schule ging, hob mich auf und trug mich Huckepack hinunter.«
»Wirklich wahr?« fragte Brewster ungläubig.
»Herb hat allerdings verschwiegen, daß es meinerseits reiner Selbsterhaltungstrieb war«, sagte Michael. »Ich hatte jede Orientierung verloren. Es schneite, und ich konnte überhaupt nichts

sehen. Herb aber fuhr seit seinem dritten Lebensjahr Ski und kannte den Berg wie sein Wohnzimmer, und außerdem war er schon mit einem Kompaß im Kopf zur Welt gekommen. Ich nahm ihn nur auf den Buckel, damit er mir den Weg weisen konnte. Ich hättte ihn umbringen können, weil er so dumm war, sich ausgerechnet bei einem solchen Wetter den Fuß zu brechen.«

»Ja, ja«, sagte Ellsworth, »wie dem auch sei, Michael Storrs ist mir immer wie ein Sohn willkommen, wenn er mein Haus betritt.«

Diese Gefühlsregung war Anlaß genug, eine vierte Runde zu bestellen.

»Nun, meine Herren«, wandte sich Michael an die Polizisten, »haben Sie das Röhrchen bei der Hand? Jetzt würde ich gern hineinblasen.«

»Wissen Sie, Mr. Storrs«, sagte Brewster in einem Anfall von Großmut, um die neue Freundschaft zu festigen, »ich glaube, Sie könnten mir immer noch den Hintern versohlen.«

»Werfen Sie bloß keine Schneebälle mehr, Norman«, erwiderte Michael, »und Sie haben nichts zu befürchten.«

Es war der perfekte Abschluß für die lange Fahrt von der großen Stadt herauf, dachte Michael, als er in den Porsche stieg und Ellsworth' Wagen zu einem Hotel folgte, das laut Ellsworth jetzt das beste in der Stadt war und wo er meinte, daß Michael gern wohnen würde, bis er eine eigene Bleibe gefunden hatte.

# 11

Das Hotel hieß »Alpina«, und während sie auf den Eingang zuschritten, erklärte Ellsworth, daß es einem österreichischen Ehepaar gehöre, dessen eigenes Haus, ein paar hundert Meter weiter die Straße hinunter, er soeben umgebaut habe. Das Hotel war ansprechend und in architektonischer Schlichtheit gestaltet, mit Schindeln gedeckt, weiträumig angelegt, der Landschaft Neuenglands angepaßt und erhob keinen Anspruch, Teil eines Tiroler Dorfes zu sein.
Michael sah, daß das Innere geschmackvoll mit kolonialen und rustikalen Möbeln eingerichtet und daß alles tadellos sauber war. Ellsworth stellte ihm Mr. Lennart, den Direktor des Hotels, vor. Mr. Lennart war ein untersetzter Mann von etwa 55 Jahren, der sich offenbar durch nichts aus der Ruhe bringen ließ. Freundlich fragte er Michael, wie lange er zu bleiben gedenke.
»Eine Woche vielleicht«, sagte Michael, während er sich im Fremdenbuch eintrug. »Für den Anfang.«
»Kümmern Sie sich um ihn, Joe«, sagte Ellsworth. »Er ist ein alter Freund von mir.«
»Wir sind noch ziemlich leer«, sagte Lennart. »Also können wir gleich damit anfangen, daß wir ihm das beste Zimmer im Haus geben.« Er drückte auf die Klingel, und es erschien ein junger Mann in einem karierten Hemd, der wie ein Skifahrer aussah. Michael gab ihm die Autoschlüssel und bat ihn, sein Gepäck zu holen.
»Na, dann ist ja alles klar«, verabschiedete sich Ellsworth. »Wir essen um acht. Das Haus findest du ja wohl noch.«
»Ich werde pünktlich da sein.«
Ellsworth wollte eben gehen, als eine Dame, gefolgt von einem goldfarbenen Apportierhund, über die breite Treppe in die Hotelhalle herunterkam. Sie war eine schöne Frau Mitte Dreißig und hatte das üppige, aschblonde Haar zu einem tadellosen, ein wenig streng wirkenden Knoten aufgesteckt. Blaue Augen blick-

ten aus einem ovalen, markanten Gesicht, sie trug einen hellgrauen Pelz — Michael tippte auf Luchs.
»Guten Abend, Mrs. Heggener«, sagte Ellsworth. »Darf ich Ihnen einen Freund von mir vorstellen, der eine Zeitlang bei Ihnen wohnen wird? Mr. Michael Storrs.«
»Ich freue mich, Ihre Bekanntschaft zu machen«, sagte Mrs. Heggener. Ihre Stimme war verhalten, und sie sprach mit leichtem, aber unverkennbar fremdländischem Akzent. Sie machte keine Anstalten, ihm die Hand zu schütteln. »Ich hoffe, daß Sie sich bei uns wohl fühlen werden, Mr. Storrs.«
»Das werde ich ganz gewiß«, erwiderte Michael.
»Ich hoffe, Ihrem Gatten geht es besser«, sagte Ellsworth. Mrs. Heggener zuckte die Achseln. »Es geht ihm den Umständen entsprechend. Er genießt die bestmögliche Pflege. Zumindest die in Amerika bestmögliche.«
»Ist er da? fragte Ellsworth. »Ich habe ihn nicht gesehen.«
»Er ist noch im Krankenhaus. Noch mehr Untersuchungen. Lächerlich.« Ihr Ton war scharf. Michael war froh, daß er nicht der Arzt war, der die Untersuchungen an Mr. Heggener durchzuführen hatte.
»Ich nehme an, daß er in einer Woche wieder zurück ist«, fuhr Mrs. Heggener fort. »Und bis dahin möchte ich das Haus fertig haben. Jetzt, da *Ihre* Arbeit getan ist, fängt meine erst an. Ich muß Ihnen sagen, daß alles sehr gut gelungen ist.«
»Danke sehr.«
»Ich muß darauf sehen, daß die neuen Möbel zeitgerecht eintreffen, daß die Teppiche gelegt sind und die Gardinen hängen. Personal ist ja heute so schwer zu finden . . .«
»Die Leute haben alle Hände voll mit den Vorbereitungen für die Saison zu tun«, meinte Ellsworth, »aber wenn ich von jemandem höre . . «
»Das wäre sehr freundlich.« Mrs. Heggener stellte den Kragen ihres Mantels auf und machte ein schnalzendes Geräusch für den Hund, der neben ihr gesessen hatte und leise, von Ungeduld zeugende Laute ausstieß. Michael und Ellsworth sahen ihr nach. Die läßt nicht mit sich spaßen, dachte Michael.
Dann kam der Hausdiener mit dem Gepäck, und Michael folgte ihm einen Stock hoch in ein geräumiges Zimmer mit einem breiten Doppelbett, einem Kamin, einem großen Schreibtisch, einem Schaukelstuhl und zwei mit dunkelgrünem Ripssamt bespannten Lehnsesseln. Alles war blitzsauber und gepflegt; Messing-

lampen auf Schreibtisch und Tischen verbreiteten gedämpftes und gemütliches Licht.

Nachdem der Hausdiener gegangen war, trat Michael an eines der Fenster, um zu sehen, welche Aussicht sich ihm bot. Das Zimmer lag auf der Vorderseite des Hauses, und im Licht der Laternen, die die Auffahrt säumten, sah er Mrs. Heggener in ihrem Pelz auf die Stelle zugehen, wo der Porsche geparkt war. Sie blieb stehen und betrachtete den Wagen. Der Hund, der neben ihr hergelaufen war, hob das Bein und pinkelte das Hinterrad an. Mrs. Heggener sah zum Fenster von Michaels Zimmer hinauf. Er wußte, daß er sich im Licht der Lampen abhob, und er wußte auch, daß sie ihn anstarrte. Er hatte den Eindruck, daß sie lächelte. Hastig trat er zurück. Ich hoffe, der verdammte Hund ist kein schlechtes Vorzeichen, dachte er. Es tat ihm leid, daß Mrs. Heggener ihn in diesem Augenblick gesehen hatte.

Er packte aus, nahm ein Bad und zog frische Kleider an. Dann schrieb er Antoine ein Briefchen, gab ihm die Adresse des »Alpina« an und bat ihn, in sein New-Yorker Hotel zu gehen, wo Michael den Großteil seiner Habe eingelagert hatte, und den Zulassungsschein seines Porsches zu suchen. »Hier ist es wunderbar friedlich«, schloß er den Brief. »Bis jetzt gibt es noch keinen Schnee, aber zum Ausgleich fehlt es völlig an Pianisten und Texanern. *Au revoir,* Michael.« Er vergaß nicht, Antoines Doppelnamen und das scheußliche Hotel auf den Umschlag zu setzen, in das Antoine sich geflüchtet hatte. In einem alten Schafledermantel, der noch aus seinen Collegetagen stammte, ging er dann zum Empfang hinunter und übergab dem Nachtportier den Zimmerschlüssel.

Mrs. Heggener, jetzt in ein langes schwarzes Abendkleid gewandet, saß in einem kleinen, von der Halle aus sichtbaren Aufenthaltsraum; der Hund lag auf dem Teppich neben ihr. Sie las ein Buch, sah aber auf, als Michael vor der Rezeption stand; sie nickte ihm zu, und er nickte zurück. Während Michael auf die Marke wartete, mit der er seinen Brief frankieren wollte, durchquerte ein großgewachsenes, schlankes, entzückendes, noch sehr junges schwarzes Mädchen, als Zofe in schwarzem Kleid mit kleinem weißen Schürzchen, die Halle. Sie trug ein Tablett mit einer Flasche Weißwein und einem einzigen Glas und ging in den Raum, in dem Mrs. Heggener saß. Michael mußte einfach hinstarren.

Das Mädchen goß den Wein in Mrs. Heggeners Glas, und die Hotelbesitzerin hob es Michael entgegen. Sie war es offenbar gewohnt, daß die Hotelgäste ihre wunderschöne Bedienstete anstarrten. Sie sagte dem Mädchen etwas, was Michael nicht hören konnte, und dann kam das Mädchen zu Michael und sagte: »Mrs. Heggener läßt fragen, ob Sie ihr das Vergnügen machen würden, ein Glas Wein mit ihr zu trinken.« Die Stimme war melodiös und von scheuer Zurückhaltung.

Er sah auf die Uhr und stellte fest, daß er fünf Minuten opfern konnte, und dankte der Kellnerin, die ein zweites Glas holen ging. »Das ist sehr liebenswürdig von ihnen, Madam«, sagte er und warf seinen Mantel über die Stuhllehne.

»Bitte nehmen Sie Platz«, lud Mrs. Heggener ihn ein. »Es ist sehr freundlich von Ihnen, mir Gesellschaft zu leisten. Ich liebe diese Jahreszeit besonders — vor Saisonbeginn, wenn ich das Hotel praktisch für mich allein habe. Aber es gibt auch Augenblicke, wo man für ein bißchen Gesellschaft dankbar ist. Sie kennen die Stadt?«

»Ich habe vor vielen Jahren einmal einen Winter hier verbracht. Damals gab es dieses Hotel noch nicht.«

»Nein. Mein Mann und ich sind vergleichsweise Neuankömmlinge.« Sie sprach in ruhigem Ton, die Worte waren genau artikuliert und sorgsam voneinander getrennt, sie gab nichts und forderte nichts.

»Als ich früher hier war, hat sich niemand zum Abendessen umgezogen. Ich fürchte, ich habe, was ich an festlicher Garderobe besitze, in New York gelassen.«

»Ach, das«, sagte Mrs. Heggener und schnippte eine Falte ihres Rockes. Michael sah, daß sie lange, blasse Hände mit spitzen und polierten Fingernägeln hatte. »Es hängt von meiner Stimmung ab, was ich anziehe. Wir empfehlen unseren Gästen, das gleiche zu tun. Heute war mir irgendwie nach Gesellschaftskleidung.« Sie musterte ihn freimütig. Fast automatisch flog seine Hand an den offenen Kragen seines Flanellhemdes. Mrs. Heggener lächelte. »Keine Sorge, Sie sehen großartig aus.«

Er steckte die Hand in die Tasche seines Tweedjacketts. Noch nie hatte ihm jemand auf eine so direkte Weise gesagt, daß er wunderbar aussehe.

»Haben Sie die Absicht, lange zu bleiben?« fragte sie.

»Die Saison. Wenn alles gutgeht.«

Wie überrascht, zog Mrs. Heggener ihre vollen, ungezupften,

aber mit Lidschatten betonten Brauen hoch. »Die ganze Sainson? Da werden wir uns darum kümmern müssen, daß alles gutgeht.« Die Kellnerin kam mit einem zweiten Glas, und Mrs. Heggener schenkte ein. Sie erhob ihr Glas. »Prost.«
»Prost.«
»Die Saison«, wiederholte Mrs. Heggener. »Welch ein Glücksfall für uns. Es gibt nur sehr wenige Amerikaner in Ihrem Alter, die sich einen Winter lang von ihrer Arbeit loseisen können.«
»Ich bin einer von den Glücklichen«, sagte Michael und trank. »Der Wein schmeckt köstlich.«
»Ein österreichischer Wein«, erläuterte Mrs. Heggener. »Waren Sie schon einmal in Österreich?«
»Ich war ein paar Wochen in St. Anton und Kitzbühel.«
»Sie sind natürlich Skifahrer.«
»Es gelingt mir, vom Berg herunterzukommen«, antwortete Michael. Er hatte das Gefühl, von dieser kühlen, kritischen Frau, bei der jede Bewegung genau ausgemessen war, auf Herz und Nieren geprüft zu werden.
Sie nippte an ihrem Glas. Sie hatte einen breiten Mund mit vollen, ungeschminkten Lippen, der irgendwo nicht zu den kalten blauen Augen und den feinen, nahezu asketischen Linien ihrer Wangen paßte. »Mein Vater baut diesen Wein an«, sagte sie. »Ich trinke ihn seit meiner Kindheit. Man gewöhnt sich an die Neigungen der Kindheit. Soll ich veranlassen, daß Rita Ihnen heute abend eine Flasche als Schlummertrunk in ihr Zimmer stellt?«
»Das wäre sehr nett. Danke.«
»Wenn Ihnen ein in seiner Leere eher düsterer Speisesaal nichts ausmacht ...« Sie zögerte. »Würden Sie vielleicht mit mir zu Abend essen wollen?«
»Das ist sehr freundlich von Ihnen, Madam, aber ich esse bei den Ellsworth.«
»Natürlich«, sagte sie. »Er ist ja ein alter Freund von Ihnen, wenn ich recht verstanden habe.«
»Mmh.«
»Er ist auch ein guter Freund — von meinem Mann. Er hat mitgeholfen, dieses Hotel zu bauen. Mein Mann fand ihn sehr offenherzig und gesellig. Es gibt keinen Besseren, der Sie mir hätte vorstellen können. Eine gute Rasse, diese Gebirgsbewohner. Sie sind New Yorker, nicht wahr?«
»Außer an Wochenenden und Feiertagen.«
Mrs. Heggener lachte. Michael hatte den Eindruck, daß sie eine

Frau war, die nicht oft und herzlich lachte. Schade, dachte er, denn das Lachen nahm dem kalten Gesicht auf anziehende Weise jede Schärfe, und sie hatte wunderbare schimmernde Zähne. »Ich weiß, was Sie meinen«, sagte sie. »Vierzehn Tage New York, und man ist mit den Nerven am Ende. Wenn ich fragen darf, was tun Sie zwischen Wochenenden und Feiertagen?«
»Ich kämpfe mich so durch«, antwortete er ausweichend. Es paßte ihm nicht, von dieser kühlen, selbstsicheren Frau ausgefragt, beurteilt und katalogisiert zu werden.
»Der Kampf scheint sich bezahlt zu machen. Ich habe Ihren Wagen gesehen.«
»Gelegentlich verwöhne ich mich.« Michael stellte sein Glas nieder und erhob sich. »Ich danke für den Wein. Ich fürchte, ich muß jetzt gehen.«
»Wenn Sie etwas brauchen, zögern Sie nicht, es zu verlangen. Später, wenn die Massen über uns herfallen, wird der Service sich verschlechtern. Genießen Sie den Abend.«
»Ich freue mich schon darauf.« Er tat einen Schritt auf die Tür zu.
»Ach ja«, hielt Mrs. Heggener ihn zurück, »Bruno müssen Sie verzeihen.« Sie tätschelte den dicken Kopf des Hundes. »Auf seine Art hat er Ihnen ein Kompliment gemacht. Er . . . äh . . . salbt . . . nur die luxuriösesten Maschinen.«
Michael lachte. »Guter, alter Bruno.« Er beugte sich vor und tätschelte den Kopf des Hundes. Das Tier schnaufte und wedelte träge mit dem Schwanz.
»Menschen gegenüber ist er ein wahrer Snob«, sagte Mrs. Heggener und ließ keinen Zweifel daran, daß sie Brunos Einstellung billigte. »Er ist sehr wählerisch und schenkt nicht jedem gleich seine Freundschaft.«
»Ich fühle mich geschmeichelt.«
»Ich bin ganz sicher, daß Sie Schmeicheleien gewohnt sind, Mr. Storrs«, konterte sie. »Ich wünsche Ihnen einen schönen Abend.«
»Gute Nacht, Madam.« Sie nickte, nahm das Buch wieder zur Hand, in dem sie gelesen hatte, und blätterte darin, bis sie die richtige Stelle gefunden hatte.
Eiskalt, dachte er, während er das Hotel verließ. Es fröstelte ihn, er zog seinen Mantel an, stieg in den Wagen und fuhr los.

Als er an der Eingangstür des Ellsworthschen Hauses läutete, eines mit grauen Schindeln gedeckten, zweigeschossigen, für Neuengland typischen Bau, dem Ellsworth, wie Michael feststellte, einen neuen Flügel angefügt hatte, erinnerte er sich an das erste Mal, da er diese Glocke gezogen hatte. Er war eben erst angekommen und hatte die ersten zwei Nächte in einem lärmenden, vernachlässigten kleinen Hotel verbracht, in dem es von lauten Pennälern wimmelte, die ihren Schnaps nicht bei sich behalten konnten. Das Schild mit der Aufschrift »Zimmer zu vermieten« war ihm ins Auge gesprungen, das hübsche graue Haus hatte Gemütlichkeit und Frieden verheißen. Es hatte ihm das und mehr geschenkt — köstliche Mahlzeiten und die Freundschaft der Familie, obwohl er damals nur zwei Wochen geblieben war. In diesen zwei Wochen nämlich hatte er Beziehungen zu mehreren Damen angeknüpft, einschließlich jener, die heute nicht mehr Mrs. Harris war, und es gab keine Möglichkeit, sie oder auch die anderen Damen in seinem kleinen Zimmer auf der Hinterseite des Hauses zu empfangen, wo die sittenstrenge und kirchenfromme Familie jede seiner Bewegungen durch die dünnen Holzwände hören konnte.

»Komm rein, komm rein«, ertönte Ellsworth' Stimme irgendwo im Haus. Er öffnete die Tür und betrat die vertraute Diele, als Ellsworth schon mit einem Glas aus dem Wohnzimmer kam. Er trug kein Jackett, und um seinen Stiernacken klaffte der offene Hemdkragen. »Minna hat sich schon Sorgen gemacht«, sagte Ellsworth und half Michael aus dem Jackett. »Sie erinnert sich noch, daß du dein Roastbeef halb roh haben willst, und hatte schon Angst, du könntest dich verspäten und das Fleisch würde dann zu stark durchgebraten sein.«

»Eine Dame hat mich aufgehalten«, erklärte Michael, während sie ins Wohnzimmer gingen.

»So bald schon?« entgegnete Ellsworth, aber er schien nicht überrascht zu sein.

»Die Frau des Besitzers, Mrs. Heggener.«

»Ach«, sagte Ellsworth uninteressiert, »die.«

Michael sah sich im Wohnzimmer um. Es hatte sich kaum verändert. Dieselbe Großvateruhr an der Wand, dasselbe Sofa, der Druckstoff ein bißchen mehr verschossen, dieselbe Photographie von Herb und Minna an ihrem Hochzeitstag. Steif und mit ernsten Gesichtern standen sie da, Ellsworth' athletische Gestalt war in eine Leutnantsuniform gezwängt.

»Das Zimmer birgt schöne Erinnerungen für mich«, sagte Michael leise.

»Vor allem an mich, wie ich mit meinem Gipsbein da herumge-

sessen habe.« Ellsworth schwenkte das Glas in seiner großen rauhen Hand. »Ich trinke Whisky«, sagte er. »Was möchtest du?«
»Ich habe Weißwein getrunken. Österreichischen Wein.«
»Ach ja. Hat sie dir erzählt, daß ihr Vater ihn anbaut?«
»Gleich am Anfang.«
»Hat sie dir auch erzählt, daß ihr Vater ein Graf oder so was in der alten Heimat war?«
»Nein.«
»Wart's nur ab. Es war ein sozialer Abstieg für sie, einen Hotelier zu heiraten. Heute allerdings erhält der Hotelier den Grafen. Und seine Weinberge. Ich habe eine Flasche Wein im Eisschrank. Ich hole sie.« Er ging durch das Speisezimmer in die Küche.
Mag sein, er ist ein Freund des Mannes, dachte Michael, ein Freund der Frau ist er nicht. Ellsworth' Hunde sind nie Snobs gewesen. Michael ging zum Kaminsims hinüber. Neben dem Hochzeitsbild stand eine Photographie von Norma Cully, geborene Ellsworth, mit zwei Kleinkindern auf Skiern. Sie war kein hübsches Mädchen gewesen, bleich und mager, und das Alter hatte sie nicht hübscher gemacht. Ein unsicheres Lächeln auf den Lippen, starrte sie den Betrachter an. Die zwei Jungen schienen kräftig zu sein und ihrem Vater nachgeraten. Gott sei Dank, dachte Michael.
Ellsworth kam mit einer offenen Flasche und einem Glas ins Wohnzimmer zurück und schenkte Michael ein.
»Es stört dich doch nicht, daß es kein österreichischer Wein ist?«
»Kein bißchen.« Er kostete ihn. »Gar nicht schlecht.«
»Kommt aus New York.«
Die Schürze noch umgebunden, die Wangen rot von der Hitze in der Küche, kam Minna Ellsworth, eine pummelige, herzliche und mütterliche Frau, geschäftig ins Wohnzimmer gelaufen.
»Mike«, begrüßte sie ihn gefühlvoll, schlang ihre festen Arme um seinen Hals und küßte ihn auf die Wange. Schade, dachte Michael, daß die Tochter keinem der zwei Elternteile nachgeraten ist. Minna Ellsworth tat einen Schritt zurück und musterte ihn kritisch. »Es ist verdammt lange her.«
»Da hast du recht«, stimmte Michael ihr zu. »Das Haus ist so schön, wie es immer war. Und das gleiche gilt auch für dich.«
»Hast es noch nicht verlernt, die Frauen anzuflunkern, hab' ich recht, Mike?« sagte sie nachsichtig. »Na ja, es geht. Obwohl alles hier langsam zur Antiquität wird. Einschließlich des Fernsehers und meiner Person.« Sie gab ein rollendes, tiefes Lachen von

sich. »Bei Tisch reden wir weiter. Das Essen ist fertig.« Sie ging in die Küche zurück, ein vernünftig in dunklen Tönen gehaltener Wollrock umspannte ihr breites, festes und kräftiges Hinterteil.
»Sie sieht phantastisch aus, Herb«, sagte Michael zu Ellsworth.
»Sie hat ein bißchen zugenommen. Ihre eigene Küche schmeckt ihr zu gut. Komm, setzen wir uns.«
Sie gingen ins Speisezimmer. Auf dem großen schweren Eichentisch waren nur drei Gedecke aufgelegt. »Nur wir drei?« fragte Michael.
»Nur wir drei.«
»Ich dachte, du sagtest, Norma würde . . .«
»Sie sagte, sie könne nicht kommen«, erklärte Ellsworth, ohne die Miene zu verziehen.
Einen Augenblick lang herrschte Schweigen. Michael leerte sein Glas und stellte es nieder. »Du hast ihr gesagt, daß ich komme.« Es war eine Feststellung.
»Mmh.«
»Ich verstehe.«
»Frauen«, sagte Ellsworth. »Nimm Platz.«
»Ich habe ihr Bild auf dem Kaminsims gesehen, mit den zwei Jungen auf Skiern.«
»Feine Jungs.«
»Macht sie noch bei den Rennen mit?«
»Ellsworth schüttelte den Kopf. »Das war auch eine Enttäuschung für sie. Als es gerade so aussah, als würde sie auf Tournee gehen können, zerrte sie sich das Kniegelenk. Jetzt fährt sie mit ihren Kindern Ski, und das ist alles.«
»Ist sie glücklich?«
»Sie würde glücklicher sein, wenn sie von hier weggekommen wäre und sich woanders ihr Leben aufgebaut hätte. Ich habe nie gedacht, daß es ihr gelingen würde, einfach nur Hausfrau zu sein. Aber . . .« Er zog seine Schultern hoch. »Sie hat ihre Entscheidung getroffen. Was vorbei ist, ist vorbei.«
Minna Ellsworth kam mit einem Servierteller herein, auf dem, umgeben von Bratkartoffeln, ein großes Roastbeef dampfte. In stillschweigender Vereinbarung sprachen die Männer während des Essens nicht mehr über Norma.
Nach dem Dinner setzten sie sich zum Fernsehen. Es wurde ein Profi-Footballspiel gesendet, und die zwei Männer verfolgten aufmerksam den Kampf; Minna hatte es sich in einem Schaukelstuhl bequem gemacht und blickte nur hin und wieder auf, wenn

das Brüllen der Menge lauter wurde. »Tolle Burschen«, sagte Ellsworth, »aber ich bin froh, daß ich heute nicht mehr spiele.« Er hatte in der Mittelschule gespielt, war aber dann nicht ins College eingetreten. Gleich nach dem Abitur mußte er arbeiten und anschließend zum Militär gehen. »Das ist kein Spiel mehr. Das sind Männer, die für Geld um ihr Leben kämpfen.«
»Wir sollten uns alle schämen, auch nur zuzusehen«, mischte sich Minna unerwartet ein. »Erwachsene Männer, die sich in Stücke reißen, weil ihre Zukunft davon abhängt, ob sie einen Ball fangen oder sich den Hals brechen. Und bei den Skirennen liegen nur ein paar Sekundenbruchteile zwischen Reichtum und Ruhm und Armut und Vergessenheit. Der Existenzkampf ist schon schwer genug, als daß man auch noch die Kinder mit dieser Anspannung belasten müßte. Und wie sich das später auf sie auswirkt . . . Man könnte weinen. Noch jedes Kind in unserer Stadt, das sein Bild in der Zeitung hatte, weil es einen Berg schneller hinunterfahren konnte als die anderen Kinder, hat Schaden gelitten. Ich sage euch, ich habe Gott gedankt, als Norma sich das Knie verletzte.«
Ellsworth drehte den Fernseher ab. »Minna«, brummte er verdrießlich, »ist das zuviel verlangt, wenn wir uns ein paar Minuten unterhalten wollen?«
Sie erhob sich aus ihrem Schaukelstuhl. »Von uns Frauen erwartet man, daß wir einen positiven Einfluß ausüben. Ich gehe zu Bett. Wenn du willst, und wenn du ihn nicht zu laut laufen läßt, kannst du ja dann den verdammten Flimmerkasten wieder andrehen.« Sie ging zu Michael hinüber und küßte ihn auf die Stirn. »Gute Nacht«, sagte sie. »Und vergiß nicht, wo wir wohnen.«
»Ich werde es nicht vergessen.«
Sie verließ das Zimmer, und Ellsworth langte nach dem Fernseher; doch dann überlegte er es sich und ließ den Arm sinken. »Zum Teufel«, sagte er, »wir können ja morgen in der Zeitung nachlesen, wer gewonnen hat. Willst du einen Whisky haben?«
»Danke, nein.«
»Gut. Ich auch nicht. Bist du gut untergebracht im Hotel?«
»Könnte nicht besser sein. Sag mal, wie kommt ein österreichisches Ehepaar dazu, in einer Stadt wie Green Hollow ein Hotel aufzumachen?«
»Soviel ich weiß, war Heggeners Familie sehr reich und besaß ein Luxushotel in Wien, aber der alte Herr hatte nichts für Hitler übrig. Er sah das Menetekel an der Wand und wanderte noch vor

dem Anschluß mit seiner ganzen Familie nach den Vereinigten Staaten aus. Heggener muß damals zehn oder elf gewesen sein, nicht viel älter. Sie holten auch noch rechtzeitig ihr Geld heraus und hatten daher genügend Kapital. Der alte Herr organisierte eine Kette kleiner Hotels, und Heggener erbte das alles. Wie sich zeigte, war er auch von sich aus, nach dem Tod seines Vaters, ein verdammt tüchtiger Geschäftsmann. Er lernte die Dame auf einem Empfang der österreichischen Botschaft bei den Vereinten Nationen kennen. Sie muß mindestens zwanzig Jahre jünger sein als er, aber es ist wohl angenehmer, als arbeiten zu müssen.«
»Was macht er im Krankenhaus?«
»Der arme Kerl hat Tuberkulose. Einer von diesen neuen Stämmen, die man auch mit Penicillin nicht bekämpfen kann. Er wird uns fehlen, wenn er nicht mehr unter uns weilt«, sagte Ellsworth traurig. »Er ist hier sehr beliebt.«
»Und sie nicht?«
»Sie bemüht sich nicht sonderlich, in einem Popularitätswettbewerb den ersten Preis zu gewinnen.« Ellsworth gähnte.
Michael erhob sich. »Ich werde jetzt besser gehen«, sagte er. »Es war ein voller Tag. Und ich habe es dir zu verdanken, daß ich heute nacht nicht im Knast schlafen muß.«
Ellsworth lachte in sich hinein. Er begleitete Michael zur Tür. Dort sah er zum Himmel auf und schnupperte. »Sieht so aus, als ob wir Schnee bekämen. Keinen Tag zu früh. Schlaf gut, Mike.«

Als er das Hotel betrat, sah er, daß der Nachtportier in der Rezeption die Arme auf den Tresen gebreitet, den Kopf auf die Arme gebettet hatte und schlief. Still schlüpfte Michael hinter den Tresen und nahm seinen Schlüssel vom Schlüsselbrett.
Im Kamin in seinem Zimmer brannte ein Feuer, und auf dem Tisch zwischen den zwei Lehnsesseln stand eine geöffnete Flasche Wein in einem Eiskübel und zwei Gläser. Was Rita sich wohl gedacht hatte, wen er mitbringen würde, um Verwendung für das zweite Glas zu haben? Er zog Mantel und Jackett aus, legte noch ein Scheit auf das Feuer und goß sich ein Glas ein. Dann setzte er sich, lehnte sich genüßlich zurück, nippte an dem kühlen Wein und starrte ins Feuer. Morgen würde es Schnee geben, hatte Ellsworth prophezeit. Er hatte gehört, daß man einige neue steile Abfahrten in den Wald geschlagen hatte, und die wollte er sich ansehen. Es klopfte an der Tür. Er sah auf die Uhr. Es war fast Mitternacht. Verwundert ging er zur Tür und öffnete.

Mrs. Heggener stand vor ihm. Sie trug immer noch das lange, lose wallende schwarze Abendkleid.
»Oh«, machte Michael überrascht.
»Guten Abend«, sagte Mrs. Heggener.
»Guten Abend«, sagte er, ohne sich von der Tür wegzurühren. »Ist etwas passiert?«
»Nein. Ich kam den Gang herunter, sah zufällig Licht unter Ihrer Tür und beschloß, mich zu überzeugen, daß Sie gut untergebracht sind.«
»Könnte gar nicht besser sein.« Ihm fiel auf, daß sie es unterließ, ihm zu erklären, wozu sie in der Nacht im Hotel herumschlich.
»Haben Sie auch alles, was Sie brauchen?«
»Alles.«
Sie warf einen Blick an ihm vorbei ins Zimmer. »Stört es Sie, wenn ich einen Augenblick hereinkomme und mich selbst überzeuge, daß alles in Ordnung ist?«
»Selbstverständlich nicht.« Er trat zur Seite, um sie vorbeizulassen. Er wollte schon die Tür schließen, überlegte es sich aber und ließ sie halb offen.
»Mrs. Heggener durchquerte den Raum und besichtigte ihn prüfend. Michael bedauerte, Mantel und Jackett über zwei Stühle geworfen und einen Stoß Hemden auf dem Tisch liegengelassen zu haben.
Mrs. Heggener berührte den Heizkörper. »Warm genug?«
»Gerade richtig.«
»Ist der Wein kalt genug? Ich könnte Ihnen noch Eis kommen lassen.«
»Alles bestens, danke.« Er empfand ein leichtes Unbehagen. Der Anblick dieser schönen Frau, die so ungezwungen mitten in der Nacht in seinem Zimmer umherging, hatte zur Folge, daß er sich die Frage stellte, ob es vielleicht mit ihr . . . Was habe ich zu verlieren? dachte er. Sie ist ja großjährig. »Ach«, sagte er, einer plötzlichen Eingebung folgend, »würden Sie mir wohl das Vergnügen machen . . .? Es sind zwei Gläser vorhanden.«
»Tatsächlich. Vermutlich hält Rita nicht viel von einsamen Trinkern.«
Sie ließ sich gegenüber dem Lehnsessel nieder, in dem er gesessen war. Sie schlug die Beine übereinander und zeigte dabei sehr hübsche, wohlgerundete Waden und zarte Knöchel. Was immer sie empfand, Unbehagen war es nicht.
Er setzte sich und füllte für jeden etwas Wein ein.

»Heute abend habe ich von Ihnen gesprochen«, berichtete Mrs. Heggener.

»Ach ja?« Vielleicht sollte er diesem albernen Geplauder ein Ende machen, sie an sich reißen — und sehen, was passieren würde. Denn jetzt war er sicher, daß es nicht das sein würde, was ihm in New York mit der physikalischen Therapeutin und seiner alten Freundin passiert war. Seine Erektion war firm, unverkennbar und auf peinliche Weise in den Falten von Unterhose und Hose verfangen; um seinen Zustand nicht wahrnehmbar werden zu lassen, mußte er gekrümmt dasitzen wie Anno dazumal ein Schauspieler in einer Salonkomödie.

»Ein alter Bekannter von Ihnen hat mir einen Besuch abgestattet. Dave Cully. Er kam von einer Konferenz und brachte mir den Terminplan der Rennen und Veranstaltungen, die für die Zeit von Ende November bis Weihnachten geplant sind. Er ist der Leiter der Skischule, und wir haben oft Dinge zu besprechen, die für meine Gäste wichtig sind. Er ist in der Stadt sehr beliebt. Es ist wohl auch der einzige Ort, wo die Leute sich noch erinnern, daß er einmal alle Abfahrtsläufe im Westen gewonnen hat.« Sie seufzte. »Ruhm«, sagte sie. »Ganz besonders in Amerika. Namen flackern auf und verlöschen. Mr. Cully tut mir leid, obwohl er mit seiner Frau und seinen beiden Kindern recht glücklich zu sein scheint. Er hat mir erzählt, Sie wären ein Verehrer von seiner Frau Norma gewesen, als Sie damals hier waren.«

»Das stimmt nicht ganz«, sagte Michael und krümmte sich in seinem Lehnsessel.

»Er schien es nicht allzu ernst zu nehmen. Er meint, Sie wären der Deckhengst des Jahres gewesen, und alle Mädchen wären Ihnen nachgelaufen.«

»Damals war ich jung und übermütig«, sagte er leichthin, obwohl ihm die Art, wie das Gespräch sich entwickelte, mißfiel. Das Wort Deckhengst hatte ihn immer geärgert, und er empfand es doppelt provozierend, wenn es mit österreichischem Akzent aus Mrs. Heggeners Mund kam.

»Er sagte, Sie wären ein sehr guter Skilehrer gewesen und man habe versucht, auf Sie einzuwirken, um Sie zu einer Rückkehr zu bewegen.«

»Das hat er gesagt?«

»Das scheint Sie zu überraschen.«

»Ich stand unter dem Eindruck, daß wir nicht gerade als Freunde voneinander geschieden sind. Außerdem hatte ich andere Pläne.«

»Das läßt sich denken. Haben Sie die Absicht, auch dieses Jahr wieder als Skilehrer zu arbeiten?«
»Ich habe mit dem Gedanken gespielt.«
»David sagte, er würde gern mit Ihnen sprechen. In diesem Jahr fehlt es an Lehrern. Vor kurzem wurde wieder ein neuer Skilift installiert, und sie müssen die Anlagen ausbauen.«
»Vielleicht schau ich mal bei ihm vorbei.«
»Ich fahre auch Ski«, fügte Mrs. Heggener hinzu, »aber ich bin eine von diesen zaghaften Seelen, die immer hinter einem Skifahrer herlaufen müssen.«
»So zaghaft sehen Sie mir aber nicht aus, Mrs. Heggener«, meinte Michael.
»Ich heiße Eva, Mr. Storrs. Oft täuscht der äußere Schein. Und vergessen Sie nicht: hier im Hotel befinde ich mich in meiner natürlichen Umgebung. Und keine Abfahrt ist für mich heimatliches Gefilde.« Sie beugte sich vor, um für sie beide Wein nachzuschenken, dabei spannten ihre Brüste ein wenig den Stoff ihres Kleides. Sie stellte die Flasche nieder und lehnte sich wieder zurück. »Ich kenne alle Lehrer hier«, sagte sie. »Ich kenne sie nur zu gut. Wie in Europa sind auch hier die Konversationsmöglichkeiten, milde ausgedrückt, begrenzt. Es sind Bauernburschen, die nur Eindruck schinden, wenn sie über die Hänge rasen. In meiner Heimat — Bauernburschen. Aber in Amerika darf man ja keinen Menschen als Bauern bezeichnen.«
»Nein«, stimmte er ihr zu. »Amerikaner klassifizieren sich erst vom Mittelstand aufwärts.«
Sie musterte ihn nachdenklich. »Ich habe das Gefühl, daß Ihre Konversation mich nicht langweilen würde.«
Jetzt kann es nicht mehr lange dauern, bis sie sich deklariert, dachte er. »Sie schmeicheln mir, Madam«, erwiderte er ironisch.
»Eva«, sagte sie.
»Eva«, wiederholte er.
»Wenn ich David sage, daß ich Sie haben möchte, wird er Sie mir als Privatskilehrer zuweisen. Ich bezahle die Skischule, und die Skischule bezahlt Sie. Das ist ein unpersönliches Arrangement.«
»Die beste Art«, kommentierte er und warf einen heimlichen Blick auf die Uhr. Halb zwölf vorbei, dachte er, und wir sind immer noch am Reden. Verdammt wollte er sein, wenn er den ersten Schritt tat. »Und wenn sich herausstellt, daß auch meine Konversation Sie langweilt . . .?«
Sie zuckte die Achseln. »Dann sage ich David, daß es zwischen

uns nicht so richtig klappt. Daß Sie für mich zu langsam sind oder zu schnell oder zu anspruchsvoll. Und bitte ihn, mir einen anderen Lehrer zuzuweisen.«
Luder, dachte er, gab sich jedoch interessiert und fragte: »Fahren Sie jeden Tag Ski?«
»Nein. Nur sporadisch. Und meistens nachmittags. Aber ich gabe es gern, wenn der Lehrer jederzeit für mich verfügbar ist — für den Fall, daß mich plötzlich die Lust ankommt, mir die Bretter anzuschnallen. Wenn ich trüber Stimmung bin, kommt mich diese Lust häufig an. Es ist eine Art Vergessens.«
Er bemerkte, daß ihre Sprache ein wenig undeutlich klang, ihr Akzent hörbarer wurde. Er fragte sich, ob sie schon den ganzen Abend allein getrunken hatte. »Ich danke Gott für den Winter«, fügte sie mit trauerumflorter Stimme hinzu.
»Was wollen Sie vergessen?«
»Daß ich in einem Land lebe, das nicht meine Heimat ist.« Sie schien dem Weinen nahe zu sein, und er fragte sich, ob sie zu den Frauen gehörte, die einen Mann mit Tränen ins Bett locken. »Daß ich, wenn ich meinen Mann sehen will, im ganzen Land herumfahren und Kliniken und Spitäler aufsuchen muß, immer in einer anderen Stadt, jedesmal, wenn mein Mann von einem Arzt hört, der eine neue Heilmethode entwickelt oder einem Kranken das Leben gerettet hat . . . Daß ich seine Pflegerin bin, wenn er daheim ist. Daß er, wenn ich ihn bitte, fahr mit mir nach Österreich, nur sagt, ja, mein Liebling, vielleicht nächstes Jahr. Er wurde in Österreich geboren, wissen Sie . . .«
»Ich weiß«, antwortete Michael. »Ellsworth hat es mir erzählt.«
»Aber wenn er dann fährt, hält er es nicht länger als eine Woche dort aus. Es ist ein sterbendes Land, sagt er, da kann ich nicht bleiben.«
Michael empfand Mitgefühl — für die Frau, ob ihr Kummer nun gespielt war oder nicht, den Tränen nahe zu sein schien, oder aber (das wußte er nicht genau) für den zum Tod verurteilten Mann, den er noch gar nicht kennengelernt hatte. Er beugte sich vor und ergriff ihre Hand. »Ich hoffe, ich werde für Sie weder zu langsam, noch zu schnell, noch zu anspruchsvoll sein.« Er hätte nicht sagen können, ob er jetzt Theater spielte oder ernstlich den Wunsch verspürte, sie zu trösten.
»Meinen Sie das ernst?« flüsterte sie tiefatmend.
»Ja, so meine ich es.«
»Wir werden sehen«, sagte sie schroff. Sie entzog ihm ihre Hand,

stand auf und hastete zur Tür. Was zum Teufel, fragte er sich verdattert, soll *das* nun wieder heißen?
Sie blieb vor der halb offenen Tür stehen, zog sie zu und verriegelte sie. Dann wandte sie sich ihm zu, griff sich, den Kopf hoch erhoben, ins Haar, löste eine Spange, und das aschblonde Haar, rötlich schimmernd im Feuerschien, fiel in goldenen Kaskaden über ihre Schulter auf Brust und Rücken. »Und jetzt«, sagte sie und sah ihn mit großen Augen an, »dreh das verdammte Licht aus.«

Ihr Äußeres hatte getrogen. Ihr hoher Wuchs und ihr schmales Gesicht hatten ihm Grund zu der Annahme gegeben, daß sie mager und knochig sei, daß sie ihre Figur in dem faltenreichen schwarzen Abendkleid verberge. Jetzt aber sah er, daß sie von fülliger und zugleich zierlicher Gestalt war, genährt von Wiener Kuchen und köstlicher heißer Schokolade mit Schlag aus den besten Konditoreien der einstigen Hauptstadt der österreichisch-ungarischen Monarchie.
Auch die asketischen Gesichtszüge erwiesen sich als Illusion. Nichts Asketisches war an ihren Neigungen, nichts von Zurückhaltung kennzeichnete ihr Verhalten. Sie war belehrend und anspruchsvoll, und er, schwelgend in der Wiedergeburt seiner Männlichkeit, ließ sich nur allzugern belehren und genügte allen ihren Ansprüchen. Auf den Hofbällen im kaiserlichen Schloß mußte es wohl eine ihrer Großmütter gewesen sein, die beim Walzer führte, nicht der Leibhusar, den sie sich zum Partner erwählt hatte. In einem der wenigen Augenblicke, da er sich, halb erstickt in der duftigen Pracht ihres Haares, überhaupt besinnen konnte, schoß ihm der Gedanke durch den Kopf: Die physikalische Therapeutin sollte mich jetzt sehen!
Er hatte keine Ahnung, wieviel Zeit vergangen war, als sie schließlich von ihm hinunterglitt und sich, ein Bein quer über den seinen, neben ihm ausstreckte. Sie seufzte befriedigt. »Auch eine Art des Vergessens«, sagte sie. »Vielleicht die beste.«
Ein wenig bitter nahm er zur Kenntnis, daß sie ihn lediglich als Mannschaftskameraden bei einer besonders lebensvollen Sportart einstufte, und das Bild bereitete ihm durchaus keine Freude. Zuneigung gehörte wohl nicht zu ihrem Repertoire.
»Und dabei erzählen einem die Europäer immer, die Amerikaner verständen nichts von der Liebe«, sagte sie. »Und ich habe auf sie gehört.« Sie lachte vor sich hin, rückte näher an ihn heran und

küßte ihn unter das Ohr. »Du hast vorhin gesagt, du würdest mindestens bis Saisonschluß bleiben. Wenn alles gutgeht. Ist alles gutgegangen?«
»Außerordentlich gut.«
Sie lachte wieder. »Das ist typisch amerikanisch. Der lakonische Yankee. Das Gary-Cooper-Syndrom. Ein Österreicher würde mir jetzt eine halbe Stunde lang Heine oder Schiller zitieren.«
»Leider kenne ich nichts von Heine oder Schiller. Aber nächstes Mal werde ich es mit Yeats versuchen. ›Wenn ich alt und grau bin und von Schlaf erfüllt . . .‹«
»Du bist nicht so alt und grau, wie du meinst.«
»Heute nacht nicht.« Wenn sie wüßte, was er seit dem Tag durchgemacht hatte, als er und Tracys Vater im Long Island Sound beinahe ertrunken wären.
»Heute nacht nicht«, wiederholte sie sinnend. »Ich betrachte das als Kompliment.«
»Ich habe es auch so gemeint.«
»Hast du eine Ahnung, wie spät es ist?«
»Ein Viertel nach Delirium«, antwortete er, und wieder lachte sie selbstzufrieden in sich hinein. Sie war es gewohnt, Männerwünsche zu erfüllen, das merkte er deutlich. Er griff nach seiner Uhr auf dem Nachtkästchen und warf einen Blick auf das leuchtende Zifferblatt. »Es ist zwanzig nach vier.«
»Mein Gott! Die Dienstboten werden bald auf den Beinen sein. Es würde sich gar nicht gut machen, wenn sie die Dame des Hauses dabei ertappten, wie sie um diese Stunde — notdürftig bekleidet, wie es so schön heißt — das Zimmer eines Gastes verläßt.« Sie sprang flink aus dem Bett, zog sich rasch an, unterließ es aber, das Haar aufzustecken. Dann kam sie zu ihm und küßte ihn.
»Du bist Klasse«, sagte er.
»Man tut, was man kann«, murmelte sie und küßte ihn noch einmal. »Du«, flüsterte sie zärtlich, »du.«
Dann war sie fort, ein stummer Schatten in der letzten Glut des Feuers.
Er streckte sich in seinem warmen Bett und freute sich der straffen Härte seiner Muskeln. Anders als sonst bedauerte er es nicht, daß er keine einundzwanzig mehr war. Schnee oder nicht, dachte er, während ihm jetzt die Augen zufielen, früh steh' ich morgen ganz sicher nicht auf.

# 12

Im verlassenen Speisesaal verzehrte er ein spätes, herzhaftes Frühstück, das ihm von dem jungen Mann serviert wurde, der ihm sein Gepäck nach oben gebracht hatte. Ein Blick aus dem Fenster belehrte ihn, daß es geschneit hatte, aber nur wenig, denn was auf dem Rasen lag, fing im warmen Sonnenschein an zu schmelzen. Mit dem Skifahren war heute nichts. Auch recht.
Mrs. Heggener — er dachte immer noch unter diesem Namen an sie — war nirgends zu sehen. Er erinnerte sich, daß sie ihm von Dave Cully gesprochen hatte, der mit ihm reden wollte, und als er mit dem Frühstück fertig war, verließ er das Hotel, um in seinen Wagen zu steigen und in die Stadt zur Skischule zu fahren.
Ein alter Kombi war neben seinem Porsche geparkt, und als er zwischen den zwei Wagen durchging, hörte er eine Frauenstimme sagen: »Hallo, Michael.«
Es war Norma Cully, die am Steuer des Kombis saß.
»Hallo, Norma«, sagte er. »Was machst du denn hier schon so früh am Morgen?«
»Ich habe auf dich gewartet. Pa sagte mir, daß er dich hier einquartiert hat.«
Sie trug ein grellkariertes Tuch auf dem Kopf, und neben den bunten Farben wirkte sie blaß und müde. Sie rang nervös die Hände und lächelte zaghaft. »Es gibt da ein paar Dinge, die ich dir sagen wollte. Hast du ein bißchen Zeit?«
»Selbstverständlich.«
»Willst du nicht einsteigen? Es ist kühl draußen, und ich habe die Heizung angestellt.«
»Mir ist nicht kalt.«
»Du brauchst keine Angst zu haben, daß ich dir zu nahe komme«, sagte Norma mit einem gezwungenen Lächeln. »Diesmal werde ich nicht über dich herfallen.«
»Warum bist du gestern nicht zum Abendessen bei deinen Eltern gewesen?«

Norma rutschte verlegen auf dem Sitz hin und her. »Wegen dir. Ich wußte nicht, wie ich mich bei unserem ersten Zusammentreffen nach so langer Zeit benehmen würde, und ich wollte mich nicht vor Ma und Pa lächerlich machen. Ich wußte nicht, ob ich lachen würde oder weinen oder ohnmächtig werden oder dir vorwerfen, daß du mein Leben ruiniert hast, oder dir um den Hals fallen und dir beteuern, daß du der einzige Mann bist, den ich je geliebt habe. Ich brauchte zumindest eine Nacht, um mit mir ins reine zu kommen.«

»Liebe Norma«, erwiderte Michael sanft, »vor vierzehn Jahren warst du ein Backfisch und in einen älteren Freund deiner Eltern verknallt. Jetzt bist du verheiratet, hast zwei Kinder, bist, wie deine Mutter meint, eine erwachsene, vernünftige Frau und würdest nichts von alldem getan haben. ›Wie geht es dir, Michael?‹ würdest du gesagt haben. ›Wir sind alle froh, daß du wieder da bist. Hast du die Bilder von meinen zwei Kindern gesehen?‹«

»Vielleicht«, gab Norma zögernd zu. »Aber vielleicht würde ich gesagt haben, du hättest mir damals nach dem Kino keinen Kuß zum Abschied geben, mir nicht sagen sollen, daß du lieber mit mir Ski gefahren seist als mit irgendeinem anderen Mädchen, und vielleicht würde ich gesagt haben, daß du kein Recht habest, mit den Gefühlen eines einfachen Mädchens vom Land zu spielen und mit ihr zu liebäugeln, bis sie davon träumte, mit dir zu schlafen und dich zu heiraten und mit dir in New York zu leben.«

»Es tut mir leid, Norma«, sagte Michael und empfand plötzlich Reue über sein gedankenloses Verhalten vor so vielen Jahren. »Ich konnte dich gut leiden. Ich hielt dich für ein nettes Mädchen, und das warst du ja auch, und ich war wohl einfach zu dumm, um etwas von deinen Träumen zu ahnen.«

»Du mußt doch eine Ahnung davon gehabt haben, daß so ziemlich jedes Mädchen in der Stadt und fast auch jede verheiratete Frau verrückt war nach dir.«

»Du hattest eine höhere Meinung von meinen Reizen, als ich selbst je hatte«, erwiderte Michael trocken.

»Du schienst dir deiner so sicher zu sein«, fuhr sie fort. »So als ob dir die ganze Welt zu Füßen liegen müsse. Das war einer der Gründe, warum die Frauen sich so zu dir hingezogen fühlten.«

Michael lächelte reumütig. »Habe ich damals diesen Eindruck erweckt? Nun, ich war meiner durchaus nicht sicher und bin es heute noch viel weniger. Aber jetzt können wir doch Freunde sein, nicht wahr? Du wirst doch auch kommen, wenn ich das nächste Mal bei deinen Eltern zum Abendessen eingeladen bin, nicht wahr?«

Sie beantwortete seine Frage nicht. »Als du fortgingst, ohne dich auch nur zu verabschieden, führte ich mich wie eine Verrückte auf. Ich heulte und heulte, verließ tagelang nicht mein Zimmer und brachte meinen armen Vater mit meiner Exaltiertheit fast zur Raserei. Wahrscheinlich hatte ich zu viele Filme gesehen, Liebestragödien, in denen die Mädchen zurückblieben, während die Männer in den Krieg zogen oder sich anderen Frauen zuwandten.« Sie schien sich selbst mit beißendem Hohn überschütten zu wollen. »Ich schämte mich vor mir selbst. Und ich tat noch etwas anderes, dessen ich mich heute noch mehr schäme, und das ist auch der Grund, warum ich unverzüglich mit dir sprechen wollte, bevor du dich hier niederläßt.«

»Und was ist das?«

»Ich habe geprahlt.«

»Womit?«

»Mit dir. Ich ließ einige meiner Freundinnen und auch ein paar von den Jungs wissen, daß ich ein Verhältnis mit dir gehabt hätte. Du warst ja damals der Mann des Jahres, und ich wollte sie eifersüchtig und gleichzeitig mich wichtig machen. Du wirst jetzt alle möglichen Geschichten hören, und darauf wollte ich dich vorbereiten.«

Michael seufzte. »Dafür danke ich dir. Es war töricht von dir, aber es ist nicht so wichtig. Wir werden es beide überleben.«

»Ich wollte, es wäre wirklich so gewesen«, sagte Norma trotzig. »Wenn ich dich so ansehe, wird mit heute noch ganz anders.«

Michael lachte. »Es gibt eine ganze Menge Leute, bei denen mir auch ganz anders wird, wenn ich sie sehe.«

»Ich habe gehört, du bist verheiratet.«

»Wir leben getrennt.«

»Ich will dir etwas Furchtbares sagen«, flüsterte sie. »Ich bin froh.«

»Ich nicht«, gab er nüchtern zurück.

Sie steckte den Kopf aus dem Fenster. »Würdest du mich küssen. Nur ein einziges Mal — eingedenk alter Zeiten?«

Er wich ein wenig zurück. »Alte Zeiten sind nicht mehr, was sie einmal waren, Norma.«

»Wahrscheinlich hast du recht«, sagte sie traurig. »Jedenfalls bin ich froh, daß du da bist, und ich verspreche dir, daß ich dir keine Ungelegenheiten machen werde. Das wollte ich dir sagen, und nun habe ich es gesagt.«

»Du bist ein nettes Mädchen.«
»Nett«, wiederholte sie stumpf. Dann ließ sie den Motor an und fuhr los.
Er sah dem Wagen nach, der den Berg hinunterkurvte und verschwand. Er schüttelte den Kopf, stieg in den Porsche und machte sich auf den Weg in die Stadt.

Er parkte vor dem Laden, in dem die Skischule ihr Büro hatte. Aber er ging nicht gleich hinein. Die Begegnung mit Norma war ihm doch mehr an die Nieren gegangen, als er gedacht hatte, und er brauchte ein paar Minuten, um sich zu sammeln, bevor er das Gebäude betrat. An einem Schreibtisch saß ein junges Mädchen. Während sie mit zwei Fingern tippte, furchte höchste gedankliche Konzentration ihre Stirn. An der Wand hinter ihr hing eine Plakattafel mit einer Preistabelle der Schule, eine Liste der für diese Saison geplanten Skirennwettbewerbe und der Anzeige einer Drachenfliegerschule. Das Büro war groß und geräumig, sachlich und nüchtern, was es vor 14 Jahren nicht gewesen war.
»Guten Morgen, Miß«, sagte Michael zu dem Mädchen, das von ihrer Arbeit aufblickte. »Ich suche Dave Cully.«
»Er ist im Moment nicht da. Sie finden ihn in der Imbißstube gegenüber. Um diese Zeit trinkt er seinen Frühstückskaffee.«
Micheal überquerte die Straße und betrat die Imbißstube. Cully saß allein an einem Tisch in der Ecke, trank Kaffee aus einem Becher und stierte mit finsterer Miene in eine aufgeschlagene Zeitung, die er vor sich liegen hatte. Cully war ein großgewachsener Mann, schwerer, als er damals gewesen war, und schien eine Glatze zu bekommen. Er hatte immer wie ein Mann der Berge ausgesehen, untersetzt und kernig, doch jetzt, mit zunehmendem Alter, glich er einem Koloß, aus der Wand eines Felsens gehauen.
»Hallo, Dave«, sagte Michael.
Cully blickte auf. »Hallo.« Er war ein gutaussehender junger Mann gewesen, aber die Jahre hatten sein Gesicht vergröbert, und in seinen Augen spiegelten sich Verwirrung und verlorene Illusionen.
»Mrs. Heggener hat mir gesagt, du wolltest mich sprechen.«
Cully nickte. »Setz dich. Kaffee?«
»Bitte.«
Cully rief zur Kellnerin hinter der Theke hinüber: »Sally, bitte noch einen Kaffee. Und mir bring auch noch eine Schale.«

Schweigend musterte er Michael. »Du scheinst gut abgewettert zu haben«, sagte er schließlich.
»Man muß zu leben wissen.«
»Ich hätte wetten mögen, daß du längst tot bist.« Cullys Stimme war schwerfällig und monoton. »Keiner hätte dagegengewettet.«
»Ja, ich bin noch da.«
»Wie ich sehe. Danke, Sally.« Die Kellnerin stellte zwei Kännchen mit Kaffee auf den Tisch. »Bist du gut untergebracht im ›Alpina‹?«
»Ich war noch nie in einem Hotel, das mir mehr zugesagt hätte«, antwortete Michael, ohne auf Einzelheiten einzugehen.
»Tja, sie haben der Stadt, sie haben uns sehr geholfen. Nettes Publikum im ›Alpina‹. Geben Geld aus und machen niemandem Schwierigkeiten.« Und dann, Humor aufblitzend in seinen Augen: »Fühlst du dich dort nicht ein wenig fehl am Platz, Mike?«
»Im Alter wird man ruhiger.«
»Ich habe das anders gehört. Gestern abend lief mir Norman Brewster über den Weg und erzählte mir, sie hätten dich mitgenommen, weil du mit hundertfünfunddreißig Sachen durch die Gegend gefahren bist und die Polente auf den Arm genommen hast.«
»Das war alles ein großes Mißverständnis«, sagte Michael lachend. »Es gab gar keine Notwendigkeit, mich zu beeilen, nach Green Hollow zu kommen . . .«
»Das kann man wohl sagen. Es sieht ganz so aus, als ob es vor Weihnachten nicht mehr schneien würde«, sagte Cully und blickte bekümmert durch die große Spiegelglasscheibe der Imbißstube zum blauen Himmel empor. »Außer Skifahren kann man in dieser Stadt nicht viel anfangen. Was hast du für Pläne?«
»In deinem Büro sah ich die Anzeige einer Drachenfliegerschule. Deltas. Bei schönem Wetter würde ich ein paar Flüge machen.«
Cully starrte ihn ungläubig an. »Erzähl mir bloß nicht, daß du bei so was mitmachst.«
»Gelegentlich.«
»Na ja, du bist so wie der Kerl, der dort den Laden schmeißt. Der ist auch verrückt. Ich war dagegen, daß er eine Konzession bekommt, aber man hat mich niedergestimmt.«
»Was hast du dagegen?«
»Das nächste Krankenhaus ist in Newbury, und das sind dreißig Kilometer von hier. Das habe ich dagegen.«
»Hast du es schon mal versucht?«

»In meinem Alter? Aus den Jahren bin ich heraus.«
»Du versäumst etwas. Risiko, Nervenkitzel . . .«
»Soll das heißen, es macht dir Spaß?«
»Warum sollte ich es sonst tun?«
»Angabe. Guck mal, Mutti, wie mutig ich bin.« Cully sah ihn scharf an. »Wie du dich damals produziert hast mit doppelten Saltos und Schrauben von Felswänden herunter. Bei der Abfahrt warst du leicht zu schlagen, aber unter den Burschen gab es keinen, der sich getraut hätte, dir deine Sprünge nachzumachen, und wenn er sich traute, hatte er gute Aussichten, im Spital zu landen. Mensch, ich war der Größte hier in der Stadt, aber es fiel mir nicht im Traum ein, bei diesem gefährlichen Quatsch mit dir zu konkurrieren.«
»Ich hatte einfach Talent dazu«, sagte Michael beschwichtigend. »Ich betrieb jahrelang Trampolinspringen im Saal, das hat Spaß gemacht . . .«
»Kann sein«, gestand Cully ihm zu. »Schon möglich. Aber vielleicht wolltest du dich nur von etwas befreien, das dich in deinem Unterbewußtsein belastete. Dich immer noch belastet. Aber ein Salto auf Skiern ist nicht dasselbe wie Drachenfliegen. Auf Skiern kannst du dir ein Bein brechen, aber du stürzt nicht aus dreihundert Meter Höhe ab. Kriegst du was dafür bezahlt?«
»Aber, Dave«, sagte Michael, »ich bin doch kein Stuntman.« Er überlegte kurz. »Ich glaube nicht, daß es Angabe ist. Ich brauche nämlich kein Publikum. Aber sonst haben Sie vielleicht recht, Herr Medizinalrat.« Er hatte genug von Cullys Analysen. Seine Beweggründe waren seine Sache. Er hätte nur gern gewußt, was für Beweggründe es waren. »Jedenfalls werde ich es heute mal versuchen, wenn der Wind richtig ist. Sieht so aus, als ob es rings um die Stadt ein paar Berge gäbe, die sich gut dafür eignen . . .«
Cully schüttelte den Kopf. »Denk an mich, wenn du dein Testament machst.«
Michael lachte.
»War das ernst gemeint, als du sagtest, du würdest vielleicht wieder arbeiten wollen?« kam Cully unvermittelt zur Sache. Michael war sich der Tatsache bewußt, daß sie beide gespart, einander ein Vorgeplänkel geliefert hatten. »Mrs. Heggener hat mir versichert, daß du die Absicht hättest und daß ich, wenn du dich dazu entschließen würdest, dich ihr zuweisen sollte. Ich habe ihr versprochen, es zu tun, wenn du es ernst meinst.«
»Ich glaube, ja.«

»Verleite mir Mrs. Heggener nur nicht zum Drachenfliegen. Wenn ihr etwas zustieße, würde man mich lynchen.«
»Keine Sorge. Sie hat mir gesagt, sie wäre eine furchtsame Seele.«
Cully nahm diese Mitteilung mit einer Art Grunzlaut zur Kenntnis. »Für diese Saison brauchen wir dringend Lehrer«, sagte er. »Wir müssen die Bestimmungen ein wenig lockern, sonst werden wir mit den Massen nicht fertig. Und wir bräuchten ein paar ältere Typen, die sich darüber klar sind, daß sie dafür bezahlt werden, daß sie Skiunterricht geben, und nicht dafür, daß sie den ganzen lieben langen Tag Wiener Würstchen fressen, Hasch rauchen und während der Arbeitszeit mit den Mädchen bumsen. Was sich da so bei uns bewirbt, die Jungen . . .« Cully schüttelte bekümmert den Kopf.
»Na, wenigstens bin ich ein älterer Typ.«
»Du warst ein guter Lehrer, das muß ich sagen. Was deine Freizeitbeschäftigung angeht, möchte ich mich nicht äußern.« Er grinste säuerlich. »Bist du viel Ski gefahren? Du siehst aus, als ob du in Form wärst. Besser in Form, als ich es bin«, fügte er mürrisch hinzu.
»Ich habe meinen Beitrag zum Skisport geleistet. An der Westküste, in Europa . . .«
»Sprich nicht weiter«, knurrte Cully. »Seit ich vor zehn Jahren diesen verdammten Job angenommen habe, bin ich von den Bergen hier nicht mehr heruntergekommen.« Er klopfte nachdrücklich auf die Zeitung, die vor ihm lag. »Ich werde von Glück reden können, wenn ich einen Tag frei bekomme, um während der Olympiade in Placid den Abfahrtslauf sehen zu können. Vielleicht wird das auch das Jahr sein, wo ein Amerikaner auf dem Siegespodest stehen wird. Das Wunderjahr«, sagte er bitter.
»Gibt es denn keine Jungen mehr in der Stadt, die so aussehen, als ob sie es schaffen könnten?« erkundigte sich Michael.
Cully schüttelte den Kopf. »Es gibt eine ganze Reihe talentierter Burschen«, antwortete er, »aber das ist ein anderer Schlag. Sie wollen nicht arbeiten, sie wollen nicht trainieren, sie wollen keine Opfer bringen. Und wenn ich ehrlich sein soll, ich kann es ihnen nicht verdenken. Was hat es mir eingebracht? Meine Beine sind so lädiert, daß ich zwanzig Minuten brauche, um am Morgen aus dem Bett zu kriechen. Drei Knieoperationen.« Er bewegte seine Beine unter dem Tisch; ein knackendes Geräusch wurde hörbar, so als ob Knochen splitterten. »Hör dir das an,

Manchmal schau' ich mir zu Hause die Preise und Pokale an, dann die Narben auf meinen Knien, und ich frage mich, ob ich mich auf einen Handel einlassen soll: Ich gebe die Auszeichnungen zurück *und* die Blessuren.« Er lachte heiser. »Wozu tauge ich heute? Im Winter leite ich einen mageren Hering von Skischule. Hin und wieder bekomme ich den ehrenvollen Auftrag, irgendeinen reichen Pinkel, einen Senator oder den Präsidenten einer Ölgesellschaft den Hang hinunterzugeleiten und darauf zu achten, daß er dabei nicht die Kurve kratzt. Zu mehr tauge ich nicht, denn zu der Zeit, als alle ans College gingen, raste ich die Berge hinauf und hinunter, hob Gewichte und lief dem Zirkus überallhin nach, wo es Schnee gab. Ja, ich war auch zwei Monate in Europa, aber ich sah dort den gleichen Schnee wie hier und lernte dazu ein paar Flughäfen kennen. Ich hielt mich für eine wichtige Persönlichkeit. Die Zeitungen hatten mein Bild gebracht, und ein oder zwei Jahre lang konnte ich mir die Mädchen aussuchen, weil ich in Sun Valley Erster gewesen war, und dann ... Von Zeit zu Zeit kommt einer auf mich zu und sagt, ich kenne doch Ihr Gesicht von irgendwo ... Nein, nein, ich bin kein leuchtendes Beispiel für die Jugend unserer Stadt. Außerdem sind sie verwöhnt. Zuviel Mutti und Papi, zuviel Geld. Als ich Ski fuhr, war ich froh, wenn wir Essen und Unterkunft hatten.«

»Trotzdem, auch wenn es nur ein paar Jahre so ging, war es nicht doch eine schöne Zeit für dich?«

Der stämmige Mann sah Michael verdrießlich an, so als wäre ihm eine heikle und peinliche Frage gestellt worden. »Tja. Eine Zeitlang ging es nicht schlecht«, gab er zu.

»Würdest du alles wieder so machen, wenn du noch einmal die Chance hättest?« drängte Michael. Er hatte seine großen Zeiten gehabt und dafür bezahlen müssen.

Cully überlegte und spülte sich den Mund mit Kaffee aus, bevor er antwortete. Dann lachte er bedauernd. »Wahrscheinlich«, sagte er. »Ich bin heute noch genauso dumm wie damals.« Traurig schüttelte er den Kopf. »Ein Drei-Monate-im-Jahr-Beruf. Im Sommer arbeite ich auf dem Holzplatz meines Schwiegervaters. In der Urlaubszeit streiche ich das Haus. Wenn meine Kinder einmal aufs College gehen wollen, müssen sie so gut lernen, daß sie Stipendien bekommen, denn darauf können sie wetten, daß ihr alter Herr nicht in der Lage sein wird, ihnen das Schulgeld zu bezahlen. Du hast Glück gehabt, daß du nie in Versuchung gekommen bist.«

»Meine Versuchungen waren anderer Art. Vielleicht schlimmer.«
»Na, was hast du denn für Sorgen, mein Freund?« spöttelte Cully. Fragend sah er Michael an: »Du willst mir wohl erklären, warum der Besitzer eines Porsche . . .«
»Ach, davon weißt du auch schon?«
»Norman Brewster«, sagte Cully. »Er hat mich gefragt, ob du ein Buchmacher wärst oder ein Hochstapler oder so was.«
»Was hast du ihm geantwortet?«
»Ich antwortete, daß es mich nicht überraschen würde.« Ein breites Lachen ging über Cullys Gesicht. »Aber was veranlaßt einen Menschen, der den Zaster hat, sich so einen Wagen anzuschaffen, sich nach dem lausigen Job eines Skilehrers in einem unbedeutenden Wintersportplatz wie Green Hollow umzusehen? Möchtest du mir das erklären?«
»Eigentlich nein.«
»Hab's auch nicht anders erwartet. Macht nichts. Wenn du den Job willst, bitte sehr, und ich freue mich, daß du wieder da bist.«
»Bist du sicher?« fragte Michael zweifelnd. Gewiß, er hatte gegenüber Eva Heggener seine Absicht bekundet, war aber in Wahrheit noch gar nicht sicher, daß er den Winter auf diese Weise — als Skilehrer — verbringen wollte. »Nach . . . nun ja . . . nach alldem, was . . .«
Geräuschvoll schlürfte Cully seinen Kaffee. »Kaffee ist auch nicht mehr das, was es war. Ist dir das schon aufgefallen?«
»Könnte ich nicht sagen.«
»Aber es ist so.« Er holte tief Atem und sah Michael starr an. »Es ist schon lange her. Halt dich von Norma fern, und es wird keinen Ärger geben.«
»Dave«, sagte Michael und hoffte, der Mann würde nie von Normas Besuch heute morgen erfahren, »ich weiß nicht, was Norma dir erzählt hat, aber ich schwöre dir . . .«
Cully hob seine schwere Hand, um ihn zu unterbrechen. »Ich will nichts davon hören«, erklärte er schroff. »Ich habe mein Leben nicht in allen Details geschildert, als ich um Norma anhielt, und es interessiert mich nicht, was sie angestellt hat, bevor ich sie zum Traualtar führte. Ich brauche ein paar ältere Typen, und du kommst wie gerufen. Es zwingt uns keiner, Busenfreunde zu werden oder uns unausgesetzt den Kopf darüber zu zerbrechen, was im frühen Mittelalter passiert ist. Jedenfalls will Mrs. Heggener dich haben, und hier in Green Hollow, wenn Mrs. Heggener etwas haben will, bekommt sie es auch. Ich tue dir damit kei-

nen Gefallen. Es ist nicht leicht, sie zufriedenzustellen. Voriges Jahr hat sie vier Lehrer konsumiert. Deine zukünftigen Kollegen werden dich zum Skifahrer des Jahres ernennen, wenn du sie ihnen abnimmst. Achte nur darauf, daß sie von jetzt bis April heil und ganz bleibt. Du wirst dir dein Geld sauer verdienen müssen. Milde ausgedrückt. Wenn du nicht schon vor dem Mittagessen beim Drachenfliegen draufgegangen bist, komm nachmittag ins Büro, und du bekommst eine von diesen Jacken und einen Green-Hollow-Sweater verpaßt. Um drei sollen sie geliefert werden. Und wenn es doch einmal schneien sollte, vielleicht können wir ein paar Runden zusammen drehen.«

»Danke«, sagte Michael und stand auf. Er war froh, daß das Gespräch zu Ende war, erkannte aber auch, daß Cullys Einladung, mit ihm zusammen zu fahren, eine rauhe und unausgesprochene Aufforderung darstellte, eine gemeinsame freundschaftliche Basis zu finden.

»Bis später«, verabschiedete sich Mike, während Cully ihm zuwinkte und der Kellnerin, bei der er noch einen Kaffee bestellte, anvertraute: »Mit diesem lausigen Gesöff werde ich mich noch zu Tode trinken.«

Keine efeuumrankten Mauern boten der Drachenfliegerschule Schutz und Glanz. In einem engen Tal, über dem ein respektabler Berg aufragte, umschlossen ein ramponierter Transporter, ein mit Schlamm bespritzter Wohnwagen, beide mit der Aufschrift: »Green Eagle Drachenfliegerschule« in ungelenken, großen, grünen Buchstaben, und ein baufälliger Schuppen, in dem früher einmal Heu gelagert worden war, das »Areal« des Unternehmens, eine kotige, tote Rasensode im Ausmaß von etwa 20 Quadratmetern. Michael warf einen Blick in den Schuppen und dann in den Wohnwagen, wo ein ungemachtes Wandbett, ein paar ungewaschene Töpfe und Pfannen, ein Radio und der durchdringende Geruch von Marihuana ihn in seinem Glauben bestärkten, daß hier tatsächlich auch jemand wohnte. Im Augenblick allerdings waren Schuppen und Wohnwagen leer. Er richtete den Blick zum Himmel. Ein Drachenflieger kreiste, um zur Landung anzusetzen.

Bei diesem Anblick lächelte Michael, und prickelnde Erregung stieg in ihm auf. Kritisch beobachtete er, wie der Mann wenige Meter vom Kleinlaster entfernt perfekt landete. Er hakte sich auf und kam auf Michael zu. Er war jung und schlaksig und blond,

mit einem ebenso blonden flotten Schnurrbart in einem traurigen, sonnengebräunten, mageren Gesicht. Seine Bewegungen waren locker, so als ob seine Glieder ohne Gelenke funktionierten. Seine Kleider — Jeans und eine geflickte alte Militär-Windjacke — sahen aus, als ob er einen Monat darin geschlafen hätte.
»Hallo«, grüßte Michael, als der Mann näher kam.
»Hallo.« Der Mann erwiderte den Gruß mit einer lässigen Handbewegung; er hob kaum den Arm dabei.
»Das sah nicht schlecht aus da oben«, sagte Michael.
»Zucker war das heute. Gerade genug Wind. Suchen Sie wen?«
»Ich dachte, ich würde gern mal 'ne kleine Runde drehen. Wer schmeißt denn hier den Laden?«
»Ich«, antwortete der Mann. »Williams. Jerry Williams. Alleininhaber.«
»Michael Storrs.«
»Freut mich, Mike«. Sie schüttelten sich die Hände. Williams' Hand war schwielig, aber er gebrauchte keine Kraft. Mit so einem Händedruck würde er nie Politiker werden. »Waren Sie schon mal oben?«
»Ein paarmal.« Er war mehr oder weniger durch Zufall auf diesen Sport gekommen. Einer der Mechaniker, der in der Garage arbeitete, in der Michael den Porsche nachsehen ließ, war eines Tages mit seinem Handgelenk in Gips erschienen. Rein aus Höflichkeit hatte Michael sich erkundigt, was ihm zugestoßen war.
»Drachenfliegen«, hatte der Mechaniker geantwortet. »Keine große Sache. Nur eine Fissur. Für ein Startverbot reicht's nicht. Sonnabend bin ich wieder dabei.«
»Was ist denn das für ein Gefühl?« wollte Michael wissen.
»Ganz toll, Mann.« Die Augen des Mechanikers verklärten sich. »Ich habe auch Fallschirmspringen versucht, aber das ist nichts im Vergleich zum Drachenfliegen. Sie springen ja gelegentlich, hat man mir erzählt.«
»Gelegentlich.«
»Nicht damit zu vergleichen.« Der Mechaniker spuckte aus, als hätte er es mit dem Angehörigen einer niedrigeren Kaste zu tun. »Die Schwerkraft besorgt die ganze Arbeit.«
»Wo spielt sich das ab?«
»In den Catskills, in den Poconos. An diesem Wochenende in den Poconos. Interessieren Sie sich dafür?« Mit einemmal lag etwas wie Herausforderung in der Stimme des Mechanikers, eines Proletariers, der von seiner Hände Arbeit lebte und dem elegan-

ten Herrn mit seinem absurd teuren Wagen die Möglichkeit bot, zu demonstrieren, was für ein harter Bursche er in Wirklichkeit war.
»Könnte sein, daß ich mich interessiere«, antwortete Michael. Was soll's, dachte er, ich habe schon fast alles probiert. »Ja, warum nicht? Ich habe nichts vor an diesem Wochenende.«
»Ich garantierte Ihnen, Sie werden süchtig«, behauptete der Mechaniker.
Süchtig war er nun gerade nicht geworden, aber der Unterricht hatte Spaß gemacht, und der Lehrer, der Jerry Williams' Bruder hätte sein können, meinte, er wäre ein Naturtalent. Und er und der Mechaniker waren Wochenendfreunde geworden, was dem Porsche sehr zugute kam.
»An was für einen Typ Drachen sind Sie gewöhnt?« fragte jetzt Williams.
»Delta«, antwortete Michael. »So wie Sie.«
»Haben Sie einen mit?« Williams warf einen zweifelnden Blick auf den Porsche, der kaum Raum genug hatte, um einen Regenschirm unterzubringen.
»Nein. Vor kurzem hatte ich Großreinemachen und verkaufte ihn.«
Williams musterte ihn, und zum ersten Mal blitzte ein Funke von Interesse in seinen Augen auf. »Hmm«, machte er. »Wohnen Sie hier?«
»Ich bin neu in der Stadt. Ich bin Lehrer in der Skischule.«
»Bis jetzt gibt's nicht viel zu lernen«, sagte Williams und blickte zum klaren Himmel hinauf. »Ruiniert auch mir das Geschäft. Die Leute kommen einfach nicht, und in der Nacht ist es nicht einmal kalt genug, um die Kunstschneemaschine in Betrieb zu setzen. Wenn das noch lange so weitergeht, werde ich arbeiten gehen müssen. Bekommen Sie bezahlt, während Sie warten?«
»Theoretisch ja.«
»Ich kriege einen Dreck«, sagte Williams, aber ohne Zorn. »Ich bin selbständiger Unternehmer. Das Rückgrat unserer Nation. Rückgrat bis zum nackten Arsch runter. Mit einem Kunden sollte ich eigentlich nicht so reden, oder?«
»Mir macht das nichts aus.«
Williams deutete auf seinen Drachen. »Landen Sie, wo *Sie* zu landen wünschen, oder dort, wo das Ding landen will?«
»Sowohl als auch«, antwortete Michael, und beide lachten.
»Na, wenigstens sind Sie ehrlich«, sagte Williams. »Ich fahre Sie

da auf den Hügel hinauf«, und Williams zeigte auf den bewaldeten Berg, der seinen Schatten über das Tal warf. »Auf der anderen Seite geht eine Straße hinauf. Ich sehe Ihnen beim Start zu. Wenn Sie können, kommen Sie hier runter. Wenn nicht — ich finde Sie schon. Bitte versuchen Sie, nicht auf einem Baum zu landen. Bäume sind für Drachen tödlich. Wenn Sie das Ding kaputtmachen, müssen Sie es bezahlen. Sie oder Ihre Erben.« Er lachte.

»Das wäre nur recht und billig.«

»Kommen Sie in mein Büro und unterschreiben Sie. Es ist eine Verzichtserklärung, für den Fall, daß Ihnen etwas zustößt. Ich habe einen Freund, der ist Anwalt, und der hat mich beraten, als ich mit diesem Geschäft anfing. Wenn etwas passiert, können Sie mich nicht verklagen, aber ich kann Sie verklagen, wenn Sie mir den Drachen kaputtmachen.«

»Auch das«, meinte Michael, »ist nur recht und billig.« Er war schon begierig, oben in der Luft zu sein.

Williams ging mit ihm in den Schuppen, wo ein über zwei Holzböcke gelegtes Brett ihm als Schreibtisch diente. Er suchte ein bißchen herum und produzierte schließlich ein zerknittertes Blatt Papier, auf dem etwas gedruckt stand. »Der Anwalt hat mir das von seiner Sekretärin abziehen lassen«, sagte Williams, und reichte es Michael zusammen mit einem Bleistiftstummel.

Michael unterschrieb, ohne es auch nur anzusehen.

»Wollen Sie es denn nicht wenigstens lesen?« fragte Williams überrascht.

»Nicht nötig.«

»Mir gefällt Ihr Stil, Mann. Gehen wir.«

Draußen half Michael Williams den Drachen zu halten, ihn in der langen Segeltuchtasche zu verstauen und auf den Kleinlaster zu laden. Dann setzten sie sich in den Wagen und fuhren los. Der Motor brummte böse. Die Straße war schmal und kurvenreich und zeitweise steil, hin und wieder sah es aus, als ob der Laster es nicht schaffen würde, aber schließlich erreichten Sie doch ein kleines, grasbewachsenes Plateau auf dem Gipfel. Von hier konnte Michael die ganze Stadt überblicken, die sich aus der Entfernung wie eine Spielzeugschachtel ausnahm. Zwischen Rasenflächen und Bäumen stand das »Alpina«, und hinter dem Hotel war ein Schwimmbassin zu sehen, von dem Michael bisher nichts gewußt hatte.

Die zwei Männer bauten das Gerät zusammen, und Williams

nickte befriedigt, als er sah, daß Michael damit umzugehen verstand. Dann half er Michael, sich festzuschnallen. So schlampig er in seinem Büro und seinem Wohnwagen auch sein mochte, bei diesen Verrichtungen war er peinlich genau, und auch der Drache ließ erkennen, daß ihm sorgfältigste Pflege zuteil wurde.
»Am Hang haben Sie Aufwind«, sagte Williams, nachdem er sich vergewissert hatte, daß alles fest saß. »Sie brauchen also nicht viel zu laufen, um abzuheben. Sind Sie soweit?«
Michael nickte nur, denn er fürchtete, seine Stimme nicht mehr unter Kontrolle zu haben. Er fühlte, wie sein Körper vor Ungeduld bebte.
»Gute Fahrt«, sagte Williams. »Und fliegen Sie nicht zu niedrig über der Stadt. Die Eingeborenen sind nervös. Ich warte unten beim Schuppen auf Sie.«
Michael holte dreimal tief Atem und fing an zu laufen. Wie ein landgebundener Vogel kam er sich vor, während er schwerfällig etwa 15 Meter lief, doch dann segelte er langsam im Aufwind hoch, hinein in einen unsichtbaren, haltgebenden kalten Raum, von azurblauer Stille erfüllt. »Ah«, flüsterte er vor sich hin, als er sich zum ersten Mal in die Kurve legte. »Mein Gott!«
Er spielte mit dem Gedanken, einen Schlenker um 180 Grad zu machen, über dem Startplateau zu kreisen und Williams einen Gruß zu entbieten, aber es gab keine Sicherheit, daß er wieder die nötige Höhe erreichen würde, denn auf den Aufwind war kein Verlaß. Ein andermal, dachte er, während er sich einmal links und einmal rechts in die Kurve legte; die Steuerung funktionierte einwandfrei. Bedauernd senkte er sich hinab, die Zeit schien stillzustehen. Trotz Williams' Warnung, nicht zu tief über der Stadt zu fliegen, konnte er der Versuchung nicht widerstehen, über dem Alpina bis auf 150 Meter niederzugehen, das sowieso auf einer kleinen Kuppe außerhalb der Stadt lag. Er sah einen Mercedes ankommen; eine Frau stieg aus und sah zu ihm auf. Er erkannte Eva und zog eine kleine Schleife. Sie winkte nicht, machte kehrt und stapfte ins Hotel.
Nun steuerte er die »Green Eagle Drachenfliegerschule« an und sah, daß Williams, der mit dem Kleinlaster schneller den Berg heruntergekommen war, bereits vor dem Schuppen stand.
Mit geschmeidigen Bewegungen herabgleitend, gelang es Michael, genau an derselben Stelle zu landen, wo Williams vor ihm gelandet war.
»Sie haben wirklich nicht geschwindelt«, meinte Williams, wäh-

rend er ihm aus dem Geschirr half, »als Sie sagten, es wäre heute nicht das erste Mal, daß Sie oben waren. Wie hat es Ihnen gefallen?«
»In einem Cadillac zu sitzen ist auch nicht schöner«, antwortete Michael, der es schon bedauerte, wieder auf festem Boden zu stehen.
Williams lachte. »Das sagen nicht alle. Wollen Sie noch einmal?«
»Man soll sein Glück nicht übermäßig strapazieren«, antwortete Michael. »Vielleicht morgen.«
Zum ersten Mal zeichnete sich Verlegenheit auf Williams' Gesicht. »Äh . . . Wollen Sie bezahlen, oder soll ich anschreiben?«
»Was ist Ihnen lieber?«
»Wenn Sie gleich bezahlen«, antwortete Williams erleichtert. »So kann ich mir ein Mittagessen kaufen. Zehn Piepen.«
Michael bezahlte ihn. Zehn Dollar für zehn Minuten ungetrübten Glücks. Der Gelegenheitskauf des Jahres. »Ein tolles Geschäft ist das hier wohl nicht, was?«
»Ich warte, daß der liebe Gott mit ein bißchen Schnee die Saison eröffnet. In diesem Jahr läßt er sich Zeit. So wie es in der Welt aussieht, hat er anderswo zuviel zu tun. Mittlerweile komme ich zu reichlich Gratisflügen.« Er begleitete Michael zu seinem Porsche und ließ seine Hand beifällig über den schimmernden Kühler gleiten. »Nette kleine Kiste haben Sie da. Ich hätte Ihnen zwanzig rechnen sollen.«
»Sie hätten zwanzig bekommen«, versetzte Michael, während er sich ans Steuer setzte.
»Ich bin einfach zu dumm fürs Geschäft«, bemerkte Williams gutmütig. »Hören Sie mal, wenn die Saison beginnt, veranstalten wir hier Wettbewerbe. Kunststücke, Ziellandungen, Fluglänge und Flugdauer und so weiter. Mit Preisen. Ich kenne ein paar prima Burschen, die haben sich schon angemeldet. Wollen Sie sich auch anmelden?«
»Danke. Vorderhand nicht. Wenn mir Zeit dazu bleibt. Auf Wiedersehen.«
»Wiedersehen«, sagte Williams und stapfte zu seinem Kleinlaster zurück. Einen Augenblick lang starrte er ihn verdrießlich an, der Alleineigentümer und selbständige Unternehmer, Rückgrat der Nation, dann versetzte er einem der Reifen einen Tritt.
Auf der Fahrt in die Stadt summte Michael vor sich hin. Ein wunderbarer Morgen, sagte er sich, mindestens eine halbe Stunde lang habe ich nicht an Norma gedacht.

# 13

»Du hast wohl schon von mir gehört«, sagte Annabel Fenstock, die er gekannt hatte, als sie noch Annabel Harris hieß. »Ich bin als die Stadtnymphe allgemein bekannt.« Sie lächelte sanft, während sie und Michael in der verlassenen Bar des Hotel Monadnock bei ihren Drinks saßen. Der Mount Monadnock stand in New Hampshire, und der Eigentümer des Hotels, ein Sohn New Hampshires, stellte so seine Verbundenheit mit seinem Heimatstaat unter Beweis.

Michael war ihr zufällig im Drugstore begegnet. Er hatte ein paar Zeitschriften und Bücher kaufen wollen, denn in der kleinen Bibliothek des »Alpina« war für ihn nichts mehr zu holen gewesen. Es hatte noch immer nicht geschneit, und an den Nachmittagen war sonst nicht viel los. Nicht daß es ihm etwas ausgemacht hätte. Die Nächte waren auch weiterhin lang und anstrengend, und so hatte er angefangen, längere Nachmittagsschläfchen zu halten. Er war noch dreimal Drachenfliegen gewesen, aber das Wetter war häßlich geworden, es wehte starker Wind, und er verbrachte den größten Teil des Tages in beseligendem, erholsamem Halbschlaf.

»Ich habe nichts gehört, Anne«, log Michael.

Annabel lächelte sanft: »Du warst immer ein Gentleman, Michael. Jeder, der zehn Tage in der Stadt ist, hat von mir gehört.«

»Woher weißt du, daß ich schon zehn Tage da bin?«

»Die Buschtrommeln. Schon am Abend, als du ankamst, erhielt ich fünf Anrufe. Leider keinen von dir.« Aber sie schien sich nicht daran gestoßen zu haben. »Ältere Leute mit gutem Erinnerungsvermögen.«

»Ich hatte viel zu tun.«

»Na sicher.« Zu behaupten, sie sähe mit vierzig noch genauso aus wie vor 13 Jahren, wäre falsch gewesen, aber die Stupsnase und die lustigen Augen waren immer noch reizvoll, obwohl sich rundherum Falten eingegraben hatten und die Sonne grausame

Spuren auf ihrer Haut hinterlassen hatte. Daß sie im Winter Ski fuhr und im Sommer Tennis spielte, hatte ihrer Figur, die damals wie heute in hautengen Slacks steckte, jugendliche Eleganz bewahrt.
Er hatte sich ein- oder zweimal versucht gefühlt, sie anzurufen, doch die alles beherrschene Nähe Eva Heggeners und die trübe Erinnerung an Norma Cully hatten ihn zu der Einsicht bekehrt, daß Vergangenes vergangen bleiben sollte und daß im Schutt verflossener Jahre zu wühlen zu nichts Gutem führen könne.
»Als ich ins Auge faßte, mir hier ein Haus zu kaufen«, erzählte Annabel, »wies mich ein kluger Mann darauf hin, daß alleinstehende Frauen, die Wintersportplätze unsicher machten, zu ausgetrockneten alten Jungfern und Gegenständen des Gelächters würden. Ich wog die Pros und Kontras ab und kaufte das Haus — und trage mit Genuß die Folgen meiner Entscheidung.«
»Noch sind sie nicht zu sehen«, sagte Michael. »Die Folgen, meine ich.«
»Mein lieber, galanter Michael.« Sie warf ihm über den Tisch eine Kußhand zu. »Als mein lieber seliger Mann sich von mir scheiden lassen wollte — mit einer saftigen Abfindung, das muß ich zugeben —, nannte er mich eine liederliche Frau. Ich weiß nicht, was er sich selbst nannte. Er hatte so ziemlich alles gevögelt, was zwischen Newport, Rhode Island und Sea Island, Georgia unterwegs — und wenn möglich unter zwanzig — war. Ich versuchte zu ergründen, welche Bedeutung dieser Begriff für mich hatte, und kam zu dem Schluß, daß ich — zu meinem Glück oder zu meinem Unglück — ungeeignet für die Liebe, aber um so geeigneter für die Lust war. Du, möchte ich meinen, bist für beides geeignet. Ob du darum glücklicher bist, wage ich zu bezweifeln. Was mich angeht — eine auf Abwechslung bedachte Hedonistin scheint mir die passende Beschreibung meiner Person zu sein. Außerdem liebe ich die Jugend, was gerade in Amerika als bewundernswerter Charakterzug gilt.«
»Jemand hat mir gesagt, du würdest junge Kavaliere vorziehen.«
»Das glaube ich gern«, gab Annabel bereitwillig zu. »Und ein Wintersportplatz ist genau das Richtige dafür. Ski fahren ist kein Sport für die Alten . . .«
»Wie mich.« Michael konnte sich die Bemerkung nicht verkneifen.
»Wie dich«, bestätigte sie heiter. »Und die müssen dann zur Schule zurück oder zur Arbeit, können nur hin und wieder ein

flottes Wochenende einlegen, und dann kommt schon ein neuer Schub, denn sie staffeln ihre Urlaubszeiten, oder vielleicht werden sie auch von Harvard auf ein oder zwei Wochen beurlaubt. So hat alles seine Richtigkeit.« Sie begann, leicht die Stirn zu runzeln, so als versuchte sie, sich an etwas zu erinnern. »Wie alt warst du eigentlich, als wir . . .?«

»Einundzwanzig.«

»Knapp unter der Altersgrenze.«

»Annabel, du bist unverbesserlich.«

»Und das hoffe ich auch noch ein paar Jahre zu bleiben«, konterte sie verschmitzt. »Danach werde ich mich östlichen Religionen und der Wohltätigkeit widmen und in Erinnerungen an die schönen Stunden meines Lebens schwelgen.«

»Wirst du hier in der Stadt zu Parties eingeladen?«

»Nur zu Teenagerparties. Gott sei Dank. Hasch und allgemeines Betatschen. Die anderen langweilen mich zu Tode. Wenn du mal einen Abend frei hast, ruf mich an — ich steh im Telephonbuch —, und ich koche dir ein Abendessen. Obwohl ich mir vorstellen kann« — ein leises Lächeln spielte um ihre Mundwinkel —, »daß du in deinem Hotel gut aufgehoben bist.« Sie musterte ihn prüfend. »Du siehst gesund und gepflegt aus, aber irgendwie lese ich in deinem Gesicht, daß dir Böses widerfahren ist.«

»Auf der ganzen Welt widerfährt jemandem in diesem Moment Böses«, replizierte er — ein Versuch, auf Gemeinplätze auszuweichen, um sie vom Thema Michael Storrs abzubringen.

»Als ich den Drugstore betrat und du vor den Taschenbüchern standest, ohne mich zu bemerken, überkam mich ein sonderbares Gefühl — mir war, als sehest du verzweifelt aus.«

»Daß einer ein verzweifeltes Gesicht macht, das kann man heute von jedem erwarten, der ein gutes Buch sucht«, versuchte Michael sie abzuspeisen.

»Keine Witze, alter Freund. Du hast mich ziemlich erschüttert. Als du noch ein Junge warst, dachte ich mir, das ist einer, der nie leiden wird. Vor allem warst du ja einer der hübschesten Burschen, die mir untergekommen waren . . .«

»Du bringst mich zum Erröten, Annabel.«

»Und es war etwas Wildes und Freudiges in dir, etwas — das klingt vielleicht übertrieben — Unbesiegbares.«

»Du meinst, jetzt sehe ich besiegt aus?«

»Ich fürchte, ich meine genau das, Michael.«

»Halt dich an die Jungen, Schatz«, versetzte er grob.

»Ich wollte dir nicht weh tun, mein Lieber, wir sind alte Freunde und waren immer offen zueinander.«
»Das war damals. Jetzt bist du die Stadtnymphe«, gab er grausam zurück. »Dein eigenes Wort. Und ich bin vielleicht noch etwas Schlimmeres geworden, nur fehlt mir deine Gabe, die Dinge nett zu formulieren. Rühren wir nicht alte Freundschaften auf.«
»Du kannst mich nicht beleidigen, Michael«, erwiderte sie mit Würde. »Dafür habe ich dich zu gern gehabt. Wenn ich etwas tun kann, um dir zu helfen, verfüge über mich.«
»Ich brauche keine Hilfe«, sagte er, und es klang selbst in seinen Ohren wie die Auflehnung eines störrischen Kindes.
»Wie du meinst.« Sie erhob sich und drückte ihm einen zarten Kuß auf die Wange. »Danke für die Einladung. Ich muß los.«
Die Buschtrommeln bleiben nicht müßig, dachte er, während er ihr nachsah. Federnd und jugendlich war ihr Gang, eng, aufschlußreich und herausfordernd umschlossen die Slacks ihre Beine. Was nützt einem der gute Ruf? Was nützt einem die Selbsterkenntnis? Ob sie wohl weint, wenn sie nachts allein ist? Jedenfalls war sie glücklicher als Norma Cully und um vieles glücklicher als er selbst.
Er bestellte noch ein Glas und nippte langsam daran. Der Drink beruhigte ihn. Mein Gott, dachte er, ich habe mich wie ein neurotischer Scheißer benommen gegenüber einer netten Frau, an die ich lange Zeit mit Zärtlichkeit gedacht habe. Er zahlte für die Drinks, suchte im Telephonbuch ihre Adresse heraus, ging ins Blumengeschäft, dem einzigen in der Stadt, und ließ ihr, zusammen mit einem Kärtchen — »Verzeih mir. Ich hatte heute einen schlechten Tag, alles Liebe.« — ein Dutzend Rosen schicken.

Es war ihnen zur Gewohnheit geworden, abends nach dem Essen, das Michael und Eva Heggener gemeinsam im Speisesaal einnahmen, einen Spaziergang zu machen; der Hund trottete neben ihnen her. Obwohl noch immer kein Schnee lag, war das Hotel nun doch schon von einigen Gästen bewohnt, die ihre Zimmer im voraus bezahlt hatten und stündlich erwartungsvoll zum störrischen Himmel aufblickten. Michael hatte es vermieden, sich mit ihnen anzufreunden, und wenn sie sich über die Beziehungen zwischen der Frau des Hotelbesitzers und dem Skilehrer Gedanken machten, behielten sie sie für sich.
An diesem Abend war der Himmel bedeckt, der Mond unsichtbar, und Michael hatte eine Taschenlampe mitgenommen, um

nicht vom Weg abzukommen. Eva war während des Essens ungewöhnlich schweigsam gewesen, und im stillen legte Michael sich die Frage vor, ob sie irgendwie erfahren hatte, daß er an jenem Nachmittag mit Annabel Fenstock im »Monadnock« gewesen war.

Während sie, den Kopf gesenkt, die Augen auf den kleinen Lichtkreis der Taschenlampe gerichtet, mit ihm die Straße hinaufging, bemüht, den von früheren Frostaufbrüchen herrührenden Schlaglöchern auszuweichen, sagte sie schließlich: »Es wird morgen ein paar kleine Änderungen geben. Mein Mann kommt.«

»Oh«, machte Michael und wußte nicht, welche Art von Reaktion Eva von ihm erwartete.

»Wir werden nicht gleich einziehen können, aber das Haus ist fast fertig«, fügte sie hinzu. »Ich weiß, er wird froh sein. Es war sein letzter Wunsch, umbauen zu lassen. Er hat gesagt, es werde sein letztes Zuhause sein, und das wolle er perfekt haben.« Sie sprach ganz sachlich, so als ob es eine alltägliche Sache wäre, ein Haus für einen Mann herzurichten, der dem Tode nahe war. Michael war nie eingeladen worden, das Haus zu besichtigen, und er hatte es nicht eilig, es zu sehen. An der Art, wie Eva sich kleidete, wie sie das Hotel eingerichtet hatte und wie sie es führte, sah er, daß sie Geschmack hatte. Er zweifelte nicht daran, daß das Haus Mr. Heggeners Wünschen entsprechen würde, wie immer diese auch beschaffen sein mochten. Er hatte noch nie ein Bild von ihm gesehen und wußte nicht mehr von ihm, als Eva ihm am ersten Abend erzählt hatte. Er besaß keinerlei Vorstellung davon, wie der Mann aussah und wie er sich benehmen würde. Wahrscheinlich war er verkrümmt, hustete ständig, hatte verquollene Augen und konnte sich kaum bewegen.

»Vielleicht sollte ich mir eine andere Bleibe suchen«, sagte er voll Unbehagen.

»Darüber habe ich auch nachgedacht«, sagte Eva. »Und ich möchte dir etwas zeigen.«

Sie kamen zu einem großen Tor mit zwei schweren Eisengittern, die sich zu einer mit Kies bestreuten Auffahrt hin öffneten. »Gehen wir da hinein«, sagte sie. Unmittelbar hinter dem Tor und ein wenig seitlich stand ein kleines Ziegelhaus. Eva zog einen Schlüssel aus der Tasche, sperrte die Tür des Sommerhauses auf und drehte ein Licht an. »Komm rein, komm rein«, drängte sie. Die Heizung war angestellt, und eine kleine Welle von Wärme

kam durch die offene Tür. »Das ist das Pförtnerhaus aus der Zeit, als es noch Pförtner gab.«
Das Wohnzimmer war ziemlich groß und beinhaltete ein mit abgewetzter, beigefarbener Seide gepolstertes, geschweiftes viktorianisches Sofa, einen großen Schreibtisch, mit elektrischen Leitungen versehene alte Öllampen und einen Kamin mit einem Hirschgeweih über dem Sims. Durch eine offene Tür sah man in eine kleine Küche, eine andere Tür führte ins Schlafzimmer. Es gab sogar Telephon und einen Fernseher.
»Wie gefällt es dir?« fragte sie.
»Der Pförtner hat es gut gehabt.«
»Würdest du hier wohnen wollen?«
»Mußt du nicht zuerst deinen Mann zu Rate ziehen?«
»Wenn es um häusliche Belange geht, frage ich ihn nicht um Rat«, antwortete Eva.
Kapiert, dachte er, ich bin ein häuslicher Belang.
»Das große Haus steht vierhundert Meter von hier«, fuhr Eva fort, »und dazwischen sind Bäume, und du kannst soviel Lärm machen, wie du willst, du störst uns nicht, und wir sehen auch nicht, wer hier ein und aus geht. Du kannst dich nützlich machen — Schnee schaufeln, die Auffahrt sauberhalten, Brennholz hakken, meinen Mann fahren, wenn er zu müde ist oder ich anderweitig beschäftigt bin, und ähnliches mehr. Wir haben ein Mädchen, aber die ist siebzig und hat kaum noch die Kraft, uns Essen zu kochen. Natürlich bräuchtest du keine Miete zu zahlen.«
»Ich könnte natürlich jederzeit meinen Porsche verkaufen und im Hotel ein Luxusleben führen und brauchte kein Holz zu hacken«, entgegnete Michael. Er hatte das Gefühl, daß sie mit ihm wie mit einem Dienstboten sprach, den sie anstellen wollte.
»Sobald ich ins Haus ziehe«, sagte sie kühl, »werde ich dich im Hotel nicht besuchen können. Ich hoffe, du verstehst das. Außer natürlich, dir liegt nichts daran.«
Er nahm sie in die Arme und küßte sie. »Ich werde dir später zeigen, wie wenig mir daran liegt.«
Lächelnd beugte sie sich zurück, öffnete ihren Mantel und preßte sich eng an ihn. »Zeig es mir doch gleich«, sagte sie. »Laß uns dieses süße kleine Häuschen jetzt sofort einweihen.«
Er folgte ihr ins Schlafzimmer, wo sie eine Lampe neben dem übergroßen Bett angezündet hatte, auf dem eine aus vielen Teilen zusammengesetzte Decke lag. Er schloß die Tür, um den

Hund auszusperren. Es gibt Dinge, dachte er, die ein Hund nicht unbedingt sehen muß.

Eva bestand nicht mehr darauf, daß es dunkel sein müsse. Sie hatten sich an einem verregneten Nachmittag geliebt, und das Licht, das durch die zugezogenen Vorhänge kam, war so stark gewesen, daß sie einander sehen konnten, und jetzt meinte sie, es wäre aufregender, wenn sie einander sehen konnten, während sie ihren Orgasmus erlebten. Sie löste ihr Haar nicht, und der Kontrast zwischen dem wilden, ekstatischen Ausdruck auf ihrem Gesicht und den gouvernantenhaft um den Kopf geschlungenen Flechten gab der Vereinigung ihrer Leiber eine neue Dimension.

»Du siehst«, sagte er, »es liegt mir so gut wie nichts daran.«

Sie kicherte. »Eigentlich brauchte ich keine Bestätigung«, sagte sie. Schweißperlen, die salzig schmeckten, wenn er sie küßte, bedeckten ihren Körper. »Ich wollte nur einfach nicht warten.«

»Ich werde dir eine zusätzliche Bestätigung geben.« Er war froh, endlich die Erinnerung an die Ängste teilen zu können, die sich nun als grundlos erwiesen hatten. »In den letzten zwei Jahren hielt ich mich für impotent.«

»Du?« Sie stützte sich auf einen Ellenbogen und starrte ihn an.

»Ich.«

»Du schuldest mir sehr viel, Mr. Storrs.«

»Du weißt gar nicht, wieviel.«

»Frauen haben es gut«, sagte sie nachdenklich. »Sie brauchen nichts zu beweisen. Oder doch?«

»Oder doch«, antwortete er gelassen.

»Man hat dich also enttäuscht.«

»Nein. Ich habe mich selbst enttäuscht.«

»Weißt du auch, warum?«

»Eigentlich nicht«, antwortete er nachdenklich. »Alle möglichen Depressionen. Lebenskraft auf Tiefpunkt, wie man das zu nennen pflegt.«

»Und jetzt ist deine Lebenskraft . . .«

»Überwältigend.«

»Möge sie es bleiben.«

»Keine Bange.« Er liebkoste ihre Brust und fühlte, wie die Warze begann, sich aufzurichten und zu erhärten. »Noch einmal?«

»Warum nicht?« sagte sie.

Er wollte, er hätte sagen können, daß er sie liebte, oder sie dazu bringen, zu sagen, daß sie ihn liebte, aber er war sicher, daß nichts dergleichen geschehen würde. Möglich, daß sie es zu anderen Zeiten gesagt hatte; von ihm hatte es nur eine Frau gehört. Zur Liebe geeignet — das war ihm von Annabel, der Stadtnymphe, bescheinigt worden. Aber vielleicht hatte er gerade diese Tauglichkeit verloren. Nun, wenn das so war, dachte er, während er seine Hand über diesen freigiebigen, sittsam frisierten, blondhaarigen, mit Wiener Kuchen verwöhnten Körper gleiten ließ, dann ließe sich eine ganze Menge für Sinnlichkeit und Lust sagen.

Nachdem sie auf sehr ordentliche, hausfrauliche Art das Bett gemacht hatte, so daß, wozu immer es gebraucht worden war, nicht augenscheinlich sein würde, löschten sie alle Lichter im warmen Pförtnerhaus, das sie in zweifacher Beziehung eingeweiht hatten, und schlossen und versperrten die Tür hinter sich. Es fing an zu schneien. Der Schnee fiel feucht und kalt auf ihre Gesichter, eine abendliche Benediktion, und Eva, ihre Hand in der Tasche seines dicken Schaffellmantels, schwärmte: »Endlich Schnee! In der ganzen Stadt wird Freude herrschen, und in den Köpfen der Leute werden Vorstellungen herumspuken von Tausenden Autos, die am Wochenende ihre Ladungen von Skifahrern löschen werden, und von Hypotheken, die im Frühjahr abgetragen werden können. Wir hier gleichen den indischen Bauern, die auf den Monsunregen warten. Egal, wie viele Geräte und Schneemaschinen wir einsetzen: ohne unsere Gebirgsmonsune wartet auf uns der Hungertod — oder zumindest die Banken, was auf dasselbe herauskommt. In früheren Zeiten hätten wir zur Wintersonnenwende Blutopfer dargebracht.«

Michael dachte weder an Hypotheken noch an Wintersonnenwenden, während er neben ihr herging und dem Hund zusah, wie er die Zunge herausstreckte, um die Schneeflocken einzufangen. »Was wirst du deinem Mann sagen?« fragte er.

»Meinem Mann? Nichts. Ich garantiere dir, du wirst ihm sympathisch sein. Du bist genau der Typ von Mann, zu dem er sich hingezogen fühlt.«

Als er später in seinem Bett lag, fragte er sich, ob er der Typ von Mann sein wollte, zu dem sich ihr Mann hingezogen fühlte.

Ein Alptraum plagte ihn. Auf Skiern fuhr er einen steilen, vereisten Hang hinunter. Häßliche kleine Felsbrocken bildeten kahle Stellen, und von seinen Skiern flogen Funken auf, wenn die Stahlkanten gegen die Felsbrocken schlugen und ihn aus dem Gleichgewicht brachten. Er fuhr schneller und schneller, und un-

ter ihm lag ein tiefer, dunkler Wasserlauf. Er versuchte zu bremsen, aber er wußte, daß es auf diesem Eis nicht möglich war. Er schrie, aber der Wind riß ihm den Klang seiner Stimme aus dem Mund. Er zweifelte nicht daran, daß er stürzen und es schlimm ausgehen würde. Er überließ sich seinem Schicksal, wie böse es auch werden mochte.
Dann läutete das Telephon, und er erwachte schweißgebadet. Er wußte nicht, wie lange es schon geklingelt hatte, und seine Hand zitterte, als er den Hörer abnahm.
Es war Dave Cully. Seine Stimme klang beschwingt. »Mike«, sagte er, »es schneit wie verrückt. Morgen früh sollten wir mindestens dreißig Zentimeter Pulverschnee haben. Um neun setze ich die Lifts in Betrieb. Hast du Lust, morgen mit mir den ersten Lauf der Saison zu machen?«
»Wunderbare Idee«, antwortete Michael und versuchte sich zu konzentrieren. »Ich komme. Wie spät ist es jetzt?«
»Ein Viertel vor elf«, sagte Cully. »Habe ich dich geweckt?«
»Nein, nein«, antwortete Michael, seine Stimme kräftiger. »Ich habe gerade Untersuchungen über die Monsune angestellt.«
»Über was?« fragte Cully verwundert.
»Das sind Stürme in Indien. Unwichtig.«
»Also um neun«, sagte Cully und legte auf.
Noch ein Ehemann, der sich zu mir hingezogen fühlt. Er war froh, daß das Telephon ihn geweckt hatte.
Er sah auf die Uhr, um festzustellen, ob Cully ihm die richtige Zeit angegeben hatte. 12 Minuten vor elf. Es war ein voller Tag gewesen. Er stieg aus dem Bett und ging ans Fenster. Der Schnee fiel in großen, dichten Flocken, die in der windstillen Nacht im Licht der Laternenpfähle an der Auffahrt glitzerten. Plötzlich sah er Eva Heggener, die in hohen Stiefeln, die bis zum Saum ihres dicken Pelzmantels reichten, durch den Schnee stapfte; der Hund sprang herum und wälzte sich ausgelassen im Neuschnee. Nach dem, was im Pförtnerhaus vor sich gegangen war, fragte er sich grollend, wo sie die Energie hernahm.
Er ließ die Vorhänge aufgezogen, um den Schnee fallen sehen zu können, begab sich wieder ins Bett und versuchte einzuschlafen, als abermals das Telephon klingelte. Es war Susan Hartley, die aus New York anrief.
»Hey«, sagte Susan, »es schneit so, daß man meinen könnte, New York liege in Sibirien. Wie ist es denn da oben?«
»Morgen früh haben wir mindestens dreißig Zentimeter Pulver.«

»Werden die Lifts offen sein?«
»Ab neun Uhr.«
»Eitel Wonne. Ich nehme mir eine Woche Urlaub, dazu kommt das Wochenende vom Erntedankfest, das sind zehn Tage. Antoine ist hier bei mir. Können Sie ihm ein Zimmer besorgen?«
»Wie geht es ihm?«
»Er ist dem Selbstmord nahe.«
»Wem sagen Sie das«, wehrte Michael ab. »Mir geht es wunderbar.«
»Er sagt, das Skilaufen wird ihn aus seiner Katastrophenstimmung reißen. Wie ist das Hotel, in dem Sie logieren?«
»Eitel Wonne«, kopierte er sie.
»Lassen Sie mir ein Zimmer neben dem Ihren reservieren«, sagte sie übermütig.
»Wir sind in Vermont«, erwiderte er streng. »Hierzulande mißbilligt man derlei. Und hören Sie auf, Antoine zu ärgern. Sagen Sie ihm, ich werde dafür sorgen, daß Sie ein Zimmer in der Mansarde bekommen, drei Stockwerke über meinem und auf der anderen Seite des Hauses.«
»Ski heil!« gab sie ausgelassen zurück. »Wir kommen Freitag spät nachts. Warten Sie auf uns!«
Er legte auf und glotzte das Telephon an. Sollte er sich freuen, daß seine Freunde kamen, oder nicht? Er wußte es nicht. Nun, dachte er, mit Susan würde es wenigstens etwas zu lachen geben. Erntedankfest. Er hatte vergessen, daß es das gab. Hatte er Grund, für etwas dankbar zu sein? Er beschloß, noch vor dem Feiertag die Pros und Kontras abzuwägen und sein Verhalten danach einzurichten.
Wie benommen von dem stetigen, lautlosen Fallen des Schnees vor dem Fenster, ließ er sich auf die Kissen zurücksinken, zog die Decke herauf und verfiel rasch in traumlosen Schlaf.

Um Punkt neun wartete Cully beim Sessellift auf ihn. Noch hatte sich die Nachricht nicht verbreitet, daß die Lifts in Betrieb waren. Sie waren allein. Über ihnen glitzerten die noch unbefahrenen Hänge im Sonnenlicht. Als Cully den Kopf hob, lag ein Ausdruck freudiger, fast sinnlicher Verzückung auf seinem robusten, ledrigen Gesicht, doch als Michael ihn begrüßte, war seine Antwort nur: »Es war schon Zeit, daß etwas runterkam.«
Während sie die Skier anschnallten, kam ein grauhaariger Schwarzer von etwa 50 Jahren, seine Haut nahezu kupferfarben,

aus der Hütte. Er trug einen alten, mit Quasten verzierten und mit Daunen gefüllten Anorak und eine Waldläufermütze aus Cordsamt mit Ohrenschützern. Er hatte eine schäbige alte Pfeife im Mund und paffte genüßlich.

»Alles bereit, Harold?« fragte Cully.

»Alles bereit für die donnernde Herde«, antwortete der Mann. »Amüsier dich, Dave. Das ist heute dein letzter friedlicher Augenblick für Monate.«

»Harold«, sagte Cully, »das ist Mike Storrs. Diesen Winter wird er für mich arbeiten. Mike, Harold Jones.«

Michael schüttelte dem Mann die Hand. Er hatte das Gefühl, in eine stählerne Klemmschraube geraten zu sein. Jones betrachtete ihn aufmerksam. »Kenne ich Sie nicht von irgendwo, junger Mann?« fragte er. Er sprach mit dem gleichen Akzent wie Cully.

»Kann schon sein. Vor vielen Jahren habe ich hier schon einmal einen Winter verbracht.«

Jones nickte. »Das dachte ich mir. Sie haben diese verrückten Kunststücke gemacht. Ich kann mich erinnern, wie Sie mal einen Doppelsalto über einen zwei Meter hohen Stapel Klafterholz gesprungen sind.«

Cully lachte. »Das war er.«

»Wie viele Knochen haben Sie sich seitdem gebrochen, Mr. Storrs?« fragte Jones.

»Keine«, antwortete Michael. Er sagte sich, der Mann meine wohl den Skilauf, so daß bei Schlägereien in Bars geknackte Rippen nicht zählten.

»Gott beschützt Narren und Säufer«, sagte Jones. Er hielt ihnen den Sitz, der auf dem Laufseil um die Drehscheibe herumschwenkte, sie ließen sich darauffallen und wurden nach oben getragen.

»Wer ist der Alte?« fragte Michael.

»Unser Chefingenieur. Repariert alles, vom Vorstecker angefangen bis zu einem gebrochenen Schädel.«

»Seiner Aussprache nach stammt er aus dieser Gegend.«

»Er ist hier geboren. Von seinem Urgroßvater gibt es ein Bild in der Stadtbibliothek. Der kam noch vor dem Bürgerkrieg mit Hilfe der Abolitionisten aus dem Süden. Es gefiel ihm hier, und er blieb. Er bestellte eine kleine Landwirtschaft und verrichtete Gelegenheitsarbeiten, und als einmal ein Maler vorbeikam, malte er ihn. Bis in die zwanziger Jahre unseres Jahrhunderts

wurde in Green Hollow Land- und Forstwirtschaft betrieben. Damals kamen keine Skihäschen aus New York und Boston, und sonntags wurde kein Alkohol ausgeschenkt. Die Wirtschaftskrise spielte der Stadt übel mit, aber die Familie blieb, und dann kam der Skilauf in Mode, und es stellte sich heraus, daß Jones an die tausend Morgen Land besaß, die er während der Depression hier in der Gegend um ein Butterbrot gekauft hatte. Ein kluger Bursche. Wenn er wollte, könnte er in Pension gehen, aber da müßte schon die Miliz aufmarschieren, um ihn von seinen Maschinen wegzubekommen. Seine Tochter arbeitet im »Alpina«, als Kellnerin. Kluges Kind, hat mit fünfzehn das Abitur gemacht, geht aber nicht ans College. Ihrem alten Herrn ist das piepegal — er hat die Collegestudenten gesehen, wenn sie hier raufkommen, und er sagt, die ganze Rasselbande wäre ihm keinen halben Skistock wert.«
Stetig schwebten sie durch die Schneise, die für den Sessellift durch den Wald geschlagen worden war, aufwärts. Noch lag im Wintersonnenschein der Schnee auf den Kiefernzweigen.
An einer Stelle unter einem breiten Baum, wo noch ein wenig trockenes Gras freigeblieben war, äugte ein Reh fragend, aber ohne Furcht, zu ihnen auf. Vom leisen Schnurren des Kabels abgesehen, herrschte völlige Stille, und die zwei Männer begriffen, daß sie sie nicht brechen durften, wenn sie den Frieden dieses Augenblicks am Morgen ihrer ersten Auffahrt zum Berg in diesem Jahr nicht stören wollten. Hier und dort waren Hasenspuren zu sehen und auch, wie Michael zu wissen vermeinte, die eines Fuchses. New York, dachte er, war Kontinente und Jahrhunderte von hier entfernt.
Oben angelangt, fuhren sie den kleinen Hang vom Lift herunter, und Cully begrüßte den Mann, der in der Hütte, in der das große Rad die Gondeln wieder ins Tal hinunterschickte, seinen Dienst versah. Ohne etwas zu sagen, begab sich Cully auf Schrägfahrt über den kahlen Gipfel des Berges. Michael folgte ihm. Er hatte diese Seite des Berges nie gesehen, denn erst nach seiner Zeit waren die Skilifte gebaut und neue Schneisen durch den Wald geschlagen worden. Vor ihnen fiel der Hang so steil, wie Michael es weder in Amerika noch in Europa auf einer Piste je erlebt hatte, über gute hundert Meter hinab, drehte dann scharf nach links, kam außer Sicht und verlor sich im Wald.
»Ich verstehe«, nickte Michael. »Wir machen die leichten zuerst und arbeiten uns dann allmählich zu den Idiotenhängen hoch.«

Cully lachte. »Den Schwarzen Prinzen nennt man diese Abfahrt. Alle unsere Jungen werden damit fertig.«
»Ich zweifle nicht daran«, versicherte ihm Michael. »Wenn sie Fallschirme dabeihaben.«
»Du hast's ja gehört: Narren und Säufer.«
»Na, komm schon, du Hundesohn«, sagte Michael und sauste los und hinab; wie vom Bug eines Schiffes aufgeworfener Schaum sprühte der Pulverschnee hinter ihm hoch. Tonlos vor sich hinpfeifend, während er geradeaus talwärts sauste, hätte er beinahe zu atmen vergessen. Er hätte es die ganze Strecke bis zur Wende laufen lassen mögen, wußte aber, daß er auf halbem Weg die Kontrolle verlieren würde. Nicht gut für das Renommee, wenn er schon bei der ersten Abfahrt in diesem Winter an einem Baum klebenblieb.
Als er einschwang, um Tempo wegzunehmen, sah er Cully mit geschlossenen, geradeaus nach unten gerichteten Skiern an ihm vorbeirasen. »Angeber!« rief er ihm nach, und Cully winkte ihm mit einem Skistock heiter zu. Mit Erleichterung stellte Michael fest, daß Cully wenigstens nicht die ganze Wand in Schußfahrt bezwang, sondern vier Schwünge ansetzte, bevor er stehenblieb, wo die Piste in den Wald einmündete.
»Nicht schlecht für einen alten Furzer«, sagte Michael, als er neben Cully stehenblieb. Irgendwie konnte er hier auf dem Berg mit Cully anders reden als in der Ebene.
Cully lachte wieder. »Jetzt kommen noch ein paar technische Schwierigkeiten dazu.«
»Bin noch im Rennen, mein Freund.«
»Damit meine ich«, erläuterte Cully leutselig, »daß es schmäler und noch ein bißchen steiler wird und daß ungefähr zweihundert Meter weiter mitten auf der Strecke ein Felsbrocken aufragt, den man aber nicht sieht, bis man unmittelbar davor ist — er befindet sich auf einer kleinen Lichtung gleich nach einer scharfen Wende, die aus dem Wald hinausführt.«
»Klingt verheißungsvoll«, sagte Michael. *»Allez, allez.«*
Von da an war Cully gnadenlos. Kumpelhaft, lächelnd, aber gnadenlos. Es war einfach nicht zu glauben, daß er den größten Teil des Jahres am Schreibtisch verbrachte. Massig, übergewichtig, einer Glatze nahe, dickwanstig, blieb er nie stehen, warf nie einen Blick zurück, sprang auf Buckelpisten meterhoch in die Luft, landete weich wie ein Vogel — ein Vogel mit stählernen Sprungfedern, die selbst bei einer Röntgenuntersuchung nach 10000

Flugstunden keine Anzeichen von Ermüdung des Materials erkennen ließen.
Michael hielt verbissen durch. Er schwitzte in seinem Anorak, die Stadtmuskeln in seinen Beinen protestierten, er stürzte zweimal und hätte ihm wohltuend kühlen Schnee liegenbleiben und seine Niederlage schamlos eingestehen mögen, aber er zwang sich, aufzuspringen und dem unerbittlichen, breiten Rücken unter ihm nachzufahren.
Es war bald Mittag, und sie hatten — von den erquickenden Ruhepausen unterbrochen, während der sie von einem Lift hochgezogen wurden und Michael ein wenig Luft schnappen konnte — alle Abfahrten auf den zwei Bergketten hinter sich, die das Skigebiet ausmachten, als Cully endlich Schluß machte. Zweihundert Meter unter ihm, neben dem Gasthof, der an den Parkplatz angrenzte, bückte sich Cully, um seine Skier abzuschnallen. Aufstöhnend, mit äußerster Geschwindigkeit, stürzte er ihm nach und stoppte mit übertriebenem Bravado vor Cully, ihn mit einem Sprühregen von Schnee überschüttend.
Cully blickte auf. »Angeber«, sagte er lächelnd. »War das kein schöner Morgen?«
»Noch nie einen schöneren erlebt«, stieß Michael hervor, während er sich, auf seine Stöcke gestützt, vorbeugte. »Danke.«
»Keine Ursache«, erwiderte Cully. »Aber ich habe nicht gemerkt, daß du Doppelsaltos gemacht hättest.«
»Ich mache solche Dinge gern, wenn junge Damen mir zuschauen.«
»Da kommt eine.« Cully deutete nach oben. »Vielleicht möchte sie mal so etwas sehen.«
Mit Mühe drehte Michael sich um. Er war zu müde, um die Skier abzuschnallen. Hoch oben am Hang glitt eine schlanke Gestalt im roten Dreß mit schnellen, perfekten Kurzschwüngen durch den Pulverschnee. »Ich glaube, mit meinen Kunststücken lasse ich mir Zeit, bis die Saison etwas fortgeschritten ist«, sagte Michael.
Cully lachte. »Vielleicht solltest du in der Nacht mehr schlafen.« Er klopfte Michael auf die Schulter. »Du bist schon richtig. Ich dachte, ich könnte dich abschütteln, aber es gelang mir nicht.«
Michael begriff, daß er von Cully auf eine Art Probe gestellt worden war und sie bestanden hatte. Es war dumm, aber er war froh darüber. Er wußte, daß er nichts getan hatte, was Anlaß gewesen wäre, sich vor Cully schuldig zu fühlen. Doch ein Unbehagen

war geblieben. Jetzt aber sah er, daß Cully auf seine wortkarge, unbeholfene und schonungslose Art alles nur Mögliche tat, um ihn merken zu lassen, daß er ihn gern hatte, und daß sie Freunde sein konnten.
Mit dem Taschentuch wischte sich Michael den Schweiß von der Stirn und beobachtete das Mädchen in Rot, das den Hang heruntergeschossen kam. Als sie auf die beiden Männer zukam, sah Michael, daß es Rita war, die Kellnerin aus dem »Alpina«, Harold Jones' Tochter. »Mensch«, sagte Michael, »die kann's.«
»Wie auch nicht«, meinte Cully. »Sie ist ja schon mit drei Jahren auf Brettern gestanden. Tag, Rita«, begrüßte er das Mädchen, als sie vor den zwei Männern anhielt. »War's schön?«
»Herrlich!« antwortete sie strahlend. Man hätte ihr ebenso auch zehn wie sechzehn Jahre gegeben. »Aber es hat mich auch traurig gemacht.«
»Wieso denn?« wollte Michael wissen.
»Morgen wird es hier von Menschen wimmeln. Heute hat der Berg noch mir gehört — von Ihnen beiden abgesehen. Wo ich auch hinkam, überall sah ich Ihre Spuren«, sagte sie, während sie die Bindungen ihrer Skier löste. »Alle Achtung, Mr. Storrs«, sagte sie, »das sind ja recht flotte Spuren, die Sie hinterlassen haben.«
»Das war Dave«, widersprach Michael. »Meine Spuren sehen aus, als ob ein besoffener Schornsteinfeger sie gelegt hätte.«
Sie lachte. »Ich kenne Daves Spuren. Ich war noch nicht auf der Welt, da hat er schon seinen Namen auf diese Hänge geschrieben.«
»Hört mal, ihr beiden«, schlug Micheal vor, der sich endlich soweit erholt hatte, daß er sich bücken und seine Skier abschnallen konnte, »ich sterbe vor Durst. Gehen wir doch in den Gasthof, und ich lade euch auf etwas Kaltes ein.«
»Ich habe keinen Durst«, lehnte Cully ab.
»Märchentante«, sagte Michael.
»Außerdem, ich muß ins Büro zurück. Ich habe lange genug geschwänzt. Komm später vorbei, wenn du Zeit hast, Mike. Du könntest deinen Vertrag unterschreiben. Er macht dich auf drei oder vier Monate zum reichen Mann — sofern du dir keine extravaganten Allüren zulegst, wie etwa das Konsumieren von Sandwichen.«
»Ich werde kommen«, versprach Michael. »Und wie steht es mit Ihnen, Rita? Haben Sie Zeit für einen Drink?«

»Eine Viertelstunde. Dann muß ich ins Hotel zurück. Ich habe heute beim Mittagessen Dienst.«

»Ich bringe Sie mit dem Wagen hin«, sagte Michael. »Dann haben Sie mehr Zeit.« Er hob ihre Skier auf und ging, mit den seinen auf der anderen Schulter, auf den Gasthof zu, während Cully auf seinen alten Kombi zueilte.

»Sie sollten meine Skier nicht tragen, Mr. Storrs«, sagte Rita leise, während sie an seiner Seite auf die Treppe zuging, die zum Gasthof hinaufführte.

»Warum nicht?«

»Es sind nicht alle in der Stadt so wie Sie«, antwortete sie entschieden. »Und wenn Mrs. Heggener erführe, daß Sie meine Skier getragen haben, würde sie sagen, daß es nicht schicklich ist.«

»Unsinn, Rita«, entgegnete er in scharfem Ton. Und dann, sanfter: »Ich betrachte es als Ehrensache, immer schicklich zu sein.«

»Verstehen Sie mich bitte nicht falsch«, sagte Rita hastig. »Mr. Cully gehört nicht zu diesen Leuten. Nie und nimmer.«

»Ich weiß«, gab Michael zurück, immer noch im gleichen sanften Ton. »Er benimmt sich äußerst schicklich, auf seine eigene, etwas derbe Art natürlich.«

Er lehnte die zwei Paar Skier gegen die Mauer und steckte die Stöcke daneben in den Schnee. »Seit halb zehn Uhr vormittag träume ich von einem kalten Bier. Dem guten alten Dave Cully über die Hänge hinunter auf den Fersen zu bleiben, macht einem warm.«

»Ist der Mann nicht allerhand?« Rita schüttelte bewundernd den Kopf. Sie war ohne Mütze gelaufen, ihr kurzgeschnittenes schwarzes Haar vibrierte, wenn sie sich bewegte, und noch nisteten kleine Schneeflocken darin, die im Sonnenlicht glitzerten. Michael bemerkte, daß sie wesentlich dunkler war als ihr Vater und vor jugendlicher Gesundheit strotzte. »Wenn man sich das vorstellt«, sagte sie, »so alt und so dick und läuft immer noch so toll Ski«, bemerkte sie.

»Er ist nicht viel älter als ich«, sagte Michael würdevoll, während sie die Stufen hinaufgingen.

»Oh, verzeihen Sie.« Verlegen hielt Rita sich die Hand vor den Mund. »Ich wollte Sie nicht beleidigen. Außerdem sind Sie nicht dick.« Sie kicherte.

»Ich werde es bald sein«, sagte Michael, »wenn Sie mir im Hotel zu jeder Mahlzeit immer so große Portionen servieren.«

»Wenn Sie mit Dave Cully Ski laufen, müssen Sie bei Kräften bleiben.«
An der Selbstbedienungstheke im Lokal nahm er sich ein kaltes Bier und für Rita eine Cola. Nachdem er seinen Anorak abgelegt hatte, setzten sie sich in eine Ecke. Wie er bestürzt feststellte, war sein Hemd dunkel vom Schweiß, aber Rita gab keinen Kommentar dazu ab. Sie trank langsam mit einem Strohhalm, während er das Bier in drei gierigen Schlucken hinunterstürzte und sich dann ein zweites holte. »Ich wünsche mir, ich wäre Besitzer einer Brauerei; ich könnte in den Fässern baden.«
»Auch Mr. Heggener hat gern Bier. Er trinkt jeden Abend eine Flasche vor dem Essen.«
Michael war versucht, sie über Mr. Heggener auszufragen, ließ es aber sein. Wenn sie ihm etwas sagte, wie harmlos es auch sein mochte, sie würde es später vielleicht bereuen.
»Ich wollte Ihnen danken«, sagte Michael, »daß Sie nie vergessen, mir am Abend eine Flasche Wein hinzustellen.« Er hatte die schuldhafte Gewohnheit angenommen, das zweite Glas auszuspülen, zu trocknen und genau wieder so hinzustellen, wie es gekommen war. Wer immer am Morgen kam, um sauberzumachen, mußte annehmen, daß er die Flasche allein geleert hatte. Besser, im Ruf eines Säufers als dem eines Wüstlings zu stehen.
»Wenn Madam Heggener die Aufsicht führt, dürfen wir einfach nichts vergessen.«
Michael beeilte sich, das Thema Heggener zu wechseln. »Sie sind eine ausgezeichnete Skiläuferin.«
Rita zuckte die Achseln. »Ich bin hier geboren. Ich laufe wie alle meines Alters.«
»Ich weiß. Ich habe heute früh Ihren Vater kennengelernt.«
»Er hat sich eins gepfiffen, als er heute im Morgengrauen das Haus verließ. Endlich sind seine Lifts in Betrieb.«
»Er hat sich an mich erinnert. Nicht allzu liebevoll. ›Gott schützt Narren und Betrunkene‹, sagte er.«
»Das ist Daddy.« Sie lachte. »Er ist ein freimütiger Mann.« Sie hatte den Reißverschluß des Oberteils ihres Skianzugs geöffnet und ihn um ihre Mitte fallen lassen. Sie trug ein Knabenhemd aus Baumwolle, und es fiel ihm auf, daß der dünne Stoff keine Spuren von Schweiß aufwies. Sie war flach, dünn und knochig, und er sah, daß er seine Finger leicht um ihr zartes Handgelenk hätte legen können. »Haben Sie je eine Verletzung erlitten?« fragte er. »Beim Skilaufen, meine ich?«

Sie sah ihn erstaunt an. »Nein. Ist das ein Fehler?«
»Ich meine, Sie sind so schlank, und Ihre Knochen . . .«
»Mager, meinen Sie.« Ein schwermütiger Zug lag um ihren Mund. »Meine Mutter schwört darauf, daß ich mich noch entwickeln werde. Ich bin kräftiger, als ich aussehe. Das muß ich ja wohl sein. Seitdem ich denken kann, balge ich mich mit meinem Bruder.«
»Sind Sie je Rennen gefahren?«
Rita lachte, und es klang erstaunlich herablassend, so mochte man über ein Kind lachen, das einen mit einer törichten Frage belustigte. »Haben Sie schon mal von einem Schwarzen gehört, der Rennen fuhr?«
»Eigentlich nein«, mußte Michael zugeben und begriff sofort, was hinter dieser Frage steckte. »Aber vor Jackie Robinson hat es auch nie einen schwarzen Second Baseman in der Nationalliga gegeben.«
»Ich habe mit Daddy darüber gesprochen«, sagte sie ernst. »›Warte noch mal 50 Jahre‹, sagte Daddy. In 50 Jahren bin ich sechsundsechzig. Wie viele sechsundsechzigjährige Frauen, weiß oder schwarz, sind bei einer Olympiade dabei? Und ich bin nicht einmal die Kanone in meiner Familie. Sie sollten meinen Bruder sehen . . .«
»Wie alt ist er?«
»Achtzehn.«
»Was tut er?«
»Er arbeitet bei meinem Vater.«
»Vielleicht können wir alle drei einmal zusammen laufen«, schlug Michael vor.
»Er hat immer Donnerstag frei.« Sie freute sich über die Einladung. Jetzt war sie wieder Kind, so erwachsen sie eben noch gewesen war.
»Und Sie?«
»Meistens vormittags. Für gewöhnlich arbeite ich vom Mittagessen bis zehn Uhr abends.«
»Vielleicht geht's nächsten Donnerstag«, meinte Michael. »Ein Tag im Monat mit Dave Cully reicht mir durchaus. Und ich laufe nicht gern alleine Ski.«
»Das wäre sehr nett. Wenn Sie sich nicht gerade um Madam kümmern müssen.«
»Ach«, sagte er, »Sie wissen schon, daß ich ihr zugewiesen wurde?«

»Nachrichten machen schnell die Runde. Green Hollow ist eine kleine Stadt ...«
»Wie gut fährt sie eigentlich?«
»Sehr gut.«
Wieder klang es herablassend, aber diesmal nicht wegen ihrer Hautfarbe. »Wenn man bedenkt, wie alt sie ist ...«
Michael lachte. »Wissen Sie«, sagte er, »ich bin älter als Mrs. Heggener.«
Rita kicherte, jetzt ganz Kind. »Ich bin schon wieder ins Fettnäpfchen getreten. Entschuldigen Sie.«
»Schon recht«, sagte Michael. Er würde sich daran gewöhnen müssen, dachte er, daß Leute in Ritas Alter jeden Menschen über dreißig für altersschwach und dem Tode nahe ansahen.
Sie hatten ihre Drinks und gingen zum Porsche hinaus. Wieder trug Michael ihrer beider Skier, aber diesmal erhob Rita keinen Einspruch. Er schnallte die Skier auf dem Gepäckträger und verstaute die Stöcke im hinteren Teil des Wagens, während Rita sich genüßlich auf den Beifahrersitz fallen ließ. »Mr. Storrs«, bat sie, »tun Sie mir einen Gefallen?«
»Selbstverständlich.«
»Fahren Sie langsam durch die Stadt. Ich möchte, daß mich alle in diesem Wagen sehen.«
Michael fuhr gemächlich durch die Hauptstraße. Sie begegneten zwei Leuten, die sie kannte und denen sie, sich vornehm aufspielend, zuwinkte. Ihr aufgeregtes Geplapper wollte kein Ende nehmen. So sehr interessiere sie das Skilaufen nun wieder auch nicht, gestand sie ihm, eigentlich wolle sie Sängerin werden. Sie sang im Kirchenchor und war eine der Solistinnen, aber das meinte sie nicht. »Was ich möchte«, schwärmte sie, »ich möchte in einem phantastischen Kostüm auftreten, mit vielen Federn und Flitterplättchen und langen Strümpfen, Rot ist nämlich meine Lieblingsfarbe, oder vielleicht Lila, und 20000 Menschen brüllen ›Rita, Rita!‹, und ich nehme das Mikrophon und schallere einen Song nach dem anderen, bis sie ganz verrückt sind und die Stühle aus dem Parkett reißen ... Ich möchte mit meinem eigenen Orchester reisen — nach New York, San Francisco, London, Paris ... und ich würde soviel Geld verdienen, daß ich drei Akademiker anstellen müßte, die es zählen.«
Michael lachte über des Mädchens furchtbare Visionen vom schönen Leben und hoffte in ihrem Interesse, daß sich ihre Träume nie erfüllen würden. Aber er hatte nicht das Herz, sie an

die vielen beliebten Sänger zu erinnern, deren Fans ihnen zu Ehren Krawalle in Szene setzten, und die noch vor ihrem 30. Lebensjahr als Selbstmörder geendet hatten oder an Rauschgift zugrunde gegangen waren. Statt dessen sagte er: »Ich habe da einen Freund, einen Franzosen, er spielt Klavier und singt in Bars, und zwar sehr gut. Er kommt in ein paar Tagen hierher, und er ist sehr nett, und ich kann es sicher einrichten, daß er Sie anhört und Ihnen ein paar Tips gibt.«
»Sie machen Spaß . . .« Die Großartigkeit seines Angebots nahm ihr den Atem.
»Aber nein, ich meine es ernst.«
»Mr. Storrs«, sagte sie bewegt, »Sie sind der netteste Mann, der mir je begegnet ist.«
»Ich hoffe«, erwiderte er, von der Intensität ihrer Gefühle peinlich berührt, »Sie werden später einen, nein, eine ganze Menge noch viel netterer Männer kennenlernen.«
Sie lehnte den Kopf zurück und schloß die Augen. Ein verträumtes Lächeln erhellte ihr Gesicht, als er die letzten paar hundert Meter zum Hotel fuhr.
Als er ihre Ski vom Gepäckträger nahm, sagte sie: »Nehmen Sie lieber auch Ihre mit. Die Leute stehlen die Skier, wenn man sie herumstehen läßt, wie die Raben. Bis jetzt geht's in Green Hollow noch wie im Paradies zu, aber wenn erst einmal Schnee liegt, kommen viele dunkle Elemente her.«
Während Rita sich beeilte, ihren Dienst anzutreten, nahm Michael gehorsam die Skier vom Gepäckträger und stellte sie, zusammen mit den Stöcken, im Skiraum des Hotels ab. Dann fragte er in der Rezeption, ob Mrs. Heggener ihm eine Nachricht hinterlassen habe. Sie hatte. Mrs. Heggener wünschte um halb drei Uhr nachmittags Ski zu laufen. Er hoffte, sie würde auf den Hängen nicht ebenso aktiv sein, wie sie es im Bett war.

# 14

Von Rita aufmerksam und schicklich bedient, nahm er sein Mittagessen allein ein. Im Speisesaal war schon einiger Betrieb; die ersten Urlauber waren angekommen, die meisten in grellen Farben mit ausgefallenen Streifen, die ihn an die Uniformen von Profi-Footballspielern erinnerten.

Pünktlich um halb drei kam Eva Heggener in die Halle herunter, wo Michael schon auf sie wartete. Sie trug ein auf Taille gearbeitetes marineblaues Skikostüm, das ihre Figur bestens zur Geltung brachte, und eine Pelzmütze, die ihrem zart getönten und fein geschnittenen Gesicht das Aussehen einer schönen Hofdame auf einem alten holländischen Gemälde verlieh. Sie warf einen Blick auf die Uhr über der Rezeption und nahm Michaels Pünktlichkeit beifällig zur Kenntnis. Er holte ihre Skier aus dem Skiraum und verstaute sie in seinem Wagen.

»Wir sollten lieber meinen Wagen nehmen«, meinte sie. »Den Winter über kann die Benzinrechnung schon was ausmachen.«

Er wußte nicht, ob sie ihn mit ihrem Angebot ärgern wollte oder nicht. Aber sie wollte natürlich. Im Grunde ihres Herzens sind sie alle Bauern, dachte er. »Vielleicht bringe ich es mit Trinkgeldern wieder herein«, konterte er boshaft.

Sie lachte. »Ach du liebe Güte«, sagte sie versöhnlich, »sind wir aber übelnehmerisch!«

»Beim leisesten Windhauch schließe ich mich wie eine Blüte«, erwiderte er, während sie in den Porsche stiegen.

»Eine Mimose«, sagte sie. »Die sind dafür berühmt. Meine amerikanische Mimose.« Mit beschwichtigender Geste tätschelte sie seine Hand.

Bei der Talstation des Lifts bückte er sich und schnallte ihr die Skier an. »Dienstleistungen, mit einem Lächeln dargebracht«, sagte er, um sich zu revanchieren.

»Wie war es denn heute morgen?« fragte sie, während sie aufwärts schwebten.

»Ziemlich lebhaft.«
»War Cully mit dir zufrieden?«
»Ich denke schon. Er ist ja kein ausgesprochen demonstrativer Typ.«
»Übrigens«, sagte sie, während die Gondel sie in die kristallklare Luft hinauftrug, »spielst du Backgammon?«
»Ich habe gespielt. Warum?«
»Mein Mann ist immer auf der Suche nach Partnern. Sei vorsichtig, wenn du mit ihm spielst. Keine hohen Einsätze. Er ist schrecklich gerissen.«
»Seinerzeit war ich auch gerissen.«
»Ich werde ihn warnen. Übrigens habe ich heute morgen mit ihm telephoniert, ich sprach von dir, und er würde sich freuen, wenn du heute abend mit uns essen wolltest — wenn er nicht zu müde ist.«
»Möchtest du nicht an seinem ersten Abend daheim lieber allein mit ihm essen?«
»Bei ihm gibt es so viele erste Abende daheim, daß er für jede Abwechslung dankbar ist. Wir haben uns schon so ziemlich alles gesagt, was es zu sagen gibt.«
»Es wird mir ein Vergnügen sein«, sagte Michael förmlich.
Sie schwieg eine kleine Weile. »Rita«, sagte sie dann, »hat mir mitgeteilt, daß du ihr heute beim Skifahren zugesehen hast. Sie war ganz aufgeregt, als sie mir berichtete, was du ihr alles erzählt hast — von der Möglichkeit, daß sie Rennen fahren könnte, und dann diese Geschichte über deinen Freund, diesen Pianisten. Übrigens hat mir der Geschäftsführer gesagt, daß er die zwei Zimmer reserviert hat. Es war nicht ganz leicht, denn für dieses Wochenende erwarten wir einen Ansturm von Gästen. Brauchen sie wirklich zwei Zimmer oder wollen sie nur den Anstand wahren?«
»Sie sind nur gute Freunde. Das haben sie mir zumindest erzählt.«
»Bei Amerikanern kann man nie wissen.«
»Er ist kein Amerikaner, er ist Franzose.«
»Dann nehme ich an, daß sie wirklich nur gute Freunde sind. Wir machen das schon.« Sie schlug ihre behandschuhten Hände gegeneinander, als ob ihr kalt wäre. »Ich würde an deiner Stelle vorsichtig sein mit dem, was du dem Mädchen erzählst — Rita, meine ich. Es wäre tragisch, wenn aus einer charmanten, erstklassigen Bediensteten ein zweitklassiges Skihäschen oder eine drittklassige Sängerin würde.«

»Über das Skihäschen und die Sängerin kann ich mich nicht äußern«, erwiderte er, seinen Ärger bewußt hinunterschluckend, »aber ich bin ganz sicher: du und ich, wir können sagen, was wir wollen, ein Dienstbote wird sie nicht bleiben.«
»Die Männer sind naiv«, versetzte Eva. »Sie glauben, daß ein hübsches Gesicht ein weltumfassender Reisepaß ist.«
Und wie steht es mit deinem Gesicht und deinem Reisepaß? fragte er sich im stillen, sagte aber nichts.
Sie waren oben angelangt, und Michael sah, daß sie gewandt aus der Gondel schlüpfte und, die Stöcke unter die Arme geklemmt, anmutig die Anhöhe hinabschwang.
»Kennst du schon alle Abfahrten?« fragte sie, während sie ihre Hände in die Schlaufen der Stöcke schob.
»Cully hat mir alle gezeigt, und ich habe sie mir auch auf der Karte angesehen. Hast du eine Vorliebe für eine bestimmte?«
»Mir ist jede recht, bis auf den Schwarzen Prinzen. Bei so steilen Hängen werde ich schwindlig. Fahr jetzt los, ich komm' dir nach. Wenn du mir zu schnell bist, melde ich mich.« Sie tat ganz geschäftlich.
Michael begann mit der leichtesten Abfahrt und warf nur hin und wieder einen Blick zurück, um zu sehen, wie Eva vorankam. Sie lief selbstsicher und anmutig und war offensichtlich von erfahrenen Trainern geschult worden. Er wurde schneller, sie folgte ihm auf den Fersen. Was heißt hier schwindlig? fragte er sich, was wollte sie beweisen? Aber den Schwarzen Prinzen ließ er links liegen.
Es wurde schon dunkel, als sie den letzten Hang nahmen. Michael fuhr nun schon mit fast drei Viertel seiner Höchstgeschwindigkeit, und es fiel Eva nicht schwer, mit ihm Schritt zu halten. Als sie unweit des Gasthofs stoppten, blickte sie mit leuchtenden Augen zum Berg auf. »Ist das nicht der wahre Sinn des Lebens?« rief sie, und ihre Stimme bebte im erstarrenden Zwielicht. Hier und jetzt hätte er sie küssen mögen, aber er sagte nur:
»Bist du mit deinem Lehrer zufrieden?«
Sie nickte. »Mehr als das. Bist du mit deiner Schülerin zufrieden?«
»Ich höre immer Schülerin.« Den ganzen Nachmittag über hatte er kein Wort der Kritik über ihr Können verloren, obgleich bei der neuen Ausrüstung und den modernen Methoden, wie sie jetzt gelehrt wurden, einige ihrer Bewegungen nicht mehr er-

forderlich waren. »Vielleicht werde ich dir morgen ein paar Tips geben, wie du deine Lauftechnik verbessern kannst. Beuge dich ein bißchen weiter zurück, arbeite mit den Knien und nicht mit den Knöcheln, drücke bei den Schwüngen die Skier nieder ... der übliche, stets gleiche nützliche Hokuspokus.«
»Mit angehaltenem Atem werde ich meinem Lehrer lauschen«, spöttelte sie. »Wenn der Winter um ist, werde ich vielleicht genauso gut laufen wie deine neue Freundin Rita, und du wirst mir auch Ratschläge geben, wie ich mein zukünftiges Leben gestalten soll.«
Als er niederkniete, um ihr die Skier abzuschnallen, hatte er kein Verlangen mehr, sie zu küssen.

Wie sich herausstellte, war Mr. Heggener weder verkrümmt, noch hustete er, noch hatte er Triefaugen, noch war er unbeweglich. Er war schlank, von liebenswürdigem Wesen, etwa fünfundfünfzig, mit vollem weißen Haar und einem sauber gestutzten weißen Bart. Sein schmales Gesicht und die dunklen, traurigen Augen erinnerten an einen spanischen Granden des 18. Jahrhunderts, und seine Manieren waren geprägt von außerordentlicher Höflichkeit und freundlicher Förmlichkeit. Er trug ein wunderschönes dunkelgrünes Lodenjackett mit kunstvoll gearbeiteten Stickereien rund um die Knopflöcher, dazu ein leuchtendweißes Hemd und eine dunkle Krawatte. Obwohl der Tisch, an dem sie saßen, vor dem Kamin stand, in dem ein helles Feuer loderte, hatte er eine im Schottenkaro gemusterte leichte Wolldecke über die Schulter geworfen. Michael, in leichter nervöser Erregung, hatte sich ebenfalls dem festlichen Anlaß entsprechend gekleidet: er trug einen blauen Blazer und Krawatte. Eva erschien in derselben schwarzen Robe, die sie am Tag von Michaels Ankunft angehabt hatte, diesmal aber hatte sie Schmuck angelegt: eine Perlenschnur und, hoch an ihrer Schulter, eine goldene Spange. Sie hatten erst spät mit dem Essen begonnen, und als Rita das Dessert auftrug, waren sie allein im Speisesaal.
Mr. Heggener war ein perfekter Gastgeber, und die Konversation, wie Michael erleichtert feststellte, plätscherte mühelos und ungezwungen dahin. Man sprach über den glückbringenden Schneefall, den Zustand der Pisten, die Schwierigkeit, Lehrer akzeptablen Formats für die Skischule zu finden, das unvermeidliche Wachsen der Stadt seit Michaels erstem Aufenthalt und die sich daraus ergebenden Konsequenzen, die Notwendigkeit,

Kurse für die neue Mode des Skilanglaufs anzulegen, die Schwierigkeit, gute Filme für das neue Kino zu finden, dessen Hauptbesitzer Mr. Heggener war. Mr. Heggener hatte eine sanfte, angenehme Stimme, sprach ohne Akzent und achtete anfangs darauf, das Gespräch nicht zu monopolisieren, indem er seine Frau und Michael immer wieder in die Diskussionen einbezog. Wie Michael bemerkte, nahm der Hausherr gegenüber seinen Mitbürgern und deren Eigenheiten eine eher olympische Haltung ein, doch wenn er den Namen des einen oder anderen nannte, mit dem er zu tun hatte, geschah dies stets mit einem Wort der Anerkennung. Während des Essens berührte er kein einziges Mal die Hand seiner Frau, aber es entging Michael nicht, daß er sehr an ihr hing und aufmerksam zuhörte, wenn sie das Wort ergriff, was sie nicht oft tat. Sie schien zufrieden zu sein, den zwei Männern zu lauschen, und saß entspannt in ihrem Stuhl. Sie aß mit gutem Appetit und lächelte, als ihr Mann sie dafür lobte, wie hervorragend die Mahlzeit angerichtet sei, und anschließend Michael erzählte, daß der gegenwärtige Küchenchef eine lange Reihe völlig unfähiger Vorgänger gehabt habe, alles Leute, die man ihm wärmstens empfohlen hatte, die aber, wie er vermutete, ihre Berufskenntnisse in Imbißstuben und Würstchenbuden erworben hätten.

»Mein lieber Mr. Storrs«, sagte er, als sie beim Dessert waren, »ich nehme an, daß Sie, wie so viele unserer Gäste, sich fragen, wie ich eigentlich hierhergekommen bin. Daß ich mich hier niedergelassen habe — sofern man von niederlassen sprechen kann —, habe ich . . . na ja . . . dem Zufall zu verdanken. Vor der Stadt steht eine Klinik, die, wie man mich wissen ließ, von einem Arzt geleitet wurde, der Wunder vollbracht hatte. Vielleicht hatte er auch —« Heggener lachte leise, »— bei anderen. Bedauerlicherweise befand er sich nicht in seiner magischen Periode, als ich ihn besuchte. Aber ich verliebte mich in die Stadt . . . Danke, Rita«, sagte er zu dem Mädchen, das ein Täßchen Mokka vor ihn hinstellte. Er betrachtete es mit belustigtem Widerwillen. »Leider koffeinfrei. Ich darf keinen echten trinken. Aber der von Mister Storrs ist echt, stimmt's, Rita?«

»Ja, Sir.«

Heggener wandte sich seiner Frau und Michael zu. »Wie wäre es mit einem Cognac?«

»Andreas . . .« murmelte Eva warnend.

»Meine Liebste«, sagte Heggener, »nach einem so süperben Dinner, und nach der Spitalskost ... Man hat immer die Wahl«, setzte er nun Michael auseinander. »Ihre Seele sagt, etwas ist gut für Sie, und ein Mann im weißen Kittel, der nichts von der Seele versteht, weil er in der medizinischen Literatur nichts darüber gefunden hat, obwohl ich sicher bin, daß die das auch noch in den Griff bekommen werden, wie sie ja letztlich alles in den Griff bekommen ...« Michael sah, daß der Mann es genoß, seine eigene Argumentation zu zerpflücken und aus dieser geistigen Übung einen persönlichen Stil zu entwickeln. »Wie ich eben sagte, der Mann im weißen Kittel behauptet, es sei schlecht für Sie. Aber alles in allem hat meine Seele heute, am Abend meiner Heimkehr, die stichhaltigeren Argumente. Mr. Storrs — ein Cognac?«

»Gerne«, sagte Michael. Nachdem das gute Essen und der Wein seine Befürchtungen zerstreut hatten, fühlte er sich mitteilssam und mitfühlend.

»Drei Gläser bitte«, wandte sich Heggener an Rita. »Den Blue Ribbon.« Und dann zu Michael: »Möchten Sie eine Zigarre?«

»Danke nein«, lehnte Michael ab. »Zu den Dingen, über die meine Ärzte und meine Seele einer Meinung sind, gehört, daß ich das Rauchen aufgeben soll.«

»Ist es Ihnen gelungen?« fragte Heggener.

»Beinahe. Ich habe heute nur eine Zigarette geraucht.«

Das war mittags im Gasthof gewesen, in Ritas Gesellschaft, nach seiner anstrengenden Exkursion mit Cully.

»Die Abstinenz hat ihre eigenen Vergnügungen. Danke, Rita, keine Zigarren. Wie ich eben sagte —« Es fiel Michael auf, daß Heggener die Gewohnheit hatte, diese Redewendung zu gebrauchen, einem Komponisten gleich, der zu einer Sequenz von Tönen zurückkehrt, die er schon früher verwendet hat, um den Hörer mit einem Motiv zu erfreuen, das er noch nicht erschöpft hat. »Ich verliebte mich in die Stadt, in die sanften Berge. Die Majestät der Alpen macht die Menschen, die in den Tälern leben, zu Zwergen. Ich komme aus einer Hoteliersfamilie. Seit Generationen. Wir haben alte Gästebücher mit den Namen jener jungen englischen Nobelmänner, die im 18. Jahrhundert ihre Kavalierstour absolvierten. Wäre mir unwissenschaftliche Sinneshaltung zu eigen, ich würde sagen, daß ich die Hotellerie im Blut habe. Wenn ich einen Ort sehe, der eine gewisse attraktive, nicht näher bestimmbare Atmosphäre aufweist, eine Kombination aus geographischer Lage, Bevölkerung und Schönheit, und wenn ihm«

— er lachte in sich hinein — »die lockende Kraft möglicher Gewinne innewohnt, denke ich unverzüglich an Bauen, Kaufen, Landschaftsgärtnerei, Personal, Saisondauer etc. So war es auch mit Green Hollow. Sind Sie auch so von einer fixen Idee besessen, Mr. Storrs?«
»Ich fürchte, nein.«
Nach einer Mahlzeit wie dieser würde er den Heggeners gewaltig die Stimmung verderben, wenn er ihnen mit einem detaillierten Bericht über die Besessenheiten aufwartete, die sein Leben beherrschten.
»Wie schade«, sagte Heggener.
»Ich beneide Sie«, sagte Michael. »Sie haben hier einen schönen Besitz.«
»So sagt man«, bestätigte Heggener. »Und mein Buchhalter räumt jegliche Bedenken aus. Die Hotellerie kann ein sehr befriedigender Beruf sein — wenn man den nötigen Abstand zu den unvermeidbaren täglichen Ärgernissen zu halten weiß. Es geht einem ähnlich wie dem Schiffskapitän. Man ist der Herr, man schreibt den Kurs vor und kann sich die schönsten Anlaufhäfen aussuchen. Man kann die interessantesten Passagiere an seinen Tisch bitten und sich von ihnen unterhalten lassen, so wie wir das Glück hatten, Sie einladen zu dürfen . . .«
Michael lachte. »Ich fürchte, es ist gerade umgekehrt. Sie haben mich unterhalten.«
»Ach«, seufzte Heggener theatralisch, »ich muß zugeben, ich liebe aktive Zuhörer, und wenn ich einen in meiner Gewalt habe, nütze ich das schamlos aus.« Nachdem er sich mit dieser Apologie selbst zufriedengestellt hatte, fuhr er mit volltönender Stimme fort, während sich sein gepflegter weißer Bart rhythmisch auf und nieder bewegte: »Wie ich eben sagte, man trifft mit einer Vielfalt von Menschen zusammen, die auf erstaunliche Weise eine Vielfalt von Ansichten vertreten, und man hört all den Klatsch, der dem Herzen eines alten Wieners teuer ist.«
»Du warst seit zwei Jahren nicht mehr in Wien«, warf Eva verdrießlich ein, so als ob die Nennung der Stadt eine alte Wunde in ihr aufgerissen hätte.
»Stimmt.« Heggener tat den Vorwurf mit einer lässigen Handbewegung ab. »Darum kann ich mich nach einem guten Diner sentimentaler darüber äußern. Trotz Wiens hastiger Geschäftigkeit, trotz der Stabilität des österreichischen Schillings kann man sich,

wenn man längere Zeit in Wien weilt, des Eindrucks nicht erwehren, daß man ein dem Verfall preisgegebenes Museum besucht, wo ruhmredige Erklärungen über die Vergangenheit abgegeben werden, man aber ein mürrisches Stillschweigen über die Zukunft bewahrt. Aber jetzt genug von Wien. Ich sprach von dem Metier, das zu erben ich das Glück hatte. Wie ich eben sagte, muß man die nötige Distanz halten, um es zu genießen. Auch in dieser Beziehung habe ich Glück. Ich wohne fast einen Kilometer von hier und habe einen ausgezeichneten Geschäftsführer — den ich, zu Recht oder zu Unrecht, für ehrlich halte —, der sich die Beschwerden über ungenaue oder falsche Reservierungen, kalt servierte Mahlzeiten, plärrende Kinder oder tropfende Wasserhähne anhört. Und ich kann es mir einrichten, daß ich nicht da bin, wenn die Köchinnen zum Wochenende kündigen oder Zimmermädchen entdecken, daß sie schwanger sind.«

Schweigend war Rita von hinten mit einem Tablett an ihn herangetreten, auf dem sich eine Flasche Cognac und drei kleine Gläser befanden. Nun wartete sie, daß Heggener einen Augenblick lang schweigen würde, so daß sie das Tablett vor ihm auf den Tisch niederstellen konnte. Ihre Miene verriet nicht, ob sie seine Worte über schwangere Zimmermädchen gehört hatte. »Ach, danke, Rita«, sagte Heggener, ein wenig verlegen, als er sich ihrer Anwesenheit bewußt wurde. »Stell nur eins nach dem anderen hier auf den Tisch.« Er sah zu, wie das Mädchen die Flasche und die drei Gläser vor ihn hinstellte. »Und Rita«, sagte er, »du mußt jetzt schlafen gehen. Da ich im Krankenhaus keine Ansprache hatte, bin ich imstande, die ganze Nacht im Gespräch zu verbringen, aber ich darf nicht zulassen, daß meine Geschwätzigkeit dich der Ruhe beraubt, der deine Jugend bedarf. Geh, mein Kind, geh und schlaf gut.«

»Vielen Dank«, sagte Rita und zog sich still zurück.

Vorsichtig, aber mit Genuß schenkte Heggener den Cognac ein. Er hob sein Glas: »Auf den besten aller möglichen Winter!«

Sie tranken auf den besten aller möglichen Winter, obwohl Eva das Glas kaum mit den Lippen berührte.

»Ach«, murmelte Heggener, während er an seinem Cognac schnupperte, »meine Seele hat recht, und der Mann im weißen Kittel wie üblich unrecht.« Er drehte sich um und sah auf die Tür, durch die Rita in die Küche verschwunden war. »Eva«, wandte er sich an Michael, »hat mir von dem interessanten Gespräch erzählt, das Sie heute morgen mit unserer reizenden Rita geführt haben.«

»Sie ist eine gute Skiläuferin«, sagte Michael. »Mit ein bißchen Ausbildung könnte etwas aus ihr werden, vielleicht sogar im Rennsport.«

»Warum auch nicht?« entgegnete Heggener. »Auf sportlichem Gebiet sind die Schwarzen — ich bin übrigens amerikanischer Staatsbürger, Mr. Storrs, wenn das für Sie von Interesse sein sollte — ein bedeutendes Aktivum für unser Land. Man braucht sich ja nur ein Football- oder Baseballspiel im Fernsehen anzuschauen, und man erkennt sofort, wie herrlich sie spielen, mit wieviel Können, Wildheit und Entschlußkraft. Wenn wir eine genügend große Zahl von ihnen dazu überreden könnten, Skier anzuschnallen, vielleicht könnten wir dann endlich mehr erreichen als einen Platz unter den ersten Zehn bei jeder zweiten Olympiade.«

»Deine Weitherzigkeit ehrt dich, Andreas«, sagte Eva, ihr Ton sarkastisch gefärbt, »aber du vergißt eines: In Amerika haben sich die Schwarzen nie in den Bergen niedergelassen.«

»Vielleicht sollten wir sie an die Höhe gewöhnen«, gab Heggener zu bedenken. »Vielleicht werde ich in meinem Testament eigens zu diesem Zweck einen Fonds errichten. Als junger Mensch war es eine meiner großen Enttäuschungen, daß ich nie ein Rennen gewinnen konnte. Wenn ich nicht mehr da bin, wird vielleicht mein Geld eines für mich gewinnen.« Er lachte, und oberhalb des adretten weißen Bartes schimmerten weiße Zähne, die Zähne eines jungen Mannes. »Ein bestechender Gedanke. Wo immer ich mich befinden werde, vielleicht werde ich mich eines Tages hinunterbeugen und einem meiner dunkelhäutigen Protegés zurufen können: ›Mehr Wachs, mehr Wachs!‹ — obwohl er mich natürlich nicht hören wird.«

»Sie sind Ski gelaufen, Mr. Heggener?« fragte Michael. Irgendwie fiel es ihm schwer, sich vorzustellen, daß die gebrechliche Gestalt mit der Wolldecke über den Schultern auf dem Stuhl ihm gegenüber je kräftig genug gewesen sein könnte, mit Schnee fertig zu werden.

»Ich bin ja schließlich in Österreich geboren, Mr. Storrs. Ja, ich bin Ski gelaufen. Und mein Hinkebein ist der Beweis dafür«, lachte er und sah Michael ernst an. »Das Skilaufen ist wohl nicht Ihr Beruf, nicht wahr?«

»Nein«, antwortete Michael, ohne etwas hinzuzufügen.

»Dachte ich mir. Ich wollte Sie in keiner Weise herabsetzen, ich versichere es Ihnen.«
»Er betreibt auch Drachenfliegen«, ließ Eva sich vernehmen. Ihre Mißbilligung war nicht zu überhören.
»Oh«, machte Michael, »Sie haben mich wiedererkannt.«
Es war zwischen ihnen bis jetzt nicht zur Sprache gekommen.
»Aber sicher«, bestätigte Eva. »Ich hoffe, Sie sind für diesen Winter genug geflogen. Die Skischule ist sowieso schon unterbesetzt. Warten Sie wenigstens bis zum Frühjahr, bevor Sie sich umbringen.«
»Es sieht gefährlicher aus, als es in Wirklichkeit ist«, rechtfertigte sich Michael.
»Ich habe Berichte gelesen«, sagte Eva. »Und ich habe das Bild von einem der Champions gesehen, der tot an einem Hochspannungsdraht in Kalifornien hing.«
»Er hatte sich überschätzt.«
»Tun Sie das nicht?« Sie zeigte sich jetzt offen feindselig gegen ihn, quälte ihn, und Michael fragte sich, was ihr Mann wohl von dieser polemischen Vertrautheit hielt.
»Ich bemühe mich, es nicht zu tun«, gab er sanft zurück.
»Drachenfliegen«, sagte Heggener sinnend, so als hätte er sich vorübergehend aus der Konversation zurückgezogen. »Mit den Vögeln verwandt.« Mit seiner weißen Hand beschrieb er eine anmutige, herabstoßende Geste. »Jede Generation findet eine neue Art, Kopf und Kragen zu riskieren. Ein neues Abenteuer. Von dem alten, ewigen Abenteuer ganz zu schweigen. Der Krieg.« In der Pause, die auf das ominöse Wort folgte, goß er Cognac nach. Er schwenkte das Getränk in seinem Glas herum und schnupperte daran. »Glücklicherweise war ich zu jung«, sagte er. »Und niemand konnte mit Sicherheit behaupten, auf wessen Seite ich stand. Abenteuer. Und Sie, Mr. Storrs — haben Sie Ihren Krieg gehabt?«
»Nein«, sagte Michael, von der Frage peinlich berührt und nicht bereit, sie ehrlich zu beantworten. »Man hat mir Vietnam angetragen, aber zum Glück wurde es mir dann vorenthalten. Jedenfalls ist der Krieg für mich kein Abenteuer. Ich habe vielleicht nichts dagegen, Kopf und Kragen zu riskieren, aber nicht, wenn ich dabei Menschen töten muß.«
»Eine bewunderswerte Einstellung«, erklärte Heggener. »Ich fürchte nur, es gibt nicht viele, die sie teilen.« Er machte eine lebhafte Handbewegung. »Wir sprachen über Berufe. Meine Frau

hat mir einiges von Ihnen erzählt, aber in diesem Punkt war sie eher vage. Wenn ich mir die Frage erlauben darf, welchen Beruf haben Sie?«
»Die kaufmännische Tätigkeit an sich, könnte man sagen«, antwortete Michael, ohne sich dabei recht wohl zu fühlen.
»Ein weites Feld«, konstatierte Heggener. »Genauer gesagt . . .?« Es klang, als wollte er sich entschuldigen. »Ich möchte nicht neugierig erscheinen, aber es sieht doch so aus, als ob wir in dieser Saison eine ziemlich . . . enge . . . Verbindung eingehen würden . . . Meine Frau hat mir erzählt, daß sie Ihnen das Pförtnerhaus angeboten hat, und ich bin entzückt . . . und da wäre ein Informationsaustausch doch vielleicht opportun. Sie sind sich doch darüber klar, daß Sie nicht ein gewöhnlicher junger Mann sind, den man sich aus der Skischule holt . . .«
»Mein Beruf? Das waren früher Dollars und Cents. Jetzt nicht mehr. Im Gegensatz zu Ihnen war es nicht der Arzt, sondern mein Buchhalter, der nein sagte, aber meine Seele dachte anders.«
»Na schön«, sagte Heggener. »Lassen wir es für ein andermal.«
Leise auftretend kam der Geschäftsführer in den Saal. »Verzeihen Sie die Störung«, wandte er sich an Eva, »aber im Büro ist ein Anruf für Sie.«
»Vielen Dank«, sagte Eva zu dem Geschäftsführer und erhob sich; das taten auch Michael und Heggener, dieser allerdings mit einiger Mühe.
Mit traurigen Augen, so als erwarte er nicht mehr, daß sie zurückkäme, blickte Heggener seiner Frau nach. »Noch ein Cognac?« Er streckte die Hand nach der Flasche aus.
»Nein, danke.«
Heggener spielte mit der Flasche und drehte sie lässig auf dem Tisch herum. »Ich nehme an«, sagte er, »Sie haben gehört, daß ich sterben werde.«
»Das habe ich gehört.«
»Ich bin eine medizinische Rarität«, erläuterte Heggener, als ob er in diesem Faktum eine Auszeichnung erblickte. »Ich habe Tuberkulose. Heute mit Antibiotika praktisch im Handumdrehen zu heilen. Aber ich scheine die Ehre zu haben, von einem neuen, tückischen, besonders resistenten Stamm befallen zu sein. Die Launen des Fortschritts. Wie dem auch sei. Ich hatte ein schönes Leben. Ich bin nicht mehr jung und befinde mich im Augenblick, wie die Ärzte das nennen, in einem Zustand der Remission; ich

genieße diese Tage, wo mir alles wieder im Bereich des Möglichen zu liegen scheint. Wenn es Eva nicht gäbe, ich hätte nichts dagegen, von der Bühne abzutreten. Aber sie bedeutet mir sehr viel. Mehr als ich es erkennen lasse. Vielleicht mehr, als ich das sie erkennen lasse.«

Er muß vor dem Essen getrunken haben, dachte Michael, sonst würde er nicht so mit mir reden.

»Je nach der Jahreszeit hat sie ihre jungen Männer«, fuhr Heggener im Ton sachlicher Feststellung fort. »Wobei ich feststellen möchte, daß Sie unendlich akzeptabler sind als Ihre Vorgänger . . .«

»Mr. Heggener . . .«

»Kein Grund, Protest zu erheben, Mr. Storrs. Ich habe zu viel durchgemacht und mich zu sehr verbraucht, als daß ich jener schlimmsten aller Leidenschaften — der Eifersucht — frönen würde. Eva ist für mich mehr eine geliebte Tochter als eine Ehefrau — wenn Sie in diesem Alter das verstehen können . . . Aber lassen Sie mich Ihnen erklären . . .« Er unterbrach sich, um nach einer kleinen Weile die Frage zu stellen: »Übrigens, Mr. Storrs, jagen Sie?«

»Was hat das damit zu tun?« fragte Michael verblüfft.

»Ich habe in meinem Leben sehr viel gejagt. Den Hirsch, dessen Geweih über dem Kaminsims im Pförtnerhaus, das meine Frau Ihnen angeboten hat, hängt, habe ich geschossen. Das Jagen ist eine der Leidenschaften meines Lebens. Ich habe kein Verständnis für diese Humanitätsapostel, die Steaks essen und lauthals gegen das Töten von Wild protestieren. Was möchten Sie lieber sein — ein Hirsch, der mit einem sauberen Schuß auf einem grünen Berghang geschossen wird, oder ein armer kastrierter Stier, der quietschend ins Schlachthaus gezerrt wird? Ich will nicht näher darauf eingehen. Aber wie ich eben sagte, ich bin ein Jäger, ich habe einen Mann getötet. Ein Unfall natürlich, wie sie in jeder Jagdsaison vorkommen. Er war einer meiner besten Freunde. Bedauerlicherweise hatte er meine Frau in Schande gebracht. Wir wohnten beide seiner Beerdigung bei. Das war in Österreich, es ist schon eine Zeit her. In Vermont gibt es Hochwild im Überfluß. Vielleicht können wir zusammen auf die Jagd gehen, wenn die Saison beginnt. Meine Frau sagt, Sie dächten daran, sich für immer hier niederzulassen. Sie würden es sicher nicht bedauern, wenn Sie sich dazu entschlössen. Der Herbst ist hier wunderschön.«

Eva Heggener kam in den Saal zurück. Ihre schwarze Robe rauschte, und die Perlenschnur und die goldene Brosche leuchteten im Feuerschein.

»Etwas Unangenehmes, Liebste?« fragte Heggener.

»Nein, nein. Eine alte Freundin aus Boston. Sie wollte nur wissen, ob sie über das Wochenende Zimmer für ihre Familie haben könnte. Du kennst sie — die Hortons.«

»Reizende Leute«, sagte Heggener, »ganz reizend. Und jetzt, Liebste, wenn ich dich bitten darf, ich wäre dir dankbar, wenn du mir hinaufhelfen und ein wenig Brahms auflegen würdest, während wir uns zum Schlafengehen rüsten. Ach ja, meine Frau hat mir gesagt, Sie spielen Backgammon. Vielleicht können wir morgen abend eine Partie spielen. Und jetzt gute Nacht, und vielen Dank für einen genußreichen Abend.«

»Ich habe Ihnen zu danken«, erwiderte Michael steif. »Gute Nacht, Madam, gute Nacht, Sir.«

»Gute Nacht, Mr. Storrs«, sagte Eva.

Auf ihren Arm gestützt, die Decke lose flatternd um seine Schultern, ließ Heggener sich langsam von ihr aus dem Speisesaal führen.

Einen Augenblick lang blieb Michael sitzen, ohne sich zu rühren; erst dann stieß er ein »Hui!« hervor.

Er hörte Schritte hinter sich und drehte sich um. Rita kam aus der Küche auf ihn zu. »Brauchen Sie noch etwas, Mr. Storrs?«

»Ich dachte, Sie wären ins Bett gegangen.«

»Ich gehe nicht gerne, solange noch jemand im Speisesaal ist. Brauchen Sie noch . . .«

»Nichts, danke. Rita.«

Sie fing an abzuräumen. »Sie sehen beunruhigt aus, Mr. Storrs.«

»Ich? Worüber sollte ich beunruhigt sein?«

»Dann also gute Nacht, Mr. Storrs. Schlafen Sie gut.« Die Gläser und den Cognac auf dem Tablett, verließ sie den Speisesaal, nicht ohne die Lichter gelöscht zu haben.

Müde rieb Michael sich die Augen. Von oben hörte er die ersten Takte von Brahms' Klavier-Variationen über ein Thema von Paganini. Er blickte zur Decke empor und lächelte bitter; dann ließ er den Kopf auf die Brust fallen, starrte ins Feuer und lauschte der Musik, die undeutlich aus dem Zimmer zwei Stockwerke über ihm an sein Ohr drang.

# Drittes Buch

# 15

»Du hast mich eine Stunde Schlaf gekostet«, brummte Cully, als Michael aus dem Hotel kam. Es war erst kurz nach Tagesanbruch. Die Gipfel der Berge waren rosig angehaucht, aber das Tal lag noch im Schatten. Die Slalomstangen lagen verstaut im Laderaum des Kombi der Skischule. Michael hatte Cully dazu überredet, den Kurs auszuflaggen, um sich davon überzeugen zu können, wie gut Rita mit einem Slalom fertig wurde, bei dem die Tore eng gesteckt waren. Michael war neulich wieder einen ganzen Vormittag mit Rita gelaufen, und jetzt war die Zeit gekommen, herauszufinden, wie sie sich auf einer richtigen Piste bewähren würde. Ski laufen, ja sogar ausgezeichnet Ski laufen, bedeutete noch lange nicht, daß man mit Toren zurechtkam. Darum hatte Cully mit Harold Jones abgemacht, den Lift schon eine Stunde früher in Betrieb zu nehmen, um für den Test einen unbefahrenen Hang zu haben.
Michael war zeitig zu Bett gegangen, um am Morgen frisch zu sein. Er war nicht gestört worden. Die Heggeners bewohnten immer noch ihre Räume im dritten Stock des Hotels, denn Mr. Heggener wartete auf einen antiken Sessel, den er selbst in die Stadt geschickt hatte, um ihn neu polstern zu lassen. »Es muß alles tipptopp sein«, hatte er, den Invaliden herauskehrend, verdrossen gebrummt. »Wenn ich übersiedle, möchte ich mich in jeder Beziehung zu Hause fühlen.«
So hatte es auch keine nächtlichen Besuche von Eva gegeben. Und die Heggeners hatten in ihrem Zimmern diniert, während Michael allein aß und die Abende lesend verbrachte. Ein- oder zweimal hatte er Heggener in einiger Entfernung, auf einen Stock gestützt, spazierengehen gesehen, aber seit ihrem gemeinsamen Abendessen hatten sie nicht mehr miteinander gesprochen. Sie hatten auch noch nicht Backgammon gespielt.
Michael war noch zweimal mit Eva gelaufen, aber zur Konversation ihres Gatten beim gemeinsamen Abendessen hatte sie kei-

nen Kommentar abgegeben. Auch Michael hatte das Thema nicht angeschnitten, obgleich er ständig darüber nachdachte und sowohl begierig wie auch abgeneigt war, mehr über den gebrechlichen Österreicher zu erfahren. Verstandesmäßig konnte er ihn nicht so recht als Amerikaner akzeptieren. Kein Amerikaner hatte ihm je anvertraut, daß er einen guten Freund erschossen hatte, weil dieser seiner Frau zu nahe getreten war.

Michael hatte angefangen, ihr kleine Hinweise über die Stellung und Gewichtsverteilung auf Skiern zu geben, und Eva, beherrscht und minutiös wie in allen Dingen, war seinen Instruktionen bereitwillig gefolgt. »Wenn die Saison zu Ende ist«, hatte sie nach einem schnellen Lauf geschwärmt, »wirst du eine Skiläuferin aus mir gemacht haben.«

»Das warst du schon, bevor wir uns begegnet sind.«

»Ich meine, eine perfekte Skiläuferin.«

Mit seinen gebrochenen Sprungfedern rumpelte der alte Kombi über die holprigen Straßen. »Ich weiß gar nicht, wie du mir das hast einreden können«, knurrte Cully, die Stirn ärgerlich gefaltet. »Ich habe das noch für niemanden getan.«

»Reg dich ab, Dave«, sagte Michael, der sich auf dem gebrochenen Beifahrersitz durchrütteln ließ, »die Kleine ist im siebenten Himmel.«

»Aber ich nicht.« Wie Michael entdeckt hatte, haßte es Cully, auch nur den äußeren Schein von Sanftmut entstehen zu lassen, und legte es darauf an, den Eindruck zu erwecken, daß es ihn unangenehm überraschte, wenn er sich bei einer großherzigen Handlung ertappte.

Rita erwartete sie auf dem Parkplatz; die Skier hatte sie schon angeschnallt. Sie muß in der Dunkelheit zu Fuß gekommen sein, um uns hier zu treffen, ging es Michael durch den Kopf, während er ihr zuwinkte.

Sie holten die Slalomstangen aus dem Fond und trugen sie, Cully und Michael je zur Hälfte, zum Lift hinauf. Das Gesicht angespannt vor Erregung, lief Rita neben ihnen her. Harold Jones sah sie kommen und setzte den Lift in Betrieb. »Was zum Teufel treibst du denn schon so früh hier?« fragte er seine Tochter. Rita hatte den für diesen Morgen angesetzten Versuch vor ihrem Vater offenbar geheimgehalten.

»Die Herren wollen sehen, wie gut ich im Slalom bin«, antwortete Rita ihrem Vater.

»Du lieber Himmel«, brummte Jones, »was denn noch alles?«

Aber er hielt ihr den Sitz hin. Während Michael und Cully sich die Skier anschnallten, schwebte Rita bereits allein nach oben.
»Jetzt auch noch Rennen!« Mißbilligend blickte Harold Jones seiner Tochter nach. »Als ob es nicht schon genug Ärger gäbe. Manchmal wünschte ich mir, ich wäre auf der Prärie geboren, wo es weit und breit keinen einzigen Hügel gibt. Hör mal, Dave«, wandte er sich an Cully, »bring sie nicht auf verrückte Ideen, daß sie weiß Gott wie große Klasse ist. Und wenn sie lausig ist . . . ich verlasse mich darauf, daß du es ihr sagst.«
»Keine Bange, Harold«, beruhigte ihn Cully, während er auf den Sitz rutschte, den Jones ihm hinhielt. »Ich werde der Wahrheit die Ehre geben. Und danke, daß du so früh aufgestanden bist.«
»Ich weiß selbst nicht, warum ich das gemacht habe«, sagte Jones und gab die Gondel frei. »Wenn ich gewußt hätte, daß es wegen Rita ist, wäre ich im Bett geblieben. Haben Sie sich noch immer keine Knochen gebrochen, junger Mann?« fragte er, als Michael sich hinsetzte und die Slalomstangen ordnete.
»Lassen Sie mir Zeit«, sagte Michael.
»Sie hält Sie für den lieben Gott persönlich«, fuhr Jones fort. »Meine Tochter. Bringen Sie ihr nur keinen Doppelsalto bei.« Er gab Michaels Gondel einen besonders festen Schubs, und der Sitz schwankte, als er seine Schwebefahrt nach oben begann.
Cully und Rita überquerten bereits das Gipfelplateau, als Michael das Ende des Lifts erreichte und sich mit den Skistöcken vorantrieb, um sie einzuholen. Er sah, daß Cully auf den Schwarzen Prinzen zuhielt. Er erreichte Cully; Rita, durch Slalomstangen nicht behindert, war ein Stück voraus. »Dave«, sagte Michael leise, damit Rita ihn nicht hören konnte, »warum läßt du sie nicht mit etwas Leichterem anfangen?«
»Sie soll gleich den schwierigsten Teil kennenlernen«, meinte Cully.
Rita half ihnen, auf der freien Piste nach der Lichtung mit dem Felsbrocken in der Mitte die Flaggenpaare aufzustellen. Wenigstens leidet *sie* nicht an Schwindel, dachte Michael, als er sah, mit welcher Sicherheit sie auf dem steilen Hang lief.
Sie steckten 28 Tore. Michael und Cully bauten das Ziel etwa 50 Meter oberhalb des Fußgängerweges auf, den ein Schneepflug quer über den Hang angelegt hatte.
»Also, Rita«, sagte Cully, »du steigst jetzt durch die Tore auf, das wird dir die Beine wärmen, und wenn ich dir das Zeichen gebe,

so« — er hob den Arm und ließ in jäh fallen —, »startest du. Kapiert?«
»Kapiert«, wiederholte Rita flüsternd, und ihre Stimme schwankte ein wenig. Sie fing an, im Grätenschritt neben der Piste den Hang hinaufzusteigen.
»Das ist nett von dir, Dave«, sagte Michael, »daß du dir die Zeit genommen hast, die Kleine zu testen.«
»Ich tu' es nicht dir zuliebe«, konterte Cully. »Mir ist jeder Vorwand recht, um nicht in das verdammte Büro zu müssen.« Er beobachtete Rita aufmerksam. »Ziemlich kräftig für ein so mageres Ding. Was meinst du, wieviel wiegt sie?«
»Zweiundfünfzig, dreiundfünfzig, würde ich meinen. So ungefähr.«
Cully nickte. »Gut, daß wir keinen Wind haben. Der würde sie glatt wegblasen. Als ich Rennen fuhr, hatte ich 75 Kilo. Jetzt wiege ich über hundert. Entsetzlich!« Er starrte zu Rita hinauf, die sich dem oberen Ende des Hanges näherte. »Meine Kinder sind schon jetzt dick. Norma hat mehr ihre Figur. Die Natur ist unberechenbar.« Er deutete auf die Gestalt in dem roten Dreß. »Das ist schon komisch«, setzte er nachdenklich hinzu, »ich habe das Mädel doch Jahr für Jahr auf den Brettern gesehen, und nie ist mir aufgefallen, daß sie mit den anderen an Rennen teilnehmen könnte. Da muß erst ein Außenstehender kommen, du, der Dinge sieht, die wir als Betriebsblinde gar nicht richtig wahrnehmen. Und dabei habe ich sie und ihre Familie immer gern gehabt.« Er fixierte Michael mit einem strengen Blick. »Einen Rat gebe ich dir: spaße nicht mit ihr. Weder auf dem Hang oben noch im Tal unten. Ihr Vater reißt dir den Arsch auf.«
»Dave«, protestierte Michael, »sie ist erst sechzehn.«
»Das hat dich früher nicht abgehalten.«
»Ich bin ein anderer Mensch geworden.«
»Das glaube ich erst, wenn ich es erlebe«, sagte Cully.
Die Sonne schien bereits auf dem Hang, und Michael, dankbar für die Wärme, drehte sich um und wandte das Gesicht dem Licht zu. Unten auf dem Fußweg sah er Heggener herankommen. Er erkannte ihn sofort an dem altmodischen glänzenden schwarzen Tuchmantel mit dem Nerzkragen und dem weichen Tiroler Hut. Für einen Mann, der vorgab, Österreich nicht zu mögen, zeigte er eine erstaunliche Vorliebe für österreichische Kleidung. Michael winkte ihm zu, und Heggener winkte zurück. Dann blieb er stehen, stützte sich auf seinen Spazierstock und

blickte zu Rita hinauf, die sich dem oberen Ende der Strecke näherte.
Michael wandte sich wieder um, um sie zu beobachten; sie hielt sich neben einem Baum bereit, den Cully zum Startpunkt erklärt hatte. Cully hob den Arm, und Rita ging in die Hocke. Dann ließ Cully den Arm jäh fallen, und das Mädchen fuhr das erste Tor an. Sie kam schnell herunter, schlängelte sich gekonnt durch die Tore, stieß die meisten Stangen mit den Schultern an, um die Schwünge kürzer zu machen, schleuderte einige beim Durchgang sogar in den Schnee.
»Nicht schlecht, was?« fragte Michael, während er die rote Gestalt beobachtete.
»Aber schon gar nicht schlecht«, stimmte Cully ihm bei. Er zog eine kleine Grimasse, die erkennen ließ, daß er überrascht und beeindruckt war.
Rita raste durch das letzte Tor, ging in die Hocke und pumpte, ihre Stöcke rückwärtsweisend unter die Arme geklemmt, schoß sie zwischen den beiden Männern durch und stoppte.
Von unten drang schwach ein Händeklatschen herauf. Heggener hatte seine Handschuhe ausgezogen und applaudierte.
»Nun, meine Herren, welchen Eindruck hatten sie?« fragte Rita, während sie zu ihnen hinaufkletterte. Sie keuchte, aber nicht zu sehr.
»Gut«, antwortete Cully. »Und was hattest du für ein Gefühl?«
»Wie wenn ich die Erste beim Kandahar gewesen wäre«, gab Rita lachend und ein wenig japsend zurück.
»Nun«, sagte Cully, »eine wichtige Voraussetzung hat sie: Selbstsicherheit. Warum hast du behauptet, nie zuvor ein Rennen gefahren zu sein?«
»Bin ich auch noch nie. Aber wenn die Stangen im Schnee stekken und ich Zeit habe, übe ich immer.«
Cully kniff die Augen zusammen und sah sie streng an, so als hätte sie ihn wissentlich getäuscht. »In zehn Tagen haben wir hier ein Rennen. Es gibt da eine Reihe guter Läufer vom College, die kommen jedes Wochenende. Es wird das erste Rennen der Saison sein, und du hättest vielleicht einen kleinen Vorteil, weil du ja immer da bist und alles kennst. Wenn du willst, setze ich dich auf die Liste.«
Fragend sah Rita Michael an. »Was meinen Sie, Mr. Storrs, soll ich . . .?«
»Was haben Sie zu verlieren?« entgegnete Michael.

»Zunächst einmal meine Stellung. Mrs. Heggener hat etwas gegen Ski fahrende Kellnerinnen. Voriges Jahr haben sich zwei mitten in der Saison die Beine gebrochen, und bis zum Jahresende waren wir im Speisesaal zu wenig Leute.«

»Ich werde mit Mrs. Heggener sprechen«, sagte Cully. »Wenn du so gut bist, wie ich glaube, daß du mit etwas Nachhilfe sein könntest, würde das unter Umständen keine schlechte Reklame für das Hotel sein.«

»Sie müssen mir nur versprechen, sich kein Bein zu brechen«, mahnte Michael.

»Ich verspreche es«, sagte Rita. »Bitte setzen Sie mich auf die Liste, Mr. Cully.«

»Ich werde Swanson bitten, ein bißchen mit dir zu laufen und dir ein paar Tips zu geben, die es dir ermöglichen könnten, deine Zeit noch um ein oder zwei Sekunden herunterzudrücken. Er ist der beste Lehrer, den wir haben.«

»Ich möchte niemandem zur Last fallen«, antwortete Rita. »Mr. Storrs war schrecklich zuvorkommend.«

»Laß Mike den älteren Damen«, sagte Cully. »Außer Fallen könnte er dir nichts beibringen. Wollen wir alle in die Stadt zurück? Im Kombi haben wir noch Platz.«

»Danke, ich gehe zu Fuß«, antwortete Michael. Ihm war aufgefallen, daß Heggener sich nicht von der Stelle gerührt hatte und offensichtlich auf jemanden wartete, der ihm auf dem Fußweg Gesellschaft leisten würde.

»Ich denke, ich werde den Hang noch einmal probieren«, sagte Rita. »Solange die Stangen noch stehen.«

»Kümmere dich nicht um die Stangen, wenn du aufhörst«, wies Cully sie an. »Ich lasse sie von der Streife einholen, wenn sie nachmittags herunterkommen.« Er setzte sich talwärts in Bewegung, flott und beschwingt, da er ja jetzt keine Slalomstangen mehr zu schleppen brauchte.

»Mr. Storrs«, sagte Rita, »ich weiß wirklich nicht, wie ich Ihnen danken soll, Ihnen und Mr. Cully.«

»Sie können mir einen Gefallen tun, Rita«, antwortete Michael. »Sie können Mr. Cully Mr. Cully rufen, bis Sie graue Haare haben, aber ich wollte, Sie würden mich Michael nennen. Ich komme mir sonst vor wie ein Neunzigjähriger.«

»Einverstanden«, sagte Rita scheu, »Mr. . . . Michael.« Verlegen machte sie kehrt und begann den Aufstieg zu der Stelle hinauf, wo der Slalomkurs begann.

Michael sah ihr einen Augenblick nach und fuhr dann zum Fußweg hinunter, wo Heggener stand.
»Guten Morgen, Sir«, sagte Michael, als er kurz oberhalb des Weges anhielt.
»Es ist wirklich ein guter Morgen«, erwiderte Heggener. »Die beste Zeit des Tages.«
»Sie sind sehr früh auf den Beinen.«
Heggener zuckte die Achseln. »Schlafen in diesen Tagen ist nicht mehr meine Stärke. Ach ja . . . ich habe eine Nachricht für Sie. Zwei Nachrichten, um genauer zu sein. Eva kann heute nicht Ski fahren. Sie hat viel zu tun, sagt sie. Was das sein könnte, vermag ich nicht zu sagen. Ich sollte es Ihnen ausrichten, wenn ich Sie zu Gesicht bekäme. Und zweitens — Ihre Freunde sind da.«
»So früh?«
»Sie wären die ganze Nacht durchgefahren, sagten sie. Eine sehr hübsche Dame.« Heggener blickte hinauf, wo Rita, jetzt nur mehr ein roter Punkt auf der grellen Weiße des Schneefeldes, sich dem Kamm des Berges näherte. »Wahrhaftig ein prächtiger Anblick an einem schönen Morgen wie diesem — ein hübsches Mädchen, das wie eine Feder über den Hang herabflattert.«
»Sie ist aber ziemlich schnell geflattert«, hielt Michael ihm entgegen.
»Das ist mir nicht entgangen. Übrigens, wie kommen Sie zum Lift?«
»Mit Ihnen zu Fuß natürlich«, antwortete Michael.
»Fein«, sagte Mr. Heggener, »daß Sie mir Gesellschaft leisten wollen.«
»Es wird mir ein Vergnügen sein«, antwortete Michael höflich, schnallte seine Skier ab und legte sie über die Schultern. Sie machten sich auf den Weg. Heggener ging überraschend rüstig voran, wobei er in vollen Zügen die dünne, kalte Luft einzog. »Ja, die Berge«, seufzte er, »ich verehre alles, was damit zusammenhängt. Die scharfe Frische der Luft, die Farbe der Schatten, das Geräusch des Schnees, wenn man ihn festtritt. Es war unverschämtes Glück, daß ich mich in eine Frau verliebte, die meine . . . äh . . . Liebe zu den Höhen teilte. Die glücklichsten Tage meines Lebens . . .« Er seufzte wieder. »Ein Morgen wie heute erfüllt mich mit Sehnsucht nach meiner Vergangenheit als Skiläufer. Sagen Sie, Mr. Storrs, haben Sie jemals die Abfahrt von unterhalb des Matterhorns nach Cervinia gemacht?«
»Zweimal.«

»Es war meine letzte Abfahrt«, sagte Heggener. »Die letzte Abfahrt meines Lebens. Es war ein Tag wie heute. Blauer Himmel, wolkenlos, ausgezeichnete Schneelage, windstill. Etwa zwei Jahre ist das jetzt her. Vielleicht sogar auf den Tag genau. Ich habe es irgendwo in einem Tagebuch notiert. Ich war zu allen Schandtaten bereit, wie ein Junge. Ich war immer darauf bedacht, zu Saisonbeginn in Form zu sein. Ich respektierte die Berge; man darf sie nicht unterschätzen. Vor Saisonbeginn kletterte ich, turnte täglich eine Stunde, absolvierte mein Laufpensum . . . Für einen Mann meines Alters — ich will mich nicht rühmen — aber ich galt als gewaltiger Skiläufer vor dem Herrn.« In seiner Stimme lag keine Selbstbemitleidung. Es war eine nüchterne Darlegung von Tatsachen. »Ach ja, ich hatte ein wenig Husten. Nichts von Bedeutung. Vielleicht eine kleine Verkühlung im Anzug. Ich hatte einen Führer, den ich besonders schätzte. Ein verläßlicher kleiner Schweizer, in Zermatt geboren, der im Schnee lesen konnte wie andere Leute in Büchern. Eine etwas andere Farbe, ein Lüftchen, und schon wußte er, wo eine Lawine abgehen konnte, wo eine Schneebrücke das Gewicht eines Menschen möglicherweise nicht tragen würde. Man konnte ihm unbesorgt überallhin folgen. Ich war kein Draufgänger. Ich liebte die Berge, aber wie ich eben sagte, ich respektierte sie auch. Ich huldigte nie der Ansicht, eine Abfahrt könnte ein Menschenleben aufwiegen.« Er fixierte Michael, so als ob seine Worte eine besondere Bedeutung für ihn hätten. »Wir stiegen zum Theodulpaß auf; ausgenommen die gewaltige Pyramide des Matterhorns, mit kleinen, weißen Wolkenfetzen rund um den Gipfel, lag uns die ganze Welt zu Füßen. Sie werden sich ja noch erinnern, es ist dies eine der längsten Abfahrten Europas. Die großen offenen Hänge oberhalb der Baumgrenze . . . Es scheint, als könnte man für immer und ewig dahingleiten, seine Probleme vergessen und aller Bindungen ledig den Planeten Erde umrunden. Einige wenige herrliche Stunden lang Illusionen nachjagen. Haben Sie von Cousteau, dem französischen Tiefseeforscher gehört?«

»Ja. Ich tauche selbst gelegentlich.«

»Dann kennen Sie ja wohl seine Redewendungen von der ›Euphorie der Tiefen‹?«

»Ja.«

»Eine für einen Franzosen typische Formulierung.« Heggener lächelte. »An jenem Tag unter dem Matterhorn empfand ich die Euphorie der Höhen.«

»Ich kenne das Gefühl«, sagte Michael, der jetzt seinen eigenen Erinnerungen nachhing: das Hinabtauchen in die Tiefe bis an die ihm von seiner Sauerstofflasche gesetzte äußerste Grenze, wo versunkene Schiffe auf dem Meeresboden lagen und Fischschwärme zwischen den Wrackteilen umherschwammen. »Drachenfliegen, Fallschirmspringen.«
»Euphorie«, wiederholte Heggener. »Das Wort allein genügt, und schon läuft es einem heiß und kalt über den Rücken. Es ist ein Wort aus der Wildnis — man würde es nie gebrauchen, um etwas zu beschreiben, was einem in einer modernen Stadt zustoßen könnte. Freude, vielleicht Ekstase, aber niemals Euphorie. Es ist ein Wort, das der Stille bedarf.«
Als ob das Wort ihm Stille geboten hätte, setzte er über zwanzig Schritte schweigend seinen Weg fort; nur das Knirschen ihrer Stiefel auf dem schneebedeckten Weg war zu vernehmen.
»Dabei hat Cousteau etwas begriffen«, setzte Heggener seinen Monolog fort. »Die Beziehung zwischen Verzückung und Gefahr. Die Voraussetzungen, wenn Sie so wollen. Die Gefahr, in der Tiefe zu ertrinken. Die Gefahr zügelloser Geschwindigkeit, wenn man den Berg herausfordert und Lawinen überholt.« Er lachte leise. »Ich bin jetzt älter, ich kann nicht mehr Ski laufen, ich kann nur klug und weise sagen, daß keine Abfahrt ein Menschenleben wert ist, aber ich habe zu meiner Zeit Lawinen losgetreten. Als junger Mensch hatte ich einen Freund, einen gleichaltrigen Freund, einen ausgezeichneten Skiläufer, der so starb — er raste einen Lawinenhang hinunter. Es dauerte 24 Stunden, bis wir seine Leiche gefunden hatten. Aber als wir ihn schließlich fanden, lag ein Lächeln auf seinen Lippen. Es war eine Pulverschneelawine, und er muß sofort tot gewesen sein — erstickt, noch bevor er begriffen hatte, daß er sich in Gefahr befand. Nun, junge Menschen sterben aus geringfügigerem Anlaß . . .« Er sprach im Ton wehmütiger Klage. Schlagartig änderte sich das. »Wie ich eben sagte«, fuhr er sachlich und leidenschaftslos fort, »ich hatte an diesem Tag einen leichten Husten. Als ich spät nachmittags nach Zermatt herunterkam — nach einem wunderbaren italienischen Mittagessen —, wurde der Husten immer lästiger. Meine Frau bestand darauf, einen Arzt aufzusuchen. Der Arzt bestand darauf, mich zu röntgenisieren. In den Alpen sind die Leute neurotisch, wenn es um die Lunge geht. Er diagnostizierte Tuberkulose. Keine fortgeschrittene Erkrankung, versicherte mir der Arzt, ich würde nächstes Jahr wie-

der Ski fahren können. Wie sich herausstellte, befand er sich in einem Irrtum. Nicht der erste Arzt, der eine falsche Diagnose gestellt hat.« Heggener zuckte die Achseln und beschrieb eine kleine stutzerhafte Geste mit dem Spazierstock, die eigentlich gar nicht zu ihm paßte. »Und jetzt muß ich eben zu Fuß laufen.«

Bei der Talstation des Sessellifts fragte Michael: »Wie weit ist es von hier bis zum Hotel?«
Heggener hielt ebenfalls an und musterte ihn verwundert. »Zwei Kilometer, vielleicht ein bißchen mehr. Warum?«
»Und das haben Sie alles zu Fuß gemacht?«
»Es war ein so schöner Morgen. Ich gehe langsam, wie Sie sehen.«
»Aber auch nicht gar so langsam. Wenn Sie zwei Kilometer klabastern können, warum sollten Sie dann nicht Ski laufen? Langsam natürlich.«
Heggener lachte. »Mein Arzt würde mich nicht mehr empfangen.«
»Wie es aussieht, scheint er Ihnen aber nicht sehr viel zu nützen.« Grausamkeit war heute guten Manieren vorzuziehen.
Heggener machte eine ausgleichende, vieldeutige Bewegung mit seiner behandschuhten Hand.
»Nein«, gab er zu.
»Also, was haben Sie zu verlieren? Das habe ich eben auch Rita gefragt, als Cully ihr anbot, sie an einem Rennen teilnehmen zu lassen.«
»Hat sie angenommen?«
»Ja.«
»Kluges Kind«, murmelte Heggener. Er starrte nachdenklich auf den festgetretenen Schnee des Fußwegs. »Es wäre möglich, ein wenig Ski zu laufen — mit Maß. Wenn jemand da wäre, der mir aufhilft, wenn ich falle. Ich bin nicht kräftig genug, um mich allein aufzurappeln.«
»Hören Sie«, sagte Michael. Obwohl ihm der Mann am ersten Abend ihres Zusammentreffens praktisch mit dem Erschießen gedroht hatte, mußte er einfach die Aufrichtigkeit, den Mut und die Haltung bewundern, mit der er seinem Schicksal die Stirn bot. Und die stoische Endgültigkeit, mit der Heggener seine letzte Abfahrt geschildert hatte, bewegte ihn. Irgendeinmal würde es auch für ihn eine letzte Abfahrt geben, und er begriff, daß auch er Trost suchen würde, so wie der Mann neben ihm,

ohne sich dessen bewußt zu sein, jetzt Trost suchte. »Hören Sie — die Skischule bezahlt mich für einen vollen Arbeitstag«, sagte Michael. »Ihre Frau fährt für gewöhnlich nur nachmittags, und auch nicht jeden Nachmittag. Es wäre mir ein Vergnügen, Sie zu begleiten. Sie wissen ja, wie das mit dem Skilaufen ist — man vergißt alle seine Sorgen.«

Heggener nickte.

»Ja, das ist wahr. Wenn man den ganzen Tag mit einer Decke über den Schultern in einem Zimmer hockt, in dem es wie in einem Krankenhaus riecht, denkt man überhaupt an nichts anderes mehr als an das Grab. Wie Sie ganz richtig sagten: Was habe ich zu verlieren?« Seine Stimme klang geradezu heiter. »Wenn morgen ein schöner Tag ist, nehme ich Sie beim Wort. Irgendwo im Keller habe ich noch Skier und Skistiefel. Ich habe nicht gewußt, wofür ich sie noch aufhebe, aber vielleicht war es gerade dafür.« Er seufzte. »Ein Mann in meinem Alter und in meinem Zustand neigt zum Pessimismus, aber man sollte immer daran denken, daß unerwartete Dinge passieren, unerwartete Menschen in dein Leben treten können — daß nicht *alle* Hoffnungen unweigerlich enttäuscht werden.« Er blickte zum Himmel auf. »Sonne«, sagte er, »scheine morgen.« Er lachte, und es klang jung und kraftvoll. »Meine Frau wird niedergeschmettert sein.«

»Warum?«

»Wenn es nach ihr ginge, würde Sie mich in ein Glashaus stekken und nicht mehr herauslassen. Sie ist verzweifelt bemüht, mich so lange wie nur möglich am Leben zu erhalten. Ich bin nicht so verzweifelt bemüht.«

Sie waren jetzt in der Stadt und durchquerten sie, um zu der Straße zu gelangen, die zum Hotel führte. Mit seinem Spazierstock begrüßte Heggener die Geschäftsleute, die vor ihren Läden standen, und zog den Hut vor zwei Damen, die Kinderwagen vor sich herschoben. Alle schienen ihn zu kennen, lächelten ihm herzlich zu und versicherten ihm, daß sie froh wären, ihn wiederzusehen. »In Amerika«, sagte Heggener, »sind die kleinen Städte die letzten Bastionen zivilisierter Verhaltensformen. Privatkriege vererben sich von Generation auf Generation, aber die Leute wissen, daß sie miteinander leben müssen, und richten ihr Benehmen danach ein. Kunst oder Kultur sind nicht ihre starke Seite, aber sie wahren die Form und achten auf gute Manieren. Man könnte mit Fug und Recht behaupten, daß die freiwilligen Feuerwehren, deren Löschzüge von Männern besetzt sind, deren Fa-

milien seit 1890 kein Wort miteinander gewechselt haben, eine der rühmenswertesten Institutionen der amerikanischen Demokratie darstellen.« Er lächelte über seinen Dünkel.
Sie ließen die letzten Häuser hinter sich und wanderten durch einen undurchdringlichen Wald aus Jungbirken und Kiefern. In der Sonne schmolz der Schnee auf den Zweigen und fiel in wäßrigen Klumpen zu Boden.
»Anders als die meisten Menschen meines Alters begrüße ich das Nahen des Frühjahrs absolut nicht«, eröffnete Heggener seinem Begleiter und wischte sich etwas Schnee von seinem Nerzkragen. »Meine Jahreszeit ist der Winter. Glücklicherweise dauert es noch eine Zeit, bis das nächste Frühjahr kommt. Und damit wären wir bei einem anderen Punkt angelangt, Michael.« Er gebrauchte den Vornamen mit aller Natürlichkeit, so als ob das Gespräch, das sie unterwegs geführt hatten, nur unter Freunden möglich gewesen wäre. »Haben Sie wirklich die Absicht, bis zum Ende der Saison zu bleiben?«
»Wie es jetzt aussieht, ja.«
Heggener nickte. »Von meiner Frau weiß ich, daß Sie sich zu dem Angebot, das kleine Pförtnerhaus auf unserem Besitz zu bewohnen, noch nicht verbindlich geäußert haben. Ich hoffe aufrichtig, daß Sie es annehmen werden. Ich setze voraus, daß Sie es sich leisten können, nach Belieben im ›Alpina‹ zu bleiben, aber drei Monate hintereinander in einem Hotel zu leben, selbst in einem so außerordentlich gut geführten wie dem meinen . . .«, er lächelte mit gespielter Herabsetzung, ». . . das kann recht trübselig werden. Ich muß zugeben, daß wir, meine Frau und ich, nicht völlig selbstlos handeln. Ich muß geschäftlich verreisen, oder nach Boston in die Klinik, manchmal auf Wochen. Ich lasse Eva höchst ungern allein, nur mit unserem siebzigjährigen Dienstmädchen, die überdies noch so taub ist, daß sie selbst dann nicht aufwachen würde, wenn man vor ihrem Fenster eine Kanone abschösse. Zu ihren Tugenden gehört auch noch, daß sie ausschließlich deutsch spricht. In der Saison wird die Stadt, wie Sie vielleicht schon gehört haben, von außerordentlich unerwünschten Elementen besucht — Ski-Vagabunden, die vom Stehlen leben, wenn sie sich ihren Lebensunterhalt nicht auf andere Weise verdienen können, und manchmal sogar dann, *wenn* sie es können — und seit kurzem auch von Gruppen junger und nicht immer so junger Leute, die Marihuana rauchen, Heroin spritzen und ähnlich moderne Kurzweil treiben. In den letzten Jahren ha-

ben sich hier hin und wieder recht üble Szenen abgespielt, es wurden Haftstrafen verhängt, und es gab einen Fall von Brandstiftung. Hat Eva Ihnen vielleicht zufällig erzählt, warum wir unser Haus völlig neu einrichten lassen mußten?«
»Nein.«
»Im vergangenen Frühjahr waren wir für ein paar Wochen nach New York gefahren, und nur die alte Frau blieb im Haus. Eine ganze Bande von Burschen — und auch Mädchen, wie die Polizei feststellte — brach in das Haus ein. Der Hund muß wohl gebellt haben — also erschossen sie ihn. Sie erschossen ihn. Bruno ist ein Ersatz. Die Bande demolierte das Haus, zerbrach das ganze Porzellan, riß alle Polster auf, schlug die Kastentüren in Stücke, schlitzte die Kleider auf, die in den Schränken hingen, machte alles kaputt. Zum Abschluß entleerten sie sich auf dem Parkettfußboden. Die alte Frau schlief die ganze Zeit. Übrigens hat man das Pack bis heute nicht erwischt. Sie werden verstehen, daß es mir widerstrebte, in diesen Trümmerhaufen einzuziehen. Das Haus bedurfte sowieso einer Generalsanierung — es war düster und ein wenig altmodisch. Aber jetzt verwahre ich eine Waffe in einer Schublade, eine sehr nützliche Smith and Wesson. Sie in der Nähe zu wissen, würde dazu beitragen, weiteren Verwüstungen dieser Art einen Riegel vorzuschieben. Wenn Sie in das Pförtnerhaus ziehen, zeige ich Ihnen, wo ich den Revolver habe. Haben Sie schon einmal einen in der Hand gehabt?«
»Nein.«
»Macht nichts. Wenn Sie treffen wollen, schießen Sie nie aus mehr als drei Meter Entfernung. Bei drei Metern ist es fast unmöglich, das Ziel zu verfehlen.«
Der Gedanke, einen Revolver aus einer Entfernung von drei Metern abzuschießen, machte Heggeners Angebot, sich im Pförtnerhaus häuslich niederzulassen, nicht verlockender, aber Michael hatte das Gefühl, unmöglich ablehnen zu können. Auf den Hängen hatte Cully ihn auf Tempo und Ausdauer getestet, jetzt sollte er seinen Mut beweisen.
»Ich ziehe ein, sobald die Renovierungsarbeiten abgeschlossen sind«, erwiderte Michael, ohne zu zögern.
»Ich bin sicher, daß Sie sich wohl fühlen werden. Und es wird so praktisch sein, wenn Sie eine Partie Backgammon spielen wollen. Ich verspreche Ihnen, daß wir, von Backgammon abgesehen, in keiner Weise störend in Ihr Leben eingreifen werden.«
Plötzlich blieb Heggener stehen und begann zu husten. Es war

ein quälendes, nervenaufreibendes Geräusch. In einer kleinen Lichtung am Straßenrand stand eine Bank, und Heggener ließ sich darauf fallen. Ein Taschentuch an den Mund gepreßt, hustete er weiter. Allmählich ging der Anfall zu Ende. Heggener betrachtete das Taschentuch. »Kein Blut«, sagte er ruhig. »Die Saison fängt gut an.« Mit Hilfe seines Stockes rappelte er sich langsam hoch. »Gehen wir weiter?«

Michael wollte ihm seinen Arm als Stütze anbieten, fürchtete aber, Heggener könnte ihm die Geste verübeln. Weniger flott legten sie die letzten paar hundert Meter zum Hotel zurück.

Als sie sich dem Haupteingang näherten, hörten sie im Haus Klavierspiel. »Mein Freund«, sagte Michael. »Er ist Pianist von Beruf. Wenn es irgendwo ein Klavier gibt, findet er es ganz bestimmt.«

Beifällig legte Heggener den Kopf zur Seite und lauschte. »Schubert. Er spielt sehr gut.«

»Ein armer Kerl. In der New Yorker Bar, in der er spielte, wurde er in einen Raufhandel verwickelt, die Polizei kam und stellte fest, daß er keine Arbeitserlaubnis besaß. Der Eigentümer des Lokals entließ ihn, und jetzt kann er in New York nicht mehr arbeiten.«

»Was sind das doch für Zeiten, in denen wir leben«, versetzte Heggener bekümmert. »Man braucht eine Erlaubnis der Regierung, um Klavierspielen zu dürfen.«

Zusammen betraten sie das Hotel. »Danke für den höchst vergnüglichen Spaziergang«, sagte Heggener am Fuß der Treppe. Er verzog den Mund zu einem trüben Lächeln. »Wie gewöhnlich habe ich zuviel geredet. Meine gesellschaftlichen Möglichkeiten waren in letzter Zeit etwas beschränkt. Bis morgen also, falls die Sonne scheint . . .«

Mühselig stieg er die Treppe hinauf. Michael ging in die im Keller gelegene Bar hinunter. Antoine saß über die Tasten gebeugt und spielte hingebungsvoll, eine Zigarette im Mund. Seine traurigen dunklen Augen blinzelten im Zigarettenrauch. Er trug ausgebeulte grüne Skihosen und einen Sweater, der ihm mindestens drei Nummern zu groß war; die Farbe des Kleidungsstückes ließ sich nicht genau bestimmen; es sah aus, als ob es am Strand gelegen hätte und die Flut in regelmäßigen Abständen darüber hinweggegangen wäre. Seine Füße steckten in ledernen Schnürstiefeln, die Michael seit 15 Jahren auf keiner Piste mehr gesehen hatte.

»Antoine«, sagte Michael laut genug, um die Musik zu übertönen.
Antoine unterbrach sein Spiel, sprang auf und umarmte Michael, ohne dabei seine Zigarette zu verlieren.
*»Mon vieux«,* sagte er, »Sie sehen göttlich aus.«
»Und Sie sehen aus wie ein Pferdearsch«, gab Michael zurück. »Wo haben Sie denn diese Klamotten her?«
»In diesen Kleidern bin ich in den Alpen Ski gelaufen und habe dabei viele herrliche Stunden verlebt«, erwiderte Antoine würdevoll. Und ich mag sie. Im Büro der Skischule habe ich damit einen sehr guten Eindruck gemacht.«
»Was wollten Sie denn in der Skischule?« fragte Michael ahnungsvoll.
»Ich habe mir die Stadt angesehen und beschlossen, hierzubleiben. Um das tun zu können, folgerte ich, würde ich Geld brauchen. Darum ging ich in die Skischule . . .«
»War der Chef da, ein stämmiger Mann namens Cully?«
»Nein. Nur ein reizendes junges Mädchen. Ich erklärte ihr, daß ich Franzose bin und ein erfahrener Skilehrer, beim französischen Skiverband eingetragen — und ein Freund von Ihnen. Dann fragte ich, ob sie Lehrer bräuchten.«
»Das kann nicht wahr sein«, versetzte Michael ungläubig.
»Doch.«
»Können Sie überhaupt Ski fahren?«
»Machen Sie sich nicht lustig über mich.« Antoine setzte eine gekränkte Miene auf. »Ich habe in Mégève, in Courchevel und in Val d'Isère Klavier gespielt; verglichen mit diesen Orten, macht Green Hollow den Eindruck eines Ruhesitzes für rheumakranke Pensionisten.«
»Klavierspielen und Skilaufen sind zwei verschiedene Dinge.«
»Dabei fällt mir ein«, sagte Antoine, »dieses Instrument ist völlig verstimmt. An Ihrer Stelle würde ich die Geschäftsleitung darauf aufmerksam machen.«
»Können Sie *wirklich* Ski fahren?«
»Das ist doch im Augenblick nicht so wichtig. Das reizende Mädchen sagte, es kämen viele Kanadier hierher, besonders Kinder, die sich gern in französisch unterrichten lassen würden. Ich versicherte ihr, ich wäre geduldig und besonnen, genau der richtige Mann für Kinder. Und für Anfänger, sagte ich, vor allem für Anfänger. Die merken den Unterschied nicht.«
»Wenn sie Sie in den verbeulten Hosen und mit diesen Schnür-

stiefeln sehen, lachen sie sich kaputt; dann schlagen sie mir den Schädel ein.«

»Wenn es unbedingt nötig ist«, erklärte Antoine resigniert, »werde ich in die komische Kluft steigen, die Sie für *comme il faut* zu halten scheinen. Und was das Skilaufen angeht, da rechne ich mit der Hilfe meines guten Freundes Mike.«

»Was soll das nun wieder heißen?«

»Ich brauche nicht gleich anzufangen«, erklärte Antoine. »Das reizende Mädchen hat mich in diesem Sinn informiert. Die große Masse kommt erst zu Weihnachten. Bis dahin hätte mein guter Freund Michael Zeit, mich — nach Green Hollows neuester Mode gekleidet — auf ein abgelegenes Plätzchen zu bringen und dort, fern von neugierigen Blicken, meine Lauftechnik auf den neuesten Stand zu bringen und mich zu instruieren, wie man Kindern und, wenn es sein muß, Erwachsenen, die in ihrem ganzen Leben noch nie auf Skiern gestanden haben, das Skifahren beibringt. Falls mich dann jemand auf die Probe stellt und es sich einfallen läßt, an meinen pädagogischen Fähigkeiten etwas aussetzen zu wollen, sage ich einfach, das sei die neue französische Technik.«

Michael mußte lachen. »Wissen Sie, Antoine«, stammelte er, »Sie könnten tatsächlich damit durchkommen. Nach dem Essen werde ich Sie ausstaffieren, dann gehen wir hinter das Hotel, dort gibt es einen kleinen Hang, und da werden wir ja sehen. Aber denken Sie daran: Ein Berg ist kein Klavier. Sie können nicht improvisieren, während Sie sich in eine Schlucht stürzen.«

»Ich bin überzeugt, daß ich es schaffe — mit Ihnen als Lehrer«, sagte Antoine. »Ich bin noch jung.« Einschränkend zuckte er die Achseln. »Jung genug. Ich habe ein Gefühl für Rhythmus. Die Kälte macht mir nichts aus. Ich bin sogar gelegentlich gelaufen. Ich habe guten Leuten zugesehen, den besten der Welt. In der Art, wie ich spiele, ist zum Beispiel nichts Schöpferisches, aber ich bin ein vollendeter Interpret. Ich beherrsche den Stil von Artur Rubinstein, Fats Waller und Joplin. Nach ein paar Lektionen habe ich ganz sicher Ihre Technik, wenn nicht gar Ihr Tempo und Ihre Reputation. Ich besitze außerordentliches Selbstvertrauen — und die Nerven eines Einschleichdiebs. Und . . .« fügte er nachdrücklich hinzu, ». . . ich brauche das Geld. *Mon Dieu,* wie ich das Geld brauche! Und ich muß es da verdienen, wo die Einwanderungsbehörde nicht herumschnüffelt. In New York hatte ich das Gefühl, als schlichen sie um mich herum wie Indianer um die Planwagen in den amerikanischen Filmen. Michael«, sagte er mit todernstem Gesicht, »ich liebe die Vereinigten Staaten, ich liebe dieses Land. Ich kann nicht nach Paris zurück . . . In Paris habe ich alles versucht und nichts erreicht.«

»Okay«, sagte Michael, bewegt, aber immer noch ohne Begeisterung. »Wir wollen's versuchen. Ich garantiere keine Resultate. Ich werde Sie bis Weihnachten finanzieren.«

»Ich wußte, daß ich mich auf Sie verlassen kann«, rief Antoine, ließ sich auf den Klavierschemel fallen und schlug drei klangvolle, triumphale Dur-Akkorde an.

»Ach, halten Sie die Klappe. Ich gehe jetzt nach oben duschen und mich zum Mittagessen umziehen. Wo steckt denn übrigens Susan? Schläft sie die lange Nachtfahrt aus.«

»Keineswegs. Sie ist eine Frau von teuflischer Energie. Sie läuft Ski. Sie konnte es nicht erwarten.«

»Wie steht es mit euch beiden?«

Antoine seufzte. »Sie ist schwer zu fassen.«

»Haben Sie mir nicht gesagt, ihr wäret nur Freunde?«

»Das denkt sie vielleicht«, sagte Antoine geheimnisvoll. »Ich bin noch verrückter nach ihr als je zuvor. Sie ist eine herrliche und aufreizende Frau. Mir geht es nicht so wie Ihnen, Mike. Ein Blick und bitte sehr, hier ist der Schlüssel zu meinem Zimmer. Tja, manche haben es — so wie Sie — und manche nicht — so wie ich. Die, die es haben, denken sich nichts dabei, und die, die es nicht haben, denken an nichts anderes.«

»Wird sie zum Mittagessen zurück sein?« fragte Michael, der keine Lust verspürte, sich mit Antoine auf eine philosophische Diskussion über just diese Problematik einzulassen.

»Wer kann das wissen? Sie sagt nie, was sie vorhat.«

»Also wenn sie zurückkommt, essen wir zusammen. Das Hotel hat eine ausgezeichnete Küche.«

»Ich geh' nie wieder fort von hier.«

»Das wird sich weisen«, versetzte Michael und machte sich auf den Weg nach oben, während Antoine den Schemel herumschwenkte und anfing, über das traurige Thema von »Bring on the Clowns« zu improvisieren.

# 16

Michael hatte geduscht und trocknete sich ab, als es an der Tür klopfte. Immer noch klitschnaß, warf er sich einen Bademantel um und öffnete. Wie eine Geschäftsfrau in Rock und Pulli stand Eva vor ihm. »Darf ich reinkommen?« fragte sie.

»Ich trage nicht gerade die korrekteste Kleidung, um Besuche zu empfangen«, sagte Michael und bearbeitete sein nasses Haar mit dem Handtuch.

»Es dauert nicht lang.« Sie kam herein, und Michael schloß die Tür hinter ihr. Er fühlte sich schuldig, weil ein so schreckliches Durcheinander im Zimmer herrschte — so wie an dem Tag, an dem sie ihn zum ersten Mal besucht hatte. Seine Kleidung war über den ganzen Raum verstreut, ein Socken lag auf dem Bett, ein anderer auf dem Fußboden.

Finster blickend stand sie vor ihm. »Du tust etwas Unverzeihliches«, begann sie.

»Wovon redest du, Eva?« Es mochte Schlamperei sein, einen Socken auf dem Bett und den anderen auf dem Fußboden zu deponieren, aber unverzeihlich war es doch wohl nicht.

»Meinem Mann einzureden, er könne wieder Ski laufen.«

»Wenn er so gehen kann, wie er heute gegangen ist . . .«

»Du solltest ihn jetzt sehen«, konterte sie vorwurfsvoll. »Er ist kreideweiß im Gesicht, liegt auf dem Bett und ringt nach Luft.«

»Das tut mir leid.«

»Das sollte es auch. Ich verbiete dir, das Thema noch einmal zur Sprache zu bringen.«

»Eva . . .« entgegnete Michael. »Niemand verbietet mir etwas. Nicht einmal du.«

»Du wirst ihn umbringen«, klagte sie ihn an.

»Das bezweifle ich. Aber wie auch immer, er ist ein erwachsener, hochintelligenter Mann und weiß besser, wie es ihm geht, als du oder ich, und es ist allein seine Sache, Entscheidungen zu treffen, die ihn angehen. Wie das so ist: ich bin der Meinung, daß

ihm ein bißchen bequemes Skilaufen helfen würde — wenn nicht körperlich, so zumindest seelisch.«
»Bis jetzt«, entgegnete Eva ironisch, »ist es dir vorzüglich gelungen, die Tatsache zu verbergen, daß du Psychiater bist. Du hast zweimal mit ihm gesprochen und glaubst, ihn zu kennen. Ich bin seit zwölf Jahren mit ihm verheiratet, und ich versichere dir, du kennst ihn nicht. Du sprichst von ein bißchen bequemem Skilaufen. Du weißt es eben nicht besser. Er macht sich nichts bequem und hat sich nie etwas bequem gemacht. In seinem Alter wird er sich nicht mehr ändern. Wirst du ihm sagen, daß du darüber nachgedacht hast und daß er besser daran täte, seinen Ärzten und seiner Frau zu folgen, oder . . .?«
»Hör mal«, fiel Michael ihr ins Wort. »Vielleicht war es falsch von mir, es ihm vorzuschlagen, aber jetzt, da er sich mit dem Gedanken vertraut gemacht hat, wird er Ski laufen, wenn nicht mit mir, dann mit jemand anderem. Ich kenne ihn vielleicht nicht so gut wie du, aber ich habe den Eindruck, wenn er sich einmal etwas vorgenommen hat, dann . . .«
»Narr«, sagte sie und meinte nicht ihren Mann. »Narr. Und ich habe geglaubt, nach dem, was zwischen uns gewesen ist, würdest du der Meinung sein, daß du mir etwas schuldest, nicht viel, aber etwas.«
»Du schuldest mir nichts«, konterte Michael, jetzt schon zornig, »und ich schulde dir nichts.«
»Ich werde es mir merken«, sagte sie warnend.
Es klopfte leise. »Du bekommst Besuch. Wir sprechen ein andermal darüber«, sagte sie.
Michael ging zur Tür, während Eva steif mitten im Zimmer stehenblieb. Er öffnete, und vor ihm stand im Skianzug, das Haar vom morgendlichen Aufenthalt auf den Hängen zerzaust, Susan Hartley.
»Hallo, Liebster«, sagte sie und küßte Michael, bevor sie Eva Heggener hinter ihm sah. »Oh.«
»Schon recht«, gab Eva zurück, »ich wollte gerade gehen. Ich hoffe, sie hatten einen genußvollen Vormittag.« Jetzt war sie wieder ganz Eigentümerin des Hotels, aber ihre Stimme blieb unpersönlich. »Das ist ein hübsches Modell, das Sie da anhaben.« Susan trug ein weißes Skikostüm. »Die Farbe paßt zu Ihnen.« Die Art, wie sie es sagte, ließ keinen Zweifel daran: sie war keineswegs der Ansicht, daß die Farbe Susan paßte. »Ich lasse Sie jetzt allein. Ich bin sicher, Sie haben viel miteinander zu reden.«

Steif marschierte sie aus dem Zimmer. Sanft schloß Michael die Tür hinter ihr.
»Habe ich etwas unterbrochen?« fragte Susan.
»Eine medizinische Diskussion«, antwortete Michael. »Unwichtig.«
Susan sah sich im Zimmer um. »Wie hübsch Sie es hier haben. Sogar ein Kamin ist da.« Sie streckte sich genüßlich. »Was für ein strahlender Morgen. Ich fühle mich schon wie ein neuer Mensch. Sehen Sie es mir an?«
»Die weiße Blume der Berge.«
»Gefällt Sie Ihnen?«
»In jeder Beziehung.«
»Der schönen Dame aber nicht.« Sie schnitt eine Grimasse.
»Ziehen Sie keine voreiligen Schlüsse.«
»Ich glaubte, so etwas wie eine Besitzerpose wahrzunehmen.« Sie legte den Kopf zur Seite und sah ihn an. Ein leises Lächeln spielte um ihre Lippen.
»Ihr Mann ist der Besitzer des Hotels«, gab Michael steif zurück.
»Das weiß ich. Das war es auch nicht, was ich wahrgenommen habe. Eher so etwas wie eine Liebesgeschichte.«
»Sie würden selbst in einer Anzeige für Bruchbänder einen romantischen Hintergrund vermuten. An der Dame ist nichts Romantisches. Ich gehöre zum Personal. Ich unterweise sie im Skilaufen.«
»Unterweisung und Unterweisung ist zweierlei«, lachte Susan gutmütig. »Ich warte auf etwas.«
»Es dauert nicht mehr lange bis zum Mittagessen.«
»Das ist es nicht, worauf ich warte.« Die extravagante Kokotte spielend, mit den Wimpern klimpernd, kam sie auf ihn zu. Sie teilte sich ihre sportlichen Aktivitäten ein, diese Susan; unter freiem Himmel lief sie Ski, im Haus flirtete sie.
»Ich habe Sie schon an der Tür geküßt«, erinnerte Michael seine Besucherin.
»Wie ein Bruder«, mokierte sich Susan; sie stand jetzt ganz nahe. »Das reicht nicht. Meile um Meile kam ich durch die Nacht, durch Schnee und Eis . . .« Sie öffnete die Arme.
Er zog sie an sich und küßte sie zart auf den Mund. Einigermaßen befangen, weil er unter dem Bademantel nackt war, löste er sich rasch wieder von ihr. »Hat das gereicht?«
»Es ging. Es war etwas besser. Wollen Sie mich nicht auffordern, Platz zu nehmen?«

»Selbstverständlich. Machen Sie es sich bequem.«
Sie ließ sich in einen Sessel fallen. »Ich spüre meine Beine nicht mehr. Es ist schrecklich, wie man vom Ende einer Saison bis zum Beginn der nächsten altert.«
»Susan«, sagte Michael und stellte sich vor sie hin, »ich habe mit Ihnen zu reden. Ernsthaft.«
Susan seufzte in gespielter Verzweiflung. »Ich ziehe es vor, wenn Männer frivol mit mir reden.«
Michael ging nicht darauf ein. »Ich hatte bis jetzt den Eindruck, daß Sie und Antoine gute Freunde wären, nichts weiter.«
»Unter diesem Eindruck stehen alle. Was gibt es sonst Neues?«
»Er hat mir eben anvertraut, daß er ganz verrückt nach Ihnen ist.«
»Verrückt. Er probiert eine neue Masche aus.«
»Ich hatte nicht das Gefühl, daß er etwas ausprobiert«, meinte Michael. »Er wollte mir eine Botschaft zukommen lassen.«
Susan zuckte die Achseln. »Für Botschaften dieser Art ist die Flaschenpost geeignet. Ich bin nicht verrückt nach ihm.«
»Als ich seine Botschaft entschlüsselte, wissen Sie, was ich hörte?«
»Ich bin nicht sonderlich interessiert.« Sie gähnte.
»Ich hörte: ›Ich liebe sie. Tun Sie bitte nichts, was sie daran hindern könnte, mich zu lieben.‹«
»Auch ich habe eine Botschaft erhalten«, sagte Susan. »Gerade jetzt. Hier in diesem Zimmer. Die Botschaft kam von der Eigentümerin dieses Hauses und lautete: ›Hände weg! Mr. Michael Storrs ist für mich reserviert.‹«
»Unsinn.«
»Ich habe noch nie einen Mann gehört, der das Wort ›Unsinn‹ weniger überzeugend ausgesprochen hätte. Haben Sie noch nicht begriffen, daß Sie für die Damen ein wonniger Boy sind?« fragte Susan lässig. »Oder haben Ihre Schönheit und Ihr Charme Sie schon so blasiert gemacht, daß Sie nicht einmal mehr merken, wenn das Netz nach Ihnen ausgeworfen wird?«
»Ich will nicht mit Ihnen streiten. Sie sollten jetzt lieber gehen. Ich muß mich umziehen.«
Sie versank noch tiefer in dem Lehnsessel. »Machen Sie sich wegen mir keine Sorgen. Ich habe schon mal einem Mann beim Anziehen zugesehen.«
»Das bezweifle ich nicht, aber . . .«
Es klopfte an der Tür.
»Sie führen ja schon am Vormittag ein recht reges gesellschaftli-

ches Leben«, bemerkte Susan lachend. »Sind Sie sicher, daß Sie keine Sekretärin brauchen?«
Michael zog den Bademantel enger um sich und ging zur Tür, um zu öffnen. In der Hand eine Flasche Champagner und zwei Gläser, stand Antoine vor ihm. Michael nahm den Champagner mit Mißfallen zur Kenntnis. Als er Antoine versprochen hatte, ihn bis Weihnachten zu finanzieren, war ihm nicht vorgeschwebt, daß sein Angebot Champagner am Vormittag einschließen würde.
Antoine betrat guter Dinge das Zimmer, blieb aber unvermittelt stehen, als er Susan sah. »Oh«, stieß er hervor, »schon so früh zurück? Ich dachte, wir würden eine kleine Wiedersehensfeier begehen, Michael. Ich scheine ein Glas vergessen zu haben.« Er machte kehrt und wollte zur Tür zurück. »Ich hole noch eins . . .«
»Nicht nötig«, sagte Michael. »Ich habe noch ein Glas im Badezimmer.«
Er hörte Antoine vorwurfsvoll auf Susan einreden: »Hast du nicht gesagt, du würdest erst bei Einbruch der Dunkelheit zurück sein? Was tust du hier?«
»Was glaubst du wohl, was ich hier tue?« antwortete Susan lässig. »Ich lerne, wie man Parallelschwünge macht.«
»Ach so«, sagte Antoine niedergeschlagen. Er versuchte vergeblich, die Champagnerflasche zu öffnen, als Michael mit einem Wasserglas aus dem Badezimmer kam. »Hier«, sagte Michael und nahm ihm die Flasche aus der Hand. »Lassen Sie mich das machen.« Er öffnete die Flasche ohne Mühe, der Pfropfen knallte, und der Schaum zischte über den Flaschenrand.
»Seine Kraft ist die Kraft von zehn Männern«, zitierte Susan spöttisch, »denn er ist reinen Herzens.«
Michael goß ihnen ein und hob sein Glas. »Auf tiefen Schnee und sonnige Tage«, rief er. Dann fixierte er Susan: »Und auf Botschaften«, fügte er hinzu.
Susan sah ihn unschuldsvoll an und hielt das Glas mit beiden Händen an die Lippen — wie ein kleines Mädchen, das brav seine Frühstücksmilch trinkt.

Nach dem Mittagessen fuhr Michael mit Antoine in die Stadt, um ihn einzukleiden, während Susan nach oben ging, um ihr, wie sie es nannte, Schönheitsschläfchen zu halten.
»Na also«, sagte Michael, als Antoine in seiner neuen Kluft, die Füße in hohen Plastikstiefeln, die Treppe herunterpolterte, »jetzt

sehen Sie wenigstens aus wie ein Skifahrer.« Er ging mit Antoine einen Fußweg hinauf, der zu einer Kuppe hinter dem Hotel führte. Dort begann ein sanfter Hang mit reichlich Schnee, den man vom Hotel aus nicht sehen konnte und der nach etwa 70 Metern in einen Niederwald überging. Sie schnallten ihre Skier an, und Michael sagte: »Also fahren Sie los.«
Schwankend setzte sich Antoine in Bewegung. Michael sah, daß er nicht gelogen hatte — er hatte schon einmal auf Skiern gestanden. Aber nicht oft. Er war ganz steif, so als ob man ihn aus einer Tiefkühltruhe geholt hätte, die Skier strebten auseinander und wabbelten, die Arme waren starr wie die einer Statue, und nach zehn Metern stürzte er. Michael fuhr zu ihm hin und betrachtete mitleidig den ausgestreckt im Schnee liegenden Pianisten.
»Du lieber Gott, können Sie nicht einmal stehen?«
»Diese Dinger rutschen ja«, rechtfertigte sich Antoine.
»Genau darum geht es!« Er half Antoine auf. Der Franzose schwitzte bereits.
»Schauen Sie mir zu«, sagte Michael, fuhr langsam hinunter und machte zwei Schwünge. »Locker, locker, Skier zusammen!« rief er zurück und dann: »O Gott«, aber Antoine war abermals auf die Nase gefallen.
»Vergessen Sie nicht«, sagte Antoine, während er sich wieder hochrappelte, »das ist heute mein erster Tag.«
»In wie vielen Jahren?« fragte Michael. »Vierzig?«
»Ich hatte einen Spieß in der Armee«, klagte Antoine, »der wie eine Mutter zu mir war, verglichen mit Ihnen.«
Den Ausdruck konzentrierter Entschlossenheit im Gesicht, setzte er sich abermals in Bewegung. Er schwankte, seine Arme beschrieben wilde Kreise in der Luft, ein Ski machte sich selbständig, fast hätte es ihn in zwei Teile gerissen, und wieder landete er im Schnee, kniend diesmal, als ein kleiner Junge, neun Jahre alt oder zehn, ohne Stöcke laufend, von der Kuppe herabkam und anhielt, um Antoine zu betrachten, der da kniete, als ob er in der Kirche betete. Der Junge grinste breit.
»Hau ab, du«, brüllte Michael ihn an. Der Junge grinste noch breiter, sauste los und verschwand im Wald.
»Hoffnungslos«, sagte Michael und machte sich gar nicht mehr die Mühe, Antoine aufzuhelfen.
»Wenn ich einen Revolver gehabt hätte, ich würde diesen kleinen Scheißer über den Haufen geknallt haben.«
»Hoffnungslos«, wiederholte Michael.

»Vergessen Sie nicht — ich habe zwei Wochen Zeit«, sagte Antoine.
»Sie schaffen es auch nicht in zwei Jahren.«
»Sie erschüttern mein Selbstvertrauen«, sagte Antoine gekränkt.
»Das ist das mindeste, was ich für Sie tun kann.« Nachdenklich kratzte sich Michael am Kopf.
»Hören Sie, Mike . . .« setzte Antoine an.
»Seien Sie still«, sagte Michael, »ich denke nach . . . Ich versuche, mir etwas einfallen zu lassen, was man, außer Sie nach Frankreich zurückzuschicken, noch mit Ihnen tun könnte. Wenn Cully keine zwei Wochen warten will, bis er Sie Ski laufen sieht, und Sie morgen unter die Lupe nimmt, was sehr wahrscheinlich ist, sind Sie in zehn Sekunden geliefert.«
»Seien Sie doch nicht so pessimistisch, Mike.«
»Still, sage ich, ich denke nach.« Mit der Spitze seines Stockes zeichnete Michael einen kleinen Kreis in den Schnee. »Ich habe so etwas noch nie getan, Antoine«, sagte er, »aber ich bin gerade dabei, einem Verbrechen oder zumindest einem Vergehen Beihilfe zu leisten. Ich werde Ihnen sagen, was Sie tun werden. Hören Sie mir gut zu. Heute abend gehen wir in die populärste Bar der Stadt. Skilehrer, alles was es an flotten Knochen in der Stadt gibt. Ich werde Sie als das französische Super-As vorstellen . . .«
»Sie brauchen nicht unbedingt so zu übertreiben«, protestierte Antoine beunruhigt.
»Seien Sie still. Die Bar befindet sich im Erdgeschoß, aber auf einer Seite ist eine Art Galerie, zu der eine Treppe hinaufführt; dort angrenzend liegen die Toiletten. Nach einer gewissen Zeit, wenn ich Ihnen das Zeichen gebe, gehen Sie diese Treppe hinauf. Wenn Sie dann die Toilette verlassen und die Treppe wieder herunter wollen, rutschen Sie aus und . . .«
»Ich glaube, Sie lassen Ihrer Phantasie jetzt zu sehr die Zügel schießen«, warf Antoine ein.
»Wollen Sie den Job haben oder nicht?«
»Ich bin in Ihrer Hand«, sagte Antoine folgsam. »Also schön, ich werde rutschen.«
»Sie werden sogar die ganze Treppe herunterfallen.«
»Wenn ich dabei meine Hände verletze, kann ich mir nie wieder meinen Lebensunterhalt verdienen.«
»Dann passen Sie eben auf Ihre Hände auf. Wenn Sie unten ankommen, werden Sie herzzerreißend jammern. Sie werden sich an Ihren Knöchel fassen. Sie werden stöhnen und sagen, daß Sie

glauben, daß Sie sich den Fuß gebrochen haben. Daraufhin werde ich Ihnen sagen, daß ich Sie zu einem Arzt bringe. Aber wir gehen zu keinem Arzt.«

»Sie genießen dieses Drehbuch förmlich«, warf Antoine ihm vor. »Ihnen fehlt jegliches menschliche Gefühl.«

Ungerührt redete Michael weiter. »Ich fahre Sie ins Hotel, wo ich Bandagen vorbereitet habe, und verbinde Ihren Knöchel. Wenn ich mit dem Verbinden fertig bin, werden Sie Ihren Fuß nicht wiedererkennen. Susan wird mitspielen müssen. Sagen Sie ihr, daß Sie sie erwürgen, wenn sie lacht. In den nächsten zwei Wochen werde ich jede Nacht mit Ihnen üben. Wenn es nötig sein sollte, werde ich am Ende auch Cully einweihen. In zwei Wochen sollten Sie soweit sein, daß Sie zumindest so aussehen, als ob Sie Kindern Unterricht geben könnten. Natürlich werden Sie ihnen die Hosen aufmachen müssen, wenn sie aufs Töpfchen wollen, und wieder zuknöpfen, wenn sie fertig sind.«

»Ihr Lächeln gefällt mir nicht«, sagte Antoine.

»Cully ist mein Freund, und er braucht Lehrer. Vielleicht hat er auch einen Sinn für Humor. Wenn Sie Ihre Rolle gut spielen, macht er wahrscheinlich mit. Wenn Sie nach diesen zwei Wochen die Probe nicht bestehen, und inzwischen keine Arbeit als Pianist gefunden haben, verbreiten Sie die Nachricht, daß in New York ein Job auf Sie wartet, und verschwinden. *Compris?*«

»Sie sind ein Bastard, Michael, wissen Sie das?«

»Ganz im Gegenteil. Ich bin Ihr Freund. Ich versuche, Sie davor zu bewahren, daß man Sie verhaftet, weil Sie unter Vorspiegelung falscher Tatsachen Geld kassieren wollen. Und jetzt steigen Sie noch einmal diesen mickrigen Pickel von Hang hinauf und versuchen Sie, in einem wieder herunterzukommen.«

»Ich bin erschöpft.«

»Das ist nichts im Vergleich zu dem, was Sie in einer Stunde sein werden. Vergessen Sie nicht: das Ganze war Ihre Idee.«

Antoine ächzte und krabbelte mühsam den kleinen Hang wieder hinauf.

Die Bar hieß Chimney Corner — Kaminecke. Es war ein gemütliches Lokal, in dem sich jeder mit jedem unterhielt. Als Michael nach dem College seine Winterferien in der Stadt verbracht hatte, war er hier Stammgast gewesen. Der Rauch der vergangenen Jahre hatte die Deckenbalken und die Holzverkleidung an den Wänden dunkel gefärbt, und die Photos berühmter Skiläufer, die über dem großen Kamin hingen, sahen aus wie Erinnerungsstücke des frühen Amerika. Die Leute an der Theke und an den Tischen kamen Michael schrecklich jung vor, und er schätzte, daß er mindestens zehn Jahre älter war als sonst jemand im Raum. In einer Ecke befand sich eine — Gott sei Dank nicht in Betrieb befindliche — Musikbox, und rechts vom Kamin stand ein arg mitgenommenes Wandklavier. Als Michael, Antoine und Susan sich an einen Tisch setzten, starrte Antoine besorgt auf die Treppe, die zur Galerie hinaufführte.

Jimmy Davis, der Eigentümer der Bar, mit dem Michael an so manchen langen Winterabenden so manches Glas geleert hatte, kam, ihn zu begrüßen, und Michael stellte ihm seine Freunde vor. »Wie geht's mit dem Skifahren?« fragte Michael. Sie waren oft zusammen gelaufen. Davis war dick, aber gelenkig und selbst unter schlechtesten Wetterbedingungen und Schneeverhältnissen heiter und guter Laune.

»Mit dem Skifahren? Das hat sich für mich praktisch aufgehört. Mein Weib hat mich überredet, schon Mittag aufzusperren, und obwohl ich mich wundere, daß mir die Leute etwas für das Essen bezahlen, das ich ihnen serviere, werke ich an meiner ersten Million. So gibt's Arbeit in Menge. Aber wenn du keinen findest, der so verrückt ist, mit dir zu laufen, ich kann mich schon mal einen Nachmittag oder zwei frei machen. Was soll es sein, meine Damen und Herren, die erste Runde geht auf meine Rechnung.«

Sie bestellten Whisky, und Davis servierte ihn selbst. »Ist das Klavier gestimmt?« fragte Michael.

»Keine Ahnung«, antwortete Davis. »Heuer hat noch niemand darauf gespielt. Warum? Möchtest du uns ein Konzert geben?«

»Mein Freund Antoine hier könnte uns etwas vorspielen. Er ist ein berühmter Pianist aus Frankreich.«

»Willkommen!« sagte Davis zu Antoine. »Ein berühmter Pianist könnte genau das Richtige sein, um den Laden aufzupolieren.«

Das Lokal füllte sich. »Hör mal, Jimmy«, wandte sich Michael an Davis, »hast du eine neue Vorschrift erlassen — nach zehn Uhr abends Eintritt verboten für Leute über zwanzig?«

Davis lachte, aber ein bißchen traurig. »Es ist wahr, sie werden jünger und jünger. Für uns alte Knacker sieht es zumindest so aus. Sie geraten sich auch öfter in die Haare als früher. Unter der Theke habe ich einen Baseballschläger liegen, um Ruhe und Ordnung herzustellen, wenn es nötig ist.« Er begab sich an die Bar, um dem Mixer zu helfen, Drinks auszuschenken.

»Die Treppe sieht schrecklich steil aus«, bemerkte Antoine.
»Wenn Sie erst ein paar Gläser getrunken haben, wird sie nicht mehr so steil aussehen. Haben Sie Vertrauen.«
»Mir ist schon der Geschmack von Whisky zuwider«, klagte Antoine.
»Gehen Sie und spielen Sie was«, rief Michael. »Es wird Ihre Nerven beruhigen.« Er winkte Annabel Fenstock zu, die mit einem Jungen hereinkam, der dem Aussehen nach nicht älter als achtzehn sein konnte.
Rita und ein Junge, der, wie Michael annahm, ihr älterer Bruder war, betraten das Lokal, und Michael bedeutete ihnen mit Gesten, an ihren Tisch zu kommen. Rita stellte ihren Bruder Eliot vor und begrüßte ein wenig schüchtern Susan und Antoine; sie hatte ihnen, wie auch Michael, beim Abendessen serviert.
»Setzt euch, setzt euch«, sagte Michael und rückte ein wenig zur Seite, um Rita und ihrem Bruder Platz zu machen. »Ihr kommt gerade recht. Der berühmte französische Pianist wird uns mit seiner ersten Darbietung hoch über dem Meeresspiegel erfreuen.«
»Ich bin noch nicht in Stimmung«, sagte Antoine. Es war kein erfreulicher Abend für ihn, und als er an seinem Whisky nippte, verzog er das Gesicht.
Eine Kellnerin kam an den Tisch, Rita bestellte eine Cola, ihr Bruder ein Bier. Eliot war ein stämmiger Kerl, die Ähnlichkeit mit seiner Schwester unverkennbar: die großen, klaren Augen, die gerade Nase mit den breiten Nasenflügeln und der volle, von Entschlossenheit zeugende Mund. Auch sein Haar, wie das seiner Schwester, war kurz geschnitten, und er sah aus, so schien es Michael, wie ein jugendlicher Muhammad Ali, als dieser noch Cassius Clay hieß. Er trug eine Lederjacke, unter der sich bei den Schultern die Muskeln spannten, und einen Sweater mit den Buchstaben der Sportmannschaft der städtischen Highschool. Michael nahm an, daß er ihn im Football gewonnen hatte.
»Haben Sie schon mit Swanson wegen des Trainings gesprochen?« fragte Michael Rita.
»Wir sind für morgen früh verabredet.«
Michael wandte sich Eliot zu. »Ihre Schwester ist eine ausgezeichnete Skiläuferin. Aber sie sagt, Sie wären noch viel besser.«
»Ich bin älter, das ist alles.«

»Warum melden Sie sich nicht auch zu den Rennen?«
Eliot schüttelte den Kopf. »Meine Beine sind zu wertvoll. Ich habe ein Leichtathletik-Stipendium für Dartmouth. Wer an Rennen teilnimmt, muß eines Tages im Krankenhaus landen. Und, wie mein Vater sagt, es wird noch fünfzig Jahre dauern, bis die Berge für schwarze Läufer frei sind. Ich gehe lieber dorthin, wo ich und meine Brüder willkommen sind.« Er sprach frisch von der Leber weg, ohne jede Spur von Verlegenheit. »Und wenn Sie die Wahrheit wissen wollen, Mr. Storrs, ich habe Rita abgeraten, an dem Rennen teilzunehmen.«
»Ach, Eliot . . .« sagte Rita, »ich dachte, wir hätten das alles ausdiskutiert.«
»Ich habe schon zu viele alte Rennfahrer in unserer Stadt gesehen«, fuhr Eliot fort, ohne auf seine Schwester zu achten, »männliche und weibliche, die immer noch nach Möglichkeiten suchen, der Welt zu beweisen, daß sie noch da sind, und immer noch dem Wahn des Rasens nachjagen. Wie der Bursche da drüben.« Er deutete zur Bar hin, wo Williams, der Alleinbesitzer der Green-Hollow-Drachenfliegerschule, ein Bier trank. »Er hatte ein recht gutes Jahr in der Juniorenmeisterschaft im Abfahrtslauf hinter sich, als er stürzte und eine Rückenverletzung erlitt. Er war fast gelähmt, und jetzt predigt er das Drachenfliegen. Wie ich gehört habe, treiben Sie ja auch diesen Sport, Mr. Storrs, und ich glaube gern, daß es ein Nervenkitzel besonderer Art ist, auf eine Stadt niederzuschweben. Williams hat mich gefragt, ob ich es nicht versuchen möchte, aber ich habe ihm gleich gesagt, daß das nichts für mich ist. Als Schwarzer in Amerika zu leben, ist Nervenkitzel genug für mich.«
»Ach, Eliot«, beklagte sich Rita, »ich dachte, wir wären gekommen, um uns zu unterhalten . . .«
»Ich unterhalte mich blendend«, erwiderte Eliot ruhig, trank sein Bier aus und winkte die Kellnerin heran, um ein zweites zu bestellen.
»Wenn ich noch mehr von dem Zeug trinke, wird mir hundsübel«, sagte Antoine und schob sein Glas von sich weg. Er stand auf, ging zum Klavier hinüber und schlug ein paar Akkorde an. »Na so was«, sagte er, »es ist sogar gestimmt.« Dann fing er an zu spielen, zuerst leise, dann immer lauter, als das Stimmengewirr allmählich abflaute und die Leute aufhörten zu reden, um ihm zuzuhören.
Er spielte »Stormy Weather«, denn er wußte, daß Michael das

Lied liebte, und Michael rief die Kellnerin heran und sagte: »Bringen Sie dem Pianisten eine Limonade«, um zu zeigen, daß er Antoines Geste zu würdigen wußte.
Langsam begann Rita, sich im Takt der Musik auf ihrem Stuhl zu wiegen und den Text leise mitzusingen. Sie hatte eine klare, reine Stimme, und Michael und Susan machte es Freude, ihr zuzuhören. »Rita«, sagte Michael, »stehen Sie auf und singen Sie mit ihm.«
»Meinen Sie, ich sollte . . .?« fragte Rita zweifelnd. »Wird Ihr Freund nichts dagegen haben?«
»Er wird begeistert sein. Gehen Sie, gehen Sie.«
»Na ja, wenn Sie meinen . . .« Sie stand auf, ging zum Klavier hinüber und fing an zu singen. Einen Augenblick lang blickte Antoine zweifelnd auf, dann nickte er zustimmend und wechselte die Tonart, um ihrem tiefen Alt gerecht zu werden. Nach den ersten ein wenig unsicheren Takten faßte Rita Mut und sang frisch drauflos; mit leicht französischem Akzent stimmte Antoine bei der letzten Strophe in ihren Gesang mit ein. Als sie endeten, erhob sich Beifall im ganzen Lokal; Antoine stand auf und schüttelte Rita mit ernstem Gesicht die Hand. Sie kam mit ihm an den Tisch zurück; sie zitterte, aber ein strahlendes, schulmädchenhaftes Lächeln erhellte ihr Gesicht.
»Meine liebe junge Dame«, sagte Antoine, »Sie sind eine richtige Sängerin, wissen Sie das? Wir müssen zusammen arbeiten. Wir werden die Eingeborenen mit unseren brillanten Darbietungen in Erstaunen versetzen.«
»Machen Sie sich bitte nicht über mich lustig.«
»Ich meine es völlig ernst. Sie haben eine bezaubernde Stimme. Wollen wir noch eines versuchen? Was möchten Sie gern singen?«
Rita warf einen fragenden Blick auf Eliot. Er hatte nicht Beifall geklatscht, und in seine Stirn gruben sich Falten. Es war nicht zu übersehen, daß er es nicht billigte, wenn seine Schwester sich in Bars produzierte. »Vielleicht ein andermal, Antoine«, lehnte Rita ab. »Wenn wir ein bißchen geübt haben.«
Strahlend kam Jimmy Davis an den Tisch. »Hört mal, das war allerhand. Macht das doch an ein paar Abenden, und ich lasse ein Plakat drucken und draußen anschlagen: Exklusives Unterhaltungsprogramm, das beste in Green Hollow. The Chimney Corner. Heiße Rhythmen in der Pianobar.«
»Ella Fitzgerald wird wegen mir noch keine schlaflosen Nächte

verbringen«, kicherte Rita, ließ den Kopf sinken und nippte an ihrer Cola.

Michael stieß Antoine unter dem Tisch mit dem Knie an.

»Jetzt«, flüsterte er.

»Vielleicht spiele ich noch etwas ...« murmelte Antoine ausweichend.

»Jetzt«, zischte Michael.

»Entschuldigen Sie mich«, sagte Antoine. Er ging zur Treppe und stieg langsam hinauf, wobei er nur jede zweite Stufe nahm. Michael beobachtete ihn, wie er in der Herrentoilette verschwand. Es dauerte fast fünf Minuten, bis Antoine wieder auf der Galerie erschien, Michael war schon drauf und dran gewesen, ihm nachzugehen und ihn herauszuholen. Er sah, wie Antoine tief Atem holte und sich auf den Weg nach unten machte. Er hielt sich am Geländer fest, drehte sich um und ließ los. Es machte erstaunlich viel Lärm, als er die Treppe hinunterrollte, und plötzlich trat im ganzen Saal völlige Stille ein.

Auf der letzten Stufe blieb Antoine liegen, wo er mit, wie es Michael schien, bewundernswerter Kunstfertigkeit zu brüllen anfing. »Mein Bein«, schrie er, »ich habe mir das Bein gebrochen.«

Michael sprang auf, gefolgt von Susan, und beide knieten neben dem sich windenden Antoine nieder. »Phantastisch«, flüsterte Michael, während er die Hand auf Antoines Wade legte und so tat, als suche er nach einem Bruch. »Meinen Glückwunsch. Das war wirklich ein glaubwürdiger Sturz, mein Junge.«

»Glaubwürdig!« sagte Antoine, der sich vor Schmerzen krümmte. »Sie Klugscheißer, ich habe wirklich einen Bruch!«

Michael ließ seine Hand über Antoines Bein gleiten, und oberhalb des Knöchels entdeckte er den Bruch.

»Heiliger Strohsack«, rief Michael, »tatsächlich! Idiot! Rita«, sagte er zu dem Mädchen, das hinter ihm gekommen war, »lassen Sie einen Rettungswagen kommen. Bleiben Sie still, Antoine, und ...«

Aber Antoine hörte ihn nicht. Er war in Ohnmacht gefallen.

# 17

Halb liegend, halb sitzend, das Bein in Gips, auf Kissen gebettet, hütete Antoine das Bett, als Michael ins Zimmer kam, um nach ihm zu sehen. Nachdem ihm der Gipsverband angelegt worden war, hatte Antoine sich geweigert, über Nacht im Krankenhaus zu bleiben. »In Krankenhäusern sterben die Leute«, sagte er, und Michael und Eliot, die ihn mit Susans Wagen ins Krankenhaus gefahren hatten, mußten ihn um drei Uhr früh zum Wagen hinunter und dann, im Hotel, die Treppe hinauftragen. Antoine legte gallische Tapferkeit an den Tag und machte keinen Pieps, obwohl das unvermeidbare Puffen und Stoßen ihm, trotz der Injektion, die der Arzt ihm gegeben hatte, schauderhafte Schmerzen verursachen mußte.

Jetzt bekam er von Susan sein Frühstück verabreicht. Taufrisch saß sie an seinem Bett und fütterte ihn mit Löffeln, obwohl sie in dieser Nacht nicht mehr als vier Stunden geschlafen hatte. Antoine sah keineswegs taufrisch aus. Er war grün im Gesicht, seine Augen wirkten stumpf und glasig, aber er winkte Michael zur Begrüßung lebhaft zu. »Noch nie war ich meinem Ziel, Susan ins Bett zu bekommen, so nahe. Auf lange Sicht gesehen, hat sich die Sache vielleicht ausgezahlt.«

»Wenigstens sehen Sie jetzt aus wie ein Skiläufer«, meinte Michael.

»Jedenfalls ziehe ich den Hut vor Ihnen«, erwiderte Antoine. »Es hat bestens funktioniert. Mr. Cully wird nie herausfinden, was für ein Skiläufer ich bin. Für den Fall, daß es noch andere Probleme geben sollte, ist es gut zu wissen, daß ich mich auf Sie verlassen kann.«

»Jederzeit. Sie können immer auf mich zählen.«

»Aber ich habe etwas sehr Kluges getan«, brüstete sich Antoine. »Als ich gestern in der Skischule war und mit dem reizenden jungen Mädchen plauderte, schloß ich eine Unfallversicherung für die ganze Saison ab. Ich bin nicht umsonst Franzose. Ich kann zwar nicht laufen, aber jetzt bin ich wenigstens ein vermögender Mann. Sagen Sie, Susan: haben Sie in Ihrem langen und abwechslungsreichen Leben schon einmal mit einem Mann geschlafen, der ein Bein in Gips hatte?«

»Essen Sie Ihre Eier«, antwortete Susan.

»Wie ich sehe, sind Sie zum Skifahren angezogen, Mike«, sagte Antoine. »Finden Sie es nicht ein wenig gefühllos, mich hier einfach so liegen zu lassen, der ich dem Tod gerade noch von der Schippe gesprungen bin?«

»Dieser Tatsache Rechnung tragend, werde ich oben auf dem Gipfel eine Schweigeminute halten.«

»Antoine seufzte. »Es war ein so netter Abend, bis Sie mich diese abscheuliche Treppe hinaufjagten. Die Kleine mit ihrer Engelsstimme, und überhaupt. Und dazu noch ein gestimmtes Klavier.«

Obwohl die Zimmertür offenstand, klopfte Eva Heggener höflich, bevor sie eintrat. Sie brachte eine Vase mit einem kleinen Strauß Narzissen aus dem Treibhaus des Hotels. »Ach, mein armer Gast«, begrüßte sie Antoine. »Noch keine 24 Stunden in der Stadt und schon *hors de combat.* Es wird Sie vielleicht interessieren, daß Sie alle bisherigen Geschwindigkeitsrekorde im Beinbrechen in diesem Hotel unterboten haben. Ich hoffe, diese Blümchen werden Ihnen helfen, auf Ihrem Schmerzenslager frischen Mut zu fassen.«

»Das ist sehr liebenswürdig von Ihnen, Madame«, sagte Antoine.

»Wenn es etwas gäbe, um Ihnen Ihren Aufenthalt angenehmer zu gestalten, zögern Sie bitte nicht, es mich wissen zu lassen.«

»Meine lieben Freunde sind rührend um mich bemüht.«

»Das sehe ich«, sagte Eva und musterte Susan, zeigte sich ihr aber nicht sonderlich gewogen. »Wir haben einen Rollstuhl im Keller, wenn Sie den Wunsch haben, ein bißchen herumzufahren. Ich lasse Sie von zwei Hausdienern hinuntertragen. In solchen Dingen haben sie viel Übung.«

»Vielleicht morgen«, meinte Antoine. »Ich bin nicht besonders erpicht darauf, mein Zimmer heute schon zu verlassen.«

»Ich verstehe. Mr. Storrs«, wandte sie sich an Michael, »hätten Sie einen Augenblick Zeit?«

Michael nickte. »Antoine, der Arzt hat mir gesagt, daß Sie einen schönen sauberen Bruch haben.«

»Bitte, danken Sie dem Herrn Doktor in meinem Namen für die gute Nachricht. Ich hätte mich wirklich geschämt, wenn ich ihm mit einem unsauberen Bruch unter die Augen gekommen wäre.«

Susan hob noch einen Löffel mit Ei an Antoines Lippen, als Michael mit Eva das Zimmer verließ und den Gang hinunterging.
»Andreas wartet unten auf dich. Du sollst mit ihm Ski laufen«, sagte Eva und blieb stehen, als sie außer Hörweite von Antoines Zimmer waren. »Trotz aller meiner Vorhaltungen.« Sie sprach in bitterem Ton. »Ich kann wohl auch dich nicht dazu bringen, deine Meinung zu ändern, nicht wahr?«
»Ich fürchte nein.«
»Es wird heute abend mehr als ein Krankenzimmer in diesem Hotel geben«, sagte Eva. »Übrigens: ich laufe heute nachmittag nicht. Ich werde mit dem Umzug anfangen. Das Pförtnerhaus steht auch schon bereit. Vielleicht möchtest du noch heute übersiedeln.«
»Solange mein Freund immobilisiert ist, möchte ich doch lieber in seiner Nähe bleiben. Es könnte sein, daß er mich braucht.«
»Er hat doch dieses Mädchen.«
»Sie ist hier, um Urlaub zu machen.«
»Und wozu bist du hier?«
»Um dich zu erleben, Liebste«, antwortete Michael, verärgert über die Feindseligkeit in Evas Stimme. »Und um dem Ruhebedürfnis der gesamten Nachbarschaft genüge zu tun.«
»Treib es nicht so weit, daß ich es bedauern muß, dir begegnet zu sein«, sagte sie mit leiser, erregter Stimme, machte kehrt und ging die Treppe hinauf; böse klapperten ihre Absätze auf den Stufen.
Skier und Skistöcke festhaltend, stand Heggener vor seinem Hotel in der Sonne. Er trug eine elegant geschneiderte marineblaue Skihose, eine graue Lodenjacke und eine wollmütze, die jetzt hochgerollt war, sich aber herunterziehen ließ, wenn es kälter wurde, den Hals und die untere Gesichtshälfte zu bedecken.
»Ach, Michael«, sagte er, »es ist ein so schöner Morgen, und ich wollte so viel wie möglich die Sonne genießen. Ihr armer Freund tut mir schrecklich leid. Ich fürchte, er wird in diesem Winter nicht mehr zum Skilaufen kommen.«
»Nein, das wird er nicht«, stimmte Michael ihm zu und griff nach seinen Skiern und Stöcken, die an der Wand lehnten. »Vielleicht ist es das Beste für ihn.«
Sie fuhren mit dem Porsche zur Talstation des Sessellifts. »Eva wollte, ich sollte mir auch so einen kaufen«, erzählte Heggener, »aber ich antwortete ihr, daß ich für ein so auffälliges Vehikel

schon zu alt bin. Es deprimiert mich immer wieder von neuem, wenn ich ältere, womöglich schon weißhaarige Herren sehe, die alles tun, um so auszusehen, als ob sie fesche junge Kerle wären. Wie schmerzlich es auch sein mag, man muß lernen, daß es für alles das passende Alter gibt, insbesondere für die Statussymbole der Jugend.«
»Wenn ich vierzig bin, tausche ich ihn gegen eine schwarze, viertürige Volkswagen-Limousine ein«, sagte Michael.
Heggener lachte. »Darüber brauchen Sie sich doch keine Sorgen zu machen — noch nicht.«
Oben angelangt, führte Michael Heggener langsam und vorsichtig über die leichteste Abfahrt hinunter. Heggener lief mühelos und elegant und immer beherrscht. Er atmete normal, als Michael stehenblieb, um ihn ausruhen zu lassen, und auf Heggeners Gesicht war keine Spur von Anstrengung zu sehen. Schwer zu glauben, daß dieser gepflegte, elegant gekleidete Mann von den Ärzten für todkrank erklärt worden war und seit zwei Jahren nicht mehr auf Skiern gestanden hatte.
»Ich möchte Sie um einen Gefallen bitten, Michael«, sagte Heggener. »Cully hat mir erzählt, Sie wären der beste Kunstspringer in der Stadt gewesen. Purzelbäume, Saltos und dergleichen. Solche Kunststücke verleihen dem Sport eine höchst erwünschte heitere Note, die man zu der Zeit, als ich Skilaufen lernte, nicht kannte. Wären Sie so nett, mir eine kleine Privatvorstellung zu geben?«
Im Augenblick war außer ihnen niemand am Hang, und so konnte ihn auch niemand beschuldigen, er hätte sich an diesem Morgen vor einem Publikum produzieren wollen. Er befand sich in ausgezeichneter körperlicher Verfassung, und der Schnee war fest und ungefährlich. Er gab Heggener seine Stöcke und lief, bald rückwärts, bald vorwärts gleitend, bald hin- und herschwingend und Luftsprünge vollführend, den Hang hinunter, raste auf eine Bank zu, die unten auf dem Spazierweg stand, und setzte, so als machte er einen Schwalbenflug, zusammengerollt und die Arme ausgebreitet, mit einem Salto darüber hinweg. Schnee aufwirbelnd, landete er sicher und blieb lachend vor Freude stehen. Heggener lief zu ihm hinunter.
»Mein Gott!« rief Heggener. »Was für eine Leistung! Sie hätten sich das Genick brechen können. Jetzt weiß ich, daß man sehr vorsichtig sein muß, bevor man Sie ersucht, etwas so . . . Gefährliches zu unternehmen. Aber ich gebe zu, Sie haben diesem Mor-

gen gerade das richtige Maß an Tollkühnheit beigefügt, und dafür danke ich Ihnen.«

Sie machten noch eine Abfahrt. Michael wollte Eva ihren Mann nicht im Zustand der Erschöpfung zurückbringen. Heggener war sofort einverstanden, als Michael ihm sagte, er dächte, fürs erste Mal reichten die zwei Abfahrten. Aber er schien zufrieden mit sich zu sein, und sein Gesicht hatte eine gesunde Farbe bekommen. Wehmütig beobachtete er die jungen Leute, die über den steilen Hang des Schwarzen Prinzen rasten. »Als ich das erste Mal hierherkam«, sagte er, »machte ich alle Abfahrten — auch diese. Es war sogar meine Lieblingspiste.«

»Vielleicht versuchen wir die Strecke in ein paar Wochen«, bemerkte Michael diplomatisch.

»Und wie fühlen Sie sich jetzt?« fragte Michael auf der Rückfahrt ins Hotel.

»Prima«, antwortete Heggener heiter.

Michael empfand tiefe Freude für diesen couragierten und schwierigen Mann, der, seine Ängste verschweigend, aufrecht neben ihm saß.

Jimmy Davis saß in Antoines Zimmer, als Michael hinaufkam, um zu sehen, wie er den Vormittag hingebracht hatte. Davis entschuldigte sich bei Antoine. »Ich habe mit meiner Frau schon wiederholt darüber gesprochen, daß wir ein stärkeres Licht bei dieser verdammten Treppe haben sollten, aber sie meinte immer, es würde die Atmosphäre beeinträchtigen. Als ob in dieser kaputten Kaschemme noch irgend etwas die Atmosphäre beeinträchtigen könnte.«

»Machen Sie sich keine Sorgen, Mr. Davis«, entgegnete Antoine großmütig. »Ich schaue nie, wo ich hintrete, und neige überhaupt zu Unfällen.« Er wies auf die lange Narbe auf seinem Gesicht. »Sie sehen ja selbst.«

»Sie sind wirklich ein Gentleman, Antoine«, sagte Davis. »Nach so einem Sturz, da gibt es nur wenige, die mich nicht unverzüglich auf mindestens hunderttausend Dollar verklagt haben würden.«

»Führen Sie mich nicht in Versuchung, Mr. Davis«, sagte Antoine. »Wie ist es Ihnen heute morgen ergangen, Michael, Ihnen und Mr. Heggener?«

»Es war herrlich.«

»Wie ich es bedauere, nicht mit Ihnen mithalten zu können!«

»Sie haben uns gefehlt«, versetzte Michael in ernstem Ton.

»Hören Sie«, wandte sich Davis an Antoine, »vielleicht kann ich etwas für Sie tun. Für uns beide. Nachdem Sie gestern . . . fortgebracht wurden, kamen eine Menge Leute zu meiner Frau und mir und sagten uns, wie sehr ihnen die Art gefallen hat, wie Sie spielen und singen. Ich frage mich, ob Sie vielleicht interessiert wären, bei mir zu arbeiten — sagen wir sechs Abende in der Woche, von zehn bis ein Uhr früh . . .«

»Ich könnte es in Erwägung ziehen«, antwortete Antoine und tat, als überlege er. Er warf Michael einen bedeutsamen Blick zu. »Vielleicht hatte ich mit meinem akrobatischen Kunststück Glück im Unglück.«

»Ich kann Ihnen nicht weiß Gott wieviel bezahlen«, sagte Davis eilig, »aber Ihre Verpflegung bekämen Sie im Lokal. Könnte sein, daß Sie davon Magengeschwüre bekommen, aber wenigstens hätte es Sie nichts gekostet. Und hinten haben wir einen kleinen Zubau, den wir als Lager verwenden, den könnten wir für Sie wohnlich herrichten. Und dazu noch« — er schien sich etwas auszurechnen — »na, sagen wir 75 Dollar. Wetten, Sie zahlen allein fürs Wohnen in diesem Palast eine ganze Stange mehr.«

»Da haben Sie recht.« Die Tatsache, daß nicht er, sondern Michael die Hotelrechnung beglich, ließ er unerwähnt.

»Sie können doch mit einem Bein spielen, oder?« erkundigte sich Davis.

»Ohne jede Schwierigkeit.«

»Also sind Sie einverstanden?«

»Michael?« Fragend sah Antoine Michael an.

»Da gibt es Pros und Kontras«, nahm Michael Antoine auf den Arm. »Aber wenn Jimmy Sie nicht nötigt, Ihre künstlerischen Ambitionen zu verraten . . .«

»Solange er mir meine Gäste nicht zum Monadnock hinuntertreibt«, gelobte Davis, »kann er spielen, was ihm Spaß macht. Und wenn Sie die Kleine — Rita — dazu überreden könnten, an den Wochenenden ein paar Lieder zu singen, würde ich auch für sie ein paar Kröten springen lassen.«

»Na ja«, sagte Antoine, so als widerstrebe es ihm, sich gleich zu entscheiden, »wenn es Ihren Gästen nichts ausmacht, daß der Pianist auf Krücken zum Klavier humpelt . . .«

»Die sind Krücken gewöhnt«, versicherte ihm Davis. »Hätten sie keine Krücken vor Augen, sie würden denken, mit Green Hollow ginge es abwärts. Wann, glauben Sie, könnten Sie anfangen?«

»Wäre Ihnen morgen abend recht, Mr. Davis?«
»Geht in Ordnung, Antoine.« Davis streckte ihm seine Hand entgegen, und Antoine ergriff sie. »Ich werde gleich heute nachmittag Ihr Zimmer in Ordnung bringen lassen«, sagte er, als er sich verabschiedete. Ein zufriedenes Lächeln erhellte seine Züge, so als hätte er ein höchst einträgliches Geschäft abgeschlossen.
»Nun, Mike«, sagte Antoine, nachdem Davis gegangen war, »wie es scheint, habe ich ein Zuhause gefunden. Dafür habe ich Ihnen zu danken. Vielleicht kann ich Ihnen sogar einen Teil des Geldes zurückzahlen, das Sie mir vorgeschossen haben. Obwohl«, fügte er eilig hinzu, »das natürlich kein Versprechen ist. Wie schön, daß man einmal keine Fragen gestellt bekommt, wo ist Ihre Arbeitserlaubnis, wo ist Ihre Mitgliedskarte von der Gewerkschaft, welche Nummer haben Sie in der Sozialversicherung ... alle diese faschistischen Belästigungen. Vielleicht war es ein Fehler, daß ich mich hier mit meinem richtigen Namen vorgestellt habe. Ich hätte doch leicht einen anderen erfinden können.«
»Niemand wird Sie belästigen, Jimmy Davis ist mit aller Welt dicke Freund. Und er weiß, daß er Sie für einen Pappenstiel bekommen hat. Er wird Ihnen alles vom Leib halten — zumindest bis April, wenn Saisonschluß ist.«
»Erinnern Sie mich bitte nicht an April«, entgegnete Antoine düster. »Sie reden schon wie Susan. In der Französischstunde in der Highschool hat sie die Fabel von der Grille und der Ameise gelernt, und immer wenn sie meint, ich ginge verschwenderisch mit meinem Geld um — wenn ich bei einem Agioteur zu Wahnsinnspreisen Theaterkarten kaufe oder sie zum Abendessen in ein französisches Restaurant einlade, wo sie für einen Teller Suppe Preise verlangen, wie nur Bankräuber sie zahlen können, zitiert sie mir unweigerlich: ›*La cigale, ayant chanté tout l'été, se trouva fort dé pourvu quand la bise était venu.*‹ Auf gut englisch heißt das, daß die Grille — also ich —, weil sie den ganzen Sommer nur gesungen hat, in der Scheiße sitzt, wenn der Winter kommt. Ich kann mich nicht ändern, nur weil ein junges Mädchen in der Highschool ein dummes Gedicht gelernt hat. Außerdem spricht sie französisch mit einem fürchterlichen Akzent.«
Michael lachte. »Wo ist sie denn überhaupt?«
»Skifahren. Mit einer sorglosen Geste ihrer schönen Hand hat sie mich meinen Qualen überlassen. Wenn das Mädchen so viel Spaß am Sex hätte wie am Skilaufen, sie wäre eine der bedeutendsten Kurtisanen seit Madame Pompadour. Also zum Essen

wollte sie wieder da sein. Jetzt, wo ich mich nicht rühren kann, wird sie meine Lage ausnützen, um Sie einzufangen.«

»Vertrauen Sie mir, *mon vieux*.«

»Ein Mann mit einem gebrochenen Bein kann sich den Luxus nicht leisten, jemandem zu vertrauen. Besonders nicht jemandem, der aussieht wie Sie. Ältere Frauen haben ein Herz für Invalide, jungen Frauen sind sie zuwider.«

»Ist das auch aus einer französischen Fabel?«

»Das ist keine Fabel, sondern die Erkenntnis eines erfahrenen Mannes von Welt, nämlich meine. Ich flehe Sie an, lassen Sie sich nicht von ihr in einer schwachen Stunde einfangen.«

»Antoine, ich weiß bei Ihnen nie, wann Sie ernst sind und wann Sie Spaß machen.«

»Halb und halb. Das gehört zu meinem Charme. Da ich kein anziehendes Exterieur habe, bin ich auf andere Qualitäten angewiesen. Glauben Sie, würde ein Glas Wein meinen Heilungsprozeß verzögern?«

»Ich schicke Ihnen eine Flasche herauf, wenn ich essen gehe.«

»Vergessen Sie nicht«, mahnte Antoine, »ich war nett zu Ihnen, als Sie kampfunfähig ins Krankenhaus gebracht wurden. Rein aus Freundschaft verbarg ich meine Abscheu, als ich sah, wie man Ihr Gesicht zugerichtet hatte.«

»Ich werde es nicht vergessen. Niemals.«

»Wenn es einen anständigen Beaujolais gibt«, rief Antoine Michael nach, als dieser das Zimmer verließ, »das wäre nett.«

Nach dem Mittagessen ging er mit Susan Ski fahren. Es machte Spaß, mit ihr zu laufen. Sie war wagemutig und immer wieder begeistert vom Schußfahren, dem prächtigen Wetter und den sich wandelnden Formen der Berge mit ihren tief darüber hinwegziehenden Wolkenfetzen. Als sie genug hatten, gingen sie in die Bar des Monadnock und tranken Tee mit Rum. »Manchmal frage ich mich«, sagte sie nachdenklich, »ob ich glücklich wäre, wenn ich jeden Tag Ski fahren könnte. Wahrscheinlich nicht«, beantwortete sie ihre Frage. »Wenn ich Menschen sehe, deren Leben ein einziger langer Feiertag ist, tun sie mir leid. Wenn man nicht arbeitet, werden Feiertage zur Plage.«

»Sie arbeiten gern, nicht wahr?«

»Ich liebe meine Arbeit. Was dabei herauskommt, ist nicht gerade epochemachend — ich rede dummen Weibern ein, daß ich ein magisches Pulver anrühren oder ein Elixier zusammenbrauen kann, das sie schöner oder zumindest akzeptabler machen wird —, aber ich verstehe mein Geschäft, und es bleibt ja immer das Element der Überraschung; vielleicht findet man eines Tages etwas, das häßliche Entlein tatsächlich in Schwäne verwandet. Das wäre dann doch der Mühe wert gewesen, nicht wahr?«

»Ich denke schon«, antwortete Michael. Er betrachtete sie aufmerksam. In der Stadt war sie eine lebende Reklametafel für die Produkte gewesen, an denen sie arbeitete, aber heute trug sie kein Make-up, und selbst ihre Nägel hatten ihre natürliche Färbung.

»Ich sehe, es ist Ihnen aufgefallen, daß ich heute eine recht unattraktive Krähe bin«, lachte sie. »Ich will nämlich die Berge nicht beleidigen.« Dann wurde sie wieder ernst. »Sie werden doch nicht für immer hier oben bleiben, oder?«

»Wenn ich Ski laufe, bin ich nicht auf Urlaub. Ich arbeite. Ich werde dafür bezahlt.«

»Was reden Sie da«, gab sie ungeduldig zurück.

»In meinem Büro gab es einige Herren, die dasselbe Verhältnis zu ihrer Arbeit hatten wie Sie. Sie wußten zwar, daß das, was sie taten, nicht von weltbewegender Bedeutung war, und sie ahnten möglicherweise, daß sie dem globalen Wirtschaftssystem damit Schaden zufügten, aber sie liebten die Herausforderung — es ging ihnen nicht nur ums Geld. Wenn mein Chef sich besoff, pflegte er sich zu rühmen, daß er es am Morgen gar nicht erwarten könne, an seinen Schreibtisch zu gelangen, daß für ihn jeder Tag ein Jubeltag sei. Und dabei hatte er genug Geld, um sich alles leisten zu können und in seinem ganzen Leben nie wieder arbeiten zu müssen.«

»Sie werden mir doch nicht erzählen wollen, daß es eine Herausforderung für Sie bedeutet, mit irgendwelchen Damen ein paar Hügel hinunterzufahren.«

»Nein«, gab er zu, »ich warte einmal ab.«

»Was warten Sie denn ab?«

»Was da kommt.« Michael lachte. »Wenn ich ein bedeutender Künstler, ein Maler oder ein Dichter oder ein großer Sportler wäre, oder mich auch nur dafür hielte, dann würde ich das gleiche empfinden wie mein Chef an seinem Schreibtisch. Oder auch wie Antoine, der etwas tut, das ihm und anderen Menschen soviel Freude macht . . . Aber das bin ich alles nicht. Ich jonglierte mit Zahlen, um Gewinne zu erzielen — anderer Leute Gewinne, obwohl es eigentlich nicht das war, was mich quälte. Nach zwölf Jahren hatte ich das Gefühl, in einem leeren Raum zu existieren, zusammen mit vielleicht acht Millionen anderen Seelen, die um mich herumwirbelten und so taten, als ob es diesen leeren Raum gar nicht gäbe. Hier aber bin ich — zumindest für den Augenblick, vielleicht für ein paar Wochen, vielleicht für ein paar Monate — aus diesem leeren Raum heraus. Aber, Susan«, sagte er ein wenig verdrießlich, »das ist doch nicht das richtige Gesprächsthema nach einem Nachmittag, wie wir ihn eben genossen haben.«

»Da haben Sie völlig recht«, stimmte sie ihm bei. »Sie sollten mich anhimmeln und mir sagen, wie schön ich bin, wie wunderbar ich Ski laufe und daß Sie ohne mich nicht leben können.«

»Ja, das sollte ich«, gab er lächelnd zurück, »es ist ein Charakterdefekt von mir, daß ich es nicht kann.«

»Wissen Sie, daß Sie der einzige Mann sind, mit dem ich je versucht habe anzubändeln — was für ein hübscher altmodischer Ausdruck, um meine Lüsternheit zu bemänteln . . .« Sie kicherte. »Und der einzige, bei dem ich um keinen Schritt weitergekommen bin.« Sie stieß einen melodramatischen Seufzer aus. »Man kann eben nicht immer gewinnen. Sollten Sie allerdings irgendwelche komischen Vorstellungen haben in bezug auf Antoine und mich . . .«

»Antoine mag etwas damit zu tun haben«, sagte Michael, »aber nicht nur. Unsere Reiseziele und Zeitpläne, Ihre und meine, haben einfach nicht zusammengepaßt. Vielleicht vor fünf Jahren, als ich noch nicht verheiratet war . . .«

»Gott schütze mich vor ehrenwerten Männern. Das ist übrigens auch etwas, worüber ich mit Ihnen reden wollte. Ehrenwerte Männer. Antoine gehört nicht dazu.« Sie sprach jetzt in sehr ernstem Ton. »Ich dachte, Sie sollten das wissen. Ich weiß, er ist amüsant und talentiert, und Sie sehen in ihm einen liebenswerten Clown, und ich habe bei dieser Clownerie mitgemacht. Clowns gehören in den Zirkus. Daheim erweisen sich ihre Possen oft als üble Streiche.«

»Antoine?« fragte Michael ungläubig. »Er würde keiner Fliege etwas zuleide tun.«

»Haben Sie eine Ahnung! Ich werde Ihnen eine kleine Geschichte über den liebenswerten, amüsanten Antoine erzählen, der keiner Fliege etwas zuleide tun könnte. Ich lernte ihn durch eine Freundin kennen; sie war verheiratet und hatte ein Kind. Sie verliebte sich in ihn und sagte sich von ihrem Mann los. Sie wollte sich scheiden lassen, denn Antoine hatte ihr gesagt, daß er sie heiraten wolle. Sie lieh ihm Geld. Einen ansehnlichen Betrag. So reich war sie nun auch wieder nicht, und sie konnte es sich nicht leisten. Natürlich hat sie das Geld nie wiedergesehen. An dem Abend, an dem wir uns kennenlernten, nachdem er sie nach Hause gebracht hatte, rief er mich an und versuchte, mich zu überreden, ihn zu mir einzuladen. Und keine zwei Wochen später fuhr er einer anderen Frau nach Paris nach. Na, ist das nicht ein Schelmenstreich, wie er zu einem Clown paßt?«

»Nicht sehr amüsant«, sagte Michael still.

»Und am ersten Tag, als er — zwei Jahre später — wieder aus Paris zurück war, rief er mich an und bat mich, ihn zu heiraten. Wenn Sie meine ehrliche Meinung hören wollen — er tat es nicht, weil er von so blinder Leidenschaft erfüllt war, wie er immer beteuerte —, er wollte mich heiraten, um amerikanischer Staatsbürger zu werden.«

»Es tut mir leid, daß Sie mir das alles erzählt haben, Susan«, sagte Michael.

»Lassen Sie sich ruhig von ihm unterhalten«, riet sie ihm, »aber verbürgen Sie sich niemals für ihn — was immer es auch sein mag. Und verlassen Sie sich nie auf ihn.«

»Sie haben einen wunderschönen Nachmittag ruiniert«, seufzte Michael. »Die Menschen sollten Schildchen um den Hals tragen, auf welchen der Inhalt der Packung beschrieben ist. Ich muß mal mit jemandem vom Umweltschutz in Washington reden.«

»Möchten Sie auch noch etwas zum Thema der Beziehungen zwischen Ihnen und der ehrenwerten Madam Heggener hören?« fragte sie herausfordernd.

»Möchte ich nicht.«

»Dacht' ich es mir doch«, sagte sie.

# 18

Unter dem Vorwand, er wolle das Hotel erst verlassen, bis Antoine so beweglich sein würde, daß er gut mit seinen Krücken zurechtkäme und keine Hilfe brauche, hatte Michael die Übersiedlung in das Pförtnerhaus um eine weitere Woche hinausgeschoben. Wenn das Wetter schön war, lief er in dieser Zeit jeden Vormittag mit Andreas Heggener Ski, und es überraschte ihn, als er feststellte, wieviel Freude es ihm machte zu sehen, wie der Hotelier ausdauernder und ausdauernder wurde. Bis auf den Schwarzen Prinzen machten sie alle Abfahrten, drei und dann vier hintereinander, während Heggener täglich schneller und mit größerer Sicherheit fuhr.
An einem klaren sonnigen Morgen, als sie schon vier Abfahrten hinter sich hatten und Michael vorschlug, es für heute genug sein zu lassen, schüttelte Heggener den Kopf. »Ich möchte noch eine Abfahrt machen.«
Michael zögerte, gab aber schließlich nach. »Wenn Sie sich kräftig genug fühlen . . .«
»Durchaus.«
Also fuhren sie noch einmal hinauf.
»Ist Ihnen etwas aufgefallen?« fragte Heggener, während sie über den Baumwipfeln schwebten.
»Mir ist aufgefallen, daß Sie ein richtiger Skifahrer geworden sind.«
»Das meine ich nicht. Haben Sie nicht bemerkt, daß ich heute noch kein einziges Mal gehustet habe? Gestern abend habe ich alle meine Arzneien weggeworfen. Das mag bedeutungslos sein. Aber vielleicht auch nicht. Und ich habe in dieser Woche zwei Pfund zugenommen. Auch das mag bedeutungslos sein oder auch nicht.«
Schweigend fuhren sie weiter. Michael war so bewegt, daß er eine volle Minute nicht zu sprechen wagte. »Andreas«, murmelte er dann, »wie heißt ›We are blessed‹ auf deutsch?«

»Warum auf deutsch?« Verwundert sah Heggener ihn an.
»In Ihrer Muttersprache könnte es Ihnen mehr bedeuten.«
Heggener berührte ihn leicht am Arm, eine Geste, die Ausdruck von Wertschätzung oder von Belustigung sein konnte. Dann sagte er leise: »Wir sind gesegnet.«
»Wir sind gesegnet«, wiederholte Michael. Er warf einen Blick auf Heggener. Eine Träne lief dem alten Herrn über die Wange.
»Sie sind ein zartfühlender Mensch«, sagte Heggener. »Verzeihen Sie mir. Ich altere vor meiner Zeit. Nur Greise weinen.«
Ich habe Glück gehabt, dachte Michael, ich bin zur rechten Zeit an die richtige Adresse gekommen.

Wieder eine Woche später hopste Antoine schon recht munter auf seinen Krücken herum und übersiedelte in den Anbau hinter dem Chimney Corner. Michael wartete auf den Tag, an dem Regen und Tau Skilaufen unmöglich machen würden, um mit seiner Habe in das Pförtnerhaus auf dem Heggenerschen Besitz zu übersiedeln. Bedauerlich war, daß es gerade der Sonnabend war, an dem sowohl die erste Drachenfliegervorführung als auch das Rennen auf dem Programm standen, zu dem Rita sich gemeldet hatte; beides mußte verschoben werden. »Ich weiß nicht, ob ich lachen oder weinen soll«, sagte Rita, als sie erfuhr, daß das Rennen abgesagt worden war. »Die ganze Woche hatte ich immer die gleichen zwei Träume. Der eine, daß ich die Erste war und aus einem großen silbernen Pokal Champagner trank. Der andere, daß ich schon das erste Tor verfehlte und von allen ausgelacht wurde.«
»In Träumen sieht man immer Extremsituationen«, klärte Michael sie auf. »Versuchen Sie es doch das nächste Mal mit etwas Mäßigung; träumen Sie von einem fünften Platz und daß Sie nachher eine Cola trinken.«
»Lustig, daß Sie dieses Wort gebrauchen«, sagte Rita. »Vater wirft mir immer wieder vor, daß ich keine Mäßigung kenne. Er meint, daß Sie einen schlechten Einfluß auf mich haben.«
»Ich?« Michael war überrascht.
»Verstehen Sie mich nicht falsch«, fügte Rita eilig hinzu. »Er mag Sie gern, und er findet, was Sie für Mr. Heggener tun, zeigt, daß Sie ein gutes Herz haben. Aber er sagt, daß ein Mann, der sich für Drachenfliegen begeistert, kein Vorbild für junge Menschen sein kann.« Sie kicherte. »Wissen Sie, wenn Daddy einmal auf Urlaub ginge, würde ich es selbst einmal versuchen. Es gibt da

ein paar Häuser in der Stadt, wo Leute wohnen, die ich kenne, und über die würde ich gern drüberfliegen und sie bombardieren.«
»Ich verstehe schon, was Sie meinen«, sagte Michael und lachte.
»Er ist auch dagegen, daß ich im Chimney Corner singe. Wenn ich Erfolg habe, sagt er, wird es mir zu Kopf steigen, weil ich noch so jung bin. Aber Mutter ist dafür. Ich habe meine Stimme von ihr, und in der Kirche singen wir manchmal Duette. Vater murrt, aber mit Mutter legt er sich nicht an. Das tut niemand, nicht einmal er. Er will, daß ich im Herbst aufs College geh', wie mein Bruder, und Jura studiere. In dieser Welt, sagt er, muß man seine Rechte kennen, und wenn man Anwalt ist, kann man sie auch durchsetzen. Aber trotzdem hat Mutter ihn herumgekriegt, und am ersten Abend kommt er auch in den Chimney Corner, um mich singen zu hören.«
»Wann wird das sein?«
»Nächsten Sonnabend. Antoine und ich bereiten ein Programm vor. Er versteht wirklich etwas von Musik, dieser Einbeinige. Man würde es nicht für möglich halten, wenn man so mit ihm redet, aber er ist schrecklich gereizt, wenn man mit ihm arbeitet und nicht genau das tut, was er sagt.«
»Werden Sie von Mr. Davis anständig bezahlt?«
»Ich weiß nicht, was ›anständig‹ ist«, antwortete Rita, »aber in der Kirche zahlt man mir gar nichts. Zehn Dollar pro Abend, drei Abende in der Woche. Das ist doch nicht schlecht, nicht wahr?«
»Ganz gut«, nickte Michael und dachte dabei: Mit diesem knickrigen Spelunkenwirt werde ich ein Wörtchen reden.
»Es geht mir sehr gegen den Strich, daß Sie das Hotel verlassen, Michael«, sagte Rita, während sie ihn zu seinem Porsche begleitete. »Ohne Sie wird hier das Leben anders sein. Sie behandeln alle Leute wie menschliche Wesen. Sie sollten einmal hören, was das Personal von gewissen Gästen denkt, Leuten, von denen man immer wieder in der Zeitung liest, führenden Persönlichkeiten, wie es in den Meldungen heißt. Die Haare würden Ihnen zu Berge stehen.« Sie kicherte wieder und winkte ihm nach, als der Wagen sich in Bewegung setzte.
Michael fuhr geradewegs zum Herrenhaus, um seine Ankunft zu melden. Es war in einem Stil erbaut, von dem der Architekt angenommen haben mußte, er habe seinen Ursprung im Süden — hohe weiße Säulen, die bis zum zweiten Stock hinaufreichten. Es sah gemütlich aus, paßte aber keineswegs in die rauhe Land-

schaft Vermonts. Es war das erste Mal, daß Michael hierherkam — er betätigte die Türglocke und wartete. Andreas Heggener öffnete. Michael hatte vorher angerufen, um zu sagen, daß sie heute vormittag nicht Ski laufen könnten und daß er gegen elf im Pförtnerhaus einziehen würde. Heggener hatte ihn gebeten, vorbeizukommen und mit ihm auf die Zukunft zu trinken.
»Kommen Sie, kommen Sie, Herr Nachbar«, begrüßte ihn Heggener. Wie gewöhnlich war er tadellos gekleidet, Haar und Bart sorgfältig gebürstet und sein jetzt schon sonngebräuntes Gesicht frisch rasiert. Er trug Krawatte und einen lose sitzenden Cordsamtanzug, und seine braunen Schuhe waren auf Hochglanz geputzt.
Er führte Michael in das große Wohnzimmer, in dem eine ganze Wand vom Fußboden bis zur Decke von Bücherregalen eingenommen wurde; eine Buchhändlerleiter stand davor. Ein prächtiger, verschossener alter Perserteppich bedeckte den größten Teil des Fußbodens, und unter den Bildern an der Wand befanden sich auch ein Kandinsky und ein Kokoschka. Michael kannte die Maler, aber er sagte nur: »Was für ein schöner Raum!« Heggener sollte nicht denken, er wolle sich als Kenner aufspielen.
Vor einem der Flügelfenster, die auf die mit Ziegeln ausgelegte Veranda und die Reihen von weißen Säulen hinausgingen, standen ein für Backgammon bestimmter Tisch und zu dessen Seiten je ein hochlehniger Stuhl. Der Raum war nüchtern und sparsam eingerichtet und legte für Evas peniblen Ordnungssinn Zeugnis ab. Wenn ich einmal so alt bin, dachte Michael, möchte ich auch in einem Zimmer wie diesem leben. Aber nicht jetzt.
»Elf Uhr«, sagte Heggener. »Was darf ich Ihnen um diese vormittägliche Stunde anbieten? Hätten Sie etwas gegen eine Bloody Mary einzuwenden?«
»Ich würde mich nicht mit Händen und Füßen dagegen wehren«, antwortete Michael. Heggener ging zu einer Anrichte hinüber, auf der sich Flaschen und Gläser, ein Eiskübel und eine silberne Kanne mit Tomatensaft befanden. Michael sah zu, wie Heggener den Wodka über Eiswürfel in einen gläsernen Shaker goß und dann die übrigen Ingredienzen hinzufügte. Er arbeitete geschickt, das Mixen machte ihm offensichtlich Spaß. Er verschloß den Shaker mit einer silbernen Kappe, schüttelte den Becher und goß dann die Drinks in zwei langstielige Weingläser. Eines reichte er Michael und erhob sein eigenes. »Prost«, sagte er, »mein Deutsch sprechender Freund.«

»Prost.«
»Ah!« machte Heggener nach dem ersten Schluck. »Die perfekte Erfrischung für elf Uhr vormittag. Eva meint, es wäre ein barbarisches Getränk, aber langsam werde ich ihres österreichischen Weins müde.«
Es war das erste Mal, daß Heggener vor Michael eine wenn auch milde Kritik an seiner Frau laut werden ließ. »Sie ist in der Stadt beim Tierarzt«, teilte Heggener Michael mit. »Bruno braucht irgendeine Spritze. Aber das hier ist ein kleines Geschenk von uns beiden; es soll Ihnen Gesellschaft leisten, wenn Sie sich in Ihrem kleinen Pförtnerhaus einsam fühlen.« Er nahm einen Karton mit einer Literflasche Johnny Walker Black Label von der Anrichte, um sie Michael feierlich zu überreichen.
»Danke«, sagte Michael und stellte den Karton auf ein Tischchen hinter einem der Sofas. »Das werde ich gut brauchen können, wenn es einmal so richtig kalt ist.«
»Setzen Sie sich, setzen Sie sich«, sagte Heggener und ging zu dem Backgammon-Tisch hinüber. Er setzte sich auf einen der Holzstühle und bedeutete Michael, auf dem anderen Platz zu nehmen. »Hier sitze ich gern und schaue hinaus«, sagte Heggener. »Es ist eine schöne Aussicht, selbst bei schlechtem Wetter.« Er räusperte sich, als bereite er sich vor, eine offizielle Erklärung abzugeben. »Mir ist bekannt«, sagte er förmlich, »daß Eva versucht hat, Sie dazu zu bringen, unsere gemeinsamen Skiausflüge einzustellen.«
»Sie hat es ein- oder zweimal erwähnt.«
»Das hat sie mir gesagt.« Heggener nippte an seinem Glas. »Ich hoffe, daß unsere ... äh ... Meinungsverschiedenheiten Sie nicht ... äh ... weiter berührt haben.«
»Wenn ich das Gefühl hätte, Ihnen zu schaden, würde ich es Ihnen sagen.«
»Sie ist eine sehr dickköpfige Frau und gewohnt, anderen Menschen ihren Willen aufzunötigen. Und sie setzt ein geradezu absurdes Vertrauen in die Ärzte. Ich habe diesen Glauben schon vor einigen Jahren verloren. Ich bezweifle sogar, daß Bruno die Spritze braucht, die der Tierarzt ihm in diesem Augenblick verabreicht.« Er lachte in sich hinein. »Ach — beinahe hätte ich vergessen, Ihnen den Schlüssel zu Ihrer neuen Behausung zu geben.« Er fummelte kurz in der Seitentasche seines Jacketts und holte einen schweren Eisenschlüssel heraus. Er wog ihn in der Hand und lächelte. »Er muß mindestens hundert Jahre alt sein.

Im Notfall können Sie ihn sogar als Waffe gebrauchen.« Er reichte ihn Michael. »Genügt ein Schlüssel?«
»Solange ich ihn nicht verliere«, antwortete Michael. Er zweifelte nicht daran, daß ein zweiter Schlüssel existierte und sich in Evas Besitz befand.
»Möglicherweise werde ich nächste Woche nicht mit Ihnen laufen können, Michael.«
»Unsere gemeinsamen Vormittage werden mir fehlen.«
»Nett von Ihnen, daß Sie das sagen. Eva besteht darauf, daß ich nach New York fahre und mich im Columbia Presbyterian Hospital einer Reihe von Tests unterziehe. Es gibt dort einen Arzt, von dem sie gehört hat . . .« Er zuckte die Achseln. »Es gibt immer wieder einen Arzt, von dem sie gehört hat«, fuhr er fort, und in seiner Stimme schwang Verbitterung mit. »An dem Abend, als ich alle meine Arzneien wegwarf, kam es zwischen uns zu der häßlichsten Szene, seitdem wir verheiratet sind. Sie hat mir — und ich fürchte, auch Ihnen — vorgeworfen, mein Leben zu verkürzen. Ich erwähne das nur, damit Sie nicht überrascht sind, wenn sie gegen Sie loszieht.«
»Vielen Dank«, sagte Michael, behielt aber für sich, daß nichts, was Eva tun oder sagen konnte, ihn je überraschen würde.
»Ich habe mich noch nicht geschlagen gegeben, aber schließlich . . . um des lieben Friedens willen . . .« Er sprach den Satz nicht zu Ende. »Ein erfreulicherer Aspekt ist allerdings, daß Sie mehr Zeit haben werden, mit dieser wunderhübschen Miß Hartley Ski zu laufen. Erstaunlich, daß sie nicht verheiratet ist. Eine so hübsche und charmante junge Dame.«
»Sie schätzt ihre Freiheit sehr.«
Heggener nickte. »Ein Zustand, den man leicht *über*schätzt. Wie heißt es so schön — das Gute fahrenlassen, um nach dem Besten zu streben. Sie sind ja verheiratet, wie ich höre. Oder stecke ich da meine Nase in Dinge, die mich nichts angehen?« fügte er eilig hinzu.
»Natürlich nicht. Soviel ich weiß, ist allgemein bekannt, daß ich verheiratet bin. Seit einiger Zeit leben wir getrennt.«
»Gehe ich recht in der Annahme, daß sie Ihnen fehlt?«
»Ja, Sie gehen recht in der Annahme«, erwiderte Michael.
»Wenn es für Sie schmerzlich ist, darüber zu reden, können wir auch über andere Dinge sprechen.«
»Sie hat von mir verlangt, daß ich etwas aufgebe, was aufzugeben mir nicht möglich war«, sagte Michael. Er wußte so viel über

den Mann, der ihm gegenübersaß und der jetzt sein Freund war, für den er sich verantwortlich fühlte, daß es ihm nur recht und billig schien, wenn Heggener mehr über ihn wissen wollte. »Ähnlich wie Ihre Frau dachte auch sie, ich würde mein Leben verkürzen. Es fing schon auf unserer Hochzeitsreise an, als ich bei einem Skirennen einen schweren Sturz erlitt, weil ich Risiken einging, für die mein Können nicht ausreichte ...« In einem Erguß kam es jetzt heraus und befreite ihn von einem Druck, der sich seit seiner Trennung von Tracy in ihm aufgestaut hatte. »Und sie hatte das Pech dabeizusein, als ich zusammen mit Freunden mit dem Fallschirm absprang und zwei von ihnen ums Leben kamen. Ich werfe ihr nichts vor, und wahrscheinlich werfen auch Sie Ihrer Frau nichts vor — aber sie verlangte von mir, ich sollte just die Dinge aufgeben, die mein Leben erst lebenswert machten. Hätte ich nachgegeben und wäre ich bei ihr geblieben, unsere Ehe würde vermutlich schlechter gewesen sein als jede Scheidung.«

»Jeder hat seine eigenen destruktiven, aber notwendigen Leidenschaften«, meinte Heggener. »Sie, ich, Eva, Ihre Frau. Wir leben damit, und wir sterben damit. Wir stoßen damit auf Verständnis, und wir stoßen damit auf Unverstand. Wenn wir zu schreien glauben, schreien wir tonlos, wie wir das in Träumen tun. Mein Traum ist eine junge Frau, der ich nur noch Zuflucht bieten kann. Heutzutage glauben wir gern, daß wir für jedes Verhalten eine Erklärung parat haben — normal, nicht so ganz normal, abnormal. Im Falle dieser fröhlichen und strahlenden jungen Frau, die ich heiratete, gab es auch Erklärungen für ihr Verhalten — obwohl es Jahre dauerte, bis man sie mir gab. Eines Tages verließ sie mich und blieb zwei Monate völlig verschwunden. Ich beriet mich mit ihrem Vater, der übrigens ein alter Gauner ist, dem man nicht über den Weg trauen darf. Von ihm erfuhr ich, daß Evas Mutter, aber auch ihr Bruder Selbstmord verübt hatten. Diese Mitteilungen beruhten auf Wahrheit. Ihr Vater erzählte mir aber auch, daß Eva schon als kleines Kind, wenn man ihr etwas abschlug, wie unausführbar oder geringfügig es sein mochte, von Krämpfen befallen wurde oder von zu Hause ausriß und von der Polizei zurückgebracht werden mußte. Dabei spielen wohl Gene mit eine Rolle, aber es ist schwer nachzuweisen, welche Rolle sie spielen, oder den Augenblick zu fixieren, in dem ein bestimmter Erbträger eine katastrophale Reaktion auslöst. Über lange Zeitspannen hin ist Eva ruhig und heiter — überbeherrscht, während

sich der Druck still und heimlich steigert. Das sind die Perioden, in welchen sie durch Anmut und friedliches Verhalten besticht. Aber sie ist immer fluchtbereit, wie sie es schon als Kind war. Ich weiß, daß sie zugrunde geht, wenn sie davonläuft, und ich fürchte, daß sie mich dann mit sich in die Tiefe reißt. Wenn ich ein anständiger Mensch wäre, würde ich Ihnen schon am ersten Abend unserer Bekanntschaft geraten haben, schleunigst das Weite zu suchen. Eva steht wieder am Rand des Wahnsinns. Rand ist das falsche Wort. Sie überschreitet die Grenze und kehrt wieder zurück. Ich ergreife alle nur möglichen Maßnahmen, um sie festzuhalten. Psychiater, Kliniken, die zu teuer sind, um sie als das zu bezeichnen, was sie in Wahrheit darstellen: Irrenanstalten. Dieses Jahr zahlen Sie die Zeche, mein armer Freund. Ich bin ein Egoist. Ich sollte Ihnen raten, sich in Ihren Wagen zu setzen, der noch mit Ihren Koffern vor der Tür steht, und für immer von hier zu verschwinden. Aber ich tue es nicht. Mag sein, daß Sie ihr nicht helfen können, aber ich habe das Gefühl, daß Sie *mich* retten. Ich habe Sie nicht hierher gerufen, diesen Vorwurf kann ich mir ersparen. Aber, dem Schicksal sei Dank, Sie sind gekommen. Und haben, auch dafür sage ich dem Schicksal Dank, aus rein persönlichen Gründen beschlossen, hierzubleiben. So ist es.« Energisch stellte er sein Glas auf den Tisch und erhob sich. »Ich wäre Ihnen äußerst dankbar, wenn Sie mich nächste Woche ins Krankenhaus nach New York fahren würden.«
»Selbstverständlich«, sagte Michael und stand auch auf.
»Ach ja«, sagte Heggener sachlich, »beinahe hätte ich es vergessen. Ich wollte Ihnen ja zeigen, wo ich meinen Revolver aufbewahre.« Er ging zu einem zierlichen, mit Einlegearbeiten verzierten kleinen Schreibtisch neben der Tür und drückte auf einen kaum wahrzunehmenden Knopf an der Seite. Eine Lade sprang auf. Er nahm den Revolver heraus, der auf einem weichen Flanellkissen gelegen hatte. »Merken Sie sich, wo der Knopf ist«, sagte er, während er die Waffe locker in der Hand hielt. »Er hat keine Sicherung und ist scharf geladen. Also seien Sie recht vorsichtig, wenn Sie einmal in die Lage kommen sollten, ihn benutzen zu müssen.« Er klapste auf das Magazin, und die geölte Trommel drehte sich glatt und leicht. »Es freut mich, Ihnen versichern zu können, daß er nie benutzt worden ist. Eva, das muß ich Ihnen sagen, weiß nichts von seiner Existenz.« Er legte den Revolver vorsichtig in die Lade zurück und schloß sie. »Es ist die einzige Waffe im Haus. Ich gehöre nicht zu den Befürwortern

unbeabsichtigter Duelle zwischen Mitgliedern ein und desselben Haushalts. Oh — ich bin heute wirklich vergeßlich — zu wissen, wo der Revolver ist, würde Ihnen nicht viel helfen, wenn Sie nicht ins Haus können, um ihn zu holen. Bitte, kommen Sie mit.«

Michael folgte ihm in die Bibliothek, die an das Wohnzimmer angrenzte, und sah zu, wie Heggener ein kleines Bild abnahm, das einen in die Wand eingelassenen Safe verdeckte. Er drehte an den Kombinationsschlössern, langte hinein und holte einen kleinen Schlüssel heraus. »Der Schlüssel zur Eingangstür«, sagte Heggener und gab ihn Michael. »Da Eva, was sonst gar nicht ihre Art ist, sehr nachlässig mit Schlüsseln umgeht, habe ich mir angewöhnt, Reserveschlüssel wegzusperren.« Er verschloß den Safe und hängte das Bild wieder an seinen Platz.

Sie kehrten ins Wohnzimmer zurück. »Vergessen Sie Ihren Whisky nicht«, mahnte Heggener, »und ich hoffe, unsere Gastfreundschaft in diesem Winter wird Ihnen nicht zu lästig werden.« Er machte eine steife, leichte Verbeugung, ging aus dem Zimmer und überließ es Michael, allein den Weg zur Eingangstür zu finden.

Michael packte gerade seine Koffer aus, als die Tür des Pförtnerhauses aufging und Eva, ohne anzuklopfen, eintrat. Er hatte die Tür offen- und den Schlüssel steckengelassen. Er hörte den Hund draußen im Wagen winseln. Es hatte zu regnen begonnen, und dicke Tropfen klatschten gegen die Scheiben. Eva trug einen roten Umhang mit aufgestellter Kapuze. Mit ihrem unschuldsvollen Blick und ihrer ländlichen Sinnlichkeit glich sie einer Schäferin von Watteau — und keineswegs einer Verrückten. Der Gedanke schoß ihm durch den Kopf, daß vielleicht nicht Eva sich am Rand des Wahnsinns befand, daß es vielmehr der elegante, alternde, sich einer gepflegten Sprechweise befleißigende, eines Mordes schuldig bekannt habende Mann im Herrenhaus mit den weißen Säulen war, der einen scharf geladenen Revolver aufbewahrte, ihn in irgendein hinterlistiges, tollhäuslerisches Komplott verstricken wollte und sich eben in diesem Moment die Hucke vollachte über diesen leichtgläubigen und leicht zu täuschenden Fremden, der ihm so bereitwillig seine Lügen abgenommen hatte.

»Du hast den Schlüssel steckenlassen«, sagte Eva. »Hast du jemanden erwartet?«

»Dich.«
»Mein Mann hat mich beauftragt, mich zu vergewissern, daß du alles hast, was du brauchst«, sagte sie lächelnd. »Hast du alles?«
»Vielen Dank, ja.«
»Fehlt dir nichts?«
»Was könnte mir wohl fehlen?«
»Zum Beispiel das.« Sie trat auf ihn zu und küßte ihn mit offenem Mund; ihre Zunge umschmeichelte die seine. Er dachte an das, was Heggener ihm vor wenigen Stunden anvertraut hatte, stand steif wie ein Stock und bemühte sich, ihre aufreizenden Zärtlichkeiten nicht zu erwidern, doch die Berührung ihrer Lippen, der Druck ihres Körpers gegen den seinen machten ihn alles vergessen, und er hielt sie fest und ließ seine Hände unter den Umhang über die dünne Seide ihrer Bluse gleiten.
Als sie sich von ihm löste, lächelte sie siegessicher. »Siehst du, etwas hat dir gefehlt.«
»Verdammt noch mal, Eva«, sagte er verstört, »wir sollten das nicht machen.«
»Warum nicht?« Sie nahm ihren Umhang ab und warf ihn lässig über die viktorianische Seidencouch.
»Wegen deines Mannes. Hätte ich ihn kennengelernt, bevor ich dir begegnete, ich würde niemals . . .«
»Das sagst du jetzt. Ich habe eben Glück gehabt, daß du mich zuerst gesehen hast.«
»Ich mag ihn«, sagte Michael. »Mehr als das. Ich bewundere ihn. Seinen Mut, seine Güte . . .«
»Auch ich bewundere ihn. Aber das steht auf einem anderen Blatt. Ich hoffe, du vergißt das nicht. Auf einem anderen Blatt. Es gibt in unserer Ehe einige genau festgelegte Abmachungen, und in eine davon paßt du wunderbar hinein. Soll ich hineinschauen und nachsehen, ob das Bett ordentlich gemacht ist?« fragte sie schelmisch.
»Können wir nicht bis heute abend warten?«
»Ich habe nichts gegen heute abend einzuwenden, aber auch nichts gegen gleich jetzt. Stelle meine Geduld nicht auf eine zu harte Probe, Michael. Dein Mangel an Ritterlichkeit verletzt mich.«
»Mit der Ritterlichkeit ist es bei uns nicht weit her«, konterte Michael bitter. »Wir fallen übereinander her wie Tiere. Wir sind keine Liebenden, wir sind Antagonisten.«
»Nenne es, wie du willst, Schatz«, sagte sie honigsüß. Sie ging

auf das Schlafzimmer zu, blieb aber stehen, als es an der Tür klopfte.
Michael öffnete. Susan stand da, in den Händen einen Topf mit einer großen rotblühenden Azalee. »Ich habe Ihnen ein Geschenk gebracht, um Ihnen Ihre neue Umgebung heimeliger zu machen«, sagte sie, als sie hereinkam und Michael die Tür hinter ihr schloß. »Obwohl«, fuhr sie fort, während sie Eva mit einem höflichen Kopfnicken begrüßte, »es hier schon recht heimelig zu sein scheint.«
»Guten Morgen, Miß Hartley«, sagte Eva kühl. »Das ist eine sehr hübsche Pflanze. Im allgemeinen mag ich Azaleen allerdings nicht. Man hat sie so lange am Hals. Man wird müde, sie auch nur anzusehen.«
»Wenn Mr. Storrs müde wird, diese anzusehen«, bemerkte Susan, »hat er meine Erlaubnis, sie hinauszuwerfen. Ich werde es nicht wissen. Ich fahre morgen.«
»Ja«, nickte Eva, »der Geschäftsführer hat es mir gesagt. Zu schade, daß Sie gerade am letzten Tag Ihres Aufenthalts so schlechtes Wetter haben.«
»Oh, ich bin genug Ski gefahren, und ich komme ja wieder.«
»Ach ja? Vergessen Sie nicht, sich rechtzeitig anzumelden, Es kann gar nicht früh genug sein. Bis März sind wir praktisch ausgebucht.«
»Ich werde daran denken, vielen Dank«, gab Susan zurück. Sie sah sich im Zimmer um. »So ein reizendes Häuschen. Sie hatten Glück, so etwas zu finden, Michael. Was meinen Sie, wollen Sie uns Damen nicht einen Willkommenstrunk anbieten?«
»Ich bitte um Verzeihung«, antwortete Michael. »Selbstverständlich.« Er nahm die Flasche Johnny Walker aus dem Karton und öffnete sie.
Susan ließ sich mit Grazie auf dem kleinen Sofa nieder, wobei sie Evas Umhang ein wenig zur Seite schob, um sich Platz zu machen. »Bitte kein Eis. Nur ein bißchen Wasser.«
»Ich mag keinen Whisky«, verkündete Eva. »Haben Sie keinen Wein im Haus, Michael?«
»Ich fürchte, nein.«
»Ich muß dem Kellner im Hotel den Auftrag geben, Ihnen eine Kiste zu bringen«, sagte Eva. Die Anspielung war völlig klar, und das kleine Lächeln, das um Susans Lippen spielte, bewies, daß sie ihr nicht entgangen war.
Er nahm den Whisky in die Küche, goß Drinks für Susan und

sich ein und mischte sie mit ein wenig Wasser. Als er ins Wohnzimmer zurückkam, drehte Eva an den Knöpfen des kleinen Radioapparats auf dem Schreibtisch. Das Knistern und Krachen atmosphärischer Störungen füllte den Raum, dazu die anschwellende und wieder schwindende Stimme des Ansagers. »Hier in den Bergen ist es fast unmöglich, einen guten Empfang zu bekommen«, sagte sie und drehte den Apparat ab. »Wir müssen uns mit ländlichen Vergnügungen behelfen.«

Die Meisterschaft, mit der Eva die englische Sprache beherrschte, setzte Michael heute nicht zum ersten Mal in Erstaunen, aber er ließ sich nichts anmerken, als er Susan ihr Glas reichte und mit ihr anstieß. »Michael«, sagte sie, nachdem sie einen Schluck genommen hatte, »heute abend gibt Antoine mir eine Abschiedsparty im Chimney Corner. Und Sie sind natürlich eingeladen. Sie und ihr Gatte auch, Madam.«

»Ich fürchte, wir haben heute abend schon etwas anderes vor, Miß Hartley«, antwortete Eva. »Bitte, übermitteln Sie Monsieur Ferré meinen Dank.«

Rasch leerte Susan ihr Glas. »Ich muß laufen. Noch einmal meine herzlichsten Glückwünsche zu Ihrem behaglichen Nestchen, Michael. Wir sehen uns gegen acht. Leben Sie wohl, Mrs. Heggener. Und nochmals danke für die zuvorkommende Art, mit der ich im Hotel behandelt wurde. Ich freue mich schon darauf wiederzukommen.«

»Ich bin sicher, daß auch das Personal sich freuen wird, Sie wiederzusehen, Miß Hartley.« Die schwache Betonung des Wortes »Personal« war kaum wahrzunehmen.

Mit federndem Gang verließ Susan das Haus, und weder Michael noch Eva sprachen ein Wort, bis sie das Geräusch des abfahrenden Wagens hörten. »In diesem Haus gibt es nur eine Vorschrift«, sagte Eva dann. »Du hast diese Dame hier nicht zu empfangen.«

»In diesem Falle danke ich dir für alles, und ich suche mir ein anderes Quartier. In dieser Beziehung bin ich komisch — ich mache mir meine eigenen Vorschriften.« Er fing an, die Dinge, die er eben ausgepackt hatte, wieder in den offenen Koffer zu werfen.

Eva sah ihm eine kleine Weile zu, ging dann zu ihm und legte ihren Arm auf den seinen. »Also gut, du verdammstes Biest«, sagte sie, »keine Vorschriften.«

# 19

Das Essen im Chimney Corner war erstaunlich gut gewesen und hatte Jimmy Davis' abschätzende Bewertung seiner eigenen Küche Lügen gestraft. Susan war bester Laune, ein wenig beschwipst, aber schon wieder ganz auf Stadt eingestellt: grüne Lidschatten, eine frische blonde Strähne im Haar und auf den Wangen Rouge in kleinen Kreisen, die ihr das Aussehen einer Puppe verliehen. Das Lokal war gesteckt voll, und Antoine spielte wie ein Gott. Die Augen halb geschlossen im Rauch seiner Zigarette, über die Tasten gebeugt und im Rhythmus seiner Musik hin- und herschwankend, schien er sich in einem Zustand religiöser Trance zu befinden. Am Tisch unmittelbar hinter Michaels Stuhl saß Annabel Fenstock mit einem großgewachsenen jungen Mann namens Barlow, den sie Michael vor einigen Tagen vorgestellt hatte. Mit seiner von Lachen begleiteten Frage: »Gehören Sie auch zum Harem?« hatte er sich bei Michael nicht eben beliebt gemacht. Annabels Geschmack ist auch nicht mehr das, was er einmal war, oder findet sie sich nichts Besseres mehr? hatte Michael gedacht und sich eiligst verabschiedet.
Antoines Klavierspiel und das Stimmengewirr im Saal machten es Michael unmöglich zu hören, was Annabel und Barlow miteinander sprachen, aber der Ton der Unterhaltung deutete darauf hin, daß sie Streit hatten. Plötzlich standen sie auf, Annabels Stuhl stieß hart an Michaels Stuhl, und sie steuerten beide auf den Ausgang zu. Michael sah, daß Barlow Annabels Arm fest umklammert hielt und daß er ihr weh tat, aber sie machte keinen Mucks, während sie zusammen das Restaurant verließen. Michael wartete ein paar Sekunden und sagte dann zu Susan: »Entschuldigen Sie mich einen Moment. Ich brauche ein bißchen frische Luft.« So schnell es ging, ohne Aufsehen zu erregen, folgte er dem Paar. Als er in die schneeige Nacht hinaustrat, sah er die beiden nur wenige Meter entfernt stehen. Immer noch hatte Barlow Annabels Arm gepackt; sie wand sich und wollte sich losrei-

ßen. »Stimmt was nicht mit mir?« sagte der Mann laut, fast schreiend. »Dich kann in dieser Scheißstadt doch jeder haben, du dreckige Hure, warum nicht ich?« Dann schlug er ihr mit der Faust ins Gesicht und ließ sie los; sie fiel in den Schneematsch auf dem Gehsteig.

»Du Hurensohn«, sagte Michael ruhig. »Schau, daß du weiterkommst, und laß dich hier nicht wieder blicken.« Er schickte sich an, Annabel zu stützen, die wieder stand und nur mit Mühe ihr Gleichgewicht bewahrte.

»Wer wird mich zwingen, von hier zu verschwinden?« fragte Barlow; das Licht einer Straßenlampe fiel auf sein weißes, von Haß verzerrtes Gesicht. — »Ich«, antwortete Michael, während er Annabel auf die Beine half.

»Du und wer noch? Wenn du mir in die Nähe kommst, machst du damit Bekanntschaft, Freundchen.« Er hob die Hand an seine Brusttasche und zog ein Messer heraus — nur zur Hälfte, aber doch so, daß es im Licht der Laterne funkelte.

Annabel schrie auf, als Michael, ohne nachzudenken, in wildem Verzücken auf Barlow lossprang und ihn mit einer knallharten Rechten in die verhaßte, tückische Visage schlug. Der Schlag landete auf Barlows Kinn, und Michael fühlte, wie die Wucht des Aufpralls, von der Faust kommend, genußvoll seinen Arm und dann seinen ganzen Körper durchlief. Barlow schwankte und ging mit dem Gesicht nach unten zu Boden; Blut spritzte über den Schnee. Michael drehte den wortlos Stammelnden herum und nahm das Messer aus seiner Brusttasche. Er warf es, so weit er konnte, über das Dach des Restaurants. Dann legte er tröstend den Arm um Annabel. »Alles in Ordnung, Annabel. Er wird dich nicht mehr belästigen. Das war eben das erste Mal in meinem Leben, daß ich einen Knockout gelandet habe. Komm, ich bringe dich nach Hause.«

Er brachte sie zu seinem Wagen und fuhr sie heim. Sie schien sich wieder ganz erholt zu haben, hielt es für unnötig, daß er ins Haus mitkäme, und versprach, ihn im Chimney Corner anzurufen, wenn Barlow weiter Stunk machen sollte.

Aber schon eine Stunde später erschien Norman Brewster in Uniform und mit sorgenvollem Blick im Restaurant, kam an Michaels Tisch und sagte leise: »Kann ich Sie einen Augenblick draußen sprechen, Mr. Storrs? Und nehmen Sie besser Ihren Mantel mit. Wenn Sie zurückkommen, wird das Lokal wahrscheinlich schon geschlossen haben.«

»Ich muß leider gehen, Susan«, entschuldigte sich Michael. »Wir sehen uns noch, bevor Sie morgen fahren.«
»Ist etwas passiert, Michael?« fragte Susan besorgt.
»Wahrscheinlich habe ich vergessen, eine Strafe für Falschparken zu bezahlen«, antwortete Michael, nahm seinen Mantel vom Haken und folgte Norman Brewster durch die Reihen der Tische. Neugierig starrten die Leute ihn und den Polizisten an.
»Augenblick mal, Norman«, fragte Michael, als sie schon auf der Straße standen. »Was ist denn eigentlich los?«
»Vor etwa einer Stunde kam ein Mann aufs Revier«, erzählte Brewster, »— diese Woche habe ich Nachtdienst — er konnte kaum reden, schließlich hatte er den Mund voll loser Zähne und blutete wie ein frisch abgestochenes Schwein. Er sagte, Sie hätten ihn tätlich angegriffen. Fred ging mit ihm zu Doktor Baines; der rief an, um mir mitzuteilen, daß das Kinn des Burschen an vier Stellen gebrochen ist und daß er zumindest fünf Vorderzähne verlieren wird.« — »Menschenskind, Norman, ich habe doch nur einmal hingeschlagen.«
»Das muß ein einmaliges Einmal gewesen sein. Ich wußte nicht, daß Sie auch noch Boxer sind«, sagte Brewster, und in seiner Stimme lag aufrichtige Bewunderung. »Aber ich brauche eine Aussage von Ihnen. Der Bursche sagte immer wieder: ›Der Hurensohn‹ — damit meinte er Sie — ›Der Hurensohn wird was erleben!‹«
Michael folgte dem Polizisten aufs Revier, das gleich um die Ecke war. Aus dem Regen war am Abend dichtes Schneetreiben geworden, und Brewster meinte: »Morgen wird feines Skiwetter sein.« Der Mann, der sein ganzes Leben an einem Ort verbracht hatte, praktisch vom Skilauf lebte, würde vermutlich die gleiche Bemerkung auch zu einem Mörder gemacht haben, den er in einem Schneesturm zum Galgen führte.
Auf dem Revier begrüßte Michael Henry, der hinter seinem hohen Pult noch betrunkener als sonst zu sein schien und lächelte, als er Michael sah. »Gewalttätiger Angriff«, sagte er. »Ungehörig, höchst ungehörig!«
Norman Brewster setzte sich an einen Schreibtisch vor eine alte Schreibmaschine und tippte langsam sein Protokoll, während er Michael zuhörte, der ihm über den Hergang des Zwischenfalls berichtete. »Na gut«, sagte Brewster. »Sie geben an, er hätte die Dame geschlagen, und er behauptet, Sie hätten ihn ohne jede Veranlassung angegriffen. Sie sagen, er hätte ein Messer gehabt

— du lieber Himmel, Sie sind ja verrückt, daß Sie auf einen Kerl losgehen, der ein Messer bei sich hat. Wo ist denn das Messer?«
»Ich habe es übers Dach vom Chimney Corner geworfen.«
Brewster schüttelte den Kopf. »Sie sollten eigentlich wissen, daß man Beweismittel nicht wegwirft. Sie stünden jetzt wesentlich besser da, wenn Sie mit dem Messer und der Dame gleich zu uns gekommen wären.«
»Du lieber Gott, Norman«, sagte Michael. »Es war eine ganz normale Sonnabendabendschlägerei vor einer Bar. Mein Gott, es war doch kein Massaker!«
»Selbst wenn wir das Messer finden — und die Aussichten, daß wir es finden, sind nicht sehr groß —, haben wir immer noch keine richtige Handhabe, um es ihm anzuhängen. Messer sind ja nicht registriert, obwohl es gar nicht schlecht wäre, wenn man das täte. Und sie sagen also aus, die Dame wäre am Boden gelegen, und vielleicht hat sie es nicht gesehen, und sogar wenn sie es gesehen hat, war sie, wie Sie ja selbst zugeben, durch den Sturz ganz benommen, und außerdem sind Sie mit ihr befreundet und könnten Einfluß auf sie ausgeübt haben . . .«
»Norman«, fiel Michael ihm gereizt ins Wort, »Sie hätten Anwalt werden sollen, und kein Bulle.«
»Ich bin zu dumm, um Anwalt zu sein«, lautete Brewsters aufrichtige Antwort. »Ich hatte Glück, daß ich die Prüfungen bestand, um Bulle zu werden. Und ich versuche nur, Ihnen zu helfen, falls der Bursche Ihnen wirklich Ärger machen will.« Er schob die Schreibmaschine ein wenig zur Seite, so als ob er ihren Anblick schmerzlich empfände. »Na jedenfalls — wenn Sie sich schriftlich verpflichten, gegebenenfalls zur Verhandlung zu erscheinen, lasse ich Sie laufen.«
»Soll das heißen, daß Sie daran gedacht haben, mich zu verhaften?« fragte Michael zornig.
»Wenn mir nicht bekannt wäre, wer Sie sind, wo Sie wohnen und so, würde ich das tun *müssen,* Mr. Storrs. Schauen Sie mich nicht so böse an, *ich* habe niemandem den Kiefer gebrochen.«
Während Michael das Revier verließ, öffnete Henry, der vor sich hingedöst hatte, ein Auge und sagte: »Rohling, Schläger, Schnellfahrer, Gesetzesbrecher, subversives Element!«
Dann schlug er eine gackernde Lache an.

Am folgenden Mittwoch hatte Michael den Zwischenfall fast schon vergessen. Eine planlose Suche nach dem Messer brachte keinen Erfolg, denn hinter dem Chimney Corner lag hoher Schnee, dem stets frischer Schnee folgte, Davis benützte den Hof für alte Kisten, Kartons und gebrochene Flaschen, und es hätte eines Pionierbataillons bedurft, um hier etwas zu finden. Sonntagmorgen hatte er Annabel angerufen, um sich zu vergewissern, daß ihr nichts fehlte, ihre Stimme klang heiter und entspannt, und sie versicherte ihm, daß sie gut geschlafen hätte. Was immer da vorgefallen war, sie nahm es leicht. Um vieles leichter, dachte Michael ärgerlich, als Norman Brewster.

Montagvormittag hatte sich das Wetter aufgehellt, es war kalt geworden, und er fuhr mit Heggener Ski. Beide vermieden es, auf das Gespräch zurückzukommen, das sie am Sonnabendvormittag geführt hatten. Heggener lief so gut im frischen Pulverschnee, und es bereitete ihm solches Vergnügen, daß er seine Absicht bekräftigte, Eva so weit zu bringen, daß sie ihm gestattete, seinen Besuch im Krankenhaus in New York so lange zu verschieben, bis sich das Wetter wieder verschlechtern würde.

An den Nachmittagen fuhr Michael mit Eva, und auch sie schien an dem Sport so viel Gefallen zu finden, daß er, wenn sie mit ihm redete, etwas in ihrer Stimme zu hören glaubte, das fast wie Zuneigung klang. Er sprach weder mit den Heggeners noch mit Antoine über den Zwischenfall von Sonnabendnacht.

Doch Mittwoch früh, als er schon das Haus verlassen wollte, betätigte jemand energisch den eisernen Türklopfer. Als er öffnete, fragte ihn ein städtisch gekleideter Mann höflich: »Sind Sie Mr. Michael Storrs?«

»Das bin ich.«

»Ich habe etwas für Sie, Sir«, sagte der Mann, holte ein zusammengefaltetes Bündel Papier aus der Tasche und drückte es Michael in die Hand.

»Was ist das?« fragte Michael, während er verständnislos auf die Papiere in seiner Hand starrte.

»Eine Vorladung. Guten Tag, Mister.« Der Mann machte kehrt und marschierte davon.

Michael sah die Papiere durch. Es war eine Aufforderung, in einem zivilen Verfahren vor einem Richter in Montpelier zu erscheinen. Als Opfer eines ohne Veranlassung erfolgten und gewalttätigen Angriffs seitens des Beschuldigten, durch welchen dem Kläger schwerer körperlicher Schaden zugefügt worden war, erhob dieser, ein gewisser Clyde Barlow, Schadenersatzansprüche in der Höhe von 50000 Dollar.

Michael rief Heggener im Herrenhaus an und sagte ihm, daß es ihm zwar leid täte, er aber einiges zu erledigen hätte und daher heute nicht mit ihm Ski fahren könne. Er bat ihn, dies auch seiner Frau mitzuteilen. Dann rief er Herb Ellsworth an und fragte ihn, ob er ihn in seinem Büro besuchen könne.

»Ich werde wohl einen Anwalt brauchen«, brummte Michael, nachdem er Ellsworth die ganze Geschichte erzählt hatte.
»Ich fürchte, ja«, stimmte Ellsworth zu. »50000 Dollar! Nur weil du dem Kerl einmal die Schnauze poliert hast! Die Leute verlangen ja heute das Blaue vom Himmel herunter!«
Er studierte die Vorladung, die Michael ihm nur widerstrebend gezeigt hatte. »Da fragt man sich, wofür wir die Bullen bezahlen. Meinen Lkw haben sie immer noch nicht gefunden. Also wenn du meine Meinung hören willst, der beste Mann hier in Green Hollow ist der alte Harry Lancaster. Er ist ehrlich, und er verlangt nicht gleich einen ganzen Sack voll Geld, wie einige von diesen jungen, neunmalklugen Spunden. Diese Anwaltsfirma in Montpelier kenne ich nicht.« Vorsichtig tippte er mit dem Finger auf die Vorladung, so als fürchte er, sie könnte sich aufrichten und ihn beißen. »Vier Partner. Ich hasse Anwaltsfirmen mit vier Partnern. Und ich muß dich warnen, Michael: der Ruf, den die Dame genießt, wird sich im Gerichtssaal nicht sehr günstig auf deine Sache auswirken.«
»Was hat das damit zu tun, daß ein Mann sie schlägt und mich mit dem Messer bedroht?«
»Was hat was womit zu tun, wenn sich Anwälte erst mal auf dich einschießen? Soll ich den alten Harry gleich für dich anrufen?«
»Bitte.«
Ellsworth rief an, plauderte ein paar Minuten, wie unter Nachbarn so üblich, und erzählte dem Anwalt dann, daß ein guter Freund, Michael Storrs, in Schwierigkeiten geraten sei und möglicherweise der Hilfe bedürfe. Er quittierte die Antwort seines Geschäftspartners mit Kopfnicken und legte den Hörer auf. »Er wartet auf dich. Sein Büro ist über der Bank.«
»Danke.« Michael erhob sich.
»Ich werde zwei oder drei meiner Leute nach dem Messer suchen lassen«, sagte Ellsworth. »Obwohl es mittlerweile vermutlich schon ein Junge gefunden hat und damit im Schulhof die Künste des Kaputtmachens praktiziert.« Neugierig sah er Michael an.

»Übrigens, und wenn du mir die Frage nicht übelnimmst: Hast du überhaupt 50000 Dollar?«
»So ungefähr.«
»Laß sie dir nicht wegnehmen«, sagte Ellsworth, stand auf und schüttelte Michael die Hand.

Dem Aussehen nach war Harry Lancaster etwa 70 Jahre alt. Er hatte die rosige Gesichtsfarbe eines Babys und buschige weiße Augenbrauen, die sich über seinen bifokalen Gläsern auftürmten. Nur einige wenige Härchen bedeckten seinen rosigen, schon fast kahlen Schädel, er war dick und arbeitete in Hemdsärmeln und Hosenträgern an einem Schreibtisch, auf dem Akten und Papiere zuhauf lagen. Auch rauchte er Zigarren, und das kleine Zimmer über der Bank, mit den eingerahmten Diplomen an der Wand, die aussahen, als wären sie um die Mitte des 18. Jahrhunderts ausgestellt worden, war blau von Rauch.
Er beurteilte den Fall keineswegs optimistisch. Er sagte bloß: »Das Büro, das den Kläger vertritt, ist aggressiv, sehr aggressiv.« Er äußerte diese Meinung in einem Ton, als ob er Aggressivität für eine Eigenschaft hielte, die einem Anwaltsbüro wohl anstünde. Er blies eine Rauchwolke aus und seufzte. »Sie haben natürlich einige Fehler gemacht.«
»Das hat man mir schon auf dem Revier gesagt.«
»Es heißt da in der Klage, Sie wären auf dem Mann herumgetrampelt, während er auf dem Boden lag.«
»Ich bin in meinem ganzen Leben nie auf jemandem herumgetrampelt.« Wieder seufzte der Anwalt.
»Sie haben keine blauen Flecken oder Narben oder sonst etwas, das darauf hindeuten würde, daß es eine Schlägerei und nicht ein einseitiger Angriff war?«
»Ich versetzte ihm einen Schlag, bevor er mich mit dem Messer attackieren konnte«, antwortete Michael gereizt. »Was hätte ich denn sonst tun sollen — warten, bis ich das Messer in der Brust habe?«
»Es empfiehlt sich immer, Zeugen zu haben . . .«
»Das nächste Mal«, gab Michael sarkastisch zurück, »werde ich den Madison Square Garden mieten, wenn jemand mich mit dem Messer bedroht.«
Verschmitzt musterte ihn der alte Herr durch den Zigarrenrauch. »Sie werden Ihrer Sache schaden, wenn Sie sich von Ihrem Zorn hinreißen lassen, Mr. Storrs.«

»Verzeihen Sie.«
»Während Sie unterwegs hierher waren, hat Herb Ellsworth mich noch einmal angerufen«, teilte ihm der Anwalt mit. »Er wollte mir etwas Hintergrundinformation über die Dame vermitteln, die Ihre einzige Zeugin sein wird. Ich fürchte, ich muß ganz offen mit Ihnen reden, Mr. Storrs. Die Anwälte der Gegenseite werden in ihrer Vergangenheit wühlen, werden Informationen über ihren Leumund einholen, werden sich von ihren Nachbarn Charakterschilderungen geben lassen. Wenn das, was Mr. Ellsworth mir erzählt hat, auch nur teilweise den Tatsachen entspricht, könnte ein aggressiver Anwalt ihre Zuverlässigkeit als Zeugin in den Augen des Richters oder der Jury auf ein Minimum reduzieren. Es ist traurig, vielleicht sogar ungerecht, aber wenn Sie, um die Ehre einer Jungfrau zu schützen, Gewalt anwenden, wird man Ihnen automatisch eine ganze Reihe mildernder Umstände zubilligen, handelt es sich bei dem Opfer um eine, na, sagen wir, nach deren eigener Auffassung moderne Frau von Welt, die sich eines vielleicht zu heißblütigen Verehrers zu erwehren suchte, dann ... Sie verstehen doch, was ich meine, nicht wahr, Mr. Storrs?«
»Sie meinen, es wird mich Geld kosten.«
»Sehr wahrscheinlich, Sir. Keine fünfzigtausend. Wir sind ja schließlich in Vermont und nicht in New York oder Kalifornien. Aber doch Geld. Jedenfalls würde ich festeren Boden unter den Füßen haben, wenn ich kurz mit der Dame sprechen könnte. Je früher, desto besser.«
»Ich werde sie anrufen und bitten, daß sie mit Ihnen spricht.«
»Das wäre sehr zu empfehlen, Sir, bevor wir weitergehen. Mittlerweile werde ich mit den Anwälten der Gegenseite Kontakt aufnehmen und Sie wissen lassen, wie die Sache steht.«
»Danke, Mr. Lancaster.«
Der alte Herr schob Aktenstöße auf seinem Schreibtisch hin und her, als Michael, dem der Rauch in den Augen brannte, das Büro verließ.

»Ach du liebe Zeit«, seufzte Annabel, während sie im Wohnzimmer ihres Hauses saßen und Kaffee tranken, »in was für Kalamitäten habe ich dich da hereingezogen! Es tut mir entsetzlich leid. Aber, der Wahrheit die Ehre, ich habe überhaupt nicht gesehen, was vorging. Ich war praktisch bewußtlos und könnte ehrlich nicht sagen, daß ich mich erinnere, ein Messer gesehen zu ha-

ben ... Ich möchte dir natürlich helfen, selbstverständlich, so gut ich kann, aber ...«
»Ich fürchte, das ist noch nicht alles«, sagte Michael. »Der Anwalt hat mich darauf hingewiesen. Da kommt noch etwas sehr Unangenehmes dazu.«
»Unangenehm für mich?«
Michael nickte. »Mein Anwalt meint, wenn du als Zeugin auftrittst, wird die Gegenseite deine Vergangenheit enthüllen, den Ruf, den du in der Stadt genießt ...«
Abwehrend hob Annabel die Hand. »Genug. Ich sehe es schon vor mir. Heldenhafter Skilehrer verteidigt Ehre von stadtbekannter Lebedame. Ganze Listen von Namen von Herren, die sich der Gunst der Dame erfreut haben. Listen bedeutender Persönlichkeiten, bekannter Politiker, olympischer Sportler, Filmstars, Mittelschüler ...«
»Das reicht. Quäl dich nicht.«
»Ganz zu schweigen«, fuhr Annabel fort, »von der Flut von Scheidungsklagen, die von überallher auf mich zukommen, sobald wutentbrannte und alimentenbewußte Ehefrauen von Quebec in Kanada bis Palm Beach in Florida von den Tändeleien ihrer Gesponse im kalten Norden erfahren.«
»Denk nicht weiter dran«, sagte Michael und stand auf. »Wir werden auch ohne dich zurechtkommen.«
»Es tut mir leid, Michael.« Auch Annabel erhob sich. »Ich könnte das nicht durchstehen.«
»Ich verstehe.« Er küßte sie auf die Wange.
»Junge, Junge«, sagte sie, »da sieht man's mal wieder, wie der Pfeil manchmal auf den Schützen zurückspringt. Weißt du, Michael, ich glaube, es ist für mich an der Zeit, fortzuziehen. Ich habe genug von dieser Stadt, und die Stadt hat genug von mir.« Sie lächelte gezwungen. »Vielleicht widme ich mich den östlichen Religionen doch schon früher, als ich ursprünglich die Absicht hatte.«

Er blieb vor dem Chimney Corner stehen, wo gerade zum Mittagstisch geöffnet wurde. Auf gut Glück ging er durch das Restaurant und durch die Hintertür auf den Hof hinaus, um zu versuchen, das Messer, das er über das Dach geworfen hatte, wiederzufinden. Jimmy Davis und zwei Männer, die Ellsworth geschickt hatte, waren mit Schaufeln dabei, sich durch das Gerümpel durchzuarbeiten. Anders als sonst machte Davis diesmal kein fröhliches Gesicht. »Herb Ellsworth hat mich angerufen und mir erzählt, was Sonnabendnacht passiert ist«, sagte er, »und daß du eine Klage am Hals hast. Wir haben das Messer noch nicht gefunden und werden es wahrscheinlich nie finden, aber sogar wenn wir es fänden, glaube ich nicht, daß es dir sehr viel helfen würde. Aber ich habe eine andere Idee. Hast du eine Minute Zeit?«

»Den ganzen Tag.«

»Komm rein.« Davis führte ihn in das kleine Büro neben der Küche und schloß die Tür. Er holte eine Flasche Bourbon hervor, und beide kippten ein Gläschen pur. »Ich weiß etwas über diesen Kerl Barlow«, begann Davis, »das dir von Nutzen sein könnte, wenn es in Montpelier kritisch werden sollte. Der Kerl ist ein Dealer . . .«

»Ein was?«

»Er handelt mit Rauschgift. Du kannst bei ihm bestellen, was du willst, er liefert alles. Wenn wir das Rauschgiftdezernat auf seine Spur setzen und die Burschen ihn schnappen, wird er nicht mehr wie ein unschuldiges Lämmchen aussehen, wenn er vor Gericht steht.«

»Gib mir noch was von dem Fusel«, sagte Michael. Er brauchte Zeit zum Nachdenken und trank darum ganz langsam. »Wenn er herausfindet, wer ihn verpfiffen hat«, sagte er ruhig, »und meistens finden diese Leute das heraus, dann bekommst du es mit ihm und seinen Freunden zu tun.«

»Möglich.«

»Das sind harte Burschen.«

»Ich weiß.«

»Ich glaube nicht, daß es Ihnen schwerfallen würde, ein anderes Messer zu finden.«

Davis zuckte die Achseln. »Ich werde schon sehen, wie es läuft.«

»Ich möchte nicht, daß man dich meinetwegen tot auf einer Müllhalde findet.«

»Wenn man eine Gaststätte betreibt, gibt es gewisse kleine Risiken, die man eingehen muß. Du brauchst es nur zu sagen, und ich fahre nach Montpelier und rede dort ein Wörtchen mit dem FBI. Und wenn ich es mir so recht überlege, werde ich erst gar nicht auf deine Aufforderung warten; ich fahre nach Montpelier, wenn die Zeit reif ist.« Es klang trotzig, fast zornig, so als versuchte Michael, ihn an der Ausführung eines Projektes zu hindern, das seinem Herzen teuer war.

»Weißt du, Jimmy«, sagte Michael sanft, »du bist ein wahrer Freund.«
»Darüber gehen die Meinungen auseinander«, bemerkte Davis leichthin.
»Was gibt es denn heute im Menü?«
»Irish Stew.«
»Genau das habe ich mir zum Mittagessen gewünscht. Irish Stew. Herzhaft und einfach.«
»Brauchst du Zaster?«
»Vielleicht so um die 50 000 Dollar herum.«
Davis lachte. »Setz mich mit fünfhundert auf die Liste.«
Antoine saß am anderen Ende der Theke, nahe am Kamin, am Klavier und spielte verträumt lange, traurige, unzusammenhängende Akkorde. Als er Michael hereinkommen sah, stand er auf, kam auf seinem Gipsbein herübergehumpelt und setzte sich ihm gegenüber. Er sah nicht so traurig drein wie sonst. »Ich wußte nicht, daß Sie jetzt auch schon tagsüber trinken«, sagte er.
»Ich bin zum Essen gekommen. Wollen Sie mithalten?«
Antoine verzog das Gesicht. »Ich bin eben erst aufgestanden. Ich würde noch schlafen, wenn diese Burschen im Hof nicht so einen Lärm machen würden. Was suchen sie eigentlich — vergrabene Schätze?«
»So etwas Ähnliches. Ich nehme das Menü, Miß«, sagte er zu der Kellnerin.
»Für mich Kaffee«, sagte Antoine. »Schwarz.«
»Wie geht's denn so?«
Antoines Miene erhellte sich. »Besser und besser. Ich habe Davis mein Herz ausgeschüttet, und er hat mit Leuten geredet und meint, es ist ziemlich sicher, daß er die Einwanderungsbehörde dazu bringen kann, mir in ein paar Wochen die grüne Karte und eine Arbeitserlaubnis zu geben. Er hat überall seine Verbindungen, dieser Jimmy. Mit der Gage, die er mir zahlt, ist es nicht weit her, aber was Verbindungen angeht, ist er der Größte.«
»Das ist die beste Nachricht, die ich seit langem gehört habe«, sagte Michael und begann mit der Suppe, die die Kellnerin vor ihn hingestellt hatte.
»Sobald ich die Karte habe, bin ich eine Wolke«, erklärte Antoine und blies auf seinen dampfendheißen Kaffee. »Ich habe nichts dagegen, hier zu spielen, obwohl das Grünzeug hier im Lokal nicht gerade das ideale Publikum für einen Künstler meines Kalibers ist. Es juckt mich schon, von hier wegzukommen. Es hält

mich nicht in einer kleinen Stadt. Ich bin ein Großstadtmensch. Und Green Hollow ist noch lange, lange kein Mégève.«

»Sie schulden Davis eine ganze Menge«, sagte Michael, enttäuscht von seinem Freund. »Sie könnten es doch wenigstens noch bis zum Ende der Saison aushalten.«

»Ich muß an meine Zukunft denken, Mike«, entgegnete Antoine. »In zwei Wochen etwa kommt der Gips runter, und schon bin ich unterwegs nach New York. Gestern abend war ein Typ da, Brillantringe an den Fingern, ein Kaschmirjackett, das ihn gute 800 Dollar gekostet haben muß, dem gehört eine piekfeine Boîte auf der New Yorker East Side. Er hat mir seine Karte gegeben und gesagt, ich soll ihn bald besuchen. Mein Stil gefällt ihm, und er gibt mir einen Vertrag.«

»Herzlichen Glückwunsch«, sagte Michael verdrießlich; er dachte an das, was Susan ihm von Antoine erzählt hatte. »Schade, daß Halunken oft unterhaltsamer sind als rechtschaffene Bürger.«

»Wovon reden Sie, *mon vieux*?« fragte Antoine, der sich in die Defensive gedrängt fühlte.

»Von Ihnen.«

»Ich habe schon einmal darauf hingewiesen, daß ich ein übler Charakter bin, nicht wahr?«

»Das haben Sie allerdings getan«, gab Michael zu, während er sich an das Iris Stew machte und Antoine eine zweite Tasse Kaffee bestellte.

»Sie dachten damals, ich scherze. Ich habe nicht gescherzt.«

»Das ist mir jetzt klar.«

»Guten Menschen fällt es schwer, schlechte zu begreifen«, versetzte Antoine sanft. »Und starke Menschen haben keine Geduld mit schwachen. Sie dürfen niemals Talent mit Tugend verwechseln, mein Freund.«

»Ich werde daran denken.«

»Und nun zu etwas Erfreulicherem«, sagte Antoine. »Sie kommen doch Sonnabendabend? Die Kleine — Rita — gibt ihr Debüt.«

»Macht sie sich?«

Antoine starrte mit düsterem Blick in seinen Kaffee. »Sie war schrecklich steif und befangen«, brummte er. »Aber dann hatte ich eine Pfundsidee. Ich gab ihr einen Joint, und das lockerte sie unheimlich auf. Sie sang wie ein Wald voll Vögel. Am Sonnabend wird das Publikum sie auf Händen tragen.«

»Sie meinen, Sie haben die Kleine mit Marihuana ›high‹ gemacht?«
»High, higher, am highesten. Sie war wunderbar.«
»Wenn ihr Vater das erfährt, bringt er Sie um«, sagte Michael. »Und wenn er es nicht tut, tue ich es, oder wenigstens breche ich Ihnen alle Finger.«
Antoine fühlte sich verletzt. »Hören Sie, Michael, Sie sprechen mit Ihrem alten Freund Antoine. Jeder Jazzmusiker, der Ihnen gefallen hat, nimmt das Zeug, wenn nicht noch viel schlimmeres. *Mon vieux,* wie oft haben Sie und ich einen Joint geraucht!«
»Ich bin kein 16 Jahre altes Kind. Ich scherze nicht. Ich haue Ihnen Ihren eigenen Klavierschemel über den Schädel, wenn Sie das noch einmal machen . . .«
»Okay, okay«, brummte Antoine düster. »Aber ich warne Sie: sie wird eine Pleite schieben.«
»Dann wird sie eben eine Pleite schieben. Obwohl ich das gar nicht glaube.«
»Neuengland ist Ihnen zu Kopf gestiegen«, klagte Antoine. »Sie sind ein Puritaner geworden.«
»Eine Spur Puritanismus würde auch Ihnen keinen irreparablen Schaden zufügen«, erwiderte Michael und schob den Teller von sich, obwohl er sein Irish Stew erst zur Hälfte gegessen hatte. »Ich muß hier raus.«
Er stand auf, während Antoine ungläubig den Kopf schüttelte. Was für ein Tag, dachte Michael, als er in seinen Wagen stieg, was für ein mieser, verschissener Tag.
Er fuhr ins Pförtnerhaus und zog seinen Skianzug an. Noch wäre es Zeit gewesen, Eva abzuholen, aber heute wollte er allein Ski laufen. Was er heute brauchte, das waren Berge, Geschwindigkeit und Einsamkeit. Auf der Bergstation des Sessellifts angelangt, kreuzte er zum Startpunkt des Schwarzen Prinzen hinüber. Er blieb stehen und blickte hinab. Steil und glatt stach die Piste zu den Baumreihen hinunter, wo sie nach der scharfen Linkskurve den Wald durchquerte. Es war niemand am Hang. Er würde ihn ganz allein für sich haben. Er rückte seine Schutzbrille zurecht, holte tief Atem und stieß sich ab. Die Skier eng beisammen, jagte er zu Tal und flog in gerader Linie über die Buckel. Der Wind zerrte an Mütze und Schutzbrille. Seine Beine begannen zu ermüden, und er mußte sich besinnen, nicht aufs Atmen zu vergessen, aber er nahm den ganzen Hang im Schuß. Ein großer vereister Buckel nur wenige Meter vor den Baumreihen hätte

ihn um ein Haar auf den Rücken geworfen, aber er fing sich, meisterte die Kurve in knochenbrecherischer muskelzerreißender Fahrt und sauste auf die Waldschneise zu. Er hatte die Herrschaft über seine Bewegungen verloren und verfehlte den großen Felsbrocken in der Mitte der Piste nur um Zentimeter. Als er in rasendem Tempo auf die Lichtung hinausschoß, wäre er beinahe in eine Gruppe von Kursteilnehmern gerast, die quer über den Hang postiert waren. Er schwang ab, grub die Kanten ein und kam genau oberhalb von Dave Cully zum Stehen, der seine Schüler gerade unterrichtete.

Keuchend lachte er Cully an.

»Mein Gott, Mike«, sagte Cully, als er ihn erkannte. »Du hättest jemanden umbringen können. Vor allem dich selbst.«

»Ich mußte mich mal richtig durchblasen lassen«, entschuldigte sich Michael. »Wie man auf der Rennbahn sagt.«

»Wir sind hier auf keiner Rennbahn«, knurrte Cully. Dann wandte er sich mit lauter Stimme an seine Schützlinge: »Meine Damen und Herren, soeben wurde Ihnen auf höchst anschauliche Weise gezeigt, wie diese Abfahrt *nicht* zu machen ist. Vermittelt wurde Ihnen dieses Erlebnis von einem der weniger vernünftigen Angehörigen unseres untadeligen Lehrkörpers.«

Aus der Reihe der Skiläufer wurde ein leises Kichern hörbar, und Michael winkte ihnen freundlich zu. »Ich ließ nur etwas Licht in meine Seele, Dave«, sagte er.

»Wenn du das nächste Mal ein wenig Licht in deine Seele einläßt, gib mir vorher Bescheid. Ich werde rechtzeitig alle Abfahrten räumen lassen. Übernimm jetzt diese Gruppe. Ich muß ins Büro zurück. Und ich erwarte von dir, daß du zwischen hier und der Talstation eintausend langsame, genau kontrollierte Schwünge mit ihnen machst.«

»Ja, Sir«, versprach Michael gut gelaunt.

Betont vorsichtig fuhr Cully davon.

»Nun, meine Damen und Herren, Sie haben gehört, was der Meister angeordnet hat«, sagte Michael laut. »Wir sind angehalten, eintausend langsame, genau kontrollierte Schwünge zu machen. Lassen Sie uns einen im Gänsemarsch machen und anhalten. Dann bleiben uns nur mehr neunhundertneunundneunzig weitere bis zum Einbruch der Dunkelheit.«

Und es war schon beinahe dunkel, als sie ins Tal kamen, und Michael summte vergnügt vor sich hin, während er seine Skier abschnallte und zu seinem Wagen trug.

# 20

Als er am nächsten Morgen mit Heggener den Berg hinauffuhr, war er immer noch gut gelaunt. Unterwegs sagte Heggener: »Eva ist nun doch einverstanden, daß ich erst nächsten Mittwoch nach New York fahre. Würden Sie mich wohl hinbringen? Ich fahre nicht gern allein, und außerdem ermüdet es mich sehr. Eva hat sich erbötig gemacht, mich zu begleiten, aber das würde bedeuten, daß ich den ganzen Weg lange Gespräche über medizinische Fragen führen müßte, und das würde mich noch mehr ermüden als das Fahren.«
»Selbstverständlich«, antwortete Michael.
Der Schnee war schnell, und Heggener schien unermüdlich zu sein. Wenn er anhielt, hatte er Farbe im Gesicht, und ein leises, vergnügtes Lächeln spielte um seine Lippen. Es war Michael unverständlich, daß ein Mann, der so gesund und munter aussah, in ein Krankenhaus gehen sollte, aber er sagte nichts zu Heggener.
»Das war ein schöner Vormittag«, sagte Heggener, als sie zum Herrenhaus hinauffuhren. »Ich werde daran denken, wenn ich mich diesen Ärzten ausliefern muß.«
Eva wartete bereits auf Michael. Sie wolle das Mittagessen auslassen, sagte sie, um die gute Schneelage und die Sonne auszunützen. Sie fuhren gleich los; Heggener stand zwischen zwei der weißen Säulen und winkte ihnen nach.
Sie sprachen recht wenig auf dem Hang und beschäftigten sich damit, um andere, langsamere Läufer herumzuflitzen und ihre Technik zu vervollkommnen. Wenn es nur immer so wäre, dachte Michael, ich würde ewig hierbleiben.
Es war hoher Nachmittag geworden, als Eva ihm sagte, daß sie gern etwas essen würde; sie gingen in den Berggasthof und bestellten Sandwiche und Tee.
»Michael«, sagte Eva, während sie sich ihren Tee eingoß, »wie ich höre, bist du Sonnabendabend in Kalamitäten geraten.«

»Wer hat dir das erzählt?«
Sie zuckte die Achseln. »Es ist eine kleine Stadt. Neuigkeiten verbreiten sich schnell. Ich muß allerdings gestehen, daß du bei der Auswahl der Damen, für die du dein Schwert ziehst, einen etwas, na, sagen wir, sonderbaren Geschmack an den Tag legst.«
»Sie ist eine alte Freundin.«
»Das habe ich gehört. Sie hat viele alte Freunde. Die Stadtnymphe.«
»Zerreiß dir nicht den Mund, Eva«, sagte Michael in so leisem Ton, daß die jungen Leute am Nebentisch nichts hören konnten.
»Auch Andreas ist ein alter Freund von ihr«, sagte Eva honigsüß.
»Hast du das gewußt?«
»Das glaube ich dir nicht.«
»Frag ihn nur. Wahrscheinlich ist es eine schöne Erinnerung für ihn. Sie war seine letzte alte Freundin. Er hatte mir bereits mitgeteilt, daß er nicht mehr mit mir schlafen könne. Es muß wohl schon seine Krankheit gewesen sein, nur wußten wir es damals noch nicht. Ich hatte nicht gedacht, daß Damen ihres Schlags ihn reizen könnten, aber wie ich schon sagte, es ist eine kleine Stadt, die nicht viel Auswahl bietet. Und vielleicht wollte er etwas beweisen, das er mir nicht mehr beweisen konnte. Kann sein, er wollte sich ein letztes Mal seiner Potenz erfreuen. Ich verüble es dem armen Kerl nicht.«
Michael dachte an die zwei Nächte zurück, die eine mit der physikalischen Therapeutin, die er im Golden Hoop kennengelernt hatte, die andere mit dem älteren netten Mädchen, als auch er versucht hatte, etwas zu beweisen, und gescheitert war. Er bedauerte seinen Freund Andreas Heggener und haßte Andreas Heggeners Frau, die so gut über Männer Bescheid wußte.
»Wenn es dir nichts ausmacht, möchte ich lieber nicht darüber reden«, sagte er. »Es interessiert mich nicht, was hier vorging, bevor ich auf der Bildfläche erschien.«
»Und was interessiert dich jetzt, wenn ich fragen darf?« erkundigte sich Eva, während sie herzhaft in ihr Brötchen biß.
»Dein Mann«, antwortete er. »Und auf die Gefahr hin, dich zu langweilen oder zu erzürnen, muß ich dir, denke ich, noch einmal sagen, daß du meiner Meinung nach einen Fehler machst, wenn du darauf bestehst, daß Andreas ins Krankenhaus geht.«
»Ich hoffe, du hast ihm das nicht gesagt.«
»Das habe ich nicht. Aber er sieht so gut aus — und er fährt Ski wie ein Junge von zwanzig Jahren.«

»Michael«, versetzte Eva scharf, »du weißt nicht, welchen Schaden du anrichtest.«
»Schaden?« fragte er ungläubig. »Er wird mit jedem Tag kräftiger.«
»Er *glaubt,* daß er kräftiger wird. Und du ermutigst ihn dazu. Er fängt wieder an zu hoffen.«
»Und warum sollte er das nicht?«
»Weil es eine trügerische Hoffnung ist«, erklärte Eva entschieden. »Wenn er einen Rückfall hat, und das kann jederzeit passieren, wird es ihn zerbrechen. Und das wird deine Schuld sein.«
»Was erwartest du eigentlich von mir? Soll ich einem Mann, der wieder seinen Weg ins Leben zu finden beginnt, sagen, daß er sich einem Wahn hingibt, daß er in Decken gehüllt dasitzen und auf den Tod warten soll?«
»Augenscheinlich verstehst du mehr als die Ärzte«, spottete Eva.
»Kann schon sein«, konterte Michael eigensinnig.
»Wenn du es nicht für ihn tun willst, tu es für mich.«
Sie brachte ihn mit ihrer Sturheit, ihrer durch nichts zu erschütternden Überzeugung, daß nur sie allein im Recht sein konnte, zur Verzweiflung. »Wir haben ein Arrangement«, lautete seine brutale Antwort. »Ich laufe Ski mit dir, dafür werde ich bezahlt, und ich gehe mit dir ins Bett — zum Vergnügen. Sonst steht nichts in diesem Vertrag.«
»Weißt du«, sagte sie nachdenklich und lehnte es ab, sich von ihm beleidigen zu lassen, »ich glaube, du hast Hintergedanken.«
»Was für Hintergedanken?«
»Du legst es ganz bewußt darauf an, sein Leben zu verkürzen.«
»O du lieber Gott! Warum sollte ich das wohl tun wollen?«
»Um zu ernten, was du gesät hast.«
»Und was sollte das sein?«
»Ich«, antwortete sie. »Die reiche Witwe, die dir in Leidenschaft verfallen ist, dir oder zumindest deinem gut verwendbaren Körper, und die, nach einem geziemenden Abstand, entzückt wäre, dich zu heiraten.«
»Denkst du das wirklich?« fragte er und kämpfte nur mit Mühe seinen Zorn nieder.
»Es scheint mir eine Möglichkeit zu sein«, antwortete sie rundweg, »wenn nicht gar eine Wahrscheinlichkeit.«
Er stand auf. »Für heute reicht's mir. Komm. Ich bring' dich nach Hause.«
»Nicht nötig«, sagte sie. »Ich genieße den Nachmittag. Ich werde

noch Ski laufen. Mach dir keine Sorgen, ich finde mir schon jemanden, der mich nach Hause bringt.«
Mit wenigen Schritten war er an der Tür. Wahnsinnig, dachte er, wahnsinnig. Der Mann hat recht. Ich sollte unverzüglich abreisen. Aber die Vorstellung, diesen weichen, erfahrenen Körper nie wieder in den Armen halten zu können, war unerträglich, und er wußte, daß er nicht abreisen würde. Als Schlappschwanz war ich glücklicher, dachte er, und lachte bitter, während er seine Skistöcke und Handschuhe hinten in den Porsche warf.

Der Sonnabend war unfreundlich und windig, doch die Sicht gut und die Piste in bestem Zustand. Andreas Heggener war gekommen, um das Rennen zu sehen, obwohl Eva, wie er Michael auf der Fahrt zum Auslauf berichtete, energisch protestiert hatte: Eine Stunde oder noch länger in der Kälte herumzustehen, würde ihm schlecht bekommen. Aber er war in seinen schwarzen Mantel mit dem Nerzkragen gepackt, hatte eine Pelzmütze, einen langen Wollschal, mit Schaffell gefütterte Aprèsskistiefel und warme Handschuhe. »Die Kleine — Rita meine ich —, also, sie war gestern so aufgeregt wegen des Rennens und weil sie doch heute auch singen wird. Ich mußte ihr versprechen, daß ich sowohl zum Rennen wie auch zu ihrem Debut kommen würde, um sie zu ermutigen und anzufeuern. Ich habe ihr ein kleines Medaillon an einer goldenen Kette geschenkt, das meiner Mutter gehörte. Sie wird es als Glücksbringer um den Hals tragen.«
»Sie wird sich beruhigen, wenn sie erst einmal im Rennen ist«, meinte Michael. »Sie sollte leicht mit dem Kurs fertig werden. Cully hat mir versichert, er würde ihn nicht allzu schwierig stekken; außerdem haben sie die Piste präpariert.«
Bunt gekleidete Besucher, die, wie Michael und Heggener, nicht auf Skiern gekommen waren, standen beim Ziel, während Skiläufer die Piste säumten. Michael blickte immer wieder zu den tief treibenden Wolkenfetzen empor. Er war für diesen Nachmittag zum Drachenfliegen gemeldet; der Wind würde es zu einem gefährlichen Wagnis machen, wenn es nicht überhaupt abgesagt werden mußte.
Der Vorläufer, ein junger Skilehrer, kam den Hang herunter. Erwartungsvolle Stille herrschte, als er mühelos die Tore durchlief, doch als der erste Läufer startete, wurde er von seinen Freunden längs der Piste lauthals ermuntert.«

Michael warf einen Blick auf das hektographierte Rennprogramm. Rita hatte Startnummer zehn, eine gute Reihung, bei der die Strecke von den ersten Läufern gerade schön markiert und nicht zu stark mit Furchen durchzogen war, die den 35 Läufern, die hinter ihr kamen, noch zu schaffen machen würden.
»Sie hat mir erzählt, daß sie ihrer Familie verboten hat, zum Rennen zu kommen. Sie wäre auch schon ohne ihre Anwesenheit aufgeregt genug. Und Sie, Michael, waren Sie eigentlich ein guter Rennläufer?«
»Ich bin nie ernsthaft gelaufen«, antwortete Michael. »Ich habe mich immer nur an lokalen Wettbewerben beteiligt, wie das einer ist. Über den fünften Platz bin ich nie hinaus. Heutzutage kommt die Jugend ja schon mit Skiern an den Füßen zur Welt. Ich fing erst mit zwölf an, und das ist zu spät. Vielleicht aber ist das auch« — er lachte — »die Entschuldigung, mit der ich mich über meinen Mangel an Talent hinwegtröstete.« Er beobachtete die Mädchen, die über den Hang herunterkamen. »Sie wird etwas riskieren müssen, um zumindest drei der ersten sieben zu schlagen«, sagte er und fing an, sich Sorgen zu machen, doch dann belustigte es ihn, daß er die Sache so ernst nahm.
Die neunte Läuferin kam mit einer sehr guten Zeit durchs Ziel und lächelte glücklich, als dies von den Lautsprechern bekanntgegeben wurde. Und dann ertönten Schreie und Rufe, als Rita vom Gipfel startete, den Michael und Heggener von dort, wo sie standen, nicht sehen konnten.
Sie war schnell unterwegs, als sie in Sicht kam, Michael schätzte, daß ihre Zwischenzeit eine der bisher besten war. Sie fuhr graziös und sicher, und ihre langen, schlanken Beine und ihr flacher, magerer Rumpf vermittelten eigenartigerweise den Eindruck körperlicher Kraft. Doch dann, beim vorletzten Tor, blieb sie mit einem Ski an der Außenstange hängen. Der Ski löste sich von ihrem Fuß, sie stürzte, purzelte quer über den Hang und landete in einer Wolke von Schnee vor den Füßen der Zuschauer am Rand der Piste. Sie schüttelte die Leute ab, die ihr aufhelfen wollten, um zu demonstrieren, daß ihr nichts geschehen war, und glitt auf einem Ski auf die Stelle zu, wo Heggener und Michael standen. Als sie näher kam, sah Michael, daß sie weinte.
»Aber, aber«, sagte er und legte seinen Arm um sie, so daß sie ihre Tränen an seiner Schulter verbergen konnte. »Es hat noch niemals einen Rennläufer gegeben, der nicht hin und wieder gestürzt wäre.«

»Ich bin so unbeholfen«, schluchzte sie. »Eliot hatte recht. Er hat gleich gesagt, daß ich mich lächerlich machen würde.«
»Das war nur das erste Mal. Und Sie haben sich nicht lächerlich gemacht.«
»Für mich das erste und das letzte Mal«, sagte das Mädchen. Sie löste sich von ihm und wischte sich die Tränen aus den Augen. Tapfer lächelte sie Heggener an. »Es tut mir leid, Mr. Heggener. Ich habe Ihrem Medallion nicht viel Ehre eingebracht.«
»Sie sind ausgezeichnet gelaufen, bis Sie . . .« setzte Heggener an.
»Bis ich einen schweren Fehler machte«, fiel sie ihm ins Wort. »Wenn Sie Antoine sehen, Michael, sagen Sie ihm, daß ich heute abend auch nicht singen werde.«
»Unsinn!« schimpfte Michael.
»Alle werden mich auslachen, wenn ich am Klavier stehe. Sie werden nur darauf warten, daß ich auch dort auf die Nase falle.«
»Hören Sie mal, Rita«, redete Michael in ernstem Ton auf sie ein, »mit 16 Jahren kann man gar nichts aufgeben. Und Antoine ist ganz sicher, daß Sie sehr gut sein werden«, log er. »Und das werden Sie auch.«
»Das hat er Ihnen gesagt?« fragte sie zweifelnd.
»Aber sicher. Und er ist ein richtiger Profi.«
»Mr. Swanson hat auch gesagt, ich würde beim Rennen groß auftrumpfen«, hielt Rita ihm entgegen, »und der ist auch ein richtiger Profi.«
»Im Chimney Corner gibt es keine Tore«, gab Michael zu bedenken.
Rita kicherte. »Wahrscheinlich haben Sie recht. Ich kann nicht mein Leben lang ein verschrecktes kleines Baby sein. Meine Mutter meint: Stell dir vor, du wärst in der Kirche, und es wird alles glattgehen.«
»Möglicherweise funktioniert das Medaillon nicht so richtig unter freiem Himmel«, mutmaßte Heggener. »Aber in Bars hat es Zauberkraft.«
»Wir werden ja sehen, wieviel Zauber es hat«, sagte Rita. »Ich mag Menschen nicht enttäuschen, die so nett zu mir waren. Wenn ich heute abend auch eine Pleite schiebe, bringe ich mich um.«
»Sie werden keine Pleite schieben, und Sie werden sich nicht umbringen«, rügte Michael das Mädchen. »Reden Sie keinen Unsinn.«

Just in diesem Augenblick und beim selben Tor, bei dem Rita gestürzt war, ging die fünfzehnte Läuferin unrühmlich unter.
»Ach«, sagte Rita befriedigt, »jetzt fühle ich mich wohler.«
»So spricht eine wahre Sportlerin«, bemerkte Heggener, und wieder kicherte Rita und sagte: »Was ich doch für dummes Zeug rede!«
»Michael«, wandte sich Heggener an Michael, »mir ist ein wenig kalt geworden. Würden Sie mich wohl nach Hause fahren?«
»Selbstverständlich.« Er warf Rita, die sich nun auch den zweiten Ski abschnallte, eine Kußhand zu und ging mit Heggener zum Wagen.

Nach dem Mittagessen fuhr Michael zur Drachenfliegerschule ins Tal. Der Wind war immer noch ungünstig, hatte aber ein wenig nachgelassen, und Michael kam zu der Überzeugung, daß er mit ihm fertig werden würde. Etwa ein Dutzend junger Männer waren gekommen, in Körperbau und Wesen ähnlich Jerry Williams, dem Eigentümer der Schule, und, bis auf Michael, alle mit ihren eigenen Drachen. An die hundert Zuschauer standen wartend herum, als Michael aus dem Wagen stieg und auf die Gruppe zuging, die sich um die Hütte drängte.
»Tag, Mike«, begrüßte ihn Jerry Williams, als er ihn kommen sah. »Ich fürchtete schon, Sie würden auch nicht aufkreuzen.«
»Wieso *auch* nicht?«
»Ich hatte mit weiteren zwölf Teilnehmern gerechnet, aber die haben sich gedrückt. Zuviel Wind, haben sie gesagt. Und diese Burschen hier haben eben abgestimmt und mit neun gegen drei beschlossen, nicht aufzusteigen. Und das hätte nun mein großer Tag sein sollen«, meinte er bitter. »Ich werde die ganze Saison brauchen, um meine Schulden in der Stadt abzuzahlen. Wie steht es mit Ihnen?«
Wieder blickte Michael zum Himmel auf. »Ich bin schon bei stürmischerem Wetter geflogen. Wenn die anderen drei mitmachen wollen, steig' ich als erster auf.«
»Sie sind ein wahrer Freund, Mike«, sagte Williams dankbar und sprach mit den anderen, während Michael seine Springerstiefel anzog.
»Okay«, rief Williams aus, als er zurückkam. »Sie haben drei Kunden. Ich habe meinen Drachen genau auf Ihr Gewicht abgestimmt.« Sie verstauten das Ding im Kombi und begannen die Fahrt über die steile, holprige Straße, die zum Plateau hinauf-

führte, von dem aus sie abheben würden. Zwei Transporter mit auf den Dächern festgeschnallten Gleitern folgten ihnen. Oben pfiff der Wind einmal aus der einen, dann wieder, jäh umschlagend, aus der entgegengesetzten Richtung. Die anderen drei gingen nervös auf und ab, und einer sagte ganz ungeniert: »Wir müssen verrückt sein, daß wir bei diesem Sturm fliegen.«
Michael half Williams den Drachen zusammenzubauen, legte mit methodischen Bewegungen das Gurtzeug an und lief ohne zu zögern an. Da war es wieder, das vertraute Gefühl der Schwerelosigkeit, ein Triumphgefühl überkam ihn, als er spürte, wie die Luft ihn in die Höhe trieb, doch dann griff der Sturm nach ihm. Er glitt seitwärts ab, fing sich, fühlte, wie er rasch hinabgezogen wurde, wehrte sich dagegen, sah die Erde mit erschreckender Schnelligkeit ihm entgegenstürzen, glitt abermals seitlich ab und sah, daß er auf eine Gruppe kahlästiger Bäume zusteuerte. Ach herrje, dachte er, was für ein Glück, daß Tracy das nicht erleben muß. Begleitet vom Geräusch splitternden Metalls und reißenden Stoffs krachte er in den Baum. Als er zu sich kam, stellte er fest, daß er an einem knorrigen Ast hing. Vorsichtig bewegte er Arme und Beine. Nichts gebrochen. Aber sein Gesicht war feucht und warm, und er wußte, daß er blutete. Unter sich sah er Williams, der eine Schlinge in ein langes Seil knotete. Williams warf ihm das Seil zu, und Michael schlang es um den Ast. Dann befreite er sich aus den Trümmern und ließ sich zu Boden gleiten.
»Sie schulden mir einen Drachen«, sagte Williams.
»Das war es mir wert. Ich habe den Flug genossen.«
»Sie sind mir ein kühler Typ«, sagte Williams. »Aber für heute machen wir Schluß. Die anderen sind schon alle ins Tal unterwegs.«

Als er sein Gesicht betrachtete, bevor er sich zum Essen umzog, stellte er fest, daß der Zusammenstoß mit dem Baum seiner Erscheinung nicht gerade zum Vorteil verholfen hatte. Sein Gesicht war total zerschrammt, und oberhalb seines rechten Auges prangte eine häßliche Beule. Nichts Ernstes, aber er sah aus, als ob er mit einem wild gewordenen Kater gekämpft hätte, und von Rasieren konnte keine Rede sein.
Das Telephon läutete, und er nahm den Hörer ab. Es war Eva. Sie hatte ihn zum Abendessen mit ihr und Heggener eingeladen, aber Andreas hatte sich verkühlt und fieberte, und sie hatte ihn

ins Bett gesteckt. »Eine glänzende Rechtfertigung eurer ärztlichen Kunst«, bemerkte sie bissig und legte auf.
Er beschloß, auf das Abendessen zu verzichten, gönnte sich statt dessen einen Drink und legte sich für ein Weilchen aufs Ohr, bevor er sich aufmachte, um Ritas Debüt als Sängerin zu feiern. Seine Muskeln schmerzten, als ob sie mit einem Schlagholz bearbeitet worden wären, und jede körperliche Bewegung mußte sorgsam bedacht werden, bevor er sie ausführte.
Er hatte Ritas Eltern und ihren Bruder eingeladen und richtete sein Augenmerk darauf, vor ihnen im Chimney Corner einzutreffen und sich einen Tisch zu sichern, der nicht zu nahe von der Stelle sein durfte, wo sie stehen würde. Sie sollte beim Singen nicht von der Anwesenheit ihrer Familie abgelenkt werden.
Sie kamen alle, dem Anlaß entsprechend festlich gekleidet, die Männer mit Jacketts und Krawatten, Ritas Mutter in einem hübschen marineblauen Kleid.
Rita hatte ein weißes Kleid an, das sie, wenn Michael sich nicht täuschte, wohl im vergangenen Juni beim Abgang von der Highschool getragen hatte. Sie sah hübsch aus und glücklich, aber sie war nervös, und wenn ihre Familie nicht dabeigewesen wäre, würde Michael ihr einen Schluck Rum in einer Tasse Tee verpaßt haben, um sie zu beruhigen. Großspurig bestellte er eine Flasche Champagner für alle, als Jimmy Davis an den Tisch kam, um sie zu begrüßen. Rita rührte ihr Glas nicht an, aber ihre Mutter genoß das edle Getränk und nickte beifällig zu Antoines sanfter und unaufdringlicher Musik. Während sich der Saal füllte, erklärte Michael seinen Gästen, daß die Heggeners nicht kommen würden, weil Mr. Heggener nicht ganz auf der Höhe sei und Mrs. Heggener sich um ihn kümmern müsse.
»In den letzten Wochen habe ich Sie beobachtet, Sie und diesen Mann«, sagte Ritas Vater, »und ich ziehe den Hut vor Ihnen, Mike. So wie er aussah, hätte ich, als die Saison anfing, darauf gewettet, daß er das Frühjahr nicht mehr erleben würde. Gestern hat er zwanzig Jahre jünger ausgesehen. Vielleicht sollte ich auch ein paarmal in der Woche mit Ihnen Ski laufen.« Er lachte vergnügt, nahm das unberührte Glas, das vor Rita stand, und leerte es. »Warum soll ich nicht zugreifen, wenn sonst keiner das Zeug trinkt?« wandte er sich an seine Frau, die ihm einen strafenden Blick zuwarf. »Wie ich höre, hat sich Rita beim heutigen Rennen nicht eben ausgezeichnet«, sagte er zu Michael.
»Sie war sehr gut«, widersprach Michael. »Nach meiner Schät-

zung hatte sie eine Zeit unter den ersten fünf, als sie hängenblieb.«

»Hat ihr nicht geschadet«, meinte Jones. »Eine Lektion in Demut, die kann sie brauchen. Ihre Lehrer reden ihr ein, daß sie weiß Gott wie klug ist; wenn sie nicht hin und wieder eins von uns auf den Deckel bekäme, würde sie sich wie eine Primadonna aufspielen. Ab und zu Niederlagen zu erleben tut den Menschen gut. Besonders den jungen. So wie Sie aussehen, haben auch Sie heute eine wohlverdiente Strafe erhalten. Wenn jetzt Erntezeit wäre, ich würde sagen, Sie sind in eine Mähmaschine geraten.« Er lachte herzlich. Er war Unfälle gewöhnt und nahm sie nicht allzu tragisch. »Als Junge wurde ich einmal von einem ganzen Bienenschwarm gestochen, und ich sah auch nicht schlechter aus als Sie heute abend. Ich weiß, was der Kreatur an Leiden bestimmt ist, aber ich gehe nicht auch noch auf die Suche danach, wie das manche Leute tun.«

»Er hat nur versucht, Jerry Williams zu helfen, Daddy«, verteidigte Rita Mike. »Die anderen ließen ihn alle im Stich.«

»Jerry Williams sollte sich mit dem Gedanken vertraut machen, daß Leute, wenn sie fliegen wollen, sich bei der TWA ein Flugtikket kaufen können.«

»Sei still, Harold«, mahnte Mrs. Jones, »der Mann will uns etwas mitteilen.«

Antoine hatte drei gewaltige Akkorde ertönen lassen, und es wurde still im Saal. »Meine Damen und Herren«, sagte Antoine laut, »wir können Ihnen heute abend eine besondere Attraktion bieten. Eine Schönheit dieser Stadt, die reizende Rita Jones — *chanteuse extraordinaire* — hat sich nach einer Absprache mit unserem allseits beliebten Wirt Jimmy Davis bereit erklärt, für uns zu singen. Rita Jones . . .« Er deutete mit dem Kopf in Richtung auf den Tisch und winkte dem Mädchen, zum Klavier zu kommen.

Ein zaghaftes Lächeln auf dem Gesicht, stand Rita auf. Michael fand, daß sie wie eine Zehnjährige aussah, als sie nun auf sehr hohen Absätzen ein wenig unsicher auf das Klavier zuging, wo Antoine unter frenetischem Beifall des Publikums ihre Hand ergriff und sie küßte. »Was hat der Mann von ihr gesagt?« fragte Jones argwöhnisch.

»Daß sie eine außergewöhnliche Sängerin ist«, erklärte ihm seine Frau. »Auf französisch. Sei jetzt ruhig.«

Es wurde still im Saal, während Antoine ein paar Takte improvisierte, dann dem Mädchen zunickte, ›Oh, What A Beautiful Morning‹ anstimmte und Rita zu singen begann. Sie war weder steif noch befangen, wie Antoine prophezeit hatte, sondern die Stimme fest und sicher und natürlich, voller Fröhlichkeit und Ernsthaftigkeit, sie erfüllte den Raum mit überzeugender jugendlicher Kraft. Als sie endete, gab es tosenden Applaus, angeführt von Harold Jones. Sie sang noch drei weitere Lieder, alles alte Schnulzen, von Antoine geschickt ausgesucht, um Ritas Wandlungsfähigkeit zu demonstrieren, sehr bekannte, dem Publikum vertraute Schlager, denn die Zuhörer sollten nicht veranlaßt werden, über Neues oder Ungewohntes zu rätseln.

Der Beifall wollte kein Ende nehmen, und es wurden Rufe nach mehr laut, aber Antoine schüttelte den Kopf. Klug von ihm, dachte Michael, ihren ersten Auftritt mit einem triumphalen Abgang zu beenden. Rita kam zum Tisch zurück. »War das nicht allerhand?« lachte sie, und ihre Mutter küßte sie und sagte: »Das hast du wirklich fein gemacht, Schätzchen.« Harold Jones strahlte und klatschte immer noch Beifall, als die anderen schon aufgehört hatten zu applaudieren, und selbst Eliot machte gute Miene. Jimmy Davis kam mit einer Flasche Champagner an. »Für den ersten Star, der je in Green Hollow geboren wurde«, verkündete er. Er selbst besorgte das Einschenken; Ritas Glas füllte er als erstes. Michael sah, wie Mr. Jones die Stirn runzelte, als Rita hastig danach griff. »Schätzchen«, tadelte er sie, »in Vermont ist das Trinken für Minderjährige verboten«, aber Mrs. Jones sagte: »Sei still! Es ist ja nur dieses eine Mal«, und alle hoben ihr Glas zu Ehren der jungen Sängerin.

»Heute abend haben Sie kein Tor ausgelassen«, sagte Michael, und Rita konnte sich nicht halten vor Lachen, so als ob es der Witz des Jahrhunderts gewesen wäre.

Es war schon fast Mitternacht, als man aufbrach. Unter einem sich aufhellenden Himmel stopfte Harold Jones seine Familie in einen alten Kombi, und auch Michael stieg in seinen Wagen, während der Mond, zwischen jagenden Wolken auftauchend und wieder verschwindend, in der Ferne die Umrisse der Berge hervortreten ließ.

Das Pförtnerhaus lag im Dunkeln, doch als er eintrat und das Licht anzündete, sah er Eva in ihrem Luchsmantel auf dem Sofa sitzen.

»Guten Abend«, begrüßte er sie. »Warum hast du das Licht nicht angedreht?«

»Ich wollte dir eine freudige Überraschung bereiten«, antwortete sie, aber es klang nicht eben freudig. »Wie war's denn?«
»Wunderschön. Es war ein herrlicher Abend. Und bei euch?«
»Nicht herrlich. Überhaupt nicht herrlich. Das Fieber ist auf neununddreißig gestiegen«, sagte sie vorwurfsvoll. »Aber jetzt schläft er. Es wäre ein Wunder, wenn er auf eigenen Füßen die Klinik aufsuchen kann und wir keinen Krankenwagen kommen lassen müssen.«
Michael seufzte.
»Seufze doch nicht, als wünschtest du, ich wäre tausend Kilometer von hier weg. Bekomm' ich keinen Kuß?« Sie erhob sich.
»Eva«, sagte Michael brummig, »heute nachmittag hätte ich mir beinahe das Genick gebrochen. Ich kann mich kaum bewegen . . .«
»Dir ist es ja gleich, wen du umbringst, dich, meinen Mann . . .«
»Bitte«, sagte er, zog sein Jackett aus und warf es auf einen Stuhl, »ich bin todmüde und möchte schlafen.«
»Dein Gesicht sieht ja lieb aus«, sagte sie ohne jedes Mitgefühl.
»Ich weiß.«
»Die Art, wie du den Besitz pflegst, läßt zu wünschen übrig.«
»Ich gehe jetzt schlafen.«
»Ich bin nicht gekommen, um dir beim Schlafen zuzusehen«, sagte sie böse.
»Tut mir leid«, antwortete er. »Ich kann nichts tun . . .«
Sie fing an, in dem kleinen Raum auf und ab zu gehen. Der offene Mantel wirbelte um sie herum und verlieh ihr das Aussehen einer riesigen Wildkatze. »Ich bin es langsam müde, abgewiesen zu werden. Von dir. Von meinem Mann. Du willst dich umbringen — schön. Er will sich umbringen — schön. Je früher, desto besser — das könnte für alle Beteiligten von Vorteil sein. Aber vielleicht warte ich gar nicht so lange. Ihr seid nicht die einzigen zwei Männer auf der Welt. Nur damit du Bescheid weißt, und wenn du willst, kannst du auch deinen geliebten, perversen Freund, meinen Mann, davon in Kenntnis setzen: Es gibt einen Mann, einen Österreicher, der war im vergangenen Jahr dreimal da, um mich zu bitten, ihn zu heiraten.«
»Wie schön für dich. Ich wünsche dir alles Glück dieser Welt.«
»Ich habe die Nase voll von dieser miesen kleinen Stadt und diesen mickrigen Bergen«, brach es aus ihr heraus, »von diesen langweiligen, schwerfälligen amerikanischen Bauern. Von betrunkenen Krakeelern mit ihren entstellten Gesichtern . . .«

»Bitte sei doch vernünftig . . .«

»Ich möchte wieder unter zivilisierten Menschen leben. Ich dachte, du würdest mir vielleicht helfen, die Wintersaison durchzustehen . . .« fauchte sie. »Aber ich glaube, ich habe einen Fehler gemacht. Du bist vielleicht ein bißchen intelligenter als der Rest und besser erzogen, aber du bist doch nicht anders als die anderen. Nach dem ersten unbedachten Taumel der Sinne . . .« formulierte sie spöttisch, ». . . die gleiche alte bürgerliche zimperliche Tadelsucht, die gleiche heuchlerische, feige, moralinsaure Haltung. Du bist also zu müde, um mit mir ins Bett zu gehen. Jede Nacht eine andere Ausrede. Geh doch mit meinem Mann ins Bett. Ganz sicher würde er sich freuen und du auch, und wenn er nächste Woche oder nächsten Monat stirbt, stirbt er glücklich und hinterläßt dir sein Vermögen.«

Michael gab ihr eine Ohrfeige. Verächtlich die Lippen schürzend, blieb sie stehen. Sie lachte. »Du bist also zu müde, um mit einer Frau ins Bett zu gehen, aber du bist nicht zu müde, sie zu schlagen. Du wirst diese Ohrfeige bedauern, Mr. Storrs.« Sie rauschte aus dem Haus; die Tür ließ sie offen. Kalt und rauh blies der Wind herein, und Michael fröstelte. Er ging langsam zur Tür, schloß und versperrte sie. Er war zu müde, um sich zu entkleiden; völlig angezogen, so wie er war, fiel er aufs Bett.

# 21

Das Klingeln des Telephons weckte ihn. Ächzend erhob er sich, um ins Wohnzimmer zu gehen und den Hörer abzunehmen. Während der Nacht waren seine Muskeln noch steifer geworden, der Wind hatte ein Fenster aufgestoßen und ihn, der ohne Decke auf dem Bett gelegen war, auf Gefriertemperatur gebracht.

Grelles Sonnenlicht strömte durch das Fenster, als er jetzt zum Telephon humpelte. Die Uhr auf dem Kaminsims zeigte ein Viertel vor zehn. Seit Jahren hatte er nicht mehr so lange geschlafen. Er erinnerte sich undeutlich an verworrene Träume von auf Flughäfen verlorenem Gepäck und von dunklen Gängen, die zu den falschen Ausgängen führten.

»Hallo«, meldete er sich.

»Michael . . .« Es war Andreas Heggener.

»Guten Morgen.« Michael versuchte den Eindruck zu erwecken, er wäre beschwingt und hellwach.

»Ich hoffe, ich habe Sie nicht geweckt.«

»Ich bin schon seit sieben wach«, antwortete Michael. Er log in der Hoffnung, seinem Image als energischer, edlen Grundsätzen verhafteter, hart arbeitender Bürger gerecht zu werden. »Wie geht es Ihnen heute?«

»Bestens. Kein Fieber und kein Husten. Ich wollte nur fragen, ob Sie es einrichten können, mich schon morgen nach New York zu fahren, statt noch länger abzuwarten. Ich möchte diese dumme Prozedur so bald wie möglich hinter mich bringen.«

Michael strich sich mit der Hand über das Gesicht, schabte an seinen Bartstoppeln und fühlte die Krusten der Kratzspuren, die ihm die Zweige des Baumes zugefügt hatten. Für einen New-York-Besuch wäre er gern präsentabler gewesen, aber er sagte:

»In Ordnung. Um wieviel Uhr?«

»Wäre Ihnen neun recht?«

»Neun Uhr. Ich werde Cully informieren.«

»Oh . . .« sagte Heggener. »Ich soll Ihnen ausrichten, daß Eva heute nicht in Stimmung ist, Ski zu laufen.«
»Ich auch nicht«, erwiderte Michael. Auch er war nicht in der Stimmung, Eva zu sehen. »Bis morgen dann.«
Er legte auf, wobei er sich im stillen fragte, ob der Abdruck seiner Finger auf ihrer Wange zu sehen sein würde und ob Heggener es bemerkt haben könnte.
Er ging ins Badezimmer, warf einen Blick in den Spiegel, war von dem, was er sah, keineswegs entzückt und klatschte sich etwas kaltes Wasser ins Gesicht, was aber weder an seiner Stimmung noch an seinem Aussehen viel änderte.
Er zog frische Kleider an und fuhr, weil er zu faul war, sich selbst ein Frühstück zu machen, hinunter zur Imbißstube gegenüber der Skischule. Wie immer düsteren Blickes saß Cully bei einer Tasse Kaffee, die seine fünfte sein mochte. Mit einer Handbewegung lud Cully ihn ein, sich zu ihm zu setzen, aber sein Blick wurde noch düsterer, als er hörte, wie Michael ein großes Glas Orangensaft, Waffeln mit Speck, Eier und Kaffee bestellte.
»Menschen wie du machen mich verrückt«, klagte Cully. »Ich esse ein Kleiebrot und nehme zwei Pfund zu, und du frißt dich an, und ich wette, du wiegst kein Gramm mehr, als du mit zwanzig gewogen hast.«
»Zwei Pfund weniger«, sagte Michael und grinste.
»Das sollte gesetzlich verboten sein«, meinte Cully. »Dein Gesicht sieht ja fein aus.« Er sagte es so, als ob dieser Umstand ein ausgleichendes Element für Michaels metabolische Wandlungen darstellte. »Was ich so höre, hast du Glück gehabt, daß du noch am Leben bist.«
Michael zuckte die Achseln. Er hatte keine Lust, sich mit Cully über seine Hobbys zu unterhalten. »Was ich so höre«, sagte er, »haben wir alle Glück, daß wir noch am Leben sind.«
Er strich reichlich Butter auf seine Waffeln und sparte auch nicht mit Ahornsirup. Er erinnerte sich, daß er gestern das Abendessen ausgelassen hatte und aß mit gutem Appetit. Cully sah ihm mit sehnsuchtsvollem Blick zu und bestellte noch einen schwarzen Kaffee.
»Wärst du hopsgegangen«, sagte Cully, der an dem Thema Geschmack fand, »es würde den meisten Leuten hier leid getan haben. ›Der blöde Hund hat es ja nicht anders haben wollen‹, würden sie gesagt haben, aber die Sache wäre in zwei Tagen vergessen gewesen. Aber wäre einer von hier ums Leben gekommen,

sie würden Jerry Williams gelyncht haben. Und ich hätte ihm die Schlinge um den Hals gelegt. Willst du diesen Unsinn weitermachen?«

»Hängt davon ab, was auf die Tagesordnung kommt.«

»Einmal«, sagte Cully warnend, »wird dein Glück dich verlassen.«

»Die Leute werden sich freuen.«

»Werden sie nicht«, widersprach Cully. »Ich weiß, daß *ich* mich nicht freuen werde, und das gilt auch für die meisten Bürger dieser Stadt. Ich weiß nicht, ob du es weißt, aber du bist hier sehr beliebt. Von diesem verdammten Porsche abgesehen, hast du nie den großen Mann hervorgekehrt, und alle Welt bewundert, wie du Heggener wieder auf die Beine gebracht hast. Ausgenommen vielleicht die Ärzte.« Er lachte.

»Und Madam Heggener.«

»Ah ja?«

»Meine Bewährungsprobe ist so gut wie abgelaufen, Dave. Du tätest gut daran, dich nach einem neuen Opfer umzusehen.«

»Nun, du hast länger durchgehalten als die meisten deiner Vorgänger. Wir haben hier einen Kurs für Rennläufer. Mit ihnen zu arbeiten, macht Spaß. Ich könnte dich zu diesem Kurs einteilen . . .«

Michael schüttelte den Kopf. »Vielen Dank, aber ich bin zu der Überzeugung gelangt, daß ich nicht zum Skilehrer geboren bin. Ich lege mein Amt zurück, Dave. Die Jacke bekommst du noch im Lauf dieser Woche.«

»Keine Eile. Willst du uns verlassen?«

»Nur auf ein paar Tage. Ich möchte mich vergewissern, daß ich mir nichts vormache und daß Heggener tatsächlich wiederhergestellt ist, bevor ich endgültig abreise. Und ganz gewiß lasse ich mir nichts dafür bezahlen, daß ich mit *ihm* Ski laufe.« Aber er sprach nicht aus, daß es an diesem Sonntagvormittag in der ganzen Welt keinen Ort gab, der ihn mehr interessiert und der ihm eine moralischere Pflicht auferlegt hätte, als Green Hollow es tat — und dafür gab es gute Gründe, wie etwa den, daß er dabei war, einen wertvollen Menschen vor Verzweiflung und Tod zu retten, und weniger gute wie etwa: daß er Eva Heggener beweisen mußte, wie unrecht sie hatte. »Nichtsdestoweniger, Dave«, fügte er hinzu, »wenn du mal überlastet bist und jemanden brauchst, der auf ein paar Tage aushilft, du kannst immer mit mir rechnen.«

Cully bedankte sich. »Ich werde es nicht vergessen. Übrigens — ich habe eine Neuigkeit für dich: Norma bekommt wieder ein Baby.«

»Meinen Glückwunsch.«

»Beglückwünsche mich erst, wenn ich das Geld zusammenhabe, um das Kind ins College zu schicken«, sagte Cully, aber Michael sah, wie froh ihn die Aussicht auf ein drittes Kind machte. »Diesmal rechnen wir mit einem Mädchen. Normas Mutter meint, Mädchen geben mehr Ärger als Buben, aber sie versüßen der ganzen Familie das Leben. Und weil wir gerade davon reden . . .« Er zögerte und schluckte, und Michael sah deutlich, daß er auf ein heikles Thema zusteuerte: »Ich habe das Gerede, daß da zwischen ihr und dir vor unserer Heirat etwas gewesen sein soll, nie geglaubt. Ich hätte es dir schon früher sagen sollen, aber ich habe mich nie so recht getraut. Ich *wußte,* daß ihr nichts miteinander hattet. In unserer Hochzeitsnacht war sie Jungfrau.« Er lachte albern, so als gestehe er ein geringfügiges Vergehen ein, das er vor langer Zeit begangen hatte, ohne dafür bestraft worden zu sein.

»Hast du es den Ellsworth' gesagt?«

»Nein.« Cully lächelte. »Ich wollte Normas Ruf in den Augen ihrer Familie nicht zerstören.«

Michael lachte. »Du hast hier eine Menge für mich getan, wo es dir doch ein leichtes gewesen sein würde, mich aus der Stadt zu vertreiben, und dafür danke ich dir.«

»Quatsch«, erwiderte Cully schroff. »Ich habe einen tüchtigen Skilehrer eingestellt. Dafür werde ich bezahlt. Und jetzt hau schon endlich ab. Ich kann nicht länger zusehen, wie du frißt.«

Er bestellte noch einen Kaffee, als Michael lächelnd das Lokal verließ.

Am nächsten Morgen fuhr er pünktlich um neun vor Heggeners Haus vor. Das Garagentor stand offen. Heggeners Ford war da, aber Evas Mercedes fort. Und weil er kein Bellen hörte, nahm er an, daß auch der Hund fort war. Heggener, warm angezogen, erwartete ihn. Für die Fahrt in die große Stadt hatte er auf den Tirolerhut verzichtet und trug einen weichen schwarzen Filzhut, der ihm fest auf dem Kopf saß. »Heute ist Kliniktag«, sagte er, als Michael seinen Koffer zum Porsche trug. »Bruno hat die ganze Nacht gehustet, und Eva ist mit ihm nach Burlington gefahren. Dem hiesigen Veterinär traut sie nicht über den Weg, hat aber von einem Wundertierarzt in Burlington gehört. Die amerikanische Bundesbehörde für die Verehrung von Krankheiten sollte ihr einen Orden verleihen.« Er lächelte verzeihend, so als wäre die Hypochondrie seiner Gemahlin in bezug auf Ehemänner und Hunde nichts als eine charmante Verschrobenheit. Sein Betragen ließ nicht erkennen, daß er eine Ahnung von dem hatte, was vor zwei Abenden zwischen Eva und Michael vorgefallen war.

Mühelos konsumierte der Porsche die Autobahnkilometer. Heggener hatte ihm versichert, daß er gern schnell fahre, und darum hielt Michael eine ständige Geschwindigkeit von 130 bis 140 Kilometern ein, wobei er im Rückspiegel sorgfältig auf nachfolgende Polizeiautos achtete.

»Als ich in meiner Jugend nach Europa zurückkam, gab es keine Geschwindigkeitsbegrenzungen. Ich besaß einen wunderschönen Alfa mit einer speziell für mich angefertigten Karosserie, und wenn ich langsamer als mit 190 Stundenkilometern unterwegs war, hatte ich das Gefühl, ich kröche nur so dahin. Autofahren war damals ein Sport, aber wir müssen uns wohl damit abfinden, daß die Zivilisation unseren Vergnügungen früher oder später immer ins Gehege kommt.«

Schweigend und aufrecht saß er eine Weile da; fast berührte der schwarze Hut die Wagendecke. »Michael«, sagte er dann, »ich habe über Sie nachgedacht. Sie werden doch nicht Ihr Leben damit verbringen, den Leuten Ski fahren beizubringen, oder?«

»Nein«, erwiderte Michael. »Tatsache ist, daß ich keinen Tag länger unterrichten werde. Ich habe Cully schon gestern gekündigt.«

»Ach ja? Und werden Sie Green Hollow verlassen?«

»Vermutlich nicht vor Saisonschluß — wenn überhaupt. Ob ich abreise, hängt mehr oder weniger von Ihnen ab.«

»Von mir?« Es klang überrascht. »Inwiefern?«

»Wenn Sie nach Ihrer Entlassung aus dem Krankenhaus immer noch täglich mit mir Ski fahren wollen, bleibe ich.«

»Das ist sehr freundlich von Ihnen«, bemerkte Heggener. »Und meine Frau?«

»Ich nehme an, sie wird sich nach einem anderen Lehrer umsehen.«

»Ich verstehe.« Heggener nickte. »Sie steht ja wirklich im Ruf, daß es nicht leicht ist, sie zufriedenzustellen.«

»Der Ruf ist wohlverdient.« Michael konnte sich diese Bemerkung nicht verkneifen.

Heggener lächelte — dasselbe Lächeln wie zuvor, als die Rede von Evas Vorliebe für Krankenhäuser gewesen war. Doch dann verflog das Lächeln. »Sie tut mir leid«, sagte er. »Sie wußte nicht, worauf sie sich einließ, als sie mich heiratete. Die von Krankenzimmern geprägte Atmosphäre, eine Kleinstadt, Amerika ... Sie fühlt sich hier fehl am Ort, das Leben in Green Hollow sagt ihr nicht zu. Sie langweilt sich. Sie hat ihren österreichischen Paß behalten, wissen Sie, obwohl sie mit einem Amerikaner verheiratet ist. Sie macht mich immer wieder darauf aufmerksam, daß sie hier nur Zwischenstation macht, daß sie keine Wurzeln geschlagen hat. Wenn ich sterbe, wird keine Woche vergehen, und sie wird in einem Flugzeug nach Europa sitzen.«

»Aber Sie werden nicht sterben.«

»Man wird sehen«, antwortete Heggener ruhig. Er schwieg eine Weile und betrachtete die Landschaft. »Der Winter bringt die bloßen Knochen eines Landes zum Vorschein«, sagte er. »Und die Knochen hier sind herrlich. Ich bewunderte vieles an Europa, aber ich habe meine Wurzeln hier. Ich bin nicht gespalten.« Wieder bewahrte er Stille, so als sänne er über Wurzeln und Spaltungen nach. »Und Sie ... wenn die Saison zu Ende ist ... was gedenken Sie zu tun?«

»Ich habe keine Pläne.«

»Keine Pläne zu haben, das ist für einen Mann in Ihrem Alter, mit Ihren Fähigkeiten ein wenig traurig, könnte man sagen, wenn nicht gar unamerikanisch ...« Er lächelte, um seiner Bemerkung den Stachel zu nehmen.

»Beides«, gab Michael zu.

»Wenn ich soweit ginge, Ihnen zu sagen, daß ich so etwas wie einen Plan für Sie habe, würden Sie darin eine unzumutbare Einmischung in Ihr Privatleben erblicken?«

»Natürlich nicht.«

»Mein Geschäftspartner, Mr. Lennart, verläßt uns im April«, sagte Heggener. »Beiderseits ohne Bedauern. Man hat ihm eine viel einträglichere Stellung in einem großen Hotel in Chicago angeboten, und mir sind in letzter Zeit Zweifel an seiner Ehrlichkeit gekommen. Ich habe mit dem Gedanken gespielt, Ihnen die Stellung eines Geschäftsführers anzubieten.«

Im Rückspiegel sah Michael einen weißen Wagen, der mit hoher Geschwindigkeit einen Hügel herunterkam und möglicherweise ein Polizeiauto war. Michael antwortete erst, als der Wagen an ihnen vorbeigebraust war. »Das ist sehr aufmerksam von Ihnen,

Andreas, aber ich habe so gut wie keine Ahnung, wie man ein Hotel führt.«
»Es ist nicht so kompliziert, wie man glaubt«, sagte Heggener. »Ich habe gutes Personal, und einer von den Jungen, der schon drei Jahre bei mir ist, wäre durchaus fähig, auf die Stellung eines stellvertretenden Direktors aufzurücken, wo er Ihnen sehr nützlich sein würde. Sie mögen Green Hollow, und die Stadt mag Sie. Ihre Pflichten würden Ihnen genügend Zeit zum Ski laufen lassen, ja, Sie würden sogar schon allein dadurch für das Hotel Gäste gewinnen, daß Sie zur Verfügung stehen, mit ihnen zu laufen, wozu Mr. Lennart nicht imstande ist. Sie können mit Leuten umgehen und wissen auch, wie Sie im Fall Rita Jones bewiesen haben, was bei unseren Gästen gut ankommen könnte. Daß Sie das Mädel nicht dazu gebracht haben, in *unserer* Bar statt in Mr. Davis' Lokal zu singen, tut mir schon jetzt leid. Ich wäre bereit, Ihnen ein schönes Gehalt zu bezahlen und dazu einen Anteil an den Gewinnen, die — ich freue mich, das sagen zu können — nicht unbeträchtlich sind. Ich würde Sie auf meine Kosten nach Europa schicken, wo Sie Gelegenheit hätten, zu beobachten, wie andere Hotels von Rang geführt werden. Überdies wären Ihre Urlaubszeiten ziemlich lang, da das Hotel ja ein Saisonbetrieb ist. Natürlich erwarte ich von Ihnen keine sofortige Antwort. Sie können sich damit so viel Zeit lassen, wie Sie nur wollen.«
»Haben Sie mit Ihrer Frau darüber gesprochen?« fragte Michael. Eines stand für ihn fest — sollte Eva Heggener die Autorität haben, anzuordnen, was er zu tun oder zu lassen hatte, würde er dankend ablehnen.
»Nein, ich habe nicht mit ihr gesprochen«, antwortete Heggener. »Nach unserer letzten Auseinandersetzung hat es ganz den Anschein, als ob sie in Zukunft über immer längere Perioden abwesend sein würde. Aber davon ganz abgesehen: In geschäftlichen Dingen treffe ich allein die Entscheidungen. Es wäre Teil unserer Abmachungen, daß Eva Ihre Tätigkeit in keiner Weise beeinflussen würde.«
Michael konnte sich gut vorstellen, welcher Art diese Auseinandersetzungen gewesen sein mochten. Sie waren vermutlich weit mehr dazu angetan, einen Menschen ins Krankenhaus zu treiben als jeder Hustenanfall, mit oder ohne Blut.
»Reden wir darüber, wenn Sie wieder daheim sind«, schlug Michael vor.

»Selbstverständlich«, sagte Heggener, ließ das Kinn auf die Brust sinken und döste, bis sie das Krankenhaus erreicht hatten. Michael empfand Mitleid, als er sah, wie Heggener, schon jetzt ein wenig herabgewürdigt, auf einen Rollstuhl gesetzt und von einer Schwester, mit der sich nicht spaßen ließ, anstellig und flink den Gang hinuntergeschoben wurde — weiß Gott welchen Leiden, Untersuchungen, Tests und Prognosen entgegen.

Er stieg im Hotel Westbury ab, weil es sich auf der Madison Avenue befand, nicht weit von da, wo er früher gewohnt hatte, und weil er dort des öfteren in der Bar eingekehrt war, um sich mit einem Drink zu stärken. Es war die Cocktailstunde, und die Bar war voll von Paaren, entspannt und fröhlich nach des Tages Mühen, und plötzlich empfand er Mitleid mit sich selbst, weil er allein war und es in der Stadt keinen gab, der ihn willkommen geheißen hätte. Einer Regung folgend, der er nicht auf den Grund ging, wählte er Tracys Nummer. Das Telephon läutete und läutete, und er wußte nicht, ob er froh sein oder bedauern sollte, daß sie nicht daheim war. Er wollte schon auflegen, als am anderen Ende der Hörer aufgenommen wurde und er ihre ein wenig atemlose Stimme sagen hörte: »Hallo.«
»Hallo, Tracy«, begrüßte er sie. »Ich wollte eben auflegen.«
»Ich bin gerade gekommen«, sagte sie. »Ich war auf der Treppe, als ich das Telephon klingeln hörte. Ich bin gelaufen, das hörst du ja an meinem kurzen Atem.« Sie lachte. »Wo bist du?«
»Um die Ecke. Im Westbury.«
»Oh.« Es klang plötzlich vorsichtig.
»Versetzt meine Nähe dich in Unruhe?«
»Fang nicht damit an«, warnte sie ihn.
»Entschuldige.«
»Bist du gesund?«
»Warum sollte ich nicht gesund sein?«
»Weil du einfach so anrufst — aus heiterem Himmel. Und aus New York. Geht es dir auch *wirklich* gut? Bist du noch ganz?«
»Mir geht's gut«, antwortete er. »Es ginge mir allerdings besser, wenn du mir bei einem Drink Gesellschaft leisten würdest.«
Es folgte ein langes Schweigen. »Weißt du auch, was du da tust, Michael?«
»Nein.«
Sie lachte. »Wenn das so ist . . . in einer halben Stunde bin ich da.«

Er legte auf, fuhr mit dem Aufzug in sein Zimmer hinauf und rasierte sich — nicht sehr gut, weil er darauf bedacht sein mußte, keine Narben auf seinem Gesicht aufzureißen, aber doch gut genug, um nicht auszusehen, als ob er seit ihrer letzten Zusammenkunft im Dschungel geschlafen hätte. Er duschte, zog frische Wäsche an und vergaß nicht, eine Krawatte anzulegen, die sie ihm vor Jahren zum Geburtstag geschenkt hatte — die Farbe passe ihm gut, hatte sie gesagt. Dann ging er in die Bar hinunter und empfand kein Mitleid mehr mit sich selbst, als er einen kleinen Tisch fand und dem Kellner befriedigt mitteilte: »Ich erwarte noch eine Dame. Bringen Sie mir einen Martini.«

Als sie den Raum betrat, verrenkten die Männer wie immer die Hälse nach ihr und bewunderten sie, und die Frauen sahen aus, als ob ihre Anwesenheit sie zu Statistinnen degradieren würde. Er erhob sich, um sie zu begrüßen. Er küßte sie auf die Wange, die kalt war vom Weg von ihrer Wohnung hierher und nach nur schwach parfümierter Seife duftete. Weder ihr Gesicht noch ihre Kleidung ließen erkennen, daß sie einen ganzen Tag im Büro zugebracht und vermutlich hundert Entscheidungen getroffen hatte, die ihr Leben oder das der Leute, die von ihr abhingen, verändern würde.

Sie musterte ihn, und auf ihrer Stirn erschien eine Falte. »Was in aller Welt hast du mit deinem Gesicht gemacht?«

»Ich bin mit einem Baum zusammengestoßen«, antwortete er. »Beim Drachenfliegen.«

»Oh, Michael«, sagte sie traurig. »Immer noch?«

»Ich war unbedacht. Dieses eine Mal.«

»Dieses eine Mal«, wiederholte sie mit toter Stimme. »Wie immer, meinst du. Weiß man eigentlich, wo ich zu finden bin, wenn du tot bist? Schließlich bin ich ja immer noch deine Frau.«

»Ich werde mir eine Hundemarke machen lassen und sie mir um den Hals hängen«, versetzte Michael ärgerlich. »Darauf wird stehen: Im Falle meines Hinscheidens benachrichtigen Sie bitte meine Frau. Dazu die Telephonnummer. Die *New York Times* wird wohl nicht über meinen Tod berichten.«

Von da an ging es mit dem Abend bergab. Er versuchte sie zu unterhalten und erzählte ihr von Antoine, wie er die Treppe heruntergefallen war, aber sie fand es nicht lustig. »Das ist nicht deine Art«, sagte sie, »einen Schwindel mitzumachen.« Als ob er sich, seit sie nicht mehr an seiner Seite war, zu verachtenswerten Handlungen hätte verleiten lassen.

Er konnte ihr nicht von Andreas Heggener erzählen und nicht von Annabel, der Stadtnymphe, oder von der gegen ihn eingebrachten Klage, weil er einem Mann den Kiefer gebrochen hatte, der mit einem Messer auf ihn losgehen wollte. Er konnte ihr nicht die Empfindungen beschreiben, die ihn bewegt hatten, als er in der Fallinie den Schwarzen Prinzen hinuntergerast war, oder die rauschhafte Verzückung im Bett mit Eva Heggener und die komplizierten Gefühle, die sie in ihm erregte. Wie sollte er ihr von Dave Cully erzählen, der ihm verraten hatte, daß Norma Ellsworth Cully in ihrer Hochzeitsnacht Jungfrau gewesen war? Es war unmöglich, sie um Rat zu fragen, ob er Heggeners Angebot, sein Geschäftsführer zu werden, annehmen sollte oder nicht. Er konnte ihr nicht anvertrauen, welche Gefühle er für Green Hollow hegte, was er von Antoine hielt, der eine junge Schwarze dazu gebracht hatte, Marihuana zu rauchen, um besser singen zu können, oder von Jimmy Davis, der sein Leben riskierte, indem er das FBI auf Clyde Barlows Spuren setzte, oder von dem zigarrenrauchenden alten Anwalt Mr. Lancaster, oder von dem alten, beklopften und ewig betrunkenen Polypen mit seinem »Rohling, Schläger, Gesetzesbrecher, subversives Element!« Er konnte ihr nicht verständlich machen, daß er sich nicht weniger verpflichtet fühlte, eines Mannes Leben zu retten, als das ihre und daß dieses Mannes Frau ihn beschuldigte, homosexuell zu sein und es auf das Vermögen ihres Gatten abgesehen zu haben. Es gab keine Möglichkeit, ihr mitzuteilen, was er empfand, wenn er im Morgengrauen aus dem Fenster blickte und die Sonne über den Bergen aufgehen sah, und was, wenn Harold Jones, an seinem Tisch sitzend, seiner sechzehnjährigen Tochter gestattete, ein Glas Champagner zu trinken, weil sie in einer schäbigen kleinen Provinzbar ihren ersten Triumph gefeiert hatte. Er konnte ihr nicht sagen, wie es war, wenn Frieden in seiner Seele herrschte und wenn Unruhe sie bewegte, er konnte nichts über den Revolver im Geheimfach sagen und nichts über den Mann, dessen Frau seine Geliebte war und der ihm praktisch gedroht hatte, ihn zu töten, falls er diese Frau schlecht behandelte. Eine Ehe, das war eine kontinuierliche, sich weiterbewegende, von Vertrauen getragene, ineinander verschachtelte, intime Geschichte; Trennung, das waren verschlossene Tresore, vollgestopft mit geheimgehaltenen Dokumenten, zu denen kein Zugang gewährt wurde. Als er sie fragte, ob sie Männer gefunden habe, die sie interessierten, antwortete sie kühl:

»Du weißt doch, daß ich über dieses Thema nicht zu sprechen wünsche.«
Sogar ihre Trinkgewohnheiten hatten sich geändert. Wenn sie ihn früher, als sie noch zusammen lebten, an einem Martini nippen sah, lautete ihre Bestellung: »Für mich das gleiche.« Jetzt trank sie Wodka pur »on the rocks«. Wann genau in der Zeit seit ihrer Trennung hatte sie sich verändert? Er würde es nie erfahren. Und er sehnte sich nach ihr, ein schmerzliches, überwältigendes Sehnen war es, aber nichts, was er an diesem Abend zu sagen wußte, fand Anklang bei ihr und, der Wahrheit die Ehre, nichts, was sie zu sagen wußte, fand Anklang bei ihm.
Sie gingen in ein Restaurant in der Einundsechzigsten Straße, wo sie früher oft gut gegessen hatten und immer vom ganzen Personal herzlich willkommen geheißen worden waren. Aber mittlerweile hatten Besitzer und Personal gewechselt, niemand erkannte sie, und das Essen war ungenießbar.
Und immer noch sehnte er sich nach ihr. Die Fremdheit, die sie trennte, das Gefühl, daß sie zwei neue Menschen waren, die einander gegenübersaßen, verstärkte nur noch diese Sehnsucht. Und mehr noch als alles sonst war das etwas, was er ihr nicht sagen konnte.

Als er sie nach Hause begleitete und sie fragte, ob er mit nach oben kommen könne, antwortete sie kühl: »Von Stippvisiten halte ich nichts.« Sie küßten sich nicht zum Abschied und fragten auch nicht, wann sie einander wiedersehen würden.
Nachdem er sich verabschiedet hatte, kehrte er in sein Hotel zurück und trank einen Whisky. Er wußte, daß er nicht schlafen konnte, obwohl er früh aufgestanden und an diesem Tag mehr als 500 Kilometer gefahren war. Das Verlangen, das sie in ihm geweckt hatte, war allgemein und nachtragend geworden. Doch die Stadt, die er vor Tracy gekannt hatte, die Stadt, in der es von reizenden und schmiegsamen Mädchen wimmelte, war von der Erdoberfläche verschwunden wie einst Troja, und die Telephonnummern glosten in der Asche Pompejis. Plötzlich entsann er sich der Nummer von Susan Hartley. Sie hatte sie groß auf ein Stück Papier geschrieben, darunter die Worte: »Rufen Sie an! Susan.« Und sie ihm nach ihrer Abreise geschickt.
Für gewöhnlich behielt er keine Telephonnummern, aber jetzt, spät nachts, nach dem tödlichen Abend mit seiner Frau, sah er sie deutlich vor sich und rief an. Sie war daheim, schien erfreut und

keineswegs überrascht zu sein, und sie gab ihm ihre Adresse, nur einen kleinen Fußmarsch vom Hotel entfernt, und das war angenehm. Er ging die paar Schritte zu Fuß, verbrachte den größten Teil der Nacht bei ihr und genoß es, wenn das Wort erlaubt ist, und sie war reizend, und es geschah Antoine nur recht, aber er sah immer nur das Gesicht seiner Frau vor sich, als sie gesagt hatte: »Von Stippvisiten halte ich nichts«, und er schaffte es einfach nicht, ein Gentleman zu sein und bis zum Morgen in Susans Bett zu bleiben.

Er müsse früh aufstehen, entschuldigte er sich, und nach Green Hollow zurückfahren, und es schien ihr nichts auszumachen, und sie sagte nur: »Es mußte so kommen«, ohne zu erklären, warum sie das sagte, und er kleidete sich an und kehrte in sein Hotel zurück, ohne zu wissen, was Susan eigentlich damit gemeint hatte. Entweder hatte sie gemeint, es wäre unvermeidlich gewesen, daß sie miteinander ins Bett gehen würden, oder daß er zu einer Zeit aufbrechen würde, wenn er nicht aufbrechen hätte sollen. Aber so oder so, es war nicht sehr wichtig.

Völlig erschöpft kletterte er in sein Hotelbett, schlief unruhig und träumte von seiner Mutter, was er seit Jahren nicht mehr getan hatte.

Er erwachte spät und mit einer gewaltigen, wenn auch nutzlosen Erektion. Er fühlte sich zerschlagen wie von einem Kater, obwohl er doch gar nicht so viel getrunken hatte. Er rief im Krankenhaus an, wo ihm gesagt wurde, daß sich Mr. Heggener auf der Röntgenstation befände und nicht gestört werden dürfe. Er bat, für Heggener zu notieren, daß er wieder anrufen würde, um zu erfahren, wann dieser entlassen werden würde, und daß er ihn abholen käme.

An diesem Morgen würde Dave Cully ihn mit mehr Nachsicht behandelt haben, wenn er ihm gegenüber am Frühstückstisch gesessen hätte, denn er verzehrte nur eine Scheibe Toast und drei Tassen Kaffee. Gemächlich kleidete er sich an, zahlte seine Rechnung, holte den Wagen aus der Garage und rechnete sich aus, daß er erst spät nachts in Green Hollow eintreffen würde. In der Bronx geriet er in einen Stau und verfluchte New York, als er die Stadt unter einem Bahrtuch winterlichen Smogs hinter sich ließ.

Es war fast Mitternacht, als er in Green Hollow ankam. Er hatte den ganzen Tag nichts gegessen und war hungrig — aber

auch zu müde, um noch im Chimney Corner ein Sandwich zu essen.
Er fuhr ohne anzuhalten durch die Stadt und zum Pförtnerhaus. Als er dort ankam, sah er einen Wagen, der, den Kühler der Stadt zugewandt, ohne Scheinwerfer neben dem Tor stand. Da er den Wagen nicht kannte, fuhr er ein Stück weiter, parkte den Porsche tief im Schatten eines Erddamms und eilte zum Tor zurück. Er hielt sich dort nicht lange auf und ging auf dem weichen, feuchten Bankett die Straße hinauf, so daß man seine Schritte nicht hören konnte. Als er sich dem Herrenhaus näherte, duckte er sich instinktiv, um nach Möglichkeit nicht gesehen zu werden. Er hörte kein Bellen; ihm fiel ein, daß Eva Bruno ins Tierspital gebracht hatte. Er sah Licht im großen Schlafzimmer an der Vorderseite des Hauses, dann den Strahl einer Taschenlampe in der kleinen Bibliothek, die an das Wohnzimmer grenzte. Das Licht war hell genug, daß er zwei dunkle Gestalten ausmachen konnte, die in der Bibliothek herumschlichen, wo sich, wie er wußte, ein kleiner Wandsafe befand, in dem die Heggeners ihre Wertsachen aufbewahrten. Die Eingangstür stand halb offen, so daß er seinen Schlüssel nicht zu verwenden brauchte. Er schlüpfte ins Haus und tastete sich durch die dunkle Diele ins Wohnzimmer und dort zwischen den vertrauten Möbeln auf den Schreibtisch zu, in dem die Pistole lag. Er hörte Schritte auf der Treppe, die in die Diele herabführte, und plötzlich wurde der Kronleuchter in der Halle eingeschaltet, und helles Licht flammte auf. Er hörte, wie etwas in der Bibliothek umfiel, hörte die Fenstertür splittern und sah zwei Gestalten, die auf die Veranda hinausliefen. »Halt!« rief er, »halt oder ich schieße!« Er rannte auf den Schreibtisch zu und suchte nach dem Knopf, um die Lade öffnen zu können, als von der Diele her ein Schuß knallte und er die Kugel pfeifen hörte, die über seinen Kopf hinwegging und eine Fensterscheibe zertrümmerte. Er ließ sich zu Boden fallen und schrie: »Halt! Halt!« Sich gegen das Licht aus der Diele abhebend, stand Eva Heggener in der Türöffnung. Sie feuerte ein zweites Mal. Er kroch hinter eine Couch und rief: »Ich bin es, Eva, Michael.« Sie feuerte, wieder und wieder, wild darauflos; die Kugeln krachten in die Möbel und schlugen in die Wände ein. In weniger als einer Minute hatte sie das Magazin leergeschossen. Er hörte das Klikken des Hahns auf der leeren Kammer, stand auf und drehte eine Lampe an. »Um Himmels willen«, sagte er, »was machst du denn da?«

Sie schwankte, betrachtete den Revolver in ihrer Hand und ließ ihn zu Boden fallen. »Ich habe Geräusche gehört . . .«
»Du hast sie entkommen lassen«, warf Michael ihr zornig vor, »und um ein Haar mich angeschossen.«
»Ich habe Geräusche gehört«, wiederholte Eva dumpf.
»Es ist alles vorbei«, sagte er. »Sie sind fort.« Er ging auf sie zu und legte seinen Arm um sie. Sie war im Nachthemd und fröstelte. »Ist ja schon gut, ist ja schon gut«, versuchte er sie zu beruhigen.
»Dieses verdammte Haus«, jammerte sie. »Mitten im Wald sitze ich hier fest. Ich bin immer allein, wenn ich jemanden brauche . . .« Aber sie weinte nicht und zeigte auch keine Angst; sie war nur zornig.
»Hör mal, Eva, warum gehst du nicht nach oben und ziehst dich an, und ich bringe dich ins Hotel, wo du über Nacht bleiben kannst.«
»Ich lasse mich weder von dir noch von sonstjemandem aus meinem eigenen Haus vertreiben«, fuhr sie auf. Sie befreite sich aus seiner Umarmung. »Ich werde in meinem eignen Bett schlafen.«
»Wie du meinst«, sagte Michael begütigend. »Ich bleibe hier unten, wenn du mich brauchen solltest.«
»Ich brauche gar nichts«, konterte sie, drehte sich um und stieg ruhig die Treppe hinauf.
Als er die Tür ihres Zimmers zuschlagen hörte, bückte er sich und hob die Waffe auf. Es war ein kleiner, mit Perlmutt besetzter Revolver. Heggener irrte, wenn er glaubte, es gäbe nur eine Waffe im Haus, und deshalb hätte es leicht einen Toten geben können. Er steckte die Waffe ein. Möglicherweise hatte Eva oben ein Dutzend Schachteln Patronen versteckt.
Er ließ den Lüster in der Halle brennen, ging durch das Wohnzimmer in die Bibliothek und drehte das Licht an. Ausgenommen die zerbrochene Glastür, durch die die Einbrecher geflüchtet waren, und ein Tisch, den sie umgestoßen hatten, schienen sie nichts berührt zu haben. Das Bild, hinter dem sich der Wandsafe befand, hing ordentlich an seinem Platz.
Er ging ins Wohnzimmer zurück und untersuchte den Schaden, den Eva mit ihrem Salvenfeuer angerichtet hatte. Er war beträchtlich. Einen Augenblick lang dachte er daran, die Polizei anzurufen, aber das hätte bedeutet, daß Eva die ganze Nacht über peinliche Fragen — wie etwa, auf wen genau sie geschossen hatte — beantworten und überdies auch noch Norman Brewsters Vortrag

über sträflichen Leichtsinn im Umgang mit Feuerwaffen ertragen hätte müssen. Er beschloß, die Polizei nicht anzurufen, ließ sich in einen Lehnsessel fallen und versuchte zu schlafen.

Er war nicht sicher, ob er überhaupt geschlafen hatte, aber geweckt wurde er von Eva, die ihn wach rüttelte. Aus dem Lehnsessel blinzelte er sie an. Die Morgensonne strömte durch die Fenster. Eva war angezogen, ihr Gesicht entspannt. »Ich muß jetzt nach Burlington«, sagte sie. »Ich muß Bruno abholen. Ich danke dir, daß du ein so wachsames Auge auf meine Sicherheit hattest.« Es war ironisch gemeint, weil sie ihn hatte schütteln müssen, um ihn wach zu bekommen.

Immer noch benommen, rappelte er sich hoch. »Bevor du gehst«, sagte er, »ein Wort über das, was geschehen ist.«

»Es war sehr einfach«, erwiderte sie ruhig. »Verbrecher sind in mein Haus eingebrochen, und ich habe sie verjagt.«

»Ich möchte dir empfehlen, die Polizei aus dem Spiel zu lassen«, sagte Michael. »Verbrecher hin, Verbrecher her, die Bullen würden von der Schießerei nicht begeistert sein. Sie würden dich noch wochenlang belästigen.«

Sie nickte — ganz so, als ob sie eine Lehrerin und er ein Schüler wäre, der einen überraschend intelligenten Vorschlag gemacht hatte. »Vielleicht hast du recht«, gab sie zu. »Ich bin ganz sicher, daß sie die Burschen sowieso nicht erwischen. Als das Haus voriges Jahr geplündert wurde, hat die Polizei keinen einzigen auch nur festgenommen. Sie sind zu nichts zu gebrauchen.«

»Ich habe mich in der Bibliothek umgesehen, nachdem du schlafen gegangen warst«, sagte Michael, »und soweit ich das feststellen kann, ist nichts gestohlen worden.«

»Ich habe sie vertrieben, noch bevor sie zu fassen bekamen, was sie suchten. Was immer ich auch sonst sein mag, feige bin ich nicht«, erklärte sie stolz.

»Nein, das bist du nicht«, gab er zu. »Aber ein Schuß in die Luft würde die gleiche Wirkung gezeigt haben.«

»Ich hätte sie mit Freuden getötet«, erwiderte sie ruhig.

»Beinahe hättest du mich getötet.«

»Ich dachte, du wärst noch in New York«, rechtfertigte sie sich. »Es war dumm von dir, mich nicht wissen zu lassen, daß du kommst. Hättest du eine Verletzung erlitten, es wäre allein deine Schuld gewesen.«

»Ich habe zehnmal meinen Namen gerufen.«

»Ich habe dich nicht gehört«, antwortete sie und sah ihm dabei fest in die Augen. »Es war so viel Lärm.« Ihre Blicke schweiften durch das Zimmer. »Das muß in Ordnung gebracht werden.«

»Wenn du einverstanden bist«, schlug Michael ihr vor, »werde ich Herb Ellsworth bitten, vorbeizukommen und nach Möglichkeit alles auszubessern. Er ist ein geschickter Mann und verläßlich und wird nichts herumerzählen, wenn ich ihn bitte.«

»Bitte ihn, morgen zu kommen, wenn ich mit Bruno zurück bin. Jetzt muß ich der Köchin erklären, was passiert ist, sonst läuft sie vor Schreck davon. Dann muß ich nach Burlington. Du solltest dich hinlegen. Du siehst furchtbar aus.«

Sie verließ das Wohnzimmer, und er hörte, wie sie in der Küche in deutsch mit der 70 Jahre alten tauben Köchin schrie.

Bevor er ging, legte er den Schlüssel zur Eingangstür auf das Tischchen hinter dem Sofa in der Bibliothek. Er würde ihn nicht mehr brauchen. Während er langsam den mit Kies bestreuten Weg hinunterschlenderte, stellte er sich die Frage, ob sie ihn nicht trotz des Lärms seinen Namen rufen gehört hatte. Und ihm fiel ein, daß sie ihm keine Fragen über seine Fahrt gestellt hatte oder darüber, wie diese Fahrt ihrem Mann bekommen war. Er holte seinen Wagen. Niemand hatte ihn angefaßt. Er fuhr zur Tür des Pförtnerhauses zurück. Gewohnheitsmäßig langte er nach hinten, um seinen Koffer herauszunehmen. Schon hatte er seine Hand am Griff; er hob den Koffer und ließ ihn wieder fallen. Dann ging er ins Haus, packte den Rest seiner Sachen und verstaute sie im Wagen. Wenn Eva Heggener geschützt werden wollte, mußte sie sich für diesen Job einen anderen suchen.

Er fuhr zu Ellsworth ins Büro und erzählte ihm, was vorgefallen war. »Die Dame war hysterisch und schoß einfach in der Gegend herum. Nun muß einiges geflickt und ausgebessert werden, und es wäre ihr lieber, wenn die Polizei nichts davon erführe.«

»Das kann ich verstehen«, sagte Ellsworth. »Meinen Lkw haben sie noch nicht gefunden, und immer wenn sie nichts Besseres zu tun haben, kommen sie vorbei, belästigen mich und stellen mir Fragen über Leute, die vor zehn Jahren bei mir gearbeitet haben — so als ob ich mich noch daran erinnern könnte! Ich werde tun, was ich kann, Mike, und ich werde den Mund halten.«

»Danke, Herb. Du bist ein Mann, auf den jede Stadt stolz sein kann.«

»Sie verlangen von mir, ich soll für das Amt des Bürgermeisters kandidieren«, sagte Ellsworth. »Zum Teufel mit ihnen.«

Michael lachte. »Ich bin übrigens aus dem Pförtnerhaus ausgezogen.«
»Und wohin gehst du? Ins Hotel?« Wenn Ellsworth vermutete, daß Michaels Auszug etwas mit der Schießerei zu tun hatte, behielt er diesen Verdacht für sich.
»Nein. Ich werde nur ein oder zwei Wochen durch die Gegend pilgern und meine Nerven schonen. Wenn ich Heggener aus dem Krankenhaus hole, komme ich wieder.«
»Um diese Jahreszeit bekomme auch ich immer Bergfieber und möchte fortgehen — weit weg. Aber *ich* kann das nicht. Manche Menschen sind unter einem Glücksstern geboren, andere müssen arbeiten. Laß es dir gutgehen. Bis bald.«
»Bis bald«, wiederholte Michael, verließ das Büro, stieg in seinen Wagen und fuhr langsam durch die Stadt und weiter die sonnige Straße hinunter.

# 22

Er fuhr von einem Wintersportplatz zum anderen, stets allein, ließ sich am Morgen von den ersten Sessellifts hochziehen und beschloß den Tag, wenn sie am späten Nachmittag den Betrieb einstellten. Er stand auf den Skiern, wenn ein Schneesturm tobte, wenn es graupelte, er lief auf Pulverschnee und auf vereisten Pisten, und immer mit höchster Geschwindigkeit. Abends stieg er in seinen Wagen, nahm ein Zimmer in einem Motel, schlang sein Essen herunter und fiel erschöpft ins Bett. Er suchte Gespräche zu meiden und lebte in seiner Skikleidung; er entledigte sich ihrer nur, wenn er zu Bett ging. Er schlief traumlos, erwachte früh und warf kaum einen Blick aus dem Fenster, um nach dem Wetter zu sehen. Grimmig, so als ob der Berg sein Feind wäre, der nur durch Schnelligkeit und schonungslosem Ansturm geschlagen werden konnte, ging er ihn an. Er stürzte kein einziges Mal in dieser Woche der sündenreinigenden Talfahrten, und als die Woche zu Ende ging und er im Krankenhaus anrief und erfuhr, daß Mr. Heggener erwartete, am nächsten Tag von ihm nach Hause gefahren zu werden, jubelte er innerlich. Er fuhr die ganze Nacht durch, um Heggener schon früh am nächsten Morgen abholen zu können. Heggener wartete schon auf ihn; er sah nicht so gut aus wie vor einer Woche, als er gekommen war, auch nicht krank, aber ein bißchen blaß, denn die Bräune war in den sieben Tagen aus seinem Gesicht verschwunden.

»Mein Gott, Michael«, sagte Heggener, als er ihn sah, »was haben Sie denn getrieben? Sie sind ja unheimlich mager geworden!«

Michaels Gesicht war von Sonne und Wind gegerbt wie das eines Indianers nach einem langen und gefährlichen Raubzug.

»Ich habe Skiurlaub gemacht«, antwortete Michael, während er Heggeners Handkoffer neben seinem eigenen Gepäck im Wagen unterbrachte.

»Wie war denn der Schnee in Green Hollow?«

»Das weiß ich nicht«, antwortete Michael. »Ich war in Stowe, Sugarbush, Mad River, Big Bromley und ähnlichen Städtchen.«
Sie stiegen in den Wagen und fuhren los.
»Wie war's denn?« fragte Michael. »Da drin, meine ich.«
»Nicht so arg. Die Ärzte meinen, ich befände mich auf dem Weg der Besserung.« Er lächelte. »Einer der älteren allerdings meinte, bei den Tests wären Fehler gemacht worden, und er würde die Befunde noch einmal durchgehen. In einem Monat soll ich wiederkommen.« Er stieß einen Laut des Abscheus aus. »Genug von meiner Krankheit. Wie geht es Ihnen? Haben Sie in bezug auf das Hotel schon einen Entschluß gefaßt?«
»Ich fürchte, nein, Andreas. Ich werde noch etwas Zeit brauchen, wenn Sie nichts dagegen haben. Wenn Sie nicht warten können, bitte machen Sie andere Pläne.«
»Ich kann warten.«
Sie waren schon auf der breiten Straße, die nach Norden führte, als Michael ihn fragte: »Hat Eva Ihnen erzählt, was passiert ist?«
»Ich habe nicht mit ihr gesprochen«, antwortete Heggener ruhig.
»Sie hat Sie nicht angerufen?«
»Nein. Wahrscheinlich hatte sie viel zu tun. Wo Bruno doch hustet.« Er gestattete sich ein leises Lächeln. »Und ich hatte beschlossen, ihr ein paar Tage Ruhe zu gönnen, an welchen sie nicht über mich nachdenken sollte. Vielleicht wird das dazu beitragen, daß wir auf besserem Fuß stehen, wenn wir uns wiedersehen. Was *ist* denn passiert?«
Einen Augenblick lang fühlte Michael sich versucht, ihm zu antworten, daß nichts Besonderes passiert sei, oder ihm einfach eine harmlose kleine Lüge aufzutischen, wie der Dorftratsch sie ihm zugetragen hatte. Aber wie geschickt Ellsworth auch den Schaden im Wohnzimmer ausgebessert haben mochte, er würde nicht imstande gewesen sein, alle Spuren der Schießerei zu beseitigen. Heggener würde es früh genug erfahren, und er sollte darauf vorbereitet sein, wenn er sein Haus betrat.
»Also schön«, setzte Michael an. »In Ihrem Haus wurde eingebrochen. Aber nichts gestohlen.« Er erzählte Heggener die ganze Geschichte: von dem vor der Auffahrt ohne Scheinwerfer geparkten Wagen, seinem vorsichtigen Anschleichen, den zwei Gestalten, dem Strahl der Taschenlampe in der Bibliothek, seinem Weg zum Schreibtisch, um die Pistole zu holen, Evas plötzlichem Erscheinen, der wilden Schießerei und der Flucht der Männer.

»Grundgütiger Gott!« rief Heggener. »Eva mit einem Revolver! Wo hat sie ihn nur her?«
»Das weiß ich nicht«, antwortete Michael. »Es ist eine kleine Waffe mit einem Perlmuttgriff. Ich habe sie in meinem Koffer. Wußten Sie nicht, daß sie eine Waffe besaß?«
»Ich hatte keine Ahnung«, antwortete er zornig. »Sagte ich Ihnen nicht, daß die Smith and Wesson die einzige Waffe im Hause wäre?«
»Ich dachte, Sie hätten es vergessen«, bemerkte Michael taktvoll.
»Sie mögen mich für einen alten Mann mit Gedächtnisschwächen halten«, sagte Heggener, »aber daß meine Frau eine Waffe besitzt, das würde ich mir schon merken.«
»Ich habe die Polizei nicht informiert«, betonte Michael. »Es ist nur geringer Schaden entstanden, und Ihre Frau war nicht in der Verfassung, die Fragen der Polizisten zu beantworten.«
»Das war sehr rücksichtsvoll von Ihnen, Michael. Fast schäme ich mich, wenn ich daran denke, wie hervorragend Sie die Situation gemeistert haben. Ich weiß nicht, ob ich das auch zustande gebracht hätte.«
»Ich habe doch überhaupt nichts getan«, sagte Michael. »Der Wagen vor dem Tor machte mich neugierig, und ich ging nachsehen. Sie werden sich vielleicht erinnern, das war einer der Gründe, warum Sie mir das Pförtnerhaus überließen.«
»Ja, ich weiß. Aber sich erschießen lassen gehört nicht zu unseren Vereinbarungen.«
»Einschleichdiebe in einer Stadt wie Green Hollow pflegen nicht bewaffnet zu sein«, argumentierte Michael. »Und überhaupt: Als sie Schritte hörten, waren sie so schnell draußen, daß nicht einmal ein Windhund sie eingeholt haben würde. Ich habe nur den Kopf eingezogen, weiter nichts.«
»Ich kann dazu nur sagen, daß es von jetzt an nur noch eine Feuerwaffe in diesem Hause geben wird«, erklärte Heggener grimmig. »Und wenn ich in diesem Haus jede einzelne Lade durchgehen, unter jeden Teppich und jedes Bett schauen und hinter jedem Buch suchen müßte, um dessen sicher zu sein.«
»Ich bin überzeugt, daß es für Ihre Frau eine Lehre war.«
»*Ich* bin nicht so sicher«, versetzte Heggener.
»Jedenfalls, um weiteren Schießübungen aus dem Weg zu gehen«, sagte Michael, »bin ich aus dem Pförtnerhaus ausgezogen.«

»Das kann ich Ihnen nicht übelnehmen. Sind Sie ins Hotel übergesiedelt?«
»Im Moment wohne ich nirgends.«
»Aha.«
»Wenn Sie Wert darauf legen, daß ich in der Nähe bleibe und mit Ihnen Ski laufe, werde ich im ›Monadnock‹ absteigen.«
Heggener dachte lange darüber nach. »Ja, ich glaube, das wäre besser«, sagte er. »Je weniger Eva Sie nach diesen Vorfällen zu Gesicht bekommt, desto besser für alle Beteiligten. Und ich möchte Sie wirklich gern in meiner Nähe haben und mit Ihnen Ski laufen. Daran liegt mir sehr viel. Und jetzt sage ich Ihnen danke schön und werde es nicht wieder sagen.« Seine Stimme zitterte, und Michael achtete darauf, den Blick geradeaus auf die Straße zu richten.

Als sie nach Green Hollow kamen, überraschte Heggener Michael mit einem Vorschlag. »Warum essen wir nicht im Chimney Corner zu Abend, um unsere Heimkehr zu feiern? Seit ich in dieser Stadt lebe, war ich noch nie da — und ich möchte Rita gern singen hören.«
»Sie singt nur an den Wochenenden.«
»Trotzdem. Ich werde daheim anrufen und Eva sagen, wir wären irgendwo unterwegs in einem Gasthof eingekehrt und ich würde erst gegen zehn Uhr zu Hause sein. Ich möchte gern in Ruhe mit Ihnen essen, und da Eva nicht weiß, daß ich komme, hat sie auch nichts Eßbares im Hause.«
»Ich bin einverstanden. Ich komme fast um vor Hunger«, sagte Michael und parkte vor dem Chimney Corner. Der Gedanke einer unerwarteten Gegenüberstellung mit Eva Heggener paßte ihm absolut nicht; sie zu verschieben mochte feige sein, hatte aber unleugbar seine Meriten.
Es war noch früh, das Restaurant halb leer, und auch Antoine war noch nicht gekommen. Davis, so erfuhr Michael vom Oberkellner, war auf einen Tag verreist. Aber es war ein phantastisches Wochenende gewesen; die Leute waren in Scharen gekommen, um Rita zu hören. »Die Kleine wird nicht lange in Green Hollow bleiben«, prophezeite der Oberkellner. »Merken Sie sich, was ich Ihnen sage. Noch bevor die Saison zu Ende ist, singt sie in New York oder Hollywood. Natürlich nur, wenn ihr alter Herr sie nicht an den Türpfosten bindet.« Er lachte. Er war noch jung und offenbar in Unkenntnis der Freuden, die das Elterntum beschert.

Michael nahm einen Drink an der Bar, während Heggener telephonieren ging. Das Telephon befand sich auf der Galerie, die Treppe hinauf, von der Antoine seinen spektakulären Sturz produziert hatte. Michael dachte daran, wie Tracy ihn dafür getadelt hatte, daß er auf die Idee mit dem vorgetäuschten Sturz gekommen war. Es war das erste Mal seit mehr als einer Woche, daß er an sie dachte; und er wünschte, es wäre nicht gerade jetzt geschehen.

Heggener kam mit ernstem Gesicht an die Bar zurück.

»Ist etwas passiert?« fragte Michael.

»Eigentlich nicht«, antwortete Heggener. Er bestellte einen Whisky. »Ich habe mit der Köchin gesprochen. Wundersam zu berichten, sie hat das Telephon gehört. Der Kummer muß ihrem Hörvermögen gutgetan haben.«

»Was für Kummer?«

Heggener nahm einen Schluck von seinem Whisky, bevor er antwortete: »Eva ist fort«, sagte er ruhig.

»Was meinen Sie — fort?«

»Sie hat ihre Sachen gepackt und ist fort. Mit Bruno. Na ja, es ist ja ihr Hund. Ich habe ihn ihr geschenkt.«

»Wo ist sie hin?«

»Hulda weiß es nicht. Sie sagt, es liegt ein Brief für mich da.«

»Dann lassen wir doch das Essen sausen!« Michael stieg von dem Barhocker herunter, auf dem er saß. »Ich fahre Sie ...«

Ihm Einhalt gebietend, legte Heggener ihm die Hand auf den Arm. »Keine Eile«, sagte er. »Ich habe Sie zum Essen eingeladen, und ich habe mich darauf gefreut. Dabei bleibt es. Setzen wir uns, Michael. Sie kennen das Lokal. Was ist das Beste, das der Wirt hier seinen Gästen zu bieten hat? Und wenn Sie den Oberkellner dazu überreden könnten, uns die Weinkarte zu bringen, würde ich gerne die beste Flasche Bordeaux bestellten, die sie im Keller haben.«

Das Essen war gut, und Heggener erklärte den Wein für exzellent. »Ich muß häufiger herkommen«, meinte er. »Es ist eine willkommene Abwechslung von Huldas Küche — in der jede Speise das volle Gewicht jahrhundertealter mitteleuropäischer Tradition trägt. Und unser Koch im ›Alpina‹ hat, fürchte ich, sein Repertoire ausgeschöpft.«

Er aß gemächlich und ließ nichts auf dem Teller zurück.

Dann bestellte er Kaffee und Brandy für beide und eine Zigarre für sich. Er nippte an seinem Brandy herum, verwendete liebevolle Sorgfalt auf das Anbrennen der Zigarre. Kein Mensch, dachte Michael, während er Andreas beobachtete, der an seinem Brandy schnupperte und sich in seinen Stuhl zurücklehnte, würde auf den Gedanken kommen, daß er einen Mann vor sich hatte, der genau wußte, daß nur 15 Minuten von hier entfernt eine Nachricht auf ihn wartete, die möglicherweise sein Leben von Grund auf verändern würde.

Als er schließlich die Rechnung bezahlte, sagte Andreas zu dem Oberkellner, der ihm in den Mantel half: »Ich danke Ihnen für ein ausgezeichnetes Abendessen. Bitte richten Sie Mr. Davis aus, daß sein Erfolg in diesem Lokal durchaus verdient ist.«

»Danke sehr, Mr. Heggener«, anwortete der Oberkellner und steckte die 5 Dollar ein, die Heggener ihm in die Hand gedrückt hatte. »Ich bin sicher, Mr. Davis wird sich freuen, daß Sie eine so gute Meinung über sein Restaurant haben. Und er wird es bedauern, daß er nicht hier war, um Sie persönlich willkommen zu heißen.«

»Jetzt, da ich den Weg kenne, werde ich oft wiederkommen. Bitte richten Sie ihm das aus.«

Draußen blickte er zum gestirnten Himmel empor. Der Vollmond tauchte die Gipfel der Berge in silbrigen Schimmer. Heggener holte tief Atem. »Es ist schön, wieder in den Bergen zu sein«, sagte er.

Schweigend fuhren sie dahin, schwiegen auch noch, als sie durch das Tor, am dunklen Pförtnerhaus vorbei, zum Herrenhaus hinaufrollten, dessen weiße Säulen gespenstisch im Mondlicht schimmerten. Noch bevor Heggener den Hausschlüssel aus der Tasche ziehen konnte, öffnete sich die Tür, und die gebeugte, massige Gestalt der krampfhaft schluchzenden Köchin stand im Licht des Kronleuchters in der Halle.

»Sie brauchen nicht mit hereinzukommen, Michael«, sagte Heggener und nahm Michael seinen Koffer aus der Hand. »Ich werde mindestens fünfzehn Minuten damit verbringen müssen, Hulda zu trösten. Auf deutsch. Außer«, schmunzelte er, »Sie haben Lust auf eine Lektion in dieser interessanten Sprache. Ich habe den heutigen Tag genossen.« Er redete beruhigend auf Hulda ein: »Aber, aber, Hulda, weinen hilft auch nicht.«

»Rufen Sie mich an, wenn Sie etwas brauchen«, sagte Michael. »Ich bin im ›Monadnock‹.«

»Es sieht so aus, als ob morgen ein schöner Tag sein würde«, orakelte Heggener. »Ich würde gern wieder auf Skiern stehen.«

»Wann immer Sie wollen.«
»Ich rufe Sie in der Früh an.« Heggener ging ins Haus, schloß die Tür hinter sich, und Huldas Schluchzen war nicht mehr zu hören.

Er rief um neun Uhr früh im ›Monadnock‹ an. »Michael«, sagte er in ruhigem Ton, »es ist wirklich ein schöner Tag geworden, ganz wie ich annahm. Das richtige Wetter zum Ski laufen. Ist Ihnen zehn Uhr zu früh?«
»Ich hole Sie ab.«
»Nicht nötig. Der Ford steht in der Garage. Wir treffen uns um zehn am Sessellift.«
Michael war schon vor der Zeit da. Auf die Minute pünktlich fuhr der Ford den Parkplatz an. Heggener stieg aus, nahm seine Skier aus dem Gepäckhalter und legte sie sich über die Schultern; lebhaft die Stöcke schwingend, kam er zur Talstation des Sessellifts. Er sah gesund und kräftig aus, so als habe er eine friedliche und erholsame Nacht verbracht. »Pünktlichkeit ist die Höflichkeit der Fürsten«, sagte er. »Oder sind es die Könige? Ich vergesse es immer wieder. Ich habe zwar nie einen König gekannt, wohl aber schon einige sehr unpünktliche Fürsten. Eines von den Dingen, die mir Amerika lieb und wert gemacht haben, ist, daß es in diesem Land weder Fürsten noch Könige gibt.«
Während der Sessellift sie nach oben trug, atmete Heggener tief und mit sichtlichem Genuß. »Endlich bekomme ich den Spitalsgeruch aus der Lunge«, sagte er befriedigt. »Ach ja: Evas Mercedes ist heute früh gekommen. Sie war so freundlich, ihn von einem Chauffeur vom Kennedy-Flughafen herfahren zu lassen.«
»Vom Kennedy-Flughafen?«
»Ja. Sie ist nach Österreich zurückgeflogen.« Heggener sprach ganz beiläufig, so als berichte er, daß seine Frau zu Saks Fifth Avenue gegangen wäre, um einen Einkaufsbummel zu machen. »In dem Briefchen, das sie mir zurückgelassen hat, teilt sie mir mit, daß sie nicht mehr zurückkommt. Wenn ich sie sehen will, muß ich nach Österreich zurückkehren.«
»Und werden Sie?«
Heggener zuckte die Achseln. »Vielleicht nach Saisonschluß. Frauen sind von Dauer. Schnee schmilzt.«
Erst nachdem sie viele Stunden eifrig Ski gelaufen waren und im Berggasthof saßen und Tee tranken, sagte er: »Ich bin sicher, daß ich sterbe, wenn ich nach Österreich zurückkehre. Ich weiß, es

klingt dumm, aber ich bin ein abergläubischer Mensch, und wenn ich im Traum sterbe, dann immer irgendwo in Österreich.«

Das war das letzte, was er zu diesem Thema sagte. Sie fuhren auch weiterhin jeden Tag Ski, wenn das Wetter gut war. Abends spielten sie Backgammon zu niedrigen Sätzen, wobei mal der eine und mal der andere ein paar Dollar gewann. Hulda hatte aufgehört zu weinen, und an zwei oder drei Tagen in der Woche nahmen sie das Abendessen zu Hause ein, wo Michael Huldas Küche schätzen lernte; an den anderen Abenden gingen sie in den Chimney Corner, wo Heggener wiederholt seiner Bewunderung für Ritas Gesang und Antoines Klavierspiel Ausdruck verlieh.

Antoine war blasser als je zuvor und übel gelaunt, weil der Arzt ihm gesagt hatte, daß es mindestens einen Monat dauern würde, bis er ihm den Gips abnehmen könnte. Er war sicher, daß Jimmy Davis den Arzt bestochen hatte, um ihn zu zwingen, auch weiterhin für ein Butterbrot (wie Antoine es ausdrückte) in diesem verfluchten hinterwäldlerischen Kaff Klavier zu spielen. Dankbarkeit gehörte nicht zu Antoines hervorragenden Eigenschaften, und Michael kam zu dem Schluß, daß er den Pianisten nicht mehr so gern sah wie früher. Und als Antoine und Michael eines Abends, unmittelbar vor der Sperrzeit, allein an der Bar saßen, sagte Antoine vorwurfsvoll: »Also, Sie waren in New York und haben mit Susan gesprochen.«

»Woher wissen Sie das?«

»Ich habe sie angerufen, und sie hat es mir erzählt. Und Sie haben nicht nur mit ihr gesprochen. Der Portier des Hauses, in dem sie wohnt, ist ein Freund von mir, und ich habe ihn angerufen. Er hat sich an Sie erinnert, als ich Sie ihm schilderte. Sie blieben fast die ganze Nacht. Ich hoffe, Sie haben sich gut amüsiert.«

»Ich habe mich ausgezeichnet amüsiert«, gab Michael ärgerlich zurück, »und es geht Sie überhaupt nichts an.«

»Sie sind ein schlechter Freund, und es ist gefährlich, Sie mit jemandem bekannt zu machen«, versetzte Antoine, stand auf und humpelte aus dem Saal.

Nach diesem Zwischenfall nickten Michael und Antoine einander nur mehr kühl zu, wenn Michael das Lokal besuchte.

Die Wochen vergingen, die Saison neigte sich ihrem Ende zu. Heggeners Gesicht war ebenso gebräunt wie das eines jeden anderen Pistenfans, und zu Michaels großer Freude schien er seine

wiedergewonnene Gesundheit in vollen Zügen zu genießen. Michael hatte das Gefühl, daß es eine gute Zeit war für sie beide. Wenn es ein Problem gab, blieb es in Schwebe, keiner von beiden stellte dem anderen Fragen, die die Zukunft betrafen, und auch *die* Frage wurde nicht ventiliert, ob Michael die Stellung als Geschäftsführer des Hotels annehmen würde oder nicht. Wenn Heggener darunter litt, daß seine Frau ihn verlassen hatte, verstand er es ganz ausgezeichnet, sich nichts anmerken zu lassen.
Michaels Gefühl, daß alkyonische Tage angebrochen wären, verstärkte sich noch, als der Anwalt, der alte Mr. Lancaster, ihn in sein Büro bestellte, um ihm mitzuteilen, daß das von Barlow gegen ihn angestrengte Verfahren eingestellt worden sei. Eingehüllt in eine Wolke von Zigarrenrauch, berichtete Lancaster, daß Barlow von zwei Geheimagenten des FBI geschnappt worden war, die sich als Dealer ausgaben, ihm Heroin abkauften und ihn verhafteten. Er hatte ein Springmesser bei sich gehabt, und in seiner Wohnung waren zwei Schußwaffen gefunden worden. Nach eingehender Prüfung aller Umstände hatte die Anwaltsfirma mit den vier Namen die Klage zurückgezogen.
»Sie schulden mir hundert Dollar für meine Bemühungen, Mr. Storrs«, sagte Lancaster, und Michael schrieb ihm beglückt einen Scheck aus und meinte: »Das sollte es mir doch wert sein bei einer Ersparnis von 49900 Dollar.«
An diesem Abend betrank er sich mit Jimmy Davis. Am nächsten Morgen erwachte er mit klarem Kopf — von einem Kater war nichts zu merken. Automatisch warf er einen Blick aus dem Fenster, um nach dem Wetter zu sehen. Es schneite in dichten Flokken, und ein Nordwestwind fegte den Schnee über die Hänge. Er rief Heggener an: »Heute fahren wir nicht. Machen Sie sich ein schönes Feuer im Kamin, setzen Sie sich nahe dazu und lesen Sie ein gutes Buch. Ich werde das gleiche tun.« Er hatte sich die ›Pickwickier‹ aus Heggeners Bibliothek ausgeliehen, und es war für die ›Pickwickier‹ gerade das richtige Wetter.
Als er zum Frühstück hinunterging, saß Jerry Williams in der Halle. »Tag, Jerry«, begrüßte ihn Michael, »sind Sie gekommen, um mir zu sagen, daß heute ein idealer Tag für Drachenfliegen ist?«
Jerry lachte. »Wenn ich Ihre Frage bejahte, wären Sie am Ende so töricht, mir zu glauben. Nein, es ist etwas anderes. Ich kenne da einen Typ in Newbury, der Fallschirmsportler ist. Er organisiert ein Formationsspringen für Sonnabendnachmittag. Er macht es

für eine Werbefirma; der Kunde ist ein Sportuhrenhändler. Er will fünf Leute haben, die einen Stern bilden sollen. Er springt selbst und hat einen Freund. Fehlen aber noch drei. Ich habe schon Swanson und mich, und Sie wären der fünfte. Ich bekomme eine Uhr im Wert von 300 Dollar, wenn wir es schaffen.«
»Und was bekomme *ich?«* fragte Michael.
Wieder lachte Williams. Sein welk herabhängender blonder Schnurrbart verlieh ihm ein finsteres Aussehen. »Sie bekommen eine Gratisluftreise und den Dank der Green-Hollow-Drachenfliegerschule.«
»Ich würde alles für die Green-Hollow-Drachenfliegerschule tun, das wissen Sie ja«, antwortete Michael.
»Sie waren verdammt nahe dran«, sagte Williams.
Michael überlegte kurz. Wenn er nur daran dachte, spürte er schon das vertraute Kribbeln. »Wann am Sonnabend?«
»Mittag«, antwortete Williams. »Zwölf Uhr mittag. Auf dem Flugplatz in Newbury. Wenn es bis dahin aufgehört hat zu schneien.«
»Wir treffen uns dort.«
»Betrinken Sie sich nicht am Freitag abend«, riet Williams. Er wickelte sich fest in seinen Mantel, stellte den Kragen auf, um sich vor dem peitschenden Schnee zu schützen, und schlurfte auf die Straße hinaus.
Nach dem Frühstück legte Michael sich aufs Bett und las den ganzen Vormittag. Eine köstliche Trägheit umfing ihn. Er nahm zwei Drinks vor dem Lunch und eine halbe Flasche Wein zum Essen; das Buch hatte er aufgeschlagen vor sich liegen. Er hatte die ›Pickwickier‹ schon in der Schule im Englischunterricht gelesen, aber damals war es nur eine Leseübung gewesen wie andere auch. Jetzt las er mit großem Vergnügen und wunderte sich, wie lebendig und kraftvoll das Buch nach so vielen Jahren immer noch auf ihn wirkte. Die Drinks, der Wein und das Essen machten ihn schläfrig und er gestattete sich den Luxus eines Nickerchens. Es war schon dunkel, als er erwachte. Es schneite immer noch. Er drehte das Licht an, griff nach dem Buch und wollte weiterlesen, als das Telephon läutete. Es war Dave Cully.
»Mike«, erkundiget sich Cully, »ist Mr. Heggener bei dir?«
»Nein«, antwortete Michael, »warum?«
»Harold Jones hat mich eben angerufen. Heggeners Ford steht immer noch auf dem Parkplatz. Und Jones hat ihn halb vier Uhr nachmittag hinauffahren gesehen.«

»Du lieber Himmel! Allein?«
»Allein. Ich stelle einen Suchtrupp zusammen«, sagte Cully. »Taschenlampen, ein Schlitten, zwei Burschen von der Bergrettung, Doktor Baines. Ich dachte, du würdest mitkommen wollen.«
»Selbstverständlich. Wartet auf mich. Ich fahre nur schnell ins Haus hinauf. Vielleicht hat jemand ihn mitgenommen, und er hat den Wagen einfach dort stehenlassen.«
»Ich habe schon angerufen«, sagte Cully. »Es hat sich niemand gemeldet.«
»Die Köchin ist taub. Wahrscheinlich hat sie das Telephon nicht gehört. Es wird nicht lange dauern. Wir treffen uns beim Lift.«
Leise fluchend fuhr er rasch in Skianzug und Stiefel und zog seinen schwersten Anorak über seinen dicksten Sweater. Er eilte die Treppe hinunter und holte den Porsche aus der Garage. Er raste aus der Stadt hinaus. Wie nasses weißes Mehl klatschte der Schnee gegen die Windschutzscheibe. Es war fast unmöglich, die Biegungen der Straße zu sehen. Er preschte durch das Tor am Pförtnerhaus vorbei und zum Haus hinauf. Er ließ den Motor laufen und rannte zur Vordertür. Sie war versperrt, und er wußte, daß es zwecklos sein würde, zu läuten. Er lief zur Rückseite; die Küche war erleuchtet. Er warf einen Blick durch das Fenster und sah Hulda, die über den Herd gebeugt stand. Er klopfte ans Fenster, und schließlich gelang es ihm, ihre Aufmerksamkeit zu erregen. Sie machte ein ängstliches Gesicht, bis sie ihn erkannte. Dann eilte sie zur Hintertür und fummelte eine Ewigkeit am Schloß. Schließlich öffnete sie. »Herr Heggener?« schrie Michael.
Sie schüttelte den Kopf. »Nicht hier«, sagte sie. »Ski fahren.«
Michael machte kehrt, lief zum Porsche zurück, sprang hinein, wendete und ließ den Motor aufheulen. Als er aus dem Tor schoß, hätte er beinahe einen anderen Wagen gerammt, aber es war nicht der Ford.
Als er zum Sessellift kam, warteten Cully und die anderen schon auf ihn. Harold Jones ging in den Maschinenraum und setzte den Lift in Betrieb. Die Sessel schwankten schwindelerregend im Wind, während sie nach oben in die Dunkelheit hinaufschwebten.
»So ein Narr«, sagte Michael ärgerlich zu Cully, der mit ihm fuhr.
»Um drei hatte es fast schon zu schneien aufgehört«, erklärte Cully. »Wahrscheinlich dachte er, der Sturm wäre vorbei.«
»Hat jemand gesehen, welche Abfahrt er genommen hat?«

»Cully schüttelte den Kopf. »Außer ihm dürfte niemand oben gewesen sein. Jones stellte gegen vier den Betrieb ein, denn es pladderte nur so herunter, und der Wind fing an wie verrückt zu blasen.«

Auf dem Gipfel teilten sie sich: die zwei Männer vom Rettungsdienst mit dem Schlitten übernahmen die eine Abfahrt, und Cully, Michael und Dr. Baines eine andere. Sie fuhren langsam, und ihre großen Taschenlampen kämpften gegen den Sturm. Sie brauchten eineinhalb Stunden, um die erste Abfahrt zu bewältigen, und die Männer vom Rettungsdienst kamen etwa zur gleichen Zeit unten an. Keiner der zwei Trupps hatte etwas von Heggener gesehen. Wieder fuhren sie hinauf und wieder teilten sie sich und wählten zwei andere Abfahrten. Etwa jede Minute blieben sie stehen und riefen Heggeners Namen. Leise durch die Bäume hörte Michael die Stimmen der Burschen vom Rettungsdienst auf der anderen Piste. Die Rufe fanden ihr Echo in der Dunkelheit, aber auf Antwort warteten sie vergeblich.

Nach einer Weile waren sie alle wieder bei der Talstation. Der Sturm wurde heftiger, eisig blies ihnen der Wind ins Gesicht, und Jones erklärte ihnen, daß er das Tempo des Lifts auf ein Minimum herabsetzen müsse — und selbst dann wäre nicht auszuschließen, daß das Zugseil aus der Umführungsmaschine sprang.

Beißende Kälte peinigte sie, als sie nun Zoll für Zoll hinaufkrochen, ihre behandschuhten Hände in den Achselhöhlen vergraben, um sie nicht erfrieren zu lassen, saßen Cully und Michael stumm auf ihrem Zweimannsessel. Auf einer einzigen Abfahrt hatten sie noch nicht nachgesehen, und als sie oben ankamen, fragte Cully Michael: »Ist er jemals mit dir über den Schwarzen Prinzen abgefahren?«

»Nie. Aber gerade das könnte . . .« Er beendete den Satz nicht. Einem Mann, der zugegeben hatte, einen Freund getötet zu haben, war alles zuzutrauen.

Übertrieben langsam fuhren sie nun alle zusammen den Schwarzen Prinzen ab. Michael bedauerte Dr. Baines, der ein behäbiger Mann von 50 Jahren war und nicht eben ein couragierter Skiläufer. Der Arzt ermüdete zusehends, er stürzte zweimal auf dem steilen Hang; die anderen mußten ihm wieder auf die Beine helfen und ihn vom Schnee reinigen. Auf seinen Wangen war der Schnee gefroren, und Michael und Cully rieben sie ihm trocken, um ihn vor Frostbeulen zu bewahren.

Sie arbeiteten sich zur Biegung am Wald hinunter und folgten der Piste am Felsblock vorbei und die ganze Strecke bis zur Talstation hinunter. Jones hatte eine große Kanne Kaffee auf einer Kochplatte im Maschinenraum stehen, und um Baines nicht zusammenbrechen zu lassen, gingen sie hinein und labten ihn mit dem heißen Gebräu und setzten ihn an den Holzofen, den Jones mit Buchenscheiten fütterte. Es dauerte 15 Minuten, bis Baines sich wieder erholt hatte, und Michael sagte: »Hören Sie, Herr Doktor, ich glaube, Sie sollten nicht noch einmal hinauf.

Baines würdigte ihn keiner Antwort. Er maß ihn nur mit einem frostigen Blick, zog sich die Handschuhe an, ging hinaus und fing an, sich die Skier anzuschnallen.

Harold Jones kam mit ihnen aus dem Maschinenraum. Mit finsterer Miene sah er den Hang hinauf. Der Wind pfiff durch die Seile. »Tut mir leid, Freunde«, sagte er, »Sie können jetzt nicht noch einmal hinauf. Bei diesem Sturm kann ich die verdammten Sessel nicht laufen lassen. Ein Sessel könnte gegen eine Maststütze krachen oder das Seil aus der Schiene springen, und dann fällt einer runter, und es gibt einen Toten.«

»Harold«, sagte Michael, »da oben liegt irgendwo ein Mensch . . .«

»Tut mir leid, Mike.«

»Streite nicht mit ihm, Michael«, sagte Cully. »Er hat recht. Wir müssen da drin sitzen bleiben und warten, bis der Sturm nachläßt.«

Schweigend sahen sie zu, wie Baines seine Skier wieder abschnallte und sie sorgfältig gegen die Wand des Maschinenraums lehnte. Dann gingen alle hinein, zogen ihre Handschuhe, Anoraks und Stiefel aus und setzten sich in der dampfenden Wärme auf den Boden, denn es gab nur einen Stuhl, und es kostete sie einige Mühe, Baines zu überreden, sich darauf auszuruhen. Keiner sprach, und das einzige Geräusch war das Ticken einer alten Weckeruhr. Verdrossen starrte Michael sie an. Es war zehn nach eins, und Heggener befand sich seit vier Uhr nachmittags draußen in der Kälte.

Draußen wütete der Sturm immer heftiger und rüttelte an den Fenstern in ihren Rahmen.

Baines schlief auf seinem Stuhl ein, und sein Schnarchen gesellte sich zum Ticken der Uhr.

Bei Tagesanbruch begann der Sturm nachzulassen, und durch die Fenster des Maschinenraums drang stahlgraue Helligkeit.

»Okay, Freunde«, sagte Jones. »Jetzt können Sie wieder rauf. Aber immer noch ganz langsam.«
Sie weckten Baines, der ächzte und sich mühsam erhob, alle zogen ihre Skischuhe an, die am Holzofenfeuer gewärmt worden waren, schlüpften in Handschuhe und Anoraks und traten in die nun stille, eiskalte Luft hinaus. Stumm und mit ernsten Gesichtern schnallten sie ihre Skier an. An der Außenwand des Maschinenhauses hing ein Thermometer, aber Michael unterließ es, einen Blick darauf zu werfen.
Jones setzte den Lift in Betrieb, und Michael und Cully nahmen den ersten Zweimannsessel. Es hatte aufgehört zu schneien, die Bäume des Waldes unter ihnen bildeten einen Friedhof aus hellen symmetrischen Grabsteinen.
»Nach meiner Schätzung«, sagte Michael zu Cully, »haben wir die beste Chance, wenn wir noch einmal den Schwarzen Prinzen versuchen. Ich habe alle anderen Abfahrten mit ihm gemacht, und er hatte nie Schwierigkeiten. Aber ich bin nie über den Schwarzen Prinzen mit ihm abgefahren. Ich hatte Angst, daß ihm etwas zustoßen könnte, und darum . . .« Er sprach den Satz nicht zu Ende.
»Na gut«, sagte Cully, »wenn du das Gefühl hast, ist das besser als gar nichts. Ich fürchte nur, wir werden einen Toten finden.«

Es war Cully, der den Stiel des Skistocks sah, der gerade noch aus dem Schnee herausragte und sich langsam kreisförmig bewegte. Die Stelle war etwa zehn Meter in den Wald hinein, auf gleicher Höhe mit dem Felsblock in der Mitte der Piste.
»Hierher!« schrie Cully, lief rasch zwischen den Bäumen durch und kniete neben der Schneewehe nieder, über der der Skistock seine kleinen Kreise zog. Er grub bereits fieberhaft mit den Händen, als die anderen zu ihm stießen. Sekunden später hatte er eine behandschuhte Hand freigelegt, die den Stock festhielt und bewegte. Auch Michael grub jetzt und fühlte etwas Hartes unter dem Schnee. Es war Heggeners Kopf, die blaue Wollmütze steif gefroren. Eine Sekunde später wurde Heggeners Gesicht wie durch einen dünnen weißen Schleier sichtbar. Seine Lippen bewegten sich, brachten aber keinen Laut hervor.
»Alles ist gut, Andreas«, wiederholte Michael immer wieder, Heggeners Kopf festhaltend, während die anderen den steifen Körper vom angewehten Schnee befreiten, »jetzt ist alles gut.«

Mittlerweile hatte Cully die Thermosflasche aus seinem Pack geholt und gab Heggener kleine Schlucke heißen Kaffees zu trinken. An der Stellung von Heggeners rechtem Fuß erkannte Michael, daß das Bein gebrochen war. Offenbar war es Heggener gelungen, seine Skier loszuwerden und im Schnee ein Loch zu graben.

Mit Gewalt riß Dr. Baines die steinhart gefrorenen Kleider Heggeners auseinander, legte ein Stück Haut frei und gab ihm eine Spritze Kampfer, um sein Herz zu stärken. Heggener stöhnte auf und schloß die Augen, die weit aufgerissen in die Zweige der Bäume gestarrt hatten, die ihn beschirmt hatten. Wieder stöhnte er, als sie ihn auf den Schlitten betteten, nachdem sie sein Bein notdürftig geschient und ihn zugedeckt hatten. Dann fuhren die Burschen von der Bergrettung mit dem Schlitten talwärts, immer geradeaus, ohne irgendwelche Schwünge zu machen, der eine vorn zwischen den Deichselarmen, der zweite hinten, mit den Stricken in der Hand, um den Schlitten zu bremsen.

Michael wartete, bis Baines sich die Skier angeschnallt hatte. »Unglaublich.« Baines schüttelte immer wieder den Kopf. »Er lebt noch.«

Michael fuhr hinter dem Arzt her. Baines schwankte, und bei jedem Schwung, den er machte, sah es aus, als ob es sein letzter sein würde. Michael wollte sichergehen, daß er nicht allein liegenblieb, wenn er stürzte und sich verletzte.

Im Tal legten Cully, die zwei Burschen und Harold Jones Heggener in Cullys Kombi. Als er Michael sah, versuchte Heggener zu lächeln, hob seine Hand ein paar Zentimeter hoch und bewegte schwach seine Finger. »Tut mir leid, Michael«, flüsterte er. »Entsetzlich leid.«

»Sprechen Sie jetzt nicht, Andreas«, sagte Michael.

Baines stieg zu Heggener in den Kombi und sagte zu Cully, der am Steuer saß: »In meine Ordination, aber schnell.«

Michael stand mit den zwei Burschen von der Bergrettung auf dem Parkplatz und sah dem Kombi nach. Dann musterte er die zwei Burschen. Sie waren etwa 20 Jahre alt und hatten offene, kindliche Gesichter. Michael hatte sie schon oft gesehen, aber nie richtig wahrgenommen. Er wußte nicht wie sie hießen, und hatte vielleicht ein- oder zweimal »Hallo« gesagt, wenn er an ihnen vorbeikam. Es waren Jungen von hier, die sich nach Saisonschluß mit Gelegenheitsarbeiten ihr Leben verdienten, amerikanische Bauern, wie Eva sie bezeichnet haben würde. Doch als

Michael jetzt die jungen Gesichter betrachtete, gezeichnet von der Suche nach einem Fremden, dem sie vermutlich nie begegnet waren, hätte er seine Arme um ihre Schultern legen, mit ihnen weinen und ihnen versichern sollen, daß er sie liebte. Aber er sagte bloß: »Wie gut, daß es Burschen wie euch auf der Welt gibt.«

Dann ging er zum Porsche hinüber, stellte die Skier in die Halter und setzte sich hinter das Steuer. Zu müde, um sich zu bewegen, saß er eine Minute regungslos da, während der Motor brummte und dann ansprang. Peinlich auf den Verkehr achtend, fuhr er zu Dr. Baines in die Ordination.

Baines, seine Arzthelferin und Cully hatten Heggener entkleidet, und nun lag Heggener, nur mit einem Laken bedeckt, auf einem weißen Operationstisch. Baines hatte ihm eine Morphiuminjektion gegeben und bewegte vorsichtig seinen Knöchel. Heggener war fast schon bewußtlos, doch als Michael ins Zimmer kam, lächelte er und murmelte schlaftrunken: »Sie hatten recht, Michael. Diese Abfahrt ist nichts für mich.« Dann schlief er ein.

»Er wird es überleben«, sagte Baines. »Nur fünfzehn Minuten später, und . . .« Er schüttelte den Kopf. »Ich weiß nicht wie und ich weiß nicht warum, aber er wird überleben.«

Der Gipsverband war angelegt, Heggener schlief, und die Arzthilfe hatte um eine Ambulanz nach Newbury telephoniert, als Michael und Cully die Ordination verließen. Die Sonne stand hoch über den Bergen, der Himmel war blau, der Wind hatte nach Süden gedreht und umschmeichelte die Haut, Wasser begann zu plätschern, als der Schnee schmolz. Mit zusammengekniffenen Augen blinzelte Cully zum Himmel und holte tief Atem. »Der Winter ist vorbei«, sagte er. »Wieder ein Winter. Ich weiß nie, ob ich trauern oder feiern soll.«

»Feiern, Dave«, sagte Michael, »feiern.«

»Sie waren heute morgen sehr nett zu mir«, freute sich Heggener. Das rechte Bein in seinem Gipsverband lag über einem Eisenrahmen am Fußende des Spitalbettes. »Sie haben mich von der Liste der in Lebensgefahr schwebenden Patienten gestrichen.«

Drei Tage lang hatten die Ärzte seinen Zustand als kritisch eingestuft, aber jetzt waren die Schmerzen im verletzten Bein fast verschwunden, und, wie Dr. Baines Michael versicherte, hatte

sich sein Allgemeinbefinden weitgehend normalisiert. Michael hatte Heggener immer nur ein paar Minuten sehen dürfen, während Heggener von Baines dringend ersucht worden war, seine Kräfte zu schonen und nicht viel zu reden. Nun hatte Heggener wieder Farbe im Gesicht, und er schien sich wohl zu fühlen. Tief atmete er in der weichen, warmen Brise, die durch das weit offene Fenster in den hellen, freundlichen Raum wehte.
Es war ein Sonnabendmorgen, und Michael hatte seine Springerkleidung und seine Springerstiefel für das Fallschirmspringen am Mittag im Wagen.
»Sie sehen heute morgen besonders gut aus«, sagte Heggener. »Als ob Sie sich schon auf einen schönen Nachmittag freuten.«
»Ich freue mich tatsächlich«, erwiderte Michael. »Ich werde ein leckeres Mittagessen verzehren und dann einen langen Spaziergang durch den Wald unternehmen.« Er hatte das unbestimmte Gefühl, es könne sich als unklug erweisen, dem Mann im Bett von seinem Fallschirmspringen zu erzählen. Vielleicht erst, nachdem alles vorbei war. »Auch Dr. Baines ist mit Ihnen sehr zufrieden.«
»Worüber?«
»Über die Tatsache, daß Sie am Leben sind.«
Heggener lachte in sich hinein. »Das scheinen viele Menschen zuwege zu bringen.«
»Eine Zeitlang, meinte er, wäre es an einem Haar gehangen«, sagte Michael ernst. »Wenn Sie eingeschlafen wären . . .«
»Ich legte es darauf an, nicht einzuschlafen«, erklärte Heggener. »Nicht umsonst habe ich so viele Jahre in den Bergen verbracht. Als ich feststellte, daß ich zu diesem Baum hinüberkriechen, dort Schutz finden und mir ein Loch graben konnte, wußte ich, daß ich eine Chance hatte. Ich stellte ferner fest, daß ich nicht den Wunsch verspürte, das Zeitliche zu segnen. Ich unternahm daher alles Nötige, um am Leben zu bleiben. Ich bewegte mich ständig und hielt immer die Augen offen. Ich hörte, wie Sie einmal mitten in der Nacht meinen Namen riefen, und versuchte Ihnen zu antworten, aber der Sturm machte so viel Lärm, und ich stak im Schnee, und dann hörte ich, wie Ihre Stimmen sich den Hang hinunter entfernten und immer schwächer wurden. Ich gebe zu, daß es mir in der Folge schwerfiel, die Augen offenzuhalten.«
»Aber was hat Sie überhaupt dazu veranlaßt, Andreas? Allein da hinauf, bei diesem Wetter! Und ausgerechnet über diese Abfahrt! Sie wußten doch, wie gefährlich sie ist, nicht wahr?«

»Ich wußte, daß sie gefährlich ist«, gab Heggener zu, »aber nicht, daß sie *so* gefährlich sein würde. An jenem Tag hatte ich ein Telegramm bekommen. Von Eva. Darin teilte sie mir mit, daß sie die Scheidung einreichen und jemand heiraten würde, mit dem sie sich dort getroffen hatte, wenn ich nicht unverzüglich nach Österreich käme.« Er seufzte. »Ich konnte es nicht ertragen, den ganzen Nachmittag allein in dem großen Haus zuzubringen. Ich hatte das Gefühl, mich einer körperlichen Bewährungsprobe unterziehen zu müssen. Einen entscheidenden Test zu bestehen. Mir einige endgültige Fragen vorzulegen. Wissen Sie, ich wollte diese Abfahrt ein letztes Mal bewältigen, und dieser Nachmittag schien mir dazu der geeignetste Zeitpunkt zu sein.«
»Fliegen Sie nun nach Österreich?«
»Ohne den Unfall da oben auf dem Berg wäre ich vielleicht heimgefahren, hätte meine Sachen gepackt und wäre am nächsten Tag nach Europa geflogen«, antwortete Heggener mit Flüsterstimme. »Aber als ich so hilflos dalag und mich der Schnee zudeckte, traf ich meine Entscheidung. Es gibt im Leben Dinge — zu denen auch das Leben selbst gehört —, die bewahrt werden müssen, wenn auch unter schweren, ja oft herzzerreißenden Opfern. In diesem Fall mußte ich mich selbst bewahren. Ohne Eva werde ich vielleicht lange Zeit verzweifelt sein, aber auch frei von ihr, meiner Verranntheit in sie . . . und meiner Verranntheit in den Tod«, fügte er hinzu. »Ja«, fuhr er mit einem Lächeln fort, »eine Nacht im Schnee kann uns helfen, Klarheit zu gewinnen und die Dinge in ihrer richtigen Perspektive zu sehen. Wir müssen von den Tatsachen so Gebrauch machen, wie sie auf uns zukommen. Nun, für heute habe ich genug geredet. Ich weiß, wie langweilig Krankenbesuche sein können. Genießen Sie Ihr Mittagessen und Ihren langen Spaziergang im Wald.«
Michael beugte sich über das Bett und küßte Heggener auf die Stirn.
»Was sollte das nun?« fragte Heggener lächelnd. »Ein Abschied?«
»Nein. Ein Salut.«
Jung und kräftig, wie neu geboren, fühlte er sich in der frischen Frühjahrsluft, als er das Krankenhaus verließ. Einem Lebenselixier gleich strömte das Blut durch seine Adern.
Er fuhr zum Flugplatz hinaus. An die tausend Menschen hatten sich eingefunden, um der Vorführung beizuwohnen. Er sah, daß sich Williams und die anderen Männer, mit welchen er springen

würde, schon auf dem Rollfeld versammelt hatten, wo auch das Flugzeug stand. Er langte rückwärts nach seinem Springeranzug und seinen Springerstiefeln und ließ sie wieder auf den Sitz zurückfallen. Er stieg aus, bahnte sich einen Weg durch die Menge, die den Flugplatz säumte, und ging auf das Flugzeug zu. »He, Mike« begrüßte ihn Williams, als er näher kam. »Sie sind schuld daran, wenn wir uns verspätet haben. Wo haben Sie denn Ihre Montur und Ihre Stiefel?«
»Ich muß mit Ihnen reden«, sagte Michael. »Allein.«
Er entfernte sich ein paar Schritte von den anderen, und Williams folgte ihm.
»Was ist los, Mike?« fragte Williams.
»Ich springe nicht«, antwortete Michael ruhig.
»O Gott! Soll das etwa heißen, Sie wollen sich drücken?«
»Genau das. Ich lasse Sie hängen. Ich habe das Springen aufgegeben. Das und andere Dinge.«
»Ade Dreihundert-Dollar-Sportuhr«, resignierte Williams. »Scheiße.«
»Ich werde Ihnen eine Uhr kaufen. Das ist das mindeste, was ich tun kann. Entschuldigen Sie mich bei den anderen.«
»Mike, Sie sind der letzte, von dem ich so etwas erwartet hätte.«
»Bis vor wenigen Minuten würde ich genauso gedacht haben. Aber heute vormittag habe ich eine Lektion gelernt. Es hat eine Zeit gedauert, bis ich sie begriffen habe, aber ich habe sie gelernt. Wenn es Sie interessiert, werde ich Ihnen vielleicht explizieren, was das für eine Lektion war. Sie könnte auch Ihnen helfen.« Er winkte den Männern zu, die um das Flugzeug herumstanden, und kehrte zu seinem Porsche zurück. Er stieg ein und fuhr noch einmal ins Krankenhaus.
Heggener verzehrte gerade sein Mittagessen und blickte überrascht auf, als Michael das Zimmer betrat. »Ist etwas passiert?« fragte er besorgt.
»Überhaupt nichts.«
»Ich dachte, Sie wollten essen gehen und dann einen langen Spaziergang unternehmen?«
»Genau das werde ich tun«, antwortete Michael, »aber zuvor habe ich eine Frage an Sie.«
»Und zwar?«
»Ist die Stellung noch offen?«
»Selbstverständlich.«
»Ich möchte sie haben.«

»Sie haben sie.«
»Unter einer Bedingung.«
»Und die wäre?«
»Wenn Sie mir versprechen, in meiner Nähe zu bleiben, um mir zu helfen.«
Heggener lächelte. »Ich verspreche es«, sagte er. »Ich habe etwas gelernt. Die Bande der Ehe sind kein Gefängnis . . .« Er berührte seine Bettdecke. »Und Spitalbetten keine Gruft.«
»Gut«, sagte Michael. »Jetzt essen wir weiter.«
Er verließ das Zimmer, ging die Treppe hinunter zur Telephonzelle beim Eingang und verlangte, da er kein Kleingeld bei sich hatte, ein R-Gespräch mit Tracy. Er lächelte, als er Tracys Stimme hörte und dann die der Telephonistin, die sie fragte, ob sie ein R-Gespräch von einem Mr. Storrs in Vermont annehmen wollte.
»Selbstverständlich«, hörte er Tracy sagen.
»Bitte sprechen Sie, Sir«, forderte ihn die Telephonistin auf. »Sie sind mit New York verbunden.«
Das Wort »verbunden« paßte auf den heutigen Vormittag, dachte Michael und sagte: »Hallo, Tracy, wie geht es dir?«
»Mir geht es gut«, und dann, besorgt, »und dir?«
»Mir ist es noch nie besser gegangen«, antwortete er. »Ich möchte, daß du etwas für mich tust. Ich möchte, daß du so bald wie möglich nach Green Hollow kommst. Ich habe die Absicht, hier ein Haus zu bauen, und da es zumindest an Wochenenden und Feiertagen auch dein Daheim sein wird, finde ich, daß du bei der Auswahl des Bauplatzes ein Wörtchen mitreden solltest.«
»Oh, Michael!« Er hörte, wie sie nach Luft rang. »Wird es auch funktionieren?«
»Wenn es nicht funktioniert, wird es den Versuch wert gewesen sein.«
»Was brauche ich da oben?«
»Ein großes und verzeihendes Herz.«
»Dummer Kerl.« Er hörte sie lachen. »Ich meine an Kleidern.«
»Was du im Augenblick anhast, wird perfekt sein«, antwortete er. »Und danke dafür, daß du das Gespräch bezahlst. Ich werde einen Weg finden, mich erkenntlich zu zeigen.«
Dann ging er aus der Zelle, verzehrte das Mittagessen und genoß den langen Spaziergang durch den sonnenbeschienenen Wald, auf den er sich schon gefreut hatte.